La saison des mutants

J'AI LU

ROBERT SILVERBERG

L'HOMME DANS LE LABYRINTHE	*J'ai lu* 495/**4***
LE FILS DE L'HOMME	
LA TOUR DE VERRE	
LES MASQUES DU TEMPS	
LES PROFONDEURS DE LA TERRE	
LES AILES DE LA NUIT	*J'ai lu* 585/**2***
LE TEMPS DES CHANGEMENTS	
UN JEU CRUEL	*J'ai lu* 800/**3***
LA PORTE DES MONDES	
LES MONADES URBAINES	*J'ai lu* 997/**3***
SIGNAUX DU SILENCE	
LA FÊTE DE DIONYSOS	
SEMENCE DE LA TERRE	
TRIPS	*J'ai lu* 1068/**3***
L'OREILLE INTERNE	*J'ai lu* 1193/**3***
L'HOMME STOCHASTIQUE	*J'ai lu* 1329/**3***
LES CHANTS DE L'ÉTÉ	*J'ai lu* 1392/**3***
LE CHEMIN DE L'ESPACE	*J'ai lu* 1434/**3***
LES DÉPORTÉS DU CAMBRIEN	*J'ai lu* 1650/**2***
LE LIVRE DES CRÂNES	
L'HOMME PROGRAMMÉ	
LA GUERRE DU FROID	
LES DÉSERTEURS TEMPORELS	
AU TEMPS POUR L'ESPACE	
CHRONIQUES DE MAJIPOOR	
LE CHÂTEAU DE LORD VALENTIN	*J'ai lu* 2656/**8***
SHADRAK DANS LA FOURNAISE	*J'ai lu* 2119/**4***
PAVANE AU FIL DU TEMPS	*J'ai lu* 2631/**4***
À LA FIN DE L'HIVER	
COMPAGNONS SECRETS	
L'ÉTOILE DES GITANS	
LA GÉNÉRATION FINALE	
LES GUETTEURS DES ÉTOILES	
UN MILLIARD D'ANNÉES PLUS TARD...	
RÉSURRECTIONS	
REVIVRE ENCORE	
LE SEIGNEUR DES TÉNÈBRES	
LES TEMPS PARALLÈLES	
TOM O'BEDLAM	
VALENTIN DE MAJIPOOR	
LES CONQUÉRANTS DE L'OMBRE	
JUSQU'AUX PORTES DE LA VIE	
GILGAMESH, ROI D'OUROUK	
LE MAÎTRE DU HASARD	
LA SAISON DES MUTANTS	*J'ai lu* 3021/**5***

ROBERT SILVERBERG
KAREN HABER

La saison des mutants

TRADUIT DE L'AMÉRICAIN
PAR PIERRE K. REY

ÉDITIONS J'AI LU

Collection créée et dirigée
par Jacques SADOUL

A mes parents, tous les quatre

Ce roman a paru sous le titre original :

THE MUTANT SEASON
Doubleday, New York

INTRODUCTION

par Robert SILVERBERG

Le mutant — ce visiteur inconnu, ce mystérieux étranger, cet autre nous qui cache sa différence — est l'une des grandes figures mythiques de la science-fiction. Si celle-ci est, comme je le crois, une littérature du changement, une exploration des infinis possibles, alors le mutant en est la quintessence active, qui nous confronte d'on ne peut plus près avec ce territoire de l'altérité, au cœur même du protoplasme de la cellule humaine.

Le mot en lui-même l'indique. *Mutare*, en latin, signifie « changer ». A partir de ce verbe, le botaniste généticien hollandais Hugo De Vries a introduit, vers la fin du XIXe siècle, les termes « mutation » et « mutant ». De Vries, au cours de ses expériences sur la croissance des primevères, avait observé, en effectuant croisement sur croisement de diverses variétés, de brusques et spectaculaires modifications de la fleur. Ses recherches l'amenèrent à la conclusion que tous les êtres vivants étaient sujets à de telles modifications, ou mutations, et qu'il était fréquent que ces formes mutantes transmettent leurs altérations aux générations suivantes. Ainsi, le processus de l'évolution peut-il être lui-même considéré comme une succession de mutations.

Les théories de De Vries ont depuis longtemps été confirmées par la génétique moderne. Nous savons aujourd'hui que l'apparence physique des organismes vivants est déterminée par des unités connues sous le nom de gènes, unités localisées à l'intérieur des nuclei, les noyaux des cellules ; les gènes eux-mêmes sont composés de molécules complexes organisées selon des structures élaborées, et toute altération dans la structure (ou « code ») du matériel génétique de nature à substituer une molécule à une autre va engendrer une mutation. Les mutations s'opèrent de façon spontanée dans la nature, déclenchées par des processus chimiques à l'intérieur du noyau ou sous des conditions de température particulières, ou encore si le gène est exposé à l'attaque de rayons cosmiques ; elles peuvent également être provoquées artificiellement, en soumettant le noyau à l'action des rayons X, de la lumière ultraviolette ou d'une autre forte radiation.

Les mutations sont rarement spectaculaires. Les mutants qui diffèrent de leurs parents de façon saisissante — ceux qui ont trois têtes ou pas d'appareil digestif — ont tendance à ne pas survivre très longtemps, soit parce que leur mutation les rend incapables de remplir les fonctions normales de l'existence, soit parce qu'ils sont rejetés par leurs géniteurs. Les formes de vie qui réussissent à transmettre leurs mutations à leurs descendants ne sont généralement que très peu altérées : les grands changements dans l'évolution résultent d'une accumulation de petites mutations, plutôt que d'un bond génétique flagrant.

Le thème du mutant a longtemps été un des thèmes favoris des écrivains de science-fiction. Les expériences du biologiste H.J. Muller, pionnier dans le domaine, qui démontra en 1927 que la radiation pouvait être utilisée pour provoquer des mutations sur les mouches drosophiles, ont donné naissance presque immédiatement à toute une école de récits spéculatifs sur les mutants. Sous la plume de l'un des grands écrivains des débuts de la science-fiction, John Taine (pseudonyme du mathématicien Eric Temple Bell), est né en 1929 *The Greatest Adventure,* roman dans lequel on voit remonter depuis les profondeurs de l'Océan d'étranges cadavres de reptiles géants, lesquels se révèlent le résultat d'expériences de mutation pratiquées par une ancienne civilisation qui aurait vécu dans l'Antarctique. Du même John Taine, *L'étoile de fer,* paru l'année suivante, décrivait les singuliers effets mutagènes produits par un météore sur la faune d'une contrée africaine; et dans *Germes de vie,* en 1931, c'était un homme qui se voyait doté de pouvoirs surhumains par suite d'irradiation, pouvoirs qu'il transmettait à la génération suivante. Dans sa nouvelle « He That Hath Wings » (1938), Edmond Hamilton racontait la naissance d'un enfant mutant chez un couple qui avait été exposé aux radiations. Beaucoup d'autres récits du même genre furent publiés, dont la plupart prenaient de grandes libertés avec les connaissances scientifiques du moment, au bénéfice de l'effet dramatique.

Avec l'explosion des premières bombes atomiques en 1945, fut révélée à la face du monde l'idée que l'irradiation pouvait être génératrice de mutations, idée qui devait devenir, ce qui ne surprendra personne, un des thèmes obsessionnels de la science-fiction d'après-guerre — à tel point que le rédacteur en chef du principal magazine de l'époque, qui au départ avait demandé à ses auteurs d'examiner en détail les implications scientifiques et sociologiques suscitées par l'ère atomique, dut finalement appeler à un moratoire sur les récits traitant du péril atomique, lesquels commençaient à accaparer toutes les pages de la revue. Ce fut au cours de cette période, néanmoins, que parurent les meilleures œuvres écrites sur le thème — en particulier la série de nouvelles de Henry Kuttner publiées entre 1945 et 1953 et regroupées sous le titre

Les mutants, dans lesquelles des mutants télépathes vivant parmi les humains normaux font l'objet de persécutions, ainsi que *Les enfants de l'atome* (1948-1950), de Wilmar Shiras, récit poignant d'enfants mutants doués d'une intelligence supérieure. Depuis, le mutant n'a cessé de jouer un rôle substantiel dans l'imagination des auteurs de science-fiction. Il apparaît dans le classique du genre : *Un cantique pour Leibowitz,* de Walter Miller, dans la série « Fondation » d'Isaac Asimov, dans les romans de John Wyndham, dans une foule de récits signés Robert A. Heinlein, et aussi — régulièrement, et toujours pour inspirer la terreur — au cinéma. En science-fiction, le mutant est la métaphore de l'étranger, de l'être solitaire, de la super-créature rejetée par la société. Le thème de la mutation constitue d'ailleurs l'un des outils les plus efficaces mis à la disposition de la science-fiction pour étudier la nature de l'homme et de la société, les relations entre les êtres, et le destin ultime qui attend notre espèce.

Un mot au sujet de l'élaboration de ce livre.

En 1973, j'ai publié une très courte nouvelle, « La saison des mutants[1] », dans laquelle, en quelques pages, j'esquissais l'idée que les mutants vivent depuis de nombreuses années parmi nous, clandestinement infiltrés dans notre société — comme une tribu gitane qui serait restée secrète —, et qu'ils se décident enfin aujourd'hui à se montrer au grand jour. Je me contentais de suggérer, plutôt que de développer en détail, quels effets cette hypothèse pourrait avoir à la fois sur notre société et sur les mutants eux-mêmes. Et j'en restai là.

Des années plus tard, mon excellent ami Byron Preiss, à l'infatigable ingéniosité, me fit remarquer

1. Traduite dans *Libération* n° 2001, 22 juillet 1980.

que le sujet impliquait une matière beaucoup plus vaste qu'il me serait peut-être agréable d'explorer sur une plus longue distance — et pourquoi pas une série de romans que j'écrirais en collaboration avec ma femme, Karen Haber, laquelle commençait justement sa propre carrière d'écrivain de science-fiction. Ma première réaction fut la surprise. « La saison des mutants » était un récit tellement court — à peine quelque deux mille mots — que la perspective de l'exploiter sur la longueur de plusieurs romans me parut bizarre. Et puis je le relus, et me rendis compte que Byron était dans le vrai : j'avais introduit dans ces quelques pages toute une société que j'avais ensuite laissée déserter mon esprit.

Voici donc *La saison des mutants* dans sa version roman — avec d'autres chapitres, qui se sont imposés à mesure que nous explorions les implications toujours plus nombreuses que faisait naître la confrontation d'une culture parallèle (celle d'une race de mutants à l'existence secrète au début, et puis plus tellement secrète) avec la société moderne américaine. Cela a été pour nous une intéressante expérience de collaboration. C'est ensemble que Karen et moi avons mis au point la trame de l'histoire et les personnages, reprenant (non sans d'importants remaniements) le court récit d'origine, destiné à alimenter une véritable épopée qui couvrira plusieurs générations. Karen s'est alors attachée à rédiger le premier jet du roman, que j'ai ensuite revu ligne par ligne en proposant quelques modifications, d'ordre à la fois thématique et stylistique ; après quoi, elle s'est remise au traitement de texte pour un deuxième tour. Cela s'est ainsi poursuivi sur plusieurs mois de collaboration étroite et le plus souvent harmonieuse. Ecrire un livre avec sa femme, c'est un peu comme essayer de lui apprendre à conduire : cela demande de la patience, de la bonne humeur et de prompts réflexes. Je ne le recommanderais pas à n'importe quel couple. Quoi qu'il en soit, nous sommes sortis indemnes de je ne sais combien de versions successives de cette *Saison des mutants,* partageant toujours le gîte et le couvert, et même, la plupart du temps, nous adressant encore la parole. L'autre jour, elle m'a remis les cinquante premières pages du volume II. J'ai le sentiment que ces mutants vont rôder encore longtemps autour de la maison.

Robert SILVERBERG
Oakland, Californie,
mars 1989

1

L'hiver est vraiment la saison des mutants. Telle était la réflexion que se faisait Michael Ryton en claquant derrière lui la porte du cabanon. C'était en effet au plus froid de l'année qu'ils effectuaient leur rassemblement. Curieusement, cette période semblait appropriée. Surtout cette année-là.

Le vent de décembre soulevait le sable qui cinglait le visage du jeune homme aux joues rougies par le froid, et dégageait de son front ses fines mèches blondes qui flottaient comme un pavillon clair dans le jour finissant. Derrière ses verres teintés, ses yeux larmoyaient.

— Mike, ah, tu es là !

La brune Mélanie, sa sœur, emmitouflée jusqu'aux yeux dans le cache-col violet que leur mère avait tricoté lors du rassemblement de l'année dernière, sortit du cabanon et faillit s'étaler par terre. Elle ne pouvait faire trois pas sans trébucher.

— Il est quatre heures, dit-elle. Tu es en retard pour la réunion. On n'attend que toi pour commencer la communion.

— Merde ! On y va.

Michael ravala sa mauvaise humeur. Ce n'était pas la faute de Mel s'ils étaient obligés de venir tous les hivers sur les Hauts de la Plage et de loger dans ces cabanons difficiles à chauffer et délabrés, avec leurs murs lépreux d'où pendaient des lambeaux de multiples couches de peinture brun verdâtre. Des cabanons, c'était bien le mot. Ils avaient été bâtis une soixantaine d'années plus tôt pour les Américains de la première et de la deuxième génération qui, fuyant les canyons torrides des rues de New York au mois d'août, cherchaient le confort tout relatif des plages caillouteuses et grillées de soleil du New Jersey. Mais en ce mois de décembre, la foule des touristes était partie et les plages désertées. La saison appartenait à Michael et ses congénères.

Il marchait à grandes enjambées vers la maison où se tenait la réunion, tandis que Mel s'efforçait de le suivre le long du sentier envahi par la végétation. Même sans le sable et les mauvaises herbes qui entravaient sa marche, elle était loin d'être la fille la plus gracieuse qu'il connût. Ainsi Kelly McLeod, avec sa façon de se déplacer, de rejeter en arrière son étincelante crinière brune lorsqu'elle riait. Elle était la grâce même. Jamais il ne l'avait vue trébucher.

Pauvre Mel. S'il n'avait été aussi écœuré de se trouver là, Michael aurait peut-être eu pitié de sa sœur. D'autant que, question pouvoirs, elle était le seul membre atrophié du clan. C'était là un fardeau suffisamment lourd à porter durant toute une vie.

Ils tournèrent à l'angle d'une maison et progressèrent dans le vent, les yeux mi-clos pour se protéger des tourbillons de sable ; ils longèrent un autre alignement de baraques et aperçurent enfin les bardeaux peints en bleu du grand cabanon qui abritait la salle de réunion. Michael ouvrit la double porte en aluminium. Mel faillit lui rentrer dedans en s'arrêtant brusquement derrière lui. Il lui accorda un regard compatissant — il savait ce qu'elle ressentait —, prit une profonde inspiration et entra.

Sur l'écran de l'ordinateur de bureau, clignotait en lettres jaunes le message « Appel en attente ». Andie

Greenberg détourna les yeux et passa les mains dans ses cheveux auburn. Le comptoir de la réception était vide. Caryl avait dû s'octroyer une petite pause. Andie laissa échapper un soupir. Elle allait devoir prendre elle-même l'appel, puisque Jacobsen attendait un message du sénateur Craddick. Le discours du Scanner's Club attendrait. Elle effectua une sauvegarde avant d'effacer son fichier et d'enfoncer la touche qui donnait accès à l'appel.

L'écran resta sombre, ce qui signifiait que le correspondant appelait d'une cabine téléphonique ou qu'il avait à dessein masqué la localisation de son message. Andie sentit ses entrailles se serrer.

— C'est le bureau de Jacobsen ? gronda une voix grave et masculine.

— Vous êtes en liaison avec le bureau du sénateur Jacobsen, confirma Andie de son ton de juriste le plus froid. S'il vous plaît, veuillez exposer votre affaire.

— Vous êtes Jacobsen ?

— Je suis son assistante, Andrea Greenberg.

— Cette foutue garce mutante aurait intérêt à faire gaffe. On en a ras le bol de tous ces phénomènes de foire qui prétendent nous dire ce qu'il faut faire. Quand on en aura fini avec elle, elle souhaitera n'être jamais sortie de...

Andie coupa la communication. Elle inspira fortement à deux ou trois reprises. Il fallait qu'elle se calme. Elle devrait être habituée aux menaces, depuis le temps.

Le bourdonnement sur la ligne privée de Jacobsen cessa. Elle avait dû écouter l'appel. L'écran s'alluma sur une vue du saint des saints, le bureau en bois de rose derrière lequel était assis le sénateur. Derrière ses yeux aussi dorés que ses cheveux, son regard était froid, immobile, mystérieux.

— C'était Craddick ?

— Non, répondit Andie d'un ton qui se voulait détaché.

— Une nouvelle menace ? demanda Jacobsen de sa voix de contralto encore plus grave que d'ordinaire.

Andie confirma d'un signe de tête.

— Combien ce mois-ci ?

— Quatorze.

Un sourire glacé se dessina sur le visage du sénateur.

— Je devrais m'en offusquer, dit-elle. Quand j'ai pris mes fonctions à ce bureau, c'était la moyenne pour la semaine. Ils doivent commencer à se lasser. Ne vous laissez pas démonter, Andie.

— Je sais. Comptez sur moi.

Les joues d'Andie se colorèrent. Jacobsen eut un hochement de tête approbateur, puis son image disparut de l'écran. Ces mutants effrayaient pas mal de monde, et c'était bien la raison pour laquelle Andie avait choisi de travailler pour Jacobsen. Si les mutants et les non-mutants n'apprenaient pas à coopérer, cette peur de l'inconnu ne s'éteindrait jamais.

Le chariot du courrier arriva en carillonnant. La préposée à la distribution sauta à bas de l'engin, dans un envol de tresses carotte, et elle balança un sac sur le bureau d'Andie.

— Tu es au courant pour Seth ? demanda-t-elle.

— Non. Que s'est-il passé ?

— Une lettre piégée destinée au sénateur a explosé plus tôt que prévu. Ça aurait fait de sacrés dégâts ici. Au lieu de quoi, ça n'a fait qu'amocher le pauvre Seth. La salle du courrier n'a pas subi trop de dommages. Ces parois d'acier résisteraient à la charge d'une petite ogive nucléaire.

Consciente qu'elle était restée la bouche ouverte, Andie la referma et déglutit non sans mal.

— Mon Dieu ! Je croyais qu'ils avaient des détecteurs de métal. Et les rayons X ?

La préposée haussa les épaules.

— Quelqu'un a dû faire travailler son imagination.

— Où est Seth ?

— On l'a emmené chez les Sœurs de la Miséricorde. Apparemment sa main pourra être sauvée.

— Quand est-ce arrivé ?

— Ce matin. (Une grimace.) Alors, attention avec ces lettres !

La jeune fille franchit la porte sans attendre, bondit sur le chariot et disparut. Andie resta le regard fixé sur l'entrée, perdue dans ses pensées. Même avec les techniques de régénération, Seth ne retrouverait probablement jamais le plein usage de sa main. Lui qui était — ou avait été — un peintre si doué, songea-t-elle tristement. Elle possédait deux de ses lavis acryliques, rouge et bleu, accrochés dans son appartement. Pauvre Seth ! Victime des ennemis des mutants ? Ou des mutants eux-mêmes, désireux de se faire une place dans l'arène publique ?

Et elle, que faisait-elle ici ? Serait-elle la prochaine à ouvrir une lettre piégée ? Ou à recevoir une balle destinée à son patron ? Elle était donc folle ? N'aurait-elle pas dû suivre les conseils de sa mère et après ses études de droit devenir avocate ?

Non. Elle avait pris la bonne décision. Après tout, elle s'était suffisamment démenée pour obtenir ce poste. Travailler avec le premier sénateur mutant de l'histoire du Congrès était un honneur. La cause de l'intégration lui tenait à cœur. Et quelle meilleure place espérer que celle qu'elle occupait, bras droit de l'honorable Eleanor Jacobsen ? Le sénateur la fascinait : moitié sainte, moitié guerrière, et totalement énigmatique derrière ses yeux dorés. Andie vouait à Jacobsen une admiration qui touchait à l'adulation. La jeune femme se secoua pour échapper à son abattement momentané et enfonça le bouton de l'interphone. Il fallait mettre Jacobsen au courant de cette bombe.

— Cette échéance est absolument inacceptable, monsieur McLeod, retentit la voix de James Ryton à travers la salle de conférences. Vous savez bien qu'on ne peut pas fabriquer un générateur de Brayton à cycle fermé et en préparer le lancement en moins de six mois. Impossible.

Malgré son agacement, Bill McLeod resta impassible. Inutile pour le moment de saboter les négociations. Il avait passé des heures à monter cette affaire. Il n'oubliait pas quelle place de choix représentait son travail de conseiller à la N.A.S.A. ; seuls quelques pilotes de l'armée de l'Air à la retraite pouvaient se vanter de fréquenter le genre de relations qui étaient les siennes. Pourtant, que n'aurait-il donné pour être chez lui bien peinard, ou sur la piste, à bricoler son antique Cessna ultra-léger ! Le fuselage orange avait besoin d'un bon ponçage. Il avala une gorgée de café froid et s'essuya la moustache avec une serviette, histoire de se donner le temps de réfléchir.

Ryton était un type dur en affaires. D'autant que ce petit morveux de mutant ne contribuait pas à faire avancer les choses. Comme s'il lui accordait une faveur en l'honorant de sa présence à la réunion. Il est vrai que le groupe Ryton possédait les ingénieurs des transmissions les plus compétents de cette partie du monde. McLeod en connaissait quelques-uns de meilleurs à Leningrad et Tokyo, mais ceux de Ryton étaient plus près. Il devait le convaincre de participer au programme de contrôle solaire ; ou plutôt, disons que le gouvernement devait le convaincre. Et ça, Ryton le savait aussi.

— Eh bien, monsieur Ryton, que diriez-vous de neuf mois ?

McLeod attendit la réponse. Un silence plana entre les deux hommes qui se défiaient d'un regard qui voulait rester poli.

— Quinze.

— Douze ?
— Entendu.
McLeod se permit un soupir de soulagement. Ces foutus règlements officiels. Depuis que le Groenland avait été secoué, la N.A.S.A. avait pris tout un luxe de précautions en matière de sécurité. N'eût été la station lunaire franco-russe, le programme de collecteur solaire aurait sans doute été complètement abandonné. McLeod n'ignorait pas qu'après l'épisode du Groenland, les cadres de la N.A.S.A. avaient tous adressé une prière muette de remerciement à la base lunaire.

Néanmoins, en dépit des monceaux de paperasses et autres procédures administratives qui ne cessaient de se multiplier, la N.A.S.A. avait besoin que le générateur fût prêt à être lancé d'ici à neuf mois. Dieu merci, Ryton avait la réputation d'achever le travail très à l'avance des prévisions. Ce qui, avec les retards enregistrés et la controverse sur la station lunaire, faisait de ce délai de douze mois un plan très réaliste.

L'accord conclu, McLeod serra la main du mutant qui parut se rétracter à ce contact. Une paume chaude, presque brûlante, mais sèche. Bizarre, pensa McLeod, ils ont l'air si froids avec leurs yeux dorés et leur peau couleur de miel, mais Dieu sait à quelle température est leur corps. Difficile de ne pas les prendre pour des monstres. Un vocable considéré aujourd'hui de très mauvais goût, et McLeod le savait. Mais étaient-ils réellement humains ? Et avait-il vraiment envie que sa fille continue à fréquenter un des leurs ?

Kelly McLeod laissa l'aéroglisseur dans l'allée et passa son chargeur de disques sur l'épaule, les sangles ondulant contre le plastique rouge de sa parka. Les lumières qui se détachaient sur le bleu du crépuscule donnaient au jardin son ambiance chaleureuse et accueillante et leurs reflets ambrés baignaient la couche de neige qui coiffait les haies.

La jeune fille ouvrit la porte, posa la cartouche par terre dans le vestibule et suspendit sa veste à la patère. Elle aperçut sa mère assise sur le canapé, occupée à feuilleter un magazine sur l'écran du salon. Un verre de vin rosé, à moitié vide, était posé sur la table à côté d'elle. L'arôme du vermouth se mêlait aux chaudes odeurs de cuisine.

Pourvu que ce ne soit que le premier martini de la soirée ! D'ordinaire, Joanna McLeod ne commençait pas à boire avant que le soleil ne fût couché. Une habitude qu'elle avait prise depuis qu'ils étaient revenus de Berlin l'année dernière. D'Allemagne au New Jersey. Quelle déchéance ! Kelly ne reprochait pas à sa mère de boire ; qu'aurait-elle pu faire d'autre ? Pour Kelly, la banlieue n'était qu'une immense pelouse où on lavait les voitures, un campus où on prenait des leçons de natation et où l'ordinateur régnait en maître. Le rêve américain. Ses rêves à elle étaient ailleurs. Mais où ? Finalement elle n'en savait rien.

— Salut, lança-t-elle, déjà prête à fuir vers l'escalier moquetté de brun qui conduisait à sa chambre.

— Oh, Kelly ! (Sa mère détourna les yeux de l'écran, sourit, puis consulta sa montre d'un air consterné.) Mon Dieu, quelle heure est-il ?

— Pas de panique. Papa doit être encore à l'aérodrome, à jouer dans le hangar avec son U.L.M.

— Tu as raison. Il avait une réunion à une heure, mais elle n'a pas pu durer si tard. Qu'en penses-tu ? Depuis qu'il a pris sa retraite de l'armée de l'Air, quand il part négocier ces contrats gouvernementaux, j'ai l'impression que c'est plus pour lui un passe-temps qu'un véritable travail.

A nouveau la femme sourit en plissant le nez. Ah ! si Kelly avait pu recevoir ce nez bouton-d'or à la loterie génétique ! Mais c'était Cindy qui avait hérité de toute la blondeur rayonnante de leur mère.

— Ma chérie, Michael Ryton a téléphoné. Il a dit qu'il rappellerait plus tard. J'aimerais qu'on en parle.

Kelly vit se profiler les ennuis.

— Qu'on parle de quoi ?

— Ton père s'inquiète un peu de cette amitié.

— Il se fait des idées. Et toi ?

— Eh bien, Michael a l'air gentil, mais...

Kelly laissa échapper un soupir, puis imitant la voix monotone de l'ordinateur :

— Figure sur la liste du doyen à Cornell, membre de l'équipe de tennis, lauréat d'une bourse Merton, diplômé avec mention, le plus jeune associé de l'entreprise Ryton, Greene and Davis Engineering...

— Oui, je sais tout ça, répliqua sa mère d'un ton où perçait une légère impatience. Ce que je ne sais pas, c'est si c'est vraiment une bonne idée que tu as là de fréquenter quelqu'un de tellement plus âgé que toi. Tu n'as même pas le baccalauréat.

— Oh, allons, maman. Toi et papa m'avez pratiquement jetée dans les bras de Don Korbel lorsqu'il a débarqué de Yale à la maison, à Pâques. Simplement parce que c'était le fils du vieux copain d'armée de papa. Ce n'est pas l'âge de Michael qui te tracasse. Tu t'inquiètes parce que c'est un mutant.

La mère eut l'air embarrassée.

— Tu comprends, ces mutants, nous en avons vu plus que toi. Ils sont très unis, ils ont l'esprit de clan. Et ils sont bizarres. Nous les avons vus flotter le long de la plage, enfin, se déplacer comme ils le font, dans l'air. Ils restent entre eux. J'ai seulement peur que tu y laisses des plumes.

— Cindy a bien une amie mutante.

— Oui, mais Reta est du même âge que ta sœur... et du même sexe.

— C'est donc cela. (Kelly se retint de rire.) J'aurais

dû m'en douter. Vous n'aviez pas l'air trop inquiets en Allemagne quand je fréquentais ces soldats. Et ils étaient encore plus vieux que Michael. (Elle s'interrompit, jaugeant du regard l'impact de son trait.) Vous n'allez pas commencer à vous en faire aujourd'hui. Je suis capable de me débrouiller. C'est un garçon très gentil, et dix fois plus intéressant que les tarés qu'on voit dans ce stupide lycée paumé où vous m'avez mise.

— Je suis convaincue qu'il est... (La mère de Kelly prit son verre et avala une longue rasade.) On s'inquiète, c'est tout. Tu n'as pas l'air très heureuse.

Kelly sentit l'exaspération la gagner peu à peu. La dernière chose dont elle avait envie, c'était que sa mère l'entreprenne sur le sujet, la harcèle de questions dont elle ne connaissait même pas les réponses.

— Je serais nettement plus heureuse si tu cessais de t'occuper de mes amis, se contenta-t-elle de dire. Pourquoi ne t'inquiètes-tu pas aussi pour Cindy ? (Elle jeta un regard furieux à sa mère.) Non, ne te fatigue pas à répondre. Je sais pourquoi. C'est parce que Cindy est toujours heureuse. Elle a bien de la chance.

— Kelly, je... (Sa mère ne termina pas sa phrase ; la porte d'entrée venait de claquer.) Voilà ton père. Tu ne veux pas monter un petit moment avant le dîner ?

Plus qu'une suggestion, c'était un ordre.

Assis dans la salle de conférences glaciale, bras croisés, James Ryton attendait impatiemment la fin de la réunion. Si McLeod n'en finissait pas bientôt, il allait être en retard pour le rassemblement annuel du clan ; il fallait compter deux heures de route jusqu'à la plage. Ce que proposait McLeod était insensé, évidemment. Ces normaux n'étaient pas fichus d'anticiper le cours des choses. Pas étonnant que son groupe d'ingénieurs fût constamment occupé avec les contrats gouvernementaux. Les clauses de sécurité qui étaient venues s'ajouter ne faisaient que rendre la situation pire encore.

— Nous ferons parvenir le contrat à votre bureau dès demain matin, dit McLeod en éteignant l'écran.

— Parfait. Plus tôt nous pourrons commencer, mieux ce sera.

James Ryton serra la main de McLeod, puis dirigea ses pas vers la moquette rose de la réception. Il trouvait ces face-à-face consacrés aux négociations un fichu gaspillage de temps, même si les règlements officiels les imposaient. C'était d'autant plus rageant qu'il disposait d'un superbe écran installé dans son bureau, justement prévu pour ce genre de conférences. Stupide. Du gaspillage. Ce qu'il détestait tout autant que la stupidité. Les normaux semblaient des spécialistes en la matière.

Il nota quelque part dans son cerveau de laisser à l'avenir à Michael le soin de s'occuper de ces négociations. Peut-être pouvait-il abandonner complètement cette tâche à son fils, lui qui aimait tant discuter avec les non-mutants.

Ryton songea aux murs qu'il aspirait à bâtir autour de son foyer, de sa famille, de son existence. Tout avait commencé avec la violence des années 90. Les assassinats. Oh, bien sûr, à l'époque il n'était qu'un jeune imbécile idéaliste, au sang chaud et aux visions optimistes. Mais Sarah avait emporté tout cela avec elle, et davantage encore, lorsqu'elle avait quitté ce monde. Sa sœur, si belle, violée, puis tuée à coups de gourdin.

Frissonnant dans l'air de décembre, Ryton monta dans son glisseur. Les sots qui recherchaient un contact nullement nécessaire avec les normaux allaient au-devant de bien des déboires. Les mutants n'avaient jamais été acceptés. Et ne le seraient jamais.

Bien sûr, certaines interactions avec les non-mutants s'avéraient inévitables. Ils contrôlaient l'économie, les institutions et l'enseignement. Le pire, c'étaient leurs piaillements, leurs lamentations continuelles, qui s'accrochaient à lui comme des toiles d'araignées chaque fois qu'il mettait un pied dans leur univers. Il masquait du mieux possible cette faculté de discerner entre leurs émotions, mais invariablement sa résolution prenait l'eau. Dans un soupir, Ryton engagea le glisseur sur la bretelle d'accès de la voie rapide.

Des êtres mesquins, ces normaux. De petits soucis, de viles ambitions. Une méfiance tenace envers tout ce qui leur paraissait étrange, tout ce qui était différent. Si demain il se réveillait pour découvrir qu'ils s'étaient volatilisés, ce ne serait pas lui qui les regretterait. Ils lui avaient déjà trop pris. Sa jeunesse. Sa confiance. Sarah. Non, les normaux ne lui manqueraient en aucune façon. Aucune.

2

Le battement sourd du ressac cessa brusquement lorsque la porte se referma. Michael se débarrassa de son blouson en remerciant le ciel qu'on eût installé les nouveaux radiateurs, et découvrit cinquante visages par trop familiers — cinquante paires d'yeux dorés dont la plupart appartenaient à son clan — disposés autour de la grande table de l'espace salle à manger.

Sa mère lui adressa un sourire discret et désigna deux chaises pliantes grises à côté d'elle. Dans un soupir, Michael posa délicatement son corps dégingandé sur le siège de métal froid dont il perçut la sensation à travers le tissu de son pantalon. Mélanie s'assit près de lui. Michael jeta un regard circulaire ; son père n'était pas là. Il avait dû être retardé.

— Comme je le disais, déclara l'oncle Halden, en cette année 672 de l'Attente, 2017 selon le calendrier standard, nous avons eu deux naissances, un décès, une disparition, mais il s'agit de Skerry et ce n'est pas la première fois qu'il nous fait ça. On a lancé à sa recherche les personnes habituelles.

« Nos démarches tous azimuts ont permis de localiser deux cas isolés dans les contrées rurales du Tennessee, et ceux-ci nous ont rejoints. Il y a eu trois mariages. (Halden marqua un temps d'arrêt.) Deux mariages mixtes, dont nous allons toutefois surveiller la descendance.

Etait-ce son imagination ou Michael avait-il effectivement surpris, autour de lui, cent yeux dorés se mouiller de larmes de désolation ? Cinquante bouches exhaler un soupir de regret ?

— La communauté se maintient, les rassura Halden.

C'était lui le Gardien du Livre ce trimestre, et le ton très officiel de ses propos surprenait venant de lui. Michael préférait de beaucoup l'écouter le soir, près de la cheminée, beugler les vieilles chansons du clan en s'accompagnant de son banjo, le visage éclairé par la lueur des flammes qui dansait sur ses grosses joues et son crâne chauve. Le masque de sérieux qu'il avait revêtu pour la circonstance s'accommodait mal de sa nature expansive.

— Et la saison a été féconde ? demanda Zenora, la femme de Halden, ainsi que le voulait le rituel.

— Oui, vraiment.

— Puisse-t-il en être toujours ainsi, récita l'assistance d'une seule voix.

Michael donna un coup de coude à Mélanie qui semblait s'être assoupie. Elle reprit en chœur les deux derniers mots.

— Où en est le débat sur le Principe d'Equité ? s'enquit Ren Miller dont la face ronde était comme à son habitude rouge de colère. Quand allons-nous être autorisés à participer aux compétitions sportives ?

— Ren, tu n'es pas sans savoir que nous avons abordé

le sujet avec le sénateur Jacobsen, répondit Halden. Elle examine la possibilité d'une abrogation.

— Il serait temps.

— Personnellement, je pense que tu accordes trop d'importance à cette affaire, rétorqua Halden. Notre supériorité psychique nous procure un avantage déloyal sur les normaux. Tu ne diras pas le contraire.

Miller lança un regard furieux au Gardien du Livre, mais ne répondit pas.

Il y eut un mouvement de gêne au sein du clan.

Michael n'ignorait pas que le principe en question constituait un point de friction pour la majorité des mutants, et ce, depuis l'époque où il était devenu article de loi, dans les années 1990.

Halden prit une profonde inspiration.

— Ecoutons ce que nous dit le Livre, proposa-t-il d'une voix paisible. Le cinquième couplet du Temps de l'Attente.

Il s'interrompit quelques secondes pour feuilleter l'énorme livre ancestral. Michael se surprit à retenir sa respiration en prévision de ce qui allait suivre. Le Gardien du Livre trouva le passage que tous connaissaient bien et, d'une voix chaude, en entonna la lecture.

Et lorsque nous nous sommes découverts différents,
Mutants et par là même étrangers,
Nous nous sommes mis à l'écart,
Avons caché ce qui nous rend si différents,
Et ainsi montré un visage affable aux yeux aveugles
De l'univers.
Nous avons bâti notre communauté en silence, en secret,
Nous nous sommes donné l'amour et la communion
Des esprits,
En attendant que viennent des jours meilleurs,
Un temps où nous pourrions communier avec d'autres
Qui ne sont pas notre famille.
Nous attendons toujours.

Halden referma le Livre.

— Nous attendons toujours, psalmodia le petit groupe qui l'entourait.

— Joignez vos mains et communiez avec moi à présent, murmura Halden.

Il baissa la tête, ferma les yeux, tendit les mains sur sa droite et sur sa gauche, et en saisit d'autres qui à leur tour se tendirent vers d'autres, et ainsi de suite tout autour de la table jusqu'à ce que le cercle fût formé.

Sans enthousiasme, Michael avait lui aussi fermé les yeux et senti la pression des mains familières comme se refermait la chaîne de fraternité. Il redoutait et aimait tout à la fois ce moment où s'effaçait la conscience individuelle pour laisser place au chant ronronnant de l'esprit de groupe, litanie mentale non point faite de mots intelligibles mais, plutôt, de sonorités rassurantes, tel un bourdonnement d'abeilles aux harmonies mouvantes. Il se détendit, baignant dans la chaleur de la communion. Sans que rien fût dit, tout était entendu, tout était reçu et pardonné. Ce moment était amour. Michael flottait, en suspension dans cette atmosphère d'amour, s'étirait dans la douceur de cette union des esprits comme un chaton paresseux sous les rayons dorés du soleil. Lorsque, par imperceptibles étapes, il sentit refluer le bourdonnement mental et son moi retrouver le chemin de son cerveau individuel, il se laissa encore un moment porter par la vague bienveillante.

Il rouvrit les yeux. Sa montre lui apprit qu'il s'était écoulé toute une heure. Il avait beau avoir souvent fait cette expérience, il restait toujours surpris que le temps passât si vite à travers ce qui ne lui semblait que quelques instants. Sentant le froid, il resserra son blouson contre sa poitrine.

Près de lui, des gens bâillaient, se frottaient les yeux ou souriaient béatement. Sa tante Zenora, assise en face, lui lança un clin d'œil auquel il répondit par un grand sourire, pensant déjà aux merveilleux biscuits qu'elle avait dû cacher pour plus tard. Leur arôme flottait dans la pièce, un irrésistible arôme de chocolat.

La porte d'entrée s'ouvrit et le père de Michael entra, lèvres pincées.

— James, tu as manqué la communion, gronda Halden. Le travail, comme d'habitude ?

— En effet, répondit Ryton, le visage radouci. Tu sais combien je déteste rater la communion. Surtout depuis que c'est toi le Gardien du Livre, Halden.

— Eh bien, tu as encore la séance de demain, cher cousin. Viens prendre un verre.

Les deux hommes se donnèrent une brève accolade.

Quelle étrange paire ils font, songea Michael. Son père était mince et blond, alors que son oncle, avec son teint basané, ressemblait plutôt à un ours. Il est vrai que beaucoup de parents mutants offraient un aspect singulier. Il existait une explication à cela dans les Chroniques. D'ailleurs, en cherchant bien, on y trouvait une explication pour tout. Sauf que les Chroniques étaient rédigées dans une langue archaïque, non scientifique, ce qui n'était pas pour dissiper les doutes qui assaillaient Michael.

Les mutants étaient apparus pour la première fois il y a plus de six cents ans, précédés, semblait-il, par une sorte de bouleversement météorologique. Les Chroniques faisaient état d'averses de sang et de vaches qui avaient engendré des veaux à deux têtes. Mais le XVe siècle, du moins d'après ce que Michael en savait, était coutumier de ce genre d'événements.

Il savait aussi que, selon les scientifiques mutants et les théoriciens des normaux, en cas de prédisposition naturelle à la mutation, le processus s'enclenchait plus facilement dès lors qu'on était exposé à certains types de radiations. Une comète ou une pluie de météorites, par exemple, entraînaient toutes sortes de mutations dans la génération suivant immédiatement celle qui avait été exposée. Nombre d'entre elles étaient des mutations terminales, avec phénomènes particuliers, stérilité et extinction de l'espèce. Toutefois, les souches d'*Homo sapiens* qui réussissaient à survivre connaissaient un formidable épanouissement. Leurs pouvoirs psychiques étaient accrus. Certains mutants développaient des dons télépathiques à divers niveaux. D'autres héritaient de pouvoirs télékinésiques, là aussi plus ou moins puissants. Parfois, un mutant se voyait doté de plusieurs de ces pouvoirs. C'étaient des précogs, des individus aptes au brouillage des sens, des télépyromanes. A l'occasion, émergeait du lot un mutant aux talents d'une diversité et d'une force impressionnantes. Mais c'était l'exception. Dans l'ensemble, les pouvoirs des mutants étaient capricieux, souvent difficiles à contrôler.

Autour de leurs yeux et de leurs étranges effets secondaires s'échafaudaient de nombreuses théories. La moitié du temps, pour Michael, tout cela prenait des allures de conte de fées. Jusqu'au moment où survenait, dans le cycle annuel, la saison des mutants.

Quand il était enfant, il écoutait, tout oreilles, l'histoire du clan que les aînés racontaient au cours de la transmission rituelle qui avait lieu chaque année. Aujourd'hui, il aurait pu la répéter en dormant. Comment ses ancêtres avaient lutté pour survivre, face à la terrible révélation de leurs étranges pouvoirs et aux réactions violentes qu'aurait pu déclencher une panique auprès de la majorité « normale ». D'où les enclaves qu'ils avaient établies, pour se soustraire aux regards inquisiteurs et aux indiscrétions malveillantes. Pendant des siècles, les mutants avaient vécu en marge de la société, voleurs ou alchimistes, sorciers ou guérisseurs. Certains moururent sur le bûcher. D'autres connurent une existence d'un luxe inouï. Plusieurs rejoignirent le monde du cirque. Les mutants faisaient de remarquables « gens du voyage ». Et des monte-en-l'air encore plus accomplis.

Etres à part, secrets, distants, ils survivaient et se multipliaient, mais toujours condamnés à rester dans l'ombre. Outre la peur héritée des siècles passés où on leur donnait la chasse et on les persécutait, les mutants étaient confrontés à l'évidence d'une durée de vie plus courte que celle de l'*Homo sapiens* ordinaire. Bien souvent, le mutant mâle n'atteignait pas la soixantaine. Vivre au-delà était s'exposer à sombrer dans la folie. Michael avait entendu parler, non sans effroi, de baraquements administrés par le clan où on gardait les vieux atteints de démence, loin des oreilles et des yeux des normaux. Le taux de suicides parmi la population mutante la plus âgée était le double de celui des normaux. En compensation de leur brève durée de vie, ils bénéficiaient de pouvoirs qui, il est vrai, s'avéraient, au mieux, d'une efficacité peu fiable.

Des groupes s'étaient formés au sein d'autres groupes. L'espèce mutante avait été préservée grâce à un contrôle vigilant des accouplements consanguins, mais le tribut était lourd. Il ne fallait pas s'étonner que des gens comme le père de Michael se montrent offensés lorsqu'on offrait leur condition en pâture à la curiosité du public. Ils étaient fiers de leur héritage et se méfiaient de la façon dont les normaux pouvaient réagir, et ce, aujourd'hui encore. Cependant, pour Michael, l'idée de passer toute une vie enfermé dans ce placard avec sa famille commençait à devenir insupportable. Quatre années d'université lui avaient fait miroiter un monde plein de possibilités en dehors du clan.

Son regard fit le tour de la salle. Il n'y vit qu'une vaste assemblée de gens emplis d'amour mais qui ne comprendraient sans doute jamais ce qu'il ressentait. Son oncle Halden était doté d'une forte carrure, renforcée d'un généreux embonpoint. A côté de cet ours massif, le père de Michael avait l'air beaucoup plus petit, et plus maigre sous sa peau dorée et ses cheveux blonds. Michael savait qu'il ressemblait à son père, même si, de par ses origines asiatiques, sa mère lui avait transmis ce teint plus riche et ces yeux exotiques. Un parfum de plus dans ce pot-pourri que constituait déjà l'espèce mutante, pensait un Michael toutefois convaincu qu'ils étaient à cent pour cent des *Homo sapiens.* Quelle que soit la nature de ces espiègles agents mutagènes... allez, il valait mieux laisser cela aux généticiens du clan.

Il avait entendu parler de mutants avec un seul œil, des écailles sur la peau ou sept doigts à chaque main ; mais la rumeur voulait qu'ils vivent sur la côte Ouest, menant une existence recluse. Quant à lui, il remerciait le ciel de lui avoir donné, comme particularité physique, et par la grâce de Sue Li Ryton, sa mère, l'épicanthus qui plissait ses paupières. Mélanie faisait un tantinet plus asiatique, avec ses cheveux noirs. Mais des trois, c'était Jimmy qui tenait le plus de leur mère. Michael chercha du regard son farceur de petit frère, mais ne le vit nulle part. Probablement dans quelque endroit en train de persécuter mentalement un pauvre type. Et il s'en tirerait sans punition, avec ça. Allez savoir pourquoi, leur père avait décidé de fermer les yeux sur les transgressions dont Jimmy se rendait coupable.

La réunion semblait terminée. Michael commença à se faufiler vers la porte. Ces rassemblements étaient devenus une corvée, tellement était prévisible ce qui allait s'y dire ; et puis, il voulait se garder du temps pour lui. Une fois rentré à la maison, ce temps lui serait compté ; le voyage à Washington se dessinait à l'horizon, et après ça, ce seraient les contrats de la N.A.S.A.

— Tu pars déjà, Michael ? (La voix de James Ryton, nettement désapprobatrice, tranchante comme une lame de couteau, venait de retentir dans la salle, coupant le jeune homme dans son élan.) Eh bien, je suis ravi que tu aies eu le temps de passer.

Michael ignora le sarcasme.

— Je voulais juste aller prendre un peu l'air.

— Par ce froid ? insista James en dévisageant son fils. Qu'y a-t-il ? Ta famille n'est pas d'assez bonne compagnie ?

— J'avais simplement envie de marcher. Pour penser.

— A une fille, sans doute, grommela le père. Permets-moi de te dire que tu te gaspilles. C'est aux mutants que tu devrais penser. A notre voyage à Washington. Il est temps que tu te considères comme un membre responsable de notre communauté. Tu es un des associés de la compagnie. Tu dois réfléchir à ton avenir. A notre avenir.

Michael s'enflamma.

— Je ne fais que ça, répliqua-t-il sèchement. Et moi, dans tout ça ? Ce que j'ai envie de faire ?

— Bon, très bien, qu'as-tu envie de faire ?

Dans la salle, les conversations avaient cessé et toutes les têtes étaient tournées vers eux. Michael savait que ce qu'il allait répondre blesserait sa famille et ses amis, mais il n'y pouvait rien.

— J'en ai assez de ce respect de la tradition. Nous sommes censés désormais aller de l'avant, non ? Maintenant, nous avons Eleanor Jacobsen au Congrès, et...

— Certains d'entre nous, intervint son père, ne sont pas persuadés que le moment est venu d'une ouverture avec le monde des non-mutants. A mon sens, nous devons continuer à respecter les vieilles coutumes et à avancer avec prudence. Les normaux peuvent se révéler dangereux.

— Oui, je sais, dit Michael, agacé.

— Alors, tu dois comprendre que j'aie à cœur de te procurer ce qu'il y a de mieux pour toi. Il n'est pas interdit, de temps à autre, de fréquenter des gens qui ne sont pas de notre milieu, mais pas question de les épouser.

Michael fixa son père d'un regard incrédule.

— Qui a parlé de mariage ? Et quel mal y aurait-il à ça ?

James Ryton lui retourna un regard sévère, de derrière ses lunettes à double foyer.

— Tu sais ce que je t'ai dit au sujet des déviations génétiques. Nous nous devons de protéger la lignée mutante. Sans parler du mal que nous avons eu à l'instaurer.

— Je sais, je sais. Grands dieux, oui, je le sais !

— Alors, tu sais aussi qu'il est temps pour toi de réfléchir à tes actes. A tes responsabilités. Il est temps que tu commences à t'intéresser à Jena. Elle a l'âge requis, et les candidates ne sont pas si nombreuses.

Du fond de la salle, une fille blonde, élancée mais non dénuée de sensualité, adressa un sourire au jeune homme. Le badge de l'unité brillait, doré, sur sa gorge. Michael s'obligea à regarder de l'autre côté, l'estomac noué. L'existence au sein du clan était comme un étau dont il se sentait prisonnier, et qui pouvait bien broyer les forces vives qu'il sentait en lui.

— C'est donc ainsi, dit-il d'un ton amer. S'adapter, se reproduire selon le même modèle, rester conforme. C'est bien ce que je pensais.

— A t'entendre, on dirait qu'il s'agit d'un sort terrible.

— C'est peut-être bien mon avis. (Michael vit des larmes dans les yeux de sa mère, mais il était trop tard pour revenir en arrière, et d'ailleurs était-il certain de le vouloir ?) Je n'ai pas passé quatre ans à Cornell pour être un simple rouage d'une stratégie imaginée par quelqu'un d'autre. Pour devenir un étalon du clan.

Autour de lui, tous retinrent leur souffle. Le visage de son père était en train de virer au rouge, signe évident d'une nouvelle explosion de colère.

— Michael, si tu te refuses à faire face à tes responsabilités vis-à-vis du clan, nous devrons prendre des décisions à ta place.

— Comme si on ne les avait pas déjà prises, répliqua le jeune homme en se campant devant son père dans une attitude de défi, les mains sur les hanches. Tu me demandes d'agir et de penser comme un adulte, et quand je le fais, tu me traites comme un enfant.

Dans la salle, les yeux dorés étaient tous fixés sur lui. Michael se sentit suffoquer. S'il ne sortait pas d'ici, il allait éclater. Rendre l'âme.

D'un mouvement brusque, il se retourna et, usant de son don télékinésique, ouvrit la porte qui se trouvait un mètre plus loin. L'instant d'après, il était dehors ; dans l'air glacé, sa respiration saccadée formait des nuages de vapeur. Mais où aller ? Le martèlement des vagues lui apportait un message insistant. Michael courut vers la plage, résolu à mettre autant de distance que possible entre sa famille et lui.

Lorsque la porte claqua derrière son fils aîné, James Ryton ne broncha pas. Autour de lui, les membres du clan marmonnaient en secouant la tête pour marquer leur désapprobation et se déplacèrent pour discuter en petits comités.

— Tu veux un conseil d'ami ? proposa Halden.

— Pas vraiment, Hal, mais je te connais assez pour savoir que tu vas me le donner quand même.

Halden sourit.

— Si ça doit continuer ainsi, tu finiras par chasser Michael.

— Tu as peut-être raison, soupira Ryton. Il me rappelle ce que j'étais à son âge. Une vraie tête brûlée. J'ai peur qu'il ne se fasse du mal.

— Tu t'en es bien sorti, objecta Halden. Et sans dommages, semble-t-il.

— Plus ou moins, rectifia Ryton en s'efforçant de sourire. Tu sais, les crises ont commencé, Halden. Elles surviennent comme ça, en pleine nuit. Distorsions auditives, et ça me réveille.

Le Gardien du Livre prit Ryton par l'épaule.

— Courage. Nous sommes à la veille de découvrir le moyen de les contrôler. Peut-être même de les éliminer.

Avec un rictus amer, Ryton se dégagea.

— Je ne veux pas passer les vingt prochaines années de ma vie en proie à des crises névrotiques. Plutôt me tuer.

Sa voix était si basse qu'on aurait dit qu'il se parlait à lui-même.

— James, ne parle pas ainsi.

— Désolé, mon vieux, ajouta Ryton avant de se forcer à sourire. Si on discutait d'un sujet moins déprimant ?

Halden lui pressa le bras.

— Ton fils est intelligent, un bon point pour le clan. Il reviendra parmi nous. Sois patient.

— Puisses-tu avoir raison ! As-tu appris quelque chose sur ce soi-disant supermutant ?

— Les rumeurs vont bon train, répondit le Gardien du Livre. On fait état au Brésil d'expériences sous radiations. Sur des sujets *humains*.

— Au Brésil, maintenant ? La dernière fois, c'était en Birmanie. Je ne crois rien de tout ça. Existe-t-il des documents ? Des preuves concrètes ?

— Pas exactement. Mais ça a fait assez de bruit et de remue-ménage pour déclencher un débat au Congrès aux fins d'instituer une commission d'enquête.

— Laquelle se rendrait au Brésil ?

— Et où veux-tu qu'elle aille ? Sous couvert d'un petit voyage d'agrément, évidemment, le truc non officiel. On ne va quand même pas les prendre à rebrousse-poil alors qu'ils sont enfin en mesure de nous régler une grande partie de leur dette.

— Grâce à ce filon de triobium qu'ils ont découvert à Bahia. Et à la technique d'extraction au laser qu'ont mise au point les Anglais. Et Jacobsen ? Elle va y aller, bien sûr ?

— Elle est bien obligée, fit Halden en haussant les épaules. D'autant que nous considérons la situation avec un peu plus de sérieux qu'auparavant. J'ai eu des comptes rendus de la côte Ouest. De Russie, également. Nos généticiens croient possible que ces types, quels qu'ils soient, aient réussi à isoler et à coder le génome mutagène.

Ryton eut un gros rire.

— Oh, épargne-moi le couplet. Tu sais comme moi que le codage des génomes, on en parlait déjà il y a vingt ou trente ans, dans les années 80. Ça n'a jamais réussi, surtout après la bévue des Japonais qui a entraîné le moratoire sur la question.

— Peut-être le moratoire n'a-t-il pas franchi les frontières du Brésil, objecta Halden.

Il avala son café d'un trait et s'en servit une nouvelle tasse.

— Bon, et la Russie, qu'as-tu appris de *spécial* ?

— Des rapports superficiels. Ils ne sont pas aussi bien organisés que nous, évidemment ; mais lors de son dernier voyage, Zenora a vu Yakovsky. Il lui a dit qu'eux aussi étaient inquiets à propos du Brésil.

— Il faudrait en discuter en assemblée générale.

— J'y ai pensé. Demain ?

Ryton acquiesça d'un signe de tête.

— Les implications sont effrayantes. Après tout, à l'heure actuelle, les normaux ne savent pas vraiment que faire de nous. Que va-t-il se passer si on révèle l'existence d'un mutant aux pouvoirs réellement supérieurs ?

— Oh, tu sais bien, les trucs habituels. L'émeute populaire, les pogroms, les lynchages. (Halden sourit.) Tu vois toujours le côté noir des choses, James. Un supermutant, ça peut être formidable.

Ulcéré, Ryton se dressa de toute sa hauteur.

— Je sais que tu trouves ça amusant, Halden. Mais je n'ai pas oublié 1992. Ni Sarah. Ce pourrait être très dangereux pour nous.

— Je comprends que tu t'inquiètes, dit Halden avec diplomatie. Mais c'était il y a vingt-cinq ans. Et puis, tout compte fait, est-ce que nous ne cherchons pas à faire la même chose à notre façon ? Fabriquer des supermutants grâce à nos accouplements uniraciaux ?

— Non, répliqua sèchement Ryton. Ce qui nous préoccupe avant tout, c'est la survivance de l'espèce. La sauvegarde par le nombre. Nous devons rester en dehors des conflits et ne pas risquer de provoquer l'atrophie du reste de la race humaine. Ce dont on ne manquera pas de nous accuser si ce supermutant s'avère ne serait-ce que vaguement exister. Tu le sais, pour commencer, les normaux ont peur de nous. Et s'il y a une seule parcelle de vérité derrière cette rumeur de mutants aux pouvoirs accrus par les radiations, alors qu'est-ce qui nous attend, Halden ? Que deviendrons-nous dans tout ça ?

Malgré l'absence de dunes pour le cacher aux regards indiscrets, Michael se hasarda à léviter au-dessus des vagues. Dans la semi-obscurité, il passerait inaperçu. Il n'aimait pas user de ses dons de mutant devant des étrangers, à la différence de certains de ses cousins qui prenaient plaisir à s'exhiber pour choquer les normaux. Mais il n'y avait pas âme qui vive sur la plage.

Un vent piquant soufflait, annonciateur de neige. Quelques oiseaux solitaires becquetaient les algues le long de la ligne des eaux. Qu'ils parviennent à survivre ainsi en plein cœur de l'hiver, voilà qui est étonnant, songea Michael. A l'approche de son ombre, ils se dispersèrent à tire-d'aile.

Flotter au-dessus des vagues, c'était pour Michael un jeu merveilleux. Il avait toujours adoré cela. Quand il était petit, sa mère l'attachait parfois à une corde pour l'aider à contrôler son pouvoir de lévitation. Il se rappelait avec quelle patience elle lui apprenait à s'élever alors qu'il avait à peine quatre ans. « Tu prends un bon élan et hop ! Allez, Michael. Essaie encore une fois. »

Ses dons télékinésiques n'étaient apparus que dans les trois dernières années. Il éprouvait une joie sans pareille à les mettre à l'épreuve. Mentalement, il repoussait les vagues déferlantes. Elles revenaient, bien sûr, mais c'était comme s'il voyait la mer obéir à ses ordres.

Il était quelqu'un de rare, même au sein de la communauté ; un mutant doté d'un double pouvoir. Son père ne cessait de lui casser les oreilles à propos de ses précieux gènes. « Préserve-les. Protège-les. Epouse une mutante. Fais-lui des petits mutants. Un jour, tu seras Gardien du Livre. Ne montre tes pouvoirs à personne. Intègre-toi. Fonds-toi dans la masse. » Rien que d'y penser, ça le mettait en rage.

Le ressac déversa sur le rivage une vague dont l'écume vola jusqu'à Michael. Il s'éleva un peu plus haut afin de l'éviter.

De bons petits mutants, songea-t-il, qui se cachent comme des souris et se cramponnent les uns aux autres en réclamant leur dose d'air vitale. Chaque fois qu'il assistait à une réunion du clan, leurs petites mesquineries lui crissaient aux oreilles comme des ongles sur un tableau. Au moins y avait-il échappé le temps qu'il était à l'université. Il avait vu comment vivaient les normaux. Et il avait aimé ça.

Les gens comme Kelly McLeod prenaient la vie du bon côté. Ils n'étaient responsables que vis-à-vis d'eux-mêmes, et peut-être de leur famille. En tout cas, ils n'avaient pas de secrets à protéger. Nul besoin d'observer des traditions qui les étouffaient, ni de préserver des coutumes qui les isolaient. Ils étaient dispensés de l'écœurante convivialité qui présidait à l'esprit de clan, de toute mission sacrée, si ce n'est celle d'être eux-mêmes et de découvrir ce que la vie avait à offrir.

Il admirait la forte personnalité de Kelly, son indépendance. La plupart des mutantes refrénaient leurs émotions, prenaient garde à ne rien laisser paraître, tout au plus une ombre furtive derrière leurs regards. Jena comme les autres. Un instant il eut honte de la façon dont il l'avait ignorée. C'était une fille attirante, sauf qu'elle n'avait pas les yeux de la bonne couleur. Tous les mutants avaient ces mêmes yeux fauve-brun doré, qui renvoyaient d'étranges reflets dans l'obscurité ; une manière aisée de reconnaître les membres du clan dans des lieux inconnus.

Kelly, quant à elle, avait des yeux bleu clair. Il aimait la façon dont ils contrastaient avec sa peau claire et ses cheveux noirs, il aimait son nez pointu au fin modelé, ses pommettes ciselées. Et la façon qu'elle avait de s'habiller un jour de cuir noir et de chaînes d'argent, d'apparaître le lendemain les cheveux remontés sur de petites boucles d'oreilles, vêtue d'un chemisier à l'ancienne mode avec col haut et dentelles. Lorsqu'elle souriait, elle révélait une rangée de dents qui étaient loin d'être parfaites mais qui plaisaient à Michael. Il n'avait pas envie d'avoir en face de lui une poupée en plastique. C'était en partie ce qui faisait le charme de Kelly.

Il se remémora le jour où il l'avait embrassée dans l'arrière-cour de la maison des McLeod. Elle n'avait pas offert de résistance lorsqu'il avait glissé les mains sous son soutien-gorge. S'ils avaient eu le temps, il savait qu'elle l'aurait encouragé à pousser plus loin, mais son père était sorti. Depuis, il la désirait avec une ardeur qu'il n'avait jamais éprouvée pour aucune mutante.

« Appelle-moi quand tu rentreras de vacances », lui avait-elle dit sur le perron où la lumière auréolait ses cheveux bruns. L'attente était insupportable, il fallait qu'il la revoie. Mais il devrait prendre garde à ce que son père n'en sache rien.

— Un eurodollar en échange de tes pensées.

Michael se retourna. Personne. Dans le lointain, un volet battait sous le vent. Avait-il imaginé cette voix qui lui parlait ?

— Tu n'as pas peur qu'un normal te surprenne et défaille ?

Quelqu'un lui parlait, en effet, mais cette voix qu'il entendait était dans sa tête, non dans ses oreilles. Et cette voix railleuse de faux ténor ne pouvait appartenir qu'à une seule personne. Son cousin Skerry. Skerry qui avait pourtant disparu, selon Halden.

— Skerry ? Où es-tu ? fit Michael à voix haute.

Il n'avait aucun don pour expédier des messages télépathiques, et d'ailleurs il était interdit, eût-on possédé ce don, de pénétrer dans l'esprit d'un autre pour y lire ses pensées. Skerry avait le droit de lui poser des questions, mais pas celui d'aller pêcher des réponses.

— Derrière le snack-bar.

Sans perdre une seconde, Michael se posa sur la plage et, foulant le sable, se dirigea vers le bâtiment gris qui menaçait de s'écrouler et qu'on avait protégé contre les vents de l'hiver au moyen de planches clouées. Parvenu à l'angle le plus éloigné, le jeune homme jeta un œil scrutateur. Rien que des cabanons et du sable.

— Tu chauffes.

— Allons, Skerry, arrête de déconner !

Son cousin était peut-être tout près de lui, mais si Skerry ne voulait pas qu'on le voie, Michael pourrait encore le chercher à la Saint-Sylvestre.

Derrière lui, il crut entendre battre des cartes. Faisant volte-face, il vit des planches grises clouées en diagonale se transformer progressivement, comme une image vidéo, et son cousin apparut. Ce vieux Skerry, toujours le même ! Une parka verte de l'armée américaine, des jeans et des bottes, cheveux frisés châtains et barbe, et ces yeux rayonnants, tout comme les siens. Mais tandis que Michael était plutôt du genre maigre, vif et nerveux, Skerry était grand et musclé, et nanti de larges épaules et de jambes capables d'envoyer un ballon de football à l'autre bout du terrain. Ou d'abattre un arbre à coups de pied. Un sourire taquin révélait la blancheur de ses dents. Michael avait un faible pour son cousin, même s'il ne lui faisait pas vraiment confiance. Mais il ne s'en méfiait pas vraiment non plus. Difficile de s'expliquer ce que l'on ressent devant un télépathe spécialiste de l'escamotage.

— Tu as encore eu des mots avec ton vieux ?

— Tu étais à la réunion ?

— Disons que je garde un œil sur ce qui arrive à mes proches et aux gens qui me sont le plus chers.

— Bon, alors, tu sais comment c'est. Ils veulent que j'épouse Jena. Que je rentre dans le rang. Que je nettoie mes chaussures, bref, que je sois un bon petit mutant.

— On dirait que tu en as ras le bol.

— En effet.

— Eh bien, pars.

Michael secoua la tête, l'air embarrassé.

— Je ne peux pas. Toi, peut-être, mais moi, si je lâchais la compagnie et quittais la ville, mes parents en mourraient.

Skerry haussa les épaules, exhiba un cure-dent et l'inséra entre ses lèvres d'un air désinvolte.

— Où étais-tu ? demanda Michael.

— Ici et là. Le monde est grand.

Il se mit à arpenter la plage d'un pas nonchalant, tout en faisant signe à Michael de le suivre. Ils marchèrent ainsi côte à côte durant plusieurs minutes sans parler. Puis Skerry s'arrêta pour regarder son cousin, jeta le cure-dent dans l'eau, et reprit :

— Tu ne peux pas passer toute ta vie à leur faire plaisir. Tu vas devenir fou. Et je ne parle pas de la folie qui touche les vieux mutants. Tu as plus de possibilités de choix que tu ne le penses, mais si tu ne saisis pas ta chance dès maintenant, tu ne le feras jamais. Rappelle-toi ce qui caractérise l'existence d'un mutant. Il ne vit pas vieux. Et sa fin est triste. Pars, découvre qui tu es.

— Comme toi ?

— Peut-être.

— Plus facile à dire qu'à faire. D'ailleurs, si tu t'es sauvé, que fais-tu ici ?

Skerry haussa à nouveau les épaules.

— La nostalgie. Et puis, qu'est-ce qui te fait croire que je suis réellement ici ?

Il arbora un large sourire et les contours de sa silhouette commencèrent à s'estomper.

— Skerry, attends. Ne t'en va pas.

— Désolé, petit. C'est l'heure. Réfléchis à ce que je t'ai dit. Pars tant qu'il en est encore temps. Je reste en contact.

Ce qui disparut en dernier, ce fut le sourire de Skerry, du moins c'est ce que pensa Michael.

Plantant ses dents dans son gâteau aux noix, Mélanie en goûta la saveur riche et forte. On en était à la partie de la réunion que tout le monde attendait, le moment où on se mettait à jour des derniers potins, où on exprimait son admiration devant les nouveaux arrivés au sein du clan, où on discutait politique. Surtout politique. Oh oui, tout le monde attendait cela. Tout le monde, sauf elle.

Elle regarda les plus jeunes qui lévitaient en cercle devant la cheminée et souhaita un instant redevenir une enfant pour pouvoir se joindre à eux. Mais il y avait plus que l'âge pour la séparer du groupe joyeux jouant près du feu, et aussi des autres membres du clan entassés dans la salle. Mélanie était une mutante, bien sûr. Elle n'avait qu'à contempler ses yeux dorés pour s'en rendre compte. Mais elle était une mutante infirme. Une mutante souffrant de dysfonction.

Certes, chacun dans le clan la traitait avec égards. Trop d'égards. Ils se comportaient comme si elle était une attardée mentale. Leur pitié lui était aussi dure à avaler que le mépris dont elle était l'objet à l'école de la part des non-mutants.

De l'autre côté de la salle, Marol, le visage empreint d'une certaine fierté, retenait son bébé, Sefrim, en train de léviter, paisiblement endormi, au-dessus de ses genoux.

Je n'ai même pas les aptitudes d'un mutant nouveau-né, songeait Mélanie.

Pourquoi n'avait-elle pas suivi Michael lorsqu'il était sorti comme un ouragan ? Que n'avait-elle apporté quelques cachets de Valédrine de sa mère. Elle en arrivait à redouter ces réunions autant que son frère aîné. Davantage, même. Lui, au moins, possédait un don. Elle, en fait, ne savait pas réellement qui elle était.

Ne pleure pas, s'exhorta-t-elle. Ne leur montre pas tes larmes.

Etait-ce sa faute si elle avait les yeux dorés, mais sans une once de ces pouvoirs qui étaient donnés aux mutants ? Ah ! Combien d'heures avait-elle passées à s'exercer dans sa chambre à l'insu des autres, priant le ciel que son absence de don ne soit due qu'à une maturitée retardée !

Elle était destinée à pratiquer la télékinésie — elle le sentait jusque dans la moelle de ses os. Mais elle avait beau se concentrer du mieux possible, au point d'en avoir des migraines, pour déplacer une simple orange à travers la chambre, voire sur la table, le résultat était toujours le même. Rien. L'orange restait là où elle l'avait mise.

Après ses premières règles, Mélanie commença à désespérer. A cette période de leur vie, toutes les filles mutantes disposaient de la plénitude de leur pouvoir. C'est alors que Mélanie essaya de comprendre, à défaut d'accepter. Mais lorsque Michael développa un second don, elle dut se rendre à l'évidence : elle avait été choisie par un dieu cruel et malveillant pour endurer un tourment particulier. Son frère aîné avait en quelque sorte hérité des deux pouvoirs, le sien propre et celui de sa sœur !

Une main lui effleura l'épaule doucement, affectueusement. Mélanie leva les yeux et aperçut tante Zenora qui lui souriait. La femme de l'oncle Halden avait assurément été faite pour lui. Grande et ne manquant pas d'aplomb, tout comme son mari. Elle ne portait pas moins d'une demi-douzaine de badges de l'unité sur une manche : six yeux d'or encadrés par deux bras en couronne. Zenora jouait un rôle actif au sein de l'Union des Mutants ; toujours à distribuer des badges durant les rassemblements du clan. Elle serra Mélanie contre elle.

— Comment ça se passe à la fac ? demanda-t-elle.

— Ça va, je crois.

— Tu dois être, voyons, en troisième année ?

— Quatrième.

— Bon, as-tu réfléchi à ce que tu vas faire ensuite ? Poursuivre tes études ? Te lancer dans la vie professionnelle ?

Mélanie haussa les épaules.

— Papa veut que je travaille avec lui.

— Ça me paraît une bonne idée.

— Sans doute.

Rien qu'à l'idée de travailler avec son père et son frère, Mélanie en avait l'estomac retourné. Son rêve, c'était de devenir présentatrice de télévision. La première présentatrice mutante. Mais elle n'avait pas plus de chances d'y arriver que de se mettre soudain à léviter ou à marcher au plafond.

Zenora se laissa accaparer par une discussion politique dans laquelle semblait intervenir toutes les trois phrases le nom du sénateur Eleanor Jacobsen. Mélanie secoua la tête. La politique l'ennuyait. Elle aperçut sa mère assise sur le vieux canapé rouge et alla la rejoindre.

— Zenora est toujours aussi dynamique, fit remarquer Sue Li avec un sourire.

— Si tu veux mon avis, parler politique, c'est ce qu'elle préfère, dit Mélanie. Elle aime mieux ça que de faire la cuisine ! Je parie qu'elle dort avec un badge de l'unité.

Jena passa devant les deux femmes, les yeux baissés. Sue Li laissa échapper un soupir.

— Ton frère nous cause bien du souci. Je suis ennuyée pour cette fille.

— Moi non, protesta Mélanie. Jena a des tas de soupirants. C'est pour Michael que je suis désolée.

— Comment ça ? demanda sa mère en lui lançant un regard pénétrant.

Mélanie se sentit rougir.

— Eh bien, Jena ne lui plaît pas. Je veux dire, il l'aime bien, mais pas de la façon dont vous le souhaitez. (Elle se tortilla sur le canapé.) Moi, je trouve qu'on n'a pas le droit de le pousser à faire ce qu'il n'a pas envie de faire.

— Naturellement, tu prends son parti ! rétorqua Sue Li, les lèvres pincées.

Dans son for intérieur, Mélanie pensait que Jena n'était qu'une enquiquineuse prétentieuse, qui ne connaissait d'autre relation intime que celle qu'elle entretenait avec son miroir. Mais elle éprouvait un plaisir pervers à voir pour une fois quelqu'un d'autre devenir la cible des regards et des attentions des membres du clan. Elle prit un autre gâteau, en se demandant si Zenora était bonne cuisinière grâce à ses talents de mutante, ou malgré eux.

Les fenêtres du bungalow des Ryton étaient éclairées par une lumière jaune qui semblait vouloir diffuser sa chaleur au sein des ténèbres. Le soleil avait disparu à l'horizon depuis presque une heure. Michael ouvrit la porte avec précaution, prêt à déguerpir au premier signe de conflit. Sa mère était assise devant la table de cuisine et lisait, le dos tourné. Nulle trace de Mélanie ni de leur père. Lorsque Michael entra dans la pièce, sa mère leva les yeux de l'écran.

— Tu as mangé ? s'enquit-elle d'un ton las.

— Non.

— Ote ton manteau. Je vais te préparer un sandwich.

Les pieds en bois de la chaise raclèrent le plancher lorsque Sue Li se leva pour traverser la cuisine. Avec la lumière qui brillait sur ses cheveux bruns et son visage encadré par sa capuche rouge, elle ressemblait à une gravure que Michael avait vue un jour, une estampe japonaise représentant une geisha vêtue d'un kimono et d'une écharpe brun-roux. Il suspendit son manteau et s'assit sur la chaise qu'elle venait de quitter, face à l'écran, où se déroulait un récit d'épouvante tiré d'un vieux recueil.

— Ça te plaît, ces trucs-là ?

— Oui. Ça me plonge dans un univers complètement différent. Et chaque fois que j'en reviens, je suis ravie de retrouver mon monde à moi.

— Cela me plairait bien, à moi aussi, remarqua Michael. Où sont les autres ?

— Ton père est resté pour discuter avec Halden et Zenora. Jimmy et Mélanie sont chez les voisins ; ils regardent la télévision sur le grand écran de Tela.

Elle posa sur la table un sandwich au pain de soja et une tasse de cacao, et s'installa en face de son fils, la mine pensive.

— Michael, dit-elle, je sais que ça t'agace tout ce qu'on exige de toi, mais ton père n'a aucune envie de se montrer dur à ton égard.

— Alors, pourquoi agit-il ainsi ?

— Il se fait du souci, soupira-t-elle. Tu sais quelle importance il attache à l'édification d'un avenir meilleur. Et il est très fier de toi.

— Evidemment, quand on a pour fils un mutant au double pouvoir. Bon, s'il est aussi fier que tu le prétends, pourquoi ne me le dit-il pas lui-même ?

— Cela lui est très difficile.

Michael engloutit une nouvelle bouchée avant de répliquer :

— J'aimerais bien, moi aussi, qu'il ne me rende pas les choses si difficiles. Et c'est pareil pour Mel.

— Je sais.

— Toi, tu as déjà ressenti cela ?

Sa mère lui sourit tendrement.

— Evidemment. Mais la situation était différente lorsque j'étais jeune. Il y avait beaucoup plus d'enthousiasme parmi le clan. On se sentait comme aux premières lueurs d'un âge nouveau. Certes, c'étaient les années 70, une époque où tout semblait possible.

— C'était comment ?

— Oh, follement excitant. Déroutant. Pour un enfant surtout. (Elle s'interrompit, tandis que ses joues se coloraient sous l'effet des vieux souvenirs.) On aurait dit que le monde brillait de mille perspectives d'avenir. Que toutes les vieilles habitudes se transformaient. Et, dans un sens, c'était bien ce qui se passait. Mais alors est apparue la violence. Et à bien des égards, les choses en sont restées là pour nous.

Michael s'appuya au dossier de sa chaise.

— Quelqu'un s'est-il jamais demandé si le temps de l'Attente n'était pas enfin terminé ?

Sa mère hocha la tête tristement.

— J'étais trop jeune pour me rappeler aujourd'hui ce qui se disait alors dans les réunions. Mais je me souviens qu'une année, un défilé a été décidé, afin de proclamer notre droit à l'existence aux yeux des gouvernements. Certains des membres les plus âgés ont refusé et, pour finir, le clan s'est retrouvé divisé sur la question. Si bien que nous n'avons été que quelques-uns à défiler, dans les années 90. Avant cela, les rassemblements étaient deux fois plus importants ; on était deux fois plus nombreux à y participer. Mais nous avions déjà été divisés auparavant. Les années 60 et 70 nous ont séparés, et ceux qui à l'époque réclamaient une ouverture sont partis, dont certains en Californie. Parmi eux, se trouvait le garçon que j'aurais bien voulu épouser.

— Que sont-ils devenus ? demanda Michael. Et lui ?

Une ombre passa sur les traits délicats de sa mère.

— Nous commençons à peine à nous réunir à nouveau. Un jour, peut-être, serons-nous tous ensemble, comme au bon vieux temps. Quant à ce garçon, eh bien, il a disparu.

Michael cessa de mastiquer son sandwich et regarda sa mère comme s'il ne l'avait jamais vraiment vue avant ce jour. Sa mère qui portait tout un passé qu'elle ne lui avait jamais révélé. Il éprouva envers elle un respect tout neuf.

— Il est mort ?

— Sans doute.

— A quoi ressemblait-il ?

Elle tendit vers Michael une main affectueuse pour lui écarter une mèche du front.

— Un peu à ton cousin Skerry. Sauvage. C'est ce qui le rendait si attirant. Et en aurait fait un mari impossible à vivre.

Michael fut tenté un instant de lui avouer qu'il avait vu Skerry. Les mots faillirent jaillir de ses lèvres, mais il décida de se taire. Si sa mère en parlait à quelqu'un, il aurait droit à un véritable interrogatoire. Et puis, sur le moment, il n'était pas mécontent d'avoir quelques secrets bien à lui.

3

La musique du roboband se répercutait en d'étranges distorsions sur les carreaux roses des toilettes : des *ouaooo, ouaooo* évoquant le miaulement lointain d'un chat électronique. Mélanie se regarda dans le verre craquelé du miroir. La chaleur qui régnait dans la salle du Branché lui avait donné des couleurs. C'était une nuit plutôt douce pour la mi-février.

La Valédrine qu'elle avait trouvée dans l'armoire à pharmacie de sa mère lui procurait des bourdonnements délicieux dans la tête, accompagnés d'une légère sensation d'engourdissement. Elle passa un peigne jaune dans ses cheveux et étudia l'image que lui renvoyait le miroir. Celle d'une fille à moitié chinoise, avec des cheveux châtains et soyeux. Une fille normale, plutôt mignonne, qui s'était rendue à une soirée.

Mignonne, normale, avec des yeux dorés.

Elle examina son visage comme si c'était la première fois qu'elle le voyait, figée devant l'étrangeté de ces yeux qui lui rappelaient, comme un miroir à deux faces, ce qu'elle était en réalité. Une mutante. Et une mutante infirme. Qui pourrait vouloir d'elle ? Mutante ou normale, qui voudrait jamais d'elle ?

Peut-être devrait-elle porter des lentilles de contact. Elle ferma les yeux pour s'imprégner de l'idée ; masquer cette nuance or qui était la marque des mutants sous un marron foncé, ou une teinte noisette. Au moins ressemblerait-elle alors à une jeune Asiatique normale. Imagine ce que ce doit être, se dit-elle, de vivre comme un non-mutant. Quelle sensation bizarre que de marcher dans la rue et se fondre simplement dans la foule...

Brusquement, la porte s'ouvrit et Tiff Seldon entra, en pleine conversation avec Cilla Cole. En voyant Mélanie, elles s'interrompirent aussitôt. Tiff se dirigea vers les toilettes et passa devant elle, toutes épaules dehors. Avec son corps trapu et athlétique, et ses cheveux blonds hérissés en brosse, elle faisait une bonne tête de plus que Mélanie.

— Excuse-moi, dit-elle avec une politesse exagérée en heurtant Mélanie de la hanche.

Celle-ci partit tête en avant, manquant de s'ouvrir le front contre le miroir. Elle se rattrapa juste à temps.

— Hé !

Elle se retourna. On l'avait poussée intentionnellement, elle n'était pas dupe. Cilla était appuyée au mur face au lavabo, ses bras maigrichons croisés devant elle, un joint entre les lèvres, un double anneau d'argent à chaque narine. Ses cheveux étaient peut-être deux ou trois centimètres plus longs que ceux de Tiff, et d'un vert vif. Elle dévisageait Mélanie avec une joie mauvaise.

— Hé toi-même, petit monstre. Si tu nous faisais quelques tours de magie ? lança Tiff dont la voix résonna derrière la paroi du cabinet.

Mélanie jeta son peigne dans son sac et tourna les talons pour sortir. Mais Cilla bloquait le passage.

— On te parle, le monstre. Tu n'entends pas ?

— Laisse-moi passer, Cilla.

Mélanie s'efforçait de rester calme mais elle sentait battre son cœur dans sa poitrine. Tiff et Cilla étaient méchantes et cyniques, comme tous ceux qui maltraitaient les mutants par plaisir.

— Ça n'a aucune manière, dit Cilla en secouant la tête comme pour feindre d'être choquée.

Puis, elle avança sur sa droite et accula Mélanie contre le mur. Celle-ci esquissa un mouvement vers la gauche, mais Tiff surgit devant elle, le visage barré d'un sourire pervers. Tiff glissa une main charnue sous son chemisier et exhiba un couteau dont la lame renvoyait des reflets d'argent sous les lumières fluorescentes. Elle empoigna Mélanie par l'épaule et lui passa à plusieurs reprises la vibrolame devant le visage. L'objet étincelait sous ses yeux.

— Il est mignon, non ? Mon frère ne sait pas que je le lui ai piqué, c'était dans son blouson. (L'haleine de Tiff empestait le vin ou la bière, et dans son regard brillait une lueur particulière.) Je me suis dit comme ça que je ferais bien une petite sculpture. Peut-être me tailler un petit monstre, dit-elle en ricanant.

Les yeux fixés sur le couteau, Mélanie sentit sa gorge se serrer. Allaient-elles vraiment la taillader ?

La lame se rapprocha et se mit à vibrer lorsque Tiff fit mine de la lui passer sous le menton. Mélanie ferma les yeux. Si elle criait, est-ce que quelqu'un l'entendrait ? Germyn, sa cousine, l'attendait au bar. N'allait-elle pas venir la chercher ? Ou peut-être, si je me concentre bien, de toutes mes forces, je vais tout à coup me découvrir le don des mutants. Et je pourrais alors d'un souffle me dégager de la prise de Tiff, flotter jusqu'au plafond et m'échapper. Elle comprima fortement ses paupières, tentant désespérément de soulever les deux filles du sol. Mais plus elle s'y efforçait, plus elle se sentait faible. En désespoir de cause, elle renonça. Elle n'arriverait jamais à rien. Et on ne la laisserait jamais tranquille.

Elle rouvrit les yeux, se demandant à quel moment la lame allait lui trancher la chair et si ce serait très douloureux. Peut-être en mourrait-elle, alors Tiff irait en prison pour le restant de ses jours. Ce n'était pas une si mauvaise idée après tout. Le tireur qui avait abattu trois mutants au World Trade Center il y a dix ans avait bien fini en prison. Sauf que Mélanie n'avait pas vraiment envie de mourir.

— Tiff, ne fais pas ça, supplia-t-elle. Tu le regretteras.

La porte des toilettes s'ouvrit brusquement. Kelly McLeod se tenait sur le seuil, bouche bée, la main crispée sur son sac.

— McLeod, je te suggère de te chercher d'autres toilettes, lança Tiff sur un ton menaçant. Celles-ci sont occupées, ajouta-t-elle, le couteau toujours sous le menton de Mélanie.

Kelly entra, mains sur les hanches.

— Qu'est-ce qui se passe ?

— On fait juste une petite sculpture de monstre, dit Cilla avec un rire nerveux. Tu veux nous aider ?

— Vous êtes folles ? s'écria Kelly d'un air écœuré. Qu'est-ce qu'elle vous a fait ?

Cilla lui jeta un regard mauvais.

— Qu'est-ce que tu en as à fiche ? Tu ne serais pas amoureuse d'un de ces monstres, par hasard ? Tiff, on devrait peut-être la taillader, elle aussi.

— Kelly, va-t'en avant de recevoir un coup, haleta Mélanie.

Mais Kelly ignora le conseil. Elle s'avança, saisit les anneaux de Cilla et tira dessus d'un coup sec. Cilla se mit à hurler en essayant de la gifler des deux mains.

— Lâche-la ! cria Kelly. Lâche-la, j'ai dit !

— Te mêle pas de ça, McLeod, intima Tiff en se désintéressant de Mélanie pour pointer la vibrolame vers Kelly.

— Va te faire voir !

Tiff porta un coup à Kelly McLeod ; mais celle-ci lâcha sa prise sur l'autre fille et esquiva le couteau qui, à la place, alla taillader le bras de Cilla. La fille referma la main sur sa blessure et se mit à gémir tandis que le sang coulait entre ses doigts.

— Ferme-la, Cilla ! hurla Tiff. J'ai du sparadrap dans mon sac. Bon Dieu, je t'ai à peine touchée.

Cilla étouffa un sanglot et entreprit de fouiller dans le sac de Tiff à la recherche d'un pansement. Kelly s'esclaffa.

— Tu fais toujours ce qu'elle te dit ?

— Elle est amoureuse d'un monstre ! beugla Cilla.

Kelly se retourna et lui envoya une gifle du dos de la

main. La tête vira vers la droite, le sang éclaboussant le mur de traînées rouges. Tiff jura, repoussa Mélanie et se tourna vers Kelly, le couteau à la main, prête à frapper.

Mélanie entrevit sa chance. Elle bondit sur Tiff, saisit la main qui tenait le couteau et l'approcha de sa bouche pour planter ses dents dans la chair, juste au-dessus du poignet.

Tiff poussa un cri de douleur. Mélanie serra plus fort tandis que la fille se débattait pour lui faire lâcher prise. Mélanie avait dans la bouche le goût salé du sang de Tiff. Le couteau tomba sur les carreaux. D'un coup de pied, Mélanie l'envoya dans l'angle près de la porte. Kelly était toujours aux prises avec Cilla. Il y avait foule à présent dans les toilettes, une foule bruyante surgie de nulle part. Des voix vociféraient autour d'elles.

— Aïe ! Lâche-moi, sale mutante ! hurla Tiff.

Crève ! pensa Mélanie.

— Mesdames ! Arrêtez !

Jeff, le videur noir du Branché, s'interposa entre les filles, tête baissée pour éviter les coups qui pleuvaient autour de lui. Il réussit à séparer Cilla et Kelly, non sans essuyer deux coups de pied dans la mêlée. Ron, son acolyte, un grand costaud au crâne chauve, empoigna Mélanie et Tiff.

— Lâche-la, petite, dit-il en secouant Mélanie sans ménagement.

A contrecœur, Mélanie desserra les dents pour libérer le poignet de Tiff, tout sanguinolent.

D'un air dégoûté, Jeff les poussa vers la porte.

— Ce sont les filles les pires, dit-il à Ron qui hocha le menton en connaisseur.

— Ouais, vicieuses, renchérit-il d'un ton bourru.

— Bon, je ne veux pas savoir de quoi il s'agit ni qui a commencé, fit Jeff d'un ton sévère. Vous connaissez le règlement : pas de bagarres au Branché. Droits d'entrée annulés pendant quinze jours. Allez, dehors !

Le silence régnait dans la boîte ; on avait même éteint le roboband. Des rangées de visages suivirent du regard Tiff et Cilla qui filaient vers la sortie en poussant force jurons. A la porte, Tiff s'arrêta.

— Hé, le monstre, tu ne perds rien pour attendre ! cria-t-elle.

Mélanie lui adressa un geste obscène, que Tiff lui retourna avant de sortir en serrant son poignet blessé. Jeff maintint la porte ouverte.

— Dehors, mesdames. C'est valable aussi pour vous deux.

Mélanie chercha Germyn dans la foule, puis renonça. Sa cousine était probablement rentrée chez elle avec son glisseur aux premiers signes d'échauffourée. C'est aussi bien comme ça, se dit Mélanie qui n'avait jamais apprécié la compagnie de Germyn. Décrochant sa parka orange de la patère, elle sortit sur le parking. Kelly la suivit sans un mot. La jeune mutante l'observa du coin de l'œil. Pourquoi l'avait-elle aidée ? A part quelques cours communs, elles se connaissaient à peine.

Le silence s'épaissit. Finalement, Mélanie ne put se retenir plus longtemps.

— Merci, lâcha-t-elle. Tu n'étais pas obligée de faire ça, tu sais.

Kelly haussa les épaules.

— Je n'allais pas rester plantée là et les laisser t'écorcher, hein ? Et puis, je ne peux pas les sentir, ces pimbêches. Mais à l'avenir tu devrais faire attention. A la moindre occasion, elles vous agressent.

— Comme si je ne le savais pas, dit Mélanie, pleine d'amertume. Mais ce sont elles qui m'ont cherchée. Je ne leur demandais rien.

— Je te crois, dit Kelly en donnant un coup de pied dans un caillou.

Mélanie s'arrêta, faisant soudain le rapprochement.

— Tu sors avec mon frère, n'est-ce pas ? lança-t-elle.

— Oui.

Elle regarda plus attentivement sa libératrice. Kelly était jolie, pour une non-mutante. Avec ces cheveux noirs et ces grands yeux bleus. Mais à part ça, que pouvait bien lui trouver Michael ? Jena était beaucoup plus sexy, selon elle, et fantastiquement douée pour les sports et la gymnastique télékinésique. Mais peut-être Michael n'en avait-il rien à faire.

Kelly avait l'air d'attirer les garçons bien davantage que Jena. A la fac, il y avait toujours des normaux qui tournaient autour d'elle ; la moitié de l'équipe de football, à tout le moins, encore qu'elle ne leur manifestât pas le moindre intérêt. Bon, peut-être avait-elle un faible pour les mutants. Ça arrivait parfois. Mélanie se rappela le garçon au visage couvert de taches de rousseur qu'elle avait eu sur les talons pendant six mois alors qu'elle était en seconde année. Les groupies de mutants, comme elle les appelait. Après tout, son frère était peut-être un groupie de normales. En tout cas, il était fou de risquer le blâme du clan simplement pour sortir avec une normale, même aussi attirante que Kelly McLeod.

— Je peux te ramener ? demanda Kelly.

— Oui. Ma cousine a dû m'oublier en route. J'espère que ça ne te dérange pas.

— Pas de problème. Viens.

Kelly conduisit Mélanie vers un glisseur gris argent.

— Très beau, dit la jeune mutante d'un ton envieux. Il est à toi ?

— A ma mère. Monte, dit Kelly en ouvrant la portière.

Puis elle appuya sur le démarreur, avec pour seul résultat un grondement étouffé. Elle fit une deuxième tentative. Le moteur se refusa à partir.

— Zut !

Kelly ouvrit le capot de l'intérieur et sortit du glisseur. Un instant plus tard, elle revenait, la main pleine de fils orange, la mine sinistre.

— Que s'est-il passé ? demanda Mélanie.

— Les fils du démarreur ont été sectionnés, répondit Kelly. Je parie que c'est cette garce de Tiff. Je ne pensais pas qu'elle aurait eu le temps.

Elle alla à l'arrière du glisseur et se mit à fouiller dans le coffre. Mélanie la rejoignit.

— Que va-t-on faire, maintenant ?

Elle se sentait impuissante. Elle n'avait jamais compris grand-chose à la mécanique.

— Je crois que je peux bricoler un raccord de fortune avec le fil que mon père garde dans sa trousse à outils, dit Kelly en sortant quelque chose du coffre et en repartant aussitôt vers l'avant du véhicule. Il en laisse toujours en dépannage dans le glisseur, au cas où. Là, tiens-moi ça, fit-elle en tendant une lampe de poche à Mélanie. Eclaire-moi ici.

Penchée sur le moteur, elle entreprit un rafistolage sur une pièce qui se présentait comme une double rangée de fiches métalliques, autour desquelles elle passa un fil vert tout en resserrant de temps à autre une bobine à l'aide d'un petit tournevis.

— Lève un peu la lampe, veux-tu ?

Mélanie s'empressa d'obtempérer.

Avec un grognement, Kelly se redressa et s'essuya les mains à un chiffon.

— Là. Espérons que ça va marcher.

Elle se pencha au-dessus du siège du chauffeur et appuya sur le bouton du démarreur. Durant quelques secondes, rien ne se produisit. Puis, avec un grincement plaintif, le moteur se réveilla. Soulagées, les filles échangèrent un sourire. Kelly alla remettre les outils dans le coffre.

— Où as-tu appris ça ? demanda Mélanie stupéfaite.

— Mon père est un cinglé de la mécanique, répondit Kelly. Ça vient sans doute du temps où il était pilote. Je l'ai embêté jusqu'à ce qu'il m'apprenne à bricoler. (Kelly engagea le glisseur vers la sortie du parking.) Michael trouve ça drôle que je sache manier les outils.

— Ça fait combien de temps que vous sortez ensemble ?

— Deux mois environ. Depuis que vous êtes revenus de ce rassemblement de vacances ou je ne sais quoi.

— Alors, c'est que tu y tiens vraiment, avança Mélanie.

— Oui, j'y tiens.

Kelly arrêta le glisseur à une intersection, le temps que le feu passe au vert.

— On dirait que tu n'approuves pas, ajouta-t-elle en regardant Mélanie.

Celle-ci eut un instant d'hésitation. Certes, ce n'était un secret pour personne que les mutants restaient entre eux, mais elle n'avait pas spécialement envie de révéler leurs usages à une étrangère. Toutefois, dès lors que Kelly était prête à s'engager avec Michael, autant qu'elle sache la vérité.

— Pour moi, il n'y a pas de problème. Mon frère a l'air heureux. Mais mon père aurait une attaque s'il apprenait ce qu'il en est.

— Pourquoi ?

— Les mutants ne sont pas censés fréquenter des gens qui n'appartiennent pas au clan.

Kelly lui lança un regard ébahi.

— Tu plaisantes ?

— Non. On tolère d'avoir des amis non mutants. À la rigueur. Mais c'est tout. Les mariages ne se font qu'entre personnes du clan. Nous essayons de conserver et protéger nos membres au cas où les choses tourneraient mal à nouveau, comme dans les années 90.

— Un camp retranché ?

— En quelque sorte.

Le feu passa au vert.

— Et si tu n'épouses pas quelqu'un du clan ?

— Tu risques le blâme. Ou pire.
— Le blâme ? s'esclaffa Kelly. Qu'est-ce que ça signifie ? On vous tape sur les doigts ? Ou on vous envoie au lit sans dîner ?
— Il n'y a pas de quoi rire, protesta Mélanie. C'est dur. Les membres qui font l'objet d'un blâme sont bannis du clan.
— Difficile à imaginer, commenta Kelly en écartant d'une pichenette une mèche de ses yeux. Ça fait penser à un culte du temps jadis.
— Pour toi, peut-être, dit Mélanie d'un ton froid. Mais c'est ainsi que ça se passe chez nous. Et si tu tiens à voir mon frère, il vaudrait mieux que tu sois au fait des risques qu'il prend pour toi.
Un moment Kelly garda le silence, concentrant son attention sur la route zébrée par les lumières rouges, jaunes, vertes, des glisseurs qui les doublaient.
— Merci pour le conseil, dit-elle doucement. Je ne voulais pas être désagréable. Ni me moquer.
— Laisse tomber. Et tes parents, qu'est-ce qu'ils en disent que tu fréquentes mon frère ?
Kelly haussa les épaules.
— Ça ne les rend pas fous de joie mais ils font avec. Je sais que Michael plaît bien à ma mère. Mon père, lui, reste poli.
— Ça te permet au moins d'amener Michael chez toi et de le leur présenter. Mais je doute que tu aies l'occasion de rencontrer mes parents. Et à mon avis, tu ne serais pas à l'aise avec mon père.
— Eh bien, moi, mes parents ont bien aimé la séance de lévitation que leur a faite Michael. J'ai dû le supplier pour qu'il s'exécute. Et toi, c'est quoi, ton don ?
— Qu'est-ce que tu veux dire ?
— Quel pouvoir as-tu en tant que mutante ?
— Aucun. Je suis une infirme, répondit Mélanie en s'enfonçant dans son siège et en essayant de dissimuler son amertume.

— Ah bon ? J'ignorais qu'il existait des infirmes chez les mutants.

— Oui. Ça arrive parfois. Je suis la seule de la famille à ne pas posséder le moindre milligramme de talent. Difficile à croire, non ? Mes parents font tout ce qu'ils peuvent pour accepter cela, mais je sais qu'ils sont déçus. Quelquefois, je me dis que je ne suis pas vraiment une mutante. Peut-être m'a-t-on échangée à la naissance avec un bébé mutant, à l'hôpital.

— Dans ce cas-là, d'où tiendrais-tu ces yeux ?

Mélanie laissa échapper un soupir.

— Tu vois, même mes théories sont dysfonctionnelles.

Avec un petit rire de sympathie, Kelly s'arrêta devant la maison de Mélanie. Elle coupa le moteur et regarda la jeune fille.

— Ecoute, j'apprécie beaucoup que tu me parles de ça, Mélanie. Tu sais, je tiens vraiment à ton frère. Et, en dépit de tout ce que tu m'as dit, j'espère que nous serons amies.

— Ou-oui. Bien sûr, si tu veux. (Hochement de tête de Kelly.) Merci de m'avoir ramenée.

Mélanie sortit du glisseur dont elle referma la portière. Elle attendit que Kelly eût reculé dans l'allée, les phares jaunes ouvrant un sentier à travers l'épaisseur de la brume. Comme c'est étrange, songea-t-elle, de s'être fait une nouvelle amie à cause d'une bagarre. Et en plus une non-mutante.

McLeod jeta un regard horrifié sur le bleu qui marquait le visage de sa fille aînée. Et cette tache rougeâtre sur son vêtement, c'était quoi ? Assise à côté de lui sur le canapé, sa femme leva les yeux de sa lecture, inquiète.

— Que s'est-il passé ? demanda le père.

— Je me suis battue au Branché.

— Battue ?

— Oui, dans les toilettes. Deux filles qui cherchaient

des crosses à Mélanie Ryton. Elles avaient une vibrolame.

— Un couteau ? (L'estomac de McLeod se serra. C'était donc du sang sur le chemisier de sa fille ?) Tu es blessée ?

— Non. Et puis, c'était un petit couteau.

— Ainsi, tu t'y connais en couteaux, dit-il d'un ton acerbe. Voilà qui me rassure ! Et qui est cette Mélanie Ryton ? Elle est de la famille de Michael ?

— C'est sa sœur.

McLeod secoua la tête. Encore un Ryton. Ne serait-il jamais débarrassé de cette fichue famille ?

— Tu es sûre que ça va ? s'inquiéta Joanna.

— Très bien, maman. Juste un peu secouée.

— Qu'est-ce qui t'a pris de te mêler de cela ? fit McLeod.

Kelly lui lança un regard révolté.

— D'après toi, j'étais censée faire quoi ? Rester là et admirer le spectacle ?

Ce qui eut pour effet de mettre McLeod en fureur.

— Kelly, tu aurais pu être blessée. Et je ne suis pas loin de penser que tu l'aurais peut-être mérité.

— Qu'est-ce que tu veux dire ?

— Je veux dire que tu cherches les ennuis. Toujours à traîner avec des mutants. Tu vois ce que ça te rapporte ? Tu n'as pas d'autres amies ?

— Bill ! s'écria Joanna visiblement choquée.

Kelly s'appuya contre le mur, mains dans les poches.

— Papa, Mélanie est inoffensive. Elle n'a même aucun pouvoir, contrairement aux autres. Des yeux bizarres, mais c'est tout. Tout le monde la traite comme un chien parce que c'est une mutante. Et moi, je n'aime pas ça.

— Mais naturellement, reconnut Joanna. Nous t'avons toujours dit d'agir selon tes idéaux, n'est-ce pas, Bill ?

McLeod hocha la tête d'un air impatient.

— Oui, bien sûr, nous l'avons dit. Mais là n'est pas la question. Combien de fois faudra-t-il te répéter de ne pas aller fourrer ton nez dans leurs histoires ? Tu n'as rien à faire avec ces mutants. Pourquoi ne te trouves-tu pas des amies convenables, avec des yeux normaux ?

Kelly lui jeta un regard indigné.

— Parfait. Première chose demain, dis à Cindy qu'elle n'a plus le droit de voir Reta. On va décréter un moratoire sur les mutants. Nous serons désormais les McLeod, les célèbres McLeod, ennemis farouches de tous les mutants. (Sa voix était devenue perçante.) Je me fiche de ce que tu penses des mutants. Moi, je les aime bien.

— Bill, tout ça me donne mal à la tête, intervint Joanna d'un ton irrité. Si tu arrêtais un instant ?

Bientôt, pensa McLeod, on va dire que tout ça est de ma faute.

— Je n'arrêterai pas, fit-il, sur la défensive. Kelly, je ne veux pas t'interdire de voir ces mutants, mais je serais très heureux que tu passes davantage de temps avec d'autres gens. Et que tu mettes un terme à cette idylle avec Michael Ryton. Tu as toujours eu l'embarras du choix pour ce qui est des garçons. Pourquoi faut-il que tu ailles fréquenter un mutant ?

— Bon Dieu, la moitié du temps j'ai l'impression d'en être un dans cette famille ! répliqua Kelly. Pourquoi n'aurais-je pas le droit de les aimer ? Je n'ai pas l'intention de cesser de voir Michael. Il est plus intéressant que tous les autres types que j'ai jamais rencontrés. C'est un mutant ? Eh bien, et après ?

— Kelly, calme-toi, dit Joanna. Ton père est simplement contrarié à cause de cette bagarre au couteau. Comprends-le. Tu arrives le visage couvert de bleus, les vêtements pleins de sang...

— Juste quelques éclaboussures.

— ... et tu viens nous raconter que tu t'es battue dans un bar.

— Oui, je sais, dit Kelly en se dandinant d'un pied sur l'autre, l'air gêné. Je suis désolée. Vous auriez peut-être préféré que je vous mente ?

— Non, bien sûr que non. Et c'est bien d'avoir pris la défense de Mélanie. Je suis fière de toi. Ton père aussi, d'ailleurs.

McLeod sentit sa fureur revenir.

— Jo, ne parle pas de moi comme si je n'étais pas là.

— Papa, elle cherche simplement à te calmer.

McLeod se demanda depuis quand sa fille usait avec lui de ce ton condescendant. Ça ne lui plaisait pas du tout.

— Tu comprends notre point de vue, n'est-ce pas ? poursuivit Joanna. Cela peut être dangereux de trop fréquenter les mutants.

Kelly haussa les épaules.

— Oui, je comprends ce que tu essaies de me dire, maman. Mais si c'était moi qui m'étais trouvée à la place de Mélanie, tu aurais bien voulu que mes amies viennent à mon aide ?

— Naturellement.

— Alors, où est la différence ? Qu'est-ce que ça fait que Mélanie soit une mutante ? C'est mon amie. D'autant qu'elle n'est même pas capable de faire ce que font les autres mutants.

— Je n'ai jamais rien entendu de la sorte, dit sèchement McLeod.

— Pourtant, c'est la vérité.

— Ce doit être dur pour elle, remarqua Joanna en fronçant le sourcil.

Un instant, la mauvaise humeur de McLeod retomba. Pauvre petite Mélanie, coincée entre deux univers. Puis, il pensa à son père, le froid et distant James Ryton, et sa colère revint.

— Ecoute, je suis bien conscient que ce ne doit pas être facile pour elle à l'université. Mais c'est le lot d'un tas d'autres personnes. Dont certaines ne sont même pas des mutants. Elle a d'autres amies. Des amies mutantes. Fais donc un meilleur usage de ta compassion, Kelly.

— J'aurais aimé être une mutante un petit quart d'heure, là-bas, dans les toilettes. J'aurais envoyé valser Tiff Seldon dans les cabinets et lui aurais administré un bon shampooing, dit Kelly avec un gloussement.

Comprenant qu'elle cherchait à le dérider, McLeod se força à sourire. Mais une image se forma dans son esprit, celle du visage de Kelly, celui qu'il lui connaissait, sauf pour les yeux qui revêtaient une teinte dorée. Il réprima un frisson. Sa colère s'était consumée, ne laissant que les braises vacillantes de l'accablement.

— Oublions ça, d'accord ? Si tu allais te changer ?

Il se détourna des deux femmes et, allumant l'écran du salon, il sélectionna les finales de basket-ball en apesanteur. Il n'avait qu'une envie, celle de penser à autre chose qu'aux mutants.

La maison était plongée dans une semi-obscurité, éclairée par les seuls lumignons qui jalonnaient le sol de ce bleu et ce vert doux aux yeux des mutants. Un chant guttural flotta jusqu'à Mélanie depuis les haut-parleurs tubulaires en cuivre du salon. Le psaume de la détermination, tiré du troisième livre des Chroniques ; c'était l'une des invocations préférées de son père. Hormis cela, le silence régnait dans la maison, un silence pesant. Le monde extérieur semblait totalement absent. Banni.

— Je suppose que tu as une explication ? dit James Ryton en voyant entrer sa fille les vêtements en désordre.

Le ton était glacé. Mélanie rasa le mur, comme si elle voulait se fondre dans la pénombre. Elle connaissait trop bien son père pour s'attendre à un réconfort de sa part. Si seulement Kelly avait pu l'accompagner jusque chez elle !

— Eh bien ? Qu'as-tu à dire, jeune fille ?

Mélanie lança un regard vers sa mère, pelotonnée sur le canapé comme une chatte. Celle-ci lui adressa un sourire encourageant. Mélanie respira un grand coup et se jeta à l'eau.

— Deux filles m'ont sauté dessus dans les toilettes. L'une d'elles avait un couteau. Elle avait bu. Elle voulait me taillader le visage.

— Ces salauds de normaux ! Ils ne seront contents que lorsqu'ils nous auront tous supprimés !

— James ! s'exclama Sue Li en lui décochant un regard sévère. Continue, ma chérie, dit-elle en se tournant vers sa fille. Que s'est-il passé ensuite ?

— Kelly McLeod est arrivée et m'a aidée à m'en défaire.

— La fille de McLeod t'a aidée ? Une non-mutante ? s'étonna son père.

— Euh... oui.

— Comment se fait-il que tu la connaisses ? demanda sa mère d'une voix calme.

— Nous avons deux cours en commun.

Mélanie regarda son père arpenter la moquette, le visage crispé par la colère, hagard. Une veine battait à son front, ce qui ne présageait rien de bon.

— Et que faisais-tu pour que ces filles t'agressent ?

— Rien. J'étais en train de me coiffer.

— Seule ?

— Oui.

— D'abord, je ne vois pas ce qui t'attire dans les endroits que fréquentent les non-mutants. Où était Germyn ? Je croyais que tu sortais avec elle ce soir.

— Elle est partie dès que ça a commencé à mal tourner. Comme d'habitude.

Mélanie vit la bouche de sa mère esquisser ce qui se voulait peut-être un sourire, rapidement effacé. Son père, quant à lui, n'avait pas l'air de trouver ça drôle.

— A rôder toute seule comme tu le fais, bien sûr que tu deviens une cible facile, dit-il.

— Ainsi, c'est ma faute ? s'emporta Mélanie. C'est moi qui ai demandé qu'on me menace avec un couteau ?

— Ne prends pas ce ton avec moi, ma fille.

— James, intervint la mère, tu es trop bouleversé pour qu'on discute de ça maintenant. On en parlera plus tard.

— N'essaie pas de m'amadouer, Sue Li. Tu sais ce que je pense de l'idée de fréquenter les normaux. Des dangers que cela représente.

— Oui, bien sûr. Mais je trouve ta réaction exagérée. Nous ne sommes plus dans les années 90, James. Je ne vois pas ce qu'il y a de mal à ce que Mélanie rencontre des non-mutants une fois en passant. (Sue Li s'interrompit un instant.) Tous les jeunes vont au Branché. Elle n'a pas cherché la bagarre. S'il arrive que l'un d'eux boive un peu trop et devienne agressif, bon, ce n'est quand même pas la faute de Mélanie. Si tu veux mon avis, ça aurait pu être bien pire.

Mélanie regarda sa mère. Elle ressemblait à un petit bouddha féminin dans son pull couleur gingembre. Empreinte de sérénité. Cherchait-elle à influencer chacun des membres de la famille ? Ce ne serait pas la première fois qu'elle mettrait fin à une discussion en usant de ses subtils dons télépathiques.

— Sue Li, je ne te permettrai pas de me détourner du sujet, rétorqua Ryton. L'entêtement que mettent nos enfants à rechercher la compagnie des normaux présente des dangers certains. Je n'aime pas ça.

— Je ne vois pas comment je pourrais l'éviter, rétorqua Mélanie. Nous ne sommes pas assez nombreux pour avoir une université réservée aux mutants. Et je ne vais pas passer ma vie entière à fuir les normaux.

— Disons que tu peux montrer un peu plus de discernement dans le choix des lieux que tu fréquentes et de tes occupations. Et je t'interdis de revoir cette McLeod.

Le ton était sec. La lèvre inférieure de Mélanie se mit à trembler.

— Mais, papa, elle m'a aidée. Et elle veut qu'on soit amies.

— Tu as des amies dans le clan.

— Oh oui, parlons-en ! Personne dans le clan, et tu le sais très bien, n'a vraiment envie d'être ami avec moi. D'accord, ils sont tous très gentils, mais ils me traitent comme si j'avais le cerveau non pas simplement incapable d'agir mais carrément dérangé. Et toi, tu fais pareil.

Pour une fois, son père resta sans voix. Il la dévisagea comme s'il ne l'avait jamais vue. Mélanie eut beau se dire qu'elle devrait s'en tenir là et gagner la retraite de sa chambre, elle ne parvenait pas à réprimer sa rage. Les mots qu'elle avait contenus des années durant éclatèrent.

— Apparemment, je ne suis pas fichue de rendre quelqu'un heureux autour de moi ! cria-t-elle. A la fac, je me fais houspiller parce que je suis une mutante. A la maison et aux réunions du clan, vous me regardez comme si j'avais trois têtes. Oh, je sais que vous vous imaginez que je ne vous vois pas, mais vous vous trompez. Et je sais aussi ce que vous pensez : « Pauvre fille, une infirme, qui voudra d'elle ? Qui au clan acceptera de l'épouser ? C'est bien gênant d'avoir une fille souffrant de dysfonction. Pourquoi a-t-il fallu que ça nous arrive, à nous ? »

— Oh, Mélanie, tu ne devrais pas dire ça, réagit sa mère sur un ton où l'horreur avait remplacé la sérénité.

— Ah non ? fit la jeune fille en se tournant vers elle. Mon propre père est tellement occupé à me reprocher tout ce que je fais qu'il n'a pas l'air de saisir qu'on m'a menacée avec un couteau ! Evidemment, ça vous aurait tous arrangés, n'est-ce pas ?

Elle se tut, assez contente de voir sa mère devenir toute pâle et son père se figer dans une attitude horrifiée.

— Mélanie, dit sa mère, tu ne te rends pas compte de ce que tu dis. Comment peux-tu parler ainsi ?

La voix maternelle se brisa sur le dernier mot. Mélanie ressentit une pointe de culpabilité : elle avait blessé sa mère, alors qu'elle n'avait pas vraiment voulu ça. Mais n'était-ce pas la vérité après tout ? Ne seraient-ils pas tous soulagés si elle n'était plus là ?

Son père fit mine de vouloir mettre fin à la discussion.

— Allons, tu dis des bêtises. Tu te conduis comme une enfant. Tout le monde t'aime et ne veut que ton bien. Tu t'imagines des choses. Tu t'inventes des cauchemars.

Ils se regardèrent tous les trois, dans un silence glacé. Finalement, la mère se leva.

— Il est tard. Nous sommes tous fatigués. Allons nous coucher. Demain, ça ira mieux.

Mélanie avait de la peine pour eux. Ils ne supportaient pas la vérité. Elle, oui. Elle n'avait pas le choix.

— Bonne nuit, maman. Papa.

Elle les laissa là et rejoignit sa chambre. Une fois la porte refermée, elle débrancha la lumière infrarouge avant que celle-ci ne se déclenche automatiquement à la chaleur de son corps, éclairant la pièce. Elle préférait rester dans l'obscurité.

Assise sur son lit, les genoux repliés contre sa poitrine, elle se repassa les événements de la soirée. La bagarre dans la boîte. La conversation avec ses parents. Elle ne pouvait pas continuer à vivre ainsi. Elle n'en avait aucune envie.

Bill McLeod se tourna dans son lit et consulta l'horloge murale aux chiffres orange phosphorescent : quatre heures du matin. A ses côtés, Joanna dormait d'une respiration profonde et régulière. Il n'aspirait qu'à l'imiter mais, chaque fois qu'il fermait les yeux, la voix de Kelly résonnait dans sa tête et chassait le sommeil.

La moitié du temps, j'ai l'impression d'être un mutant dans cette famille.

Bon, c'est le genre de choses qu'on dit sous l'emprise de la colère. Kelly se défendait contre son père et ses arguments massue. Ses paroles avaient sans doute dépassé sa pensée.

Et si tel n'était pas le cas ? Elle paraissait si distante ces jours-ci. Une étrangère. Qu'avait-il fait — ou omis de faire — pour se la mettre ainsi à dos ? Oh, et puis zut, tous les enfants avaient des périodes de révolte contre leurs parents. Une façon de revendiquer leur territoire. Lui-même, n'avait-il pas passé une nuit entière à marcher sur la plage quand il avait quatorze ans ? Son père lui avait tanné le cuir lorsqu'il était rentré. Mais en grandissant, il avait perdu ce besoin de promenades solitaires le long de la plage, surtout lorsqu'il était dans l'armée de l'Air. Et aujourd'hui, ancré à ses fonctions administratives, il n'avait plus guère de temps à consacrer aux problèmes de révolte. Avec tous ces contrats à traiter.

Joanna faisait un travail héroïque avec les gosses. Et lui faisait de son mieux pour participer, pour être présent, pour éviter de donner son avis chaque fois qu'il jugeait préférable qu'ils apprennent par eux-mêmes...

Ah, ces foutues opinions ! McLeod serra les poings de frustration. Il se devait, certes, d'observer une certaine bienséance vis-à-vis des mutants. Mais ils lui donnaient la chair de poule. Même à l'armée, il s'en était tenu à l'écart. A cause d'eux, sa fille avait failli se faire tabasser. Ou pire. Et voilà qu'aujourd'hui elle voulait sortir avec ce garçon...

La moitié du temps, j'ai l'impression d'être un mutant dans cette famille.

— Bill, si tu n'arrêtes pas de bouger, je n'arriverai jamais à dormir, grommela Joanna d'une voix somnolente. Qu'est-ce que tu rumines encore ? C'est Kelly ?

— Oui.

— Un peu de patience. C'est de son âge, tu le sais.

— Grâce à Dieu, on n'a dix-sept ans qu'une fois.

— Amen, fit Joanna en se blottissant contre son mari dans le noir. Qu'est-ce qui te tracasse exactement ?

— Cette remarque qu'elle a faite, qu'elle se sent comme un mutant. Tu crois qu'elle le pensait vraiment ?

Joanna eut un petit rire.

— Bien sûr. Au moment où elle l'a dit. Elle voulait seulement te choquer. Et on dirait bien qu'elle y a réussi.

— Elle a l'air malheureuse. Ça me donne du souci.

— Je ne pense pas qu'elle soit plus malheureuse que je ne l'étais à son âge. Ou toi.

— Et pourtant elle n'est privée de rien ici !

— Bill, si tu cessais de t'inquiéter. Tu es un père formidable. Oublie un peu cette histoire de mutant. Pour moi, ça lui donne quelque chose contre quoi se révolter. Je suis certaine qu'elle finira par perdre cette fascination qu'elle éprouve pour eux. Sois patient.

— C'est ton domaine, pas le mien.

— Ecoute, j'ai une idée qui devrait te faire oublier complètement tes inquiétudes...

Elle commença à l'embrasser dans le dos, puis lui caressa la poitrine de ses lèvres, et descendit lentement.

— Pourquoi ai-je parfois le sentiment qu'on me traite comme un objet sexuel ?

Malgré la lueur que diffusait l'horloge, il faisait trop sombre pour qu'il pût distinguer son sourire. Mais il le devina à sa voix :

— Arrête de te plaindre. Laisse-toi aller et profites-en.

4

La paroi d'acier étincelant glissa sur son rail, et la porte de l'ascenseur se referma dans un chuintement.

— Quel étage, s'il vous plaît ? ronronna la voix électronique de la cage.

— Quinzième, répondit sèchement Andie qui avait horreur de parler à des machines.

L'ascenseur s'éleva lentement et sans bruit. Andie se trouvait seule dans la cabine et elle en profita pour s'étirer et observer son reflet déformé sur la surface polie de la porte. Vivre toute une vie avec un cou à la Modigliani, surmonté d'un visage style Picasso, les deux yeux placés du même côté du nez, elle avait peine à se l'imaginer. C'était ainsi qu'elle s'était représenté les mutants la première fois qu'elle en avait entendu parler, alors qu'elle n'était qu'une enfant. Avant qu'on ne les voie en classe et dans les rues, ou siégeant au gouvernement.

L'ascenseur s'immobilisa et la porte glissa sur son rail pour laisser entrer Karim Fuentes, le premier adjoint du sénateur Craddick, et Carter Pierce, le patron du lobby des superconducteurs coréens, de l'épissage génétique brésilien et des alliages plastiques français.

— Andie, vous m'avez l'air en pleine forme, s'exclama Fuentes en adressant à la jeune femme l'un de ses sourires éblouissants. Vous connaissez Carter ?

— Nous nous sommes rencontrés.

Malgré elle, elle n'était pas insensible au physique de Karim, son teint basané, son charme naturel. En revanche, les relations politiques et les manchettes en soie à la française de Pierce la laissaient froide. De toute façon, elle n'avait jamais aimé les hommes blonds. Pour sa part, Pierce évitait le bureau de Jacobsen avec un entêtement qui tenait de la phobie.

— Comment allez-vous ? ajouta Andie.

— C'est à vous qu'il faudrait demander cela ! rétorqua Pierce d'un ton suffisant en admirant son reflet et en ajustant sa cravate.

L'espace d'un instant, Andie eut envie de sortir de l'ascenseur, mais la perspective de grimper huit étages à pied ne lui plaisait guère et elle décida de rester. Elle pourrait toujours tuer Pierce.

— Pardon ? demanda-t-elle.

Pierce lui décocha un sourire entendu.

— Eh bien, nous avons entendu parler de cette lettre piégée. Ce n'est pas la première, n'est-ce pas ? Ce genre d'incident ne vous rend pas un peu nerveuse ? Je veux dire : vous travaillez pour une cible évidente en étant au service d'Eleanor Jacobsen.

Andie haussa les épaules.

— Pour moi, c'est un privilège de travailler pour quelqu'un comme le sénateur Jacobsen. L'administration publique est tout aussi risquée, Carter. N'importe qui peut y devenir une cible. Même vous.

Elle arrêta son regard sur la cravate jaune à barrette métallique et envisagea un instant la possibilité de s'en servir pour étrangler l'homme.

— Brrr, fit-il. (Il attendit quelques secondes avant de poursuivre.) Je n'invente rien, mademoiselle Greenberg. Il est clair qu'en travaillant pour certaines personnes, on s'expose à des dangers particuliers.

— Et alors ?

— Je me demande simplement comment vous vivez cela.

— Carter... intervint Fuentes apparemment mal à l'aise.

— Disons, rétorqua Andie avec un sourire mielleux d'où coulait cependant le venin, que ça rapporte certainement plus de travailler nuit et jour à brader ce qui reste de l'industrie de ce pays pour le compte d'intérêts étrangers. Excusez-moi, je descends ici.

La porte s'ouvrit et la jeune femme sortit, furieuse.

— Andie, attendez.

Elle se retourna, prête à répliquer, mais Fuentes était le seul à l'avoir suivie.

— Oui ?

— Je suis navré pour Carter. Comprenez-le, c'est à cause de ce truc...

Fuentes jeta un œil inquiet sur le couloir plein de monde et se rapprocha.

— Quel truc ?

— Au sujet des... Vous savez bien, dit-il dans un chuchotement.

— Des mutants ? demanda Andie entre ses dents serrées.

— Oui. Il est d'avis qu'on devrait tous les envoyer à la base martienne quand celle-ci ouvrira. Enfin, quelque chose comme ça, fit-il en haussant les épaules.

— C'est marrant. C'est ce que je me dis d'habitude en pensant à Carter. (Fuentes émit un petit rire, ce qui eut pour effet de la détendre un peu.) Et vous, Karim, que pensez-vous des mutants ?

Le sourire s'effaça. L'homme baissa un instant les yeux, puis posa un regard grave et pénétrant sur ceux de la jeune femme.

— Je pense qu'ils ont droit à être représentés comme n'importe qui d'autre. Et droit à la tranquillité. Je n'en connais aucun vraiment bien, mais Jacobsen me paraît intelligente, dévouée et efficace. Elle fait son boulot comme il faut, en dépit de l'attention dont elle est l'objet de la part des médias. Que demander de plus à un sénateur ? Vous n'êtes pas sans arrêt à remettre de l'ordre derrière elle, comme moi avec Craddick.

— Ça, je ne vous le fais pas dire.

— Ecoutez, il se peut que certaines personnes aient des problèmes avec Jacobsen, mais ce n'est pas mon affaire. Je n'ai rien contre les mutants. Et je dis que s'ils ont réussi à placer un des leurs au Sénat, c'est très bien pour eux. D'ailleurs, ma grand-mère se retournerait dans sa tombe si elle pensait que je veux réduire une minorité au silence. Elle a été la première de la famille à terminer l'université. Elle croyait à l'égalité et a fait en sorte que toute la famille y croie aussi.

— Je suis heureuse de vous entendre dire ça, Karim, dit Andie. Je ne connais pas beaucoup de gens qui partagent cette opinion. (En cette minute, il lui plaisait davantage.) J'admire énormément Eleanor Jacobsen. Et je ferai tout ce qui est en mon pouvoir pour l'aider à réunir les mutants et les non-mutants.

Elle fit demi-tour et allait s'éloigner lorsqu'il la saisit par le bras.

— Andie, ça vous dirait qu'on déjeune ensemble ?

Le charme était rompu. C'était comme s'il venait de se mettre à nu. Si grave. D'autant plus attirant. Andie lui sourit.

— Ça me semble une bonne idée, répondit-elle avant de jeter un coup d'œil à sa montre en or. Mais tard alors. Disons une heure trente. En plus du boulot habituel, je dois préparer le voyage au Brésil de Jacobsen, et le mien par la même occasion.

— Oui, je pensais bien. Craddick en sera peut-être, lui aussi.

— Quoi qu'il en soit, je ne serai pas fâchée de fuir la pluie et le froid de cette bonne ville de Washington pour les plages ensoleillées de Rio.

— Et moi donc ! Ecoutez, un déjeuner tardif me convient tout à fait. On parlera du Brésil, d'accord ?

Son sourire révélait son impatience.

— Formidable. A une heure et demie devant l'entrée ?

Il acquiesça d'un geste et disparut.

Andie présenta son holocarte à la porte du bureau, qui s'ouvrit en souhaitant une bonne journée à la jeune femme de cette voix crissante qu'elle détestait.

Il y avait une lettre du sénateur Horner pour Jacobsen ; le « révérend sénateur », comme Andie l'appelait. Elle actionna le bouton d'appel relié au bureau privé de Jacobsen. Pas de réponse. Bon, il était encore tôt. D'ordinaire, Jacobsen se manifestait aux alentours de neuf heures.

Andie brisa le sceau de l'enveloppe et prit connaissance de la lettre. Bien sûr ; c'était encore une de ces propositions insensées pour intégrer les mutants au sein de l'Eglise, le parti fondamentaliste de Horner.

« Si seulement chaque homme, femme et enfant mutant voulait rejoindre notre troupeau, nos prières seraient exaucées », écrivait le sénateur.

Quel hypocrite ! Il est vrai que la moindre minorité influente avait son représentant à Washington. La semaine dernière, ç'avait été le Front de Libération Musulman Uni en la personne de l'émir Kawanda. Ils avaient déjà essayé, sans succès, de battre les mutants en opposant leur candidat à Jacobsen. Aujourd'hui, ils voulaient s'unir à eux. Comment blâmer tous ces groupuscules ? Les mutants semblaient avoir une étonnante facilité à atteindre des objectifs là où il avait fallu des générations de normaux et maints défilés, manifestations et pétitions pour y parvenir.

Peut-être des démagogues comme Horner et d'autres du même acabit comptaient-ils se faire élire dans le sillage des mutants. En tous les cas, leurs idéologies, fondées sur le profit, le racisme et l'impérialisme religieux, paraissaient incompatibles avec les intérêts des mutants. Non que cela dérangeât Horner le moins du monde. Sous tout ce vernis moralisateur, le cœur du « révérend sénateur » battait à l'unisson des calculs politicards : des votes, des votes, des votes.

— Bonjour, Andrea.

Jacobsen entra dans le bureau, une mallette-écran à chaque main. Elle ponctua son bonjour d'un sourire, puis disparut dans son bureau privé. Andie la suivit, passant son nez dans l'embrasure de la porte.

— Sénateur, nous avons eu une autre requête de Horner. Le truc habituel.

— Alors, donnez-lui la réponse standard.

— D'accord. Merci, mais non merci.

— Exactement. (Jacobsen était déjà installée devant son écran de bureau ; elle leva les yeux un instant.) Stephen Jeffers a-t-il confirmé notre rendez-vous de neuf heures trente ?

— Oui, répondit Andie. A mon avis, ajouta-t-elle après un temps, il se présente certainement en allié.

— Vous vous attendiez à quoi ?

— Eh bien, vu la hargne dont il a fait preuve contre vous aux primaires, je pensais qu'il garderait ses distances.

Jacobsen ébaucha un sourire.

— Andie, une vieille politicienne accomplie comme vous devrait savoir que les dissensions politiques peuvent s'avérer des plus éphémères. Et quand il s'agit d'arriver à ses fins, surtout concernant les mutants, Stephen est un trop fin professionnel pour se permettre de laisser une rivalité passagère lui barrer la route. Une bonne chose, d'ailleurs. S'il n'avait pas été derrière moi après les primaires, je doute que j'aurais été élue. Ç'aurait été par trop facile de diviser le vote des mutants.

— Même avec l'énorme population de mutants vivant dans l'Oregon ?

— Absolument. Son soutien s'est avéré inappréciable.

Et pour ce qui est du physique, songea Andie, on apprécie également sans peine. Ces cheveux, ce menton carré et ce sourire foudroyant. Ces yeux dorés.

Jacobsen décocha un regard par en dessous à la jeune femme qui détourna les yeux, subitement mal à l'aise. Elle n'ignorait pas que le sénateur était télépathe, mais les mutants n'étaient-ils pas censés respecter l'intimité des personnes ?

— Pourrait-on discuter de l'organisation du voyage au Brésil ? suggéra Jacobsen. Si vous êtes prête ?

— Je suis à vous tout de suite.

Andie alla chercher le dossier, attrapa son bloc-écran au passage et s'empressa de regagner le bureau de Jacobsen.

— Vous vous souvenez de ces rumeurs à propos d'un supermutant ?

— Bien sûr.

— Naturellement, j'accorde un vif intérêt à cette affaire. Il semble que je ne sois pas la seule, au point que le Congrès a envisagé une commission d'enquête. Non officielle, évidemment.

Andie hocha le menton, puis conclut :

— Et vous êtes logiquement la personne la mieux placée pour ce voyage d'agrément « non officiel » ?

— Apparemment, acquiesça Jacobsen avec un sourire désabusé. Le mutant de prédilection.

— Vous l'ont-ils déjà demandé ?

— Non. Mais ils vont le faire. Et je le regrette bien. Franchement, c'est bien la dernière chose dont j'aie envie en ce moment, ce ridicule voyage au Brésil. Moi qui ne parle même pas le portugais.

— Faites-vous faire un implant.

— Pas avant que la demande ne me soit formulée, dit Jacobsen en tendant la main vers sa tasse de café en porcelaine blanche. Ce qui, je présume, devrait être pour cet après-midi. En conséquence, je crois que vous devriez nous programmer, pour vous et moi, Andrea, un implant hypnotique. La formule habituelle, les connaissances culturelles et le bagage linguistique. Nous recevrons nos dernières instructions du Département d'Etat juste avant de partir. Et prévoyez une absence d'au moins quinze jours.

— Entendu. Je vais programmer suffisamment de

nourriture pour chat pour que Livia puisse tenir jusqu'en avril, au cas où vous voudriez ouvrir un bureau satellite là-bas.

Jacobsen sourit à cette plaisanterie. Contrairement à l'habitude, elle avait l'air particulièrement de bonne humeur ce matin.

— Ne me tentez pas, Andrea. J'ai besoin de vous pour exercer une bonne influence ici. Oh, et n'oubliez pas d'informer les agences de presse concernées.

— Bien sûr. (Andrea hésita avant de poursuivre :) Sénateur, une question à titre non officiel ?

— Oui ?

— Vous n'accordez pas beaucoup de crédit à cette rumeur de supermutant, n'est-ce pas ?

Les sourcils de Jacobsen se levèrent en signe d'étonnement, mais ce moment de relâchement dura une seconde à peine, et le masque impassible reprit ses droits.

— Je crois qu'il est sain de conserver une attitude sceptique tant que nous ne possédons pas de preuve concrète, dit-elle d'une voix posée, toute de prudence. Nous n'avons affaire jusqu'ici qu'à des rumeurs. Et je déteste gaspiller mon temps pour des rumeurs.

— Que ferez-vous s'il s'avère que ce ne sont pas de simples rumeurs ?

— Je m'en inquiéterai si tel est le cas et le moment venu.

James Ryton tira sur ses manchettes et se tourna vers son fils.

— Nerveux ?

— Un peu. Emu.

Michael faisait sérieux dans son costume gris ; son père, en version plus jeune, à l'exception de la cravate en fil rose vif qu'il avait tenu à mettre en la circonstance. Sans vouloir lui en faire le reproche, James préférait tout de même son propre foulard bordeaux à la sobriété quelque peu désuète. Le wagon du métro se mit à tanguer et les deux hommes s'agrippèrent aux barres. Les stations défilaient devant les vitres, cadres de lumière blanche dans lesquels s'incrustaient, l'espace de quelques secondes, des visages blêmes, et puis plus rien.

— Tu l'as déjà rencontrée, hein, papa ?

— Oui. Et j'ai toujours un immense plaisir à la voir. Cela fait maintenant une session complète qu'Eleanor Jacobsen occupe le poste, et c'est quelque chose dont tous les mutants peuvent être fiers.

Le métro les déposa à la station du Capitole. Ils empruntèrent l'escalier automatique, puis l'ascenseur couleur argent qui menait au bureau de Jacobsen. Ils furent accueillis par la réceptionniste.

— Messieurs James Ryton et Michael Ryton ? Veuillez entrer. Et asseyez-vous. Le sénateur est en réunion, mais je suis sûre qu'elle vous recevra d'ici peu.

Ryton hocha la tête d'un air impatient. Il lui tardait de se mettre au travail. Au bout d'un quart d'heure, il se leva et alla voir la réceptionniste.

— Pensez-vous qu'il y en ait pour longtemps ?

Elle le gratifia d'un aimable sourire.

— Je vais lui rappeler que vous êtes là.

— Merci.

L'interphone bourdonna et Andie leva les yeux de son bloc-écran. Le sénateur et Stephen Jeffers n'y prêtèrent aucune attention, enfermés qu'ils étaient dans leur discussion.

— Tu es en train de me dire que tu permettrais qu'on impose des restrictions supplémentaires aux athlètes mutants ? s'étonna Jeffers d'un ton indigné. Grands dieux, Eleanor ! Bientôt on va devoir se lester et se bander les yeux avant de mettre un pied dans un stade.

— Stephen, calme-toi, répondit Jacobsen d'une voix douce. Tu déformes mes propos. Evidemment que je m'opposerai à ces restrictions. Mais ta requête quant à l'abrogation du Principe d'Equité est prématurée. Tu sais pertinemment que nous n'avons pas le soutien nécessaire au Sénat pour appeler à un vote en ce sens.

— Alors, qu'on l'obtienne, ce soutien !

— Malheureusement, ce n'est pas si facile.

L'écran de Jacobsen bourdonna une seconde fois. Andie intercepta l'appel.

— Qu'y a-t-il, Caryl ?

— MM. James Ryton et Michael Ryton sont là pour voir le sénateur. Ils attendent depuis une demi-heure.

— Merci, dit Andie avant de se tourner vers Jacobsen. Sénateur, je crois que votre rendez-vous de onze heures est arrivé.

— Déjà ? (Jacobsen vérifia son écran.) Andie, j'en ai encore pour une dizaine de minutes avec Stephen. Pouvez-vous les faire patienter jusqu'à ce qu'on ait fini ?

— Mais bien sûr, répondit la jeune femme.

Jeffers lui adressa un clin d'œil.

— Eleanor devrait vous cloner, Andie. Comme ça, vous pourriez être dans deux endroits à la fois.

— Ou trois, rectifia Jacobsen. Merci, Andie.

Celle-ci ferma la porte derrière elle et se rendit dans le bureau extérieur, le sourire de Jeffers rayonnant encore dans sa tête. Les Ryton attendaient près du bureau de Caryl.

— Messieurs, veuillez nous excuser pour ce retard. Je suis Andrea Greenberg, l'assistante du sénateur Jacobsen. Elle va vous recevoir dans quelques instants.

Tandis qu'elle leur serrait la main, Andie s'efforça de ne pas rire. A propos de clones, le jeune Ryton avait l'air de sortir exactement du même moule que son père. Non, réflexion faite, il y avait quelque chose d'inhabituel dans ses yeux, un rien bridés. Intéressant. Décidément, les mutants étaient toujours intéressants. Et séduisants avec ça. Elle sentit un picotement électrique lui remonter l'échine.

Elle invita les Ryton à s'asseoir devant son bureau.

— Vous avez déjà rencontré le sénateur ?

— Oui, lors d'une précédente visite, répondit James Ryton. Nous voulons lui parler de la loi de finances concernant la base de Mars. Les règlements qu'elle stipule vont étrangler la recherche et l'industrie spatiales, juste au moment où nous venions de rattraper notre retard dans la compétition avec la Russie et le Japon.

— Vous êtes au courant que c'est demain que la loi doit être soumise au vote ?

— C'est la raison pour laquelle nous sommes là aujourd'hui.

La ligne privée d'Andie fit entendre un son bref ; le code de Jacobsen.

— Excusez-moi, fit-elle en leur tournant le dos et en plaçant l'écouteur à son oreille.

— Andie, il faut que nous reprogrammions le rendez-vous des Ryton. Pour demain ?

— Je vais le leur dire.

Elle revint aux deux hommes avec un geste d'excuse.

— La réunion du sénateur semble se prolonger. Je vais devoir vous demander de revenir demain...

— Mais cela risque d'être trop tard, laissa échapper Michael Ryton avant qu'un bref regard de son père lui enjoignît de se taire.

Andie commença à leur dire combien elle était désolée, puis elle s'interrompit au milieu de sa phrase. Ils avaient l'air si déconfits. Elle consulta l'agenda sur son bureau. A l'heure où Jacobsen pourrait les recevoir le lendemain, le vote serait déjà passé.

— Attendez, leur dit-elle. Je vais voir ce que je peux faire.

Elle rappela Jacobsen à l'interphone.

— Sénateur, excusez-moi, mais je crois vraiment que vous devriez trouver un instant aujourd'hui à accorder aux Ryton. Ils veulent vous voir au sujet de la loi de finances de la base martienne et demain, vous n'aurez aucune possibilité de les recevoir avant que la loi ne passe à l'assemblée.

— C'est tellement urgent ?

— Je le pense.

Une pause, tandis que Jacobsen s'entretenait avec Jeffers en dehors de la ligne. Puis :

— Est-ce que ça les ennuie que Jeffers soit présent ?

Andie se tourna vers les Ryton.

— Stephen Jeffers est avec le sénateur. Cela vous ennuie s'il assiste à votre entretien ?

— Pas du tout.

— Je les fais entrer.

— Merci, Andie.

— C'est bon, messieurs, on vous attend.

Elle faillit faire un clin d'œil au jeune Ryton qui avait l'air si soulagé. Le père aussi semblait s'être dégelé un brin.

— C'est par ici, indiqua-t-elle.

Devant la porte de Jacobsen, James Ryton s'arrêta.

— Mademoiselle Greenberg, merci.

Il ponctua ces mots d'un sourire. Un sourire dont Andie eut le sentiment qu'il n'usait pas souvent.

— James ! Quel plaisir de vous revoir ! fit Jacobsen en lui serrant la main. Et voilà votre fils ?

Elle serra également la main à Michael. La fermeté de sa poigne était aussi impressionnante que son air autoritaire. Vêtue d'un sobre tailleur gris, elle régnait sur son bureau avec une aisance manifeste. Elle leur désigna les chaises de cuir rouge capitonnées qui se trouvaient devant sa table de travail. Michael remarqua qu'elle ne portait pas le badge de l'unité des mutants ; ce n'était sans doute pas son style. Elle lui faisait l'effet d'un conservateur modéré, bien plus modéré qu'il ne s'y attendait. Quant à son bureau, il dégageait une impression surannée, que venaient renforcer les lambris de bois patiné, la superbe tapisserie bleue du canapé et le tapis oriental lie-de-vin. Pour le sénateur Jacobsen, pas question de ce mobilier XXIe siècle débordant d'acrylique.

Un homme de belle allure, menton carré et yeux dorés, était déjà assis près du bureau. Un badge de l'unité brillait sur le revers de son complet bleu marine. Le père de Michael lui adressa un signe de tête.

— Vous connaissez Stephen Jeffers ? demanda Jacobsen.

— Nous nous sommes rencontrés au rassemblement de la côte Ouest il y a trois ans, répondit Ryton.

— Ravi de vous revoir, James. (Jeffers lui serra la main, puis se tourna vers Michael.) Ainsi tu as rejoint la compagnie, depuis. Une excellente idée. C'est l'une des meilleures sociétés sur le marché de la recherche spatiale, d'après ce que j'entends dire.

— James, si je ne m'abuse, c'est vous qui détenez le contrat du collecteur solaire, dit Jacobsen.

— Oui.

— Il était temps que le programme spatial américain redevienne compétitif.

— Eh bien, nous souhaiterions qu'il le reste. Mais ces damnés règlements nous paralysent.

Jeffers approuva d'un geste.

— L'héritage de l'accident du Groenland.

— Les réglementations sur la sécurité sont devenues pour nous un véritable nœud coulant. J'emploie déjà une douzaine de personnes rien que pour démêler ces nouvelles spécifications. Il est impossible de rester compétitifs dans ces conditions. Je ne peux même pas sous-traiter avec la Corée, comme le font la Russie et le Japon.

— James, les réglementations en matière de sécurité sont une réalité incontournable dans l'industrie spatiale, déclara Jacobsen.

— La sécurité, bien sûr. Et tout notre travail relève de l'art pur et simple dans ce contexte. Mais la plupart des dernières réglementations ne sont que des façades, des chimères que vos collègues peuvent offrir à la vindicte populaire chaque fois que ces crétins crient haro sur le programme spatial et la sécurité.

— Une minute, James...

— Sénateur, vous n'avez pas idée du casse-tête que représentent les règlements aujourd'hui. C'est ce qui motive notre présence ici. Avec le coût croissant des pièces et de la main-d'œuvre, et la concurrence étrangère, si de nouvelles restrictions en matière de sécurité venaient s'ajouter à la législation actuelle, il me serait impossible de maintenir l'entreprise à flot.

Jacobsen secoua la tête.

— Le problème est délicat, vous le savez. Je ne peux quand même pas arriver et annoncer que je m'oppose à la réglementation fédérale concernant la sécurité sur la base de Mars. On me rirait au nez au Sénat. A tort ou à raison, nous devons, c'est une exigence politique, nous plier aux critiques formulées à l'égard du programme spatial ; ou alors il n'y aura plus de programme spatial. Nous reviendrons à la situation des années 80. Et ce sera bien pire pour votre entreprise.

— Je serais ravi de porter témoignage quant à l'impact qu'ont pu avoir les mesures de sécurité existantes, déclara Ryton. Nous avons dû décupler nos tarifs simplement pour nous retrouver dans la même position qu'avant l'affaire du Groenland. Je suis convaincu que si vous faisiez un tour d'horizon de mes concurrents américains, vous vous apercevriez qu'il en est de même pour eux. Peut-être cela intéresserait-il les contribuables de savoir combien ça leur coûte de financer le confort psychologique que représente un dispositif aussi excessif.

— Bref, vous avez le sentiment que ces règlements sur la sécurité ne sont pas nécessaires ?

— Certains, en effet.

Michael se sentit envahi d'un immense respect pour ce père qui défendait si bien ses idées.

— Et vous, qu'en pensez-vous ? demanda Jacobsen au jeune homme.

— Je suis d'accord avec mon père. Il est évident que la réglementation n'est intervenue que pour faire taire les critiques après l'accident du Groenland. Mais franchement, ce n'est qu'un gaspillage de temps, et d'argent pour les contribuables. Qui plus est, on ne rend pas vraiment le système plus sûr qu'il ne l'est déjà. Il est *très* sûr. Nous avons apporté des documents qui montrent à quel point il est sûr, avant même d'y intégrer ces nouvelles mesures.

Michael sortit une cartouche mémoire de sa poche et la tendit à Jacobsen. Celle-ci poussa un soupir.

— Vous êtes tout aussi persuasif que votre père. Très bien, messieurs. Je ne promets pas de miracle. Mais je vais voir ce que je peux faire.

James Ryton se leva.

— Nous vous serions reconnaissants de nous tenir au courant du vote, sénateur.

— Andie, mon assistante, prendra contact avec vous.

Michael serra à nouveau la main du sénateur et quitta le bureau l'esprit détendu, presque euphorique. Au moment où il passait devant le bureau de la jolie assistante rousse de Jacobsen, celle-ci lui fit un petit signe pour lui souhaiter bonne chance, et il eut même la surprise de voir son père la remercier d'un hochement de tête.

Ainsi, c'était elle la fameuse Eleanor Jacobsen. Eh bien, elle se révélait assurément digne de sa réputation : vive, intelligente et avisée en matière de politique. Le bon mutant à la bonne place. Il mourait d'envie d'en parler à Kelly.

5

La navette de nuit filait sans bruit au-dessus des nuages. Au-delà de la limite de l'atmosphère. Avec la navette intercontinentale, on avait réduit la durée de vol, qui prenait auparavant toute la nuit, à une demi-heure. A peine le temps de défaire sa mallette-écran, songeait Andie. Elle regarda à travers le hublot la toile sombre de l'espace, constellée d'étoiles. Au-dessous, la sphère bleu marbré de la Terre dormait sous sa couverture de nuages. La lune ronde, argentée, tremblotait à l'horizon, comme une veilleuse à la présence rassérénante. La jeune femme s'imagina un instant ce que serait la vie sur ce satellite aride et privé d'air, pour un être condamné à habiter, enfermé sous un dôme, cette surface réfléchissante soumise à une lente et douloureuse terraformation, sachant que ses enfants hériteraient de l'œuvre qu'il aurait accomplie et qu'ils en profiteraient. Elle n'était jamais allée sur la station lunaire. Pas encore. Quant à la base de Mars, elle espérait bien la voir dès qu'elle serait terminée. Certes, elle ne pourrait jamais vivre ailleurs que sur Terre, mais une petite visite là-bas ne serait pas pour lui déplaire.

Andie feuilleta une brochure jointe au billet d'embarquement, qui l'invitait à investir dans Lunaparc, une station « actuellement en construction dans la magnifique région des monts jouxtant la Mer de la Tranquillité. Réservée aux seuls membres, bien entendu ». Elle se retint de ricaner. Que ce fût en photo ou à la télévision, le paysage lunaire lui avait toujours paru à la fois étrange et spectaculaire. Inquiétant. Mais en aucun cas magnifique.

De l'autre côté de l'allée centrale, Karim avait la même brochure sous les yeux. Andie attira son attention et lui lança un clin d'œil. Il sourit, puis tourna la tête vers la rangée en face de lui, où son patron, l'auguste sénateur Leon Craddick, avait trouvé le moyen de s'endormir. Son crâne imposant, couvert de cheveux blancs en broussaille, oscillait doucement vers l'avant au rythme de ses ronflements. Eleanor Jacobsen jeta un regard vers son collègue, se renfrogna et revint au dossier qu'elle était en train d'étudier. Quelle résistance et quelle force de concentration ! songea Andie pleine d'admiration. Vertus qui devaient assurément s'avérer payantes au Sénat.

Elle aperçut le sénateur Joseph Horner assis plusieurs rangées en arrière, marmonnant dans son giron, le crâne luisant entre ses mèches clairsemées. Probablement occupé à prier Dieu pour qu'il lui envoie davantage de convertis pleins aux as. Pour quelle raison faisait-il partie du voyage ? Il n'était même pas censé croire à l'évolution, encore moins aux mutants évolués. Non que cela l'empêchât de solliciter des mutants pour les convertir à l'Eglise. Andie était prête à parier qu'il avait graissé plus d'une patte pour obtenir un billet sur la navette. En dépit de ses convictions personnelles, Horner ne pouvait permettre que les recherches concernant le prochain stade de l'évolution humaine commencent sans la présence dans l'équipe du représentant de Dieu au Congrès. La tentation de le pousser dans un sas d'aération était grande, mais Andie écarta cette idée et résolut de rester aussi loin de lui que possible.

Elle ferma les yeux et s'imagina dans un bistro brésilien en train de commander un Cuba Libre. Quel dommage que Stephen Jeffers ne soit pas venu avec eux ! Elle aurait bien aimé s'asseoir avec lui à une table de café. Bon, Karim serait peut-être de bonne compagnie. Les données sur Rio qu'on lui avait implantées dans la mémoire lui montraient des plages à perte de vue, une flore luxuriante en plein épanouissement, une ville étincelant d'une multitude de tours blanches s'élançant à l'assaut du ciel, vivant sur un rythme à la sensualité trépidante, qui semblait ne jamais devoir prendre fin. La navette entama lentement sa descente. Andie repassa dans sa tête son portugais, tout en guettant les lumières blanches de la piste d'atterrissage située non loin de Rio.

Depuis le mur opposé, l'écran projetait sa lumière ambrée sur Sue Li Ryton. Celle-ci posa les sacs des courses sur les frais carreaux bleus du vestibule et pianota sur le clavier pour faire défiler les messages. Le premier apparut, dont elle aurait pu pratiquement deviner le contenu. En s'inscrivant sur l'écran, les mots confirmèrent ses soupçons.

« Maman, j'ai pris les clefs et le glisseur. Je reviens vers onze heures. Michael. »

Sue Li poussa un soupir et ôta son manteau rose. Elle n'ignorait pas que Michael sortait à nouveau avec Kelly McLeod. Devait-elle le dire à James ? Moins il en saurait, mieux cela vaudrait. Il était trop monté contre cette idée. Rien de bien méchant, à son avis à elle, encore que Michael semblât vouloir passer tout son temps libre avec cette fille. Sue Li ne pourrait pas le couvrir indéfiniment. Surtout avec la venue prochaine du rassemblement d'été du clan. Il était prévu qu'ils retournent aux Hauts de la Plage en juin.

Sur l'écran, défila le deuxième message : James était prié de contacter Andrea Greenberg, code 3015552244. Andrea Greenberg ? Sue Li sentit la suspicion la ronger. James n'avait pas l'habitude de recevoir à la maison des messages de femmes. De qui pouvait-il bien s'agir ? Une relation de travail ?

Elle faisait confiance à son mari, plus ou moins. Depuis le temps qu'ils étaient mariés, ce n'était d'ailleurs quasiment plus une question de confiance. Leur union était de celles que le temps et la famille finissent par cimenter.

Jadis, elle avait espéré davantage. Du temps de Vinar. La façon dont elle frissonnait à son contact, dont elle ne vivait que pour les moments où ils se retrouvaient. Evidemment, elle était très jeune. On ne peut pas s'attendre à semblable passion une fois atteinte la maturité. Néanmoins, après la disparition de Vinar, Sue Li avait espéré qu'elle et James connaîtraient une véritable harmonie spirituelle et physique. Il est vrai que, grâce à la télépathie, ils pouvaient au moins communiquer mentalement, même si elle trouvait souvent l'expérience perturbante. Surtout maintenant, avec l'arrivée des crises psychiques de James. Quant au physique, disons qu'elle avait renoncé depuis longtemps à connaître le grand frisson avec son mari ; ce qui ne l'empêchait pas d'éprouver à son égard un sentiment de possession.

Sue Li suspendit son manteau dans le placard du vestibule, essuya du dos de la main la sueur qui lui perlait au front, et remonta les manches de son tailleur. L'indicateur de température de l'horloge murale indiquait 15 degrés. Chaud pour un mois d'avril. Elle pressa le bouton de l'interphone.

— Mélanie ?

Pas de réponse. Sa fille était sans doute quelque part en train de bouder. Depuis l'incident du bar il y a deux mois, elle se montrait encore plus apathique et renfermée que d'habitude. Sue Li réprima un pincement coupable. Que pouvait-elle dire à une fille dans sa situation ? Etait-ce sa faute si Mélanie était née sans pouvoir et connaissait pour cette raison des moments tellement durs ? Sue Li avait fait tout ce qu'elle pouvait pour sa fille. Elle se débarrassa de ses chaussures et agita les orteils, fermant les yeux de soulagement.

— Jimmy ?

— Oui, m'man.

— Qu'est-ce que tu fais ?

— Rien.

Comme d'habitude, songea Sue Li. Il était probablement en train de faire léviter les meubles dans la chambre de ses parents, savourant par avance l'effet de surprise lorsque sa mère monterait.

— Bon, puisque tu ne fais rien, voudrais-tu porter les commissions dans la cuisine et les ranger, s'il te plaît ?

— O.K., m'man.

Les sacs s'élevèrent au-dessus du sol et flottèrent jusqu'à l'angle du vestibule. Quand Sue Li arriva dans la cuisine, les boîtes étaient en train de disparaître dans les meubles de rangement et les légumes dans le réfrigérateur. Jusque-là rien à dire. Elle se tourna pour poser un verre dans l'évier. Une boîte orange passa à hauteur de son visage, manqua son nez de peu et décrivit une courbe autour de sa tête, puis une autre, à la manière d'un satellite. Elle voulut s'en saisir, mais la boîte resta hors de portée, dansant dans l'espace. Avec un soupir, Sue Li ferma les yeux pour concentrer toute sa colère en l'équivalent mental d'une gifle, puis projeta l'image à mi-puissance vers son plus jeune fils. La boîte tomba par terre avec un bruit mat. L'interphone grésilla.

— Maman ! Ce n'est pas bien d'avoir fait ça !

— J'ai passé la journée avec des marchands d'art acariâtres et des conservateurs ultra-susceptibles. Je ne suis pas d'humeur à apprécier tes plaisanteries.

Elle ramassa l'objet. Une boîte de préservatifs. Ouverte.

— Jimmy, où as-tu trouvé ça ? fit-elle en essayant de garder son calme.

— Dans le tiroir de Michael.

— Eh bien, remets-le. Il faut respecter l'intimité physique des gens, pas seulement leurs droits mentaux.

— Tu vas le dire à papa ?

Avait-elle détecté un soupçon de jubilation dans le ton de son jeune fils ? Elle se devait de mettre bon ordre à cela et tout de suite. D'une voix dure, elle le réprimanda.

— Tu ferais mieux de t'occuper de tes propres affaires, jeune homme, ou je pourrais bien forcer sur la fessée. A moins que tu ne préfères réciter les dix-sept psaumes pour t'apprendre à rester sage et discret pendant quelques heures ? C'est encore de ton âge, dit la mère en laissant la menace planer plusieurs secondes. Je veux que tu remettes cette boîte là où tu l'as trouvée. Immédiatement !

— D'accord, dit le jeune garçon d'une voix maussade.

Sue Li éprouva un certain soulagement lorsqu'elle entendit le déclic qui coupait l'interphone. Jimmy devenait un peu trop imprévisible. Ils l'avaient décidément trop gâté. Plus effronté chaque année, plus turbulent. A la dernière réunion, il avait caché les vêtements de Halden pendant toute une matinée. Elle commençait à craindre le blâme collectif au fur et à mesure que les farces innocentes dégénéraient en actes de vandalisme. Naturellement, James était aussi aveugle aux défauts de son fils — et homonyme — qu'aux dons de son fils aîné. Sue Li eut un soupir résigné.

Alors que la boîte de préservatifs sortait de la cuisine en flottant dans les airs, Sue Li s'approcha du fauteuil vert placé près de la porte du sous-sol et s'y enfonça en goûtant la volupté des coussins d'eau qui épousaient ses formes. Elle éprouvait une envie irrésistible de rire et de pleurer à la fois. Michael n'était plus vraiment un enfant, mais avait-elle besoin d'une preuve aussi tangible ? Elle entreprit de réciter les psaumes de la sérénité. Mais bien qu'elle en usât fréquemment les jours de grande agitation, elle ne réussit pas cette fois-là à retrouver la sensation familière de calme et d'isolement.

Il y avait des joints dans le bar. A l'occasion, quand James travaillait tard, elle en fumait un. Il y avait aussi de la Valédrine dans l'armoire à pharmacie. Un instant, elle fut tentée. La porte d'entrée claqua.

— James ?

— Non, maman, c'est moi, dit simplement Mélanie.

Elle entra dans la cuisine, en tunique bleue et collant vert, ouvrit le réfrigérateur et resta plantée devant. Sue Li en profita pour en sortir un sachet de calmars lyophilisés. Mélanie finit par se choisir une poignée de gaufrettes aux kiwis et referma la porte du réfrigérateur tout en commençant à croquer dedans négligemment. Sue Li approuva de la tête. Les mutants, pour préserver leur équilibre métabolique, avaient besoin de prendre plusieurs petits repas par jour.

— Comment s'est passée la journée ?

— Très bien.

— Le dîner ne sera pas prêt tout de suite.

Mélanie haussa les épaules et se dirigea vers le salon ; puis soudain elle se retourna, comme si elle venait de se souvenir de quelque chose.

— Maman ?

Sue Li ouvrit le sachet de calmars et attendit que les reconstituants chimiques réagissent au contact de l'air. Elle ne prit pas la peine de lever les yeux.

— Oui ?

— La cousine Evra donne une fête le vendredi de la remise des diplômes, une fête qui dure toute la nuit. Elle veut préparer un sketch pour le rassemblement du clan. Est-ce que je peux y aller ?

— Qui d'autre est invité ?

— Tela, Marit, Meri. Rien que des filles.

— Je croyais que tu ne t'entendais pas avec Tela.

Sue Li avait un air concentré, occupée qu'elle était à débiter les calmars en fines rondelles. Elle enviait Zenora et sa technique télékinésique parfaitement au point qui lui permettait de couper le sushi à cinquante mètres de distance.

— Oh, elle est sympa.

Sue Li se tourna vers le four à convection. Si Michael avait été à la maison, elle lui aurait demandé de faire cuire les calmars en un tournemain, par télékinésie ;

Jimmy, lui, se débrouillait toujours pour calciner la nourriture. Michael savait beaucoup mieux contrôler ses dons. Sue Li revint à sa fille.

— Très bien, si tu as envie d'y aller. Ton père sera ravi de voir que tu t'intéresses aux activités du clan.

— Tu parles !

— Ne fais pas la maligne, Mel.

Sue Li plongea les calmars dans la mie de maikon parfumée et les glissa dans le four où ils se mirent à flotter doucement.

— On peut t'y amener si tu attends que je sois rentrée.

— N-non, ça va. Michael a dit qu'il m'y déposerait.

Etait-ce l'imagination de Sue Li ou Mel ne se sentait-elle pas à son aise ? Michael était pourtant un bon conducteur. Sue Li lui était d'ailleurs reconnaissante de servir de chauffeur à ses frère et sœur. Et d'ici quelques semaines, quand Mélanie terminerait son université, elle aurait le droit elle aussi de passer le permis de conduire.

— Comme tu veux. Maintenant, si tu as fini ces biscuits, j'aurais besoin d'aide ici.

Il était minuit et demi d'après les chiffres jaune fluo de l'horloge qui brillaient au mur opposé de la chambre, près de la fenêtre masquée par un rideau. Michael roula sur le dos. Dans le lit, à côté de lui, Kelly bougea. Il avança la main et lui caressa doucement la hanche, goûtant le contact satiné de sa peau.

— Mmmm, fit-elle en se blottissant contre lui. Tu restes toute la nuit ?

Il lui embrassa la joue.

— Je ne peux pas. Je suis d'ailleurs déjà en retard. Mon père ne ferme pas l'œil tant qu'il n'a pas entendu la porte d'entrée se refermer.

— Pourquoi vis-tu chez tes parents ? Ça ne te plairait pas d'avoir ton propre appartement ?

— Si, bien sûr. Mais c'est la tradition dans le clan. On ne part pas avant d'être marié.

— Et tout le monde obéit à la règle ?

— Presque tout le monde.

— Ouaou ! Je la trouve curieuse, la tradition, chez les mutants. Dans la famille, la tradition la plus ancrée, c'est la visite chez la tante à Pâques. Et mes parents n'ont même pas rouspété quand je n'ai pas voulu y aller.

— Comment as-tu fait pour t'en dispenser ?

— Je leur ai raconté que j'avais un exposé à remettre. Nous ne sommes pas aussi liés que vous dans la famille. Ils savaient bien que je me serais ennuyée à mourir. (Elle se tourna vers lui et son doigt descendit lentement sur sa poitrine.) Chez vous, ça a l'air plutôt strict.

Il frissonna à ce contact qui lui titillait la peau et faisait naître en lui une sensation si agréable qu'il voulait à la fois qu'elle s'arrête et se prolonge.

— On est claustrophiles, c'est le mot qui convient. Je serais ravi de me passer des réunions annuelles du clan, pour ce que ça m'apporte.

— C'est comment ?

— Qu'est-ce que tu veux dire ?

— Etre un mutant. Aller aux réunions.

Il laissa échapper un soupir.

— Une plaie. Mon père m'en rebat les oreilles, surtout avec ses conseils du genre : « Tu ne fréquenteras pas les normaux. » Et je suis obligé d'écouter le rapport annuel : combien il y a eu de naissances, combien de décès. Puis on a droit à la lecture des Chroniques. Et il y a mes cousins, naturellement.

— Par douzaines ? fit Kelly en pouffant.

— Quasiment.

— Ça me semble intéressant.

Elle s'étendit sur le dos et s'étira. Elle était superbe, se profilant ainsi dans la lueur jaune que diffusait l'horloge.

— Peut-être. Pour un non-mutant.

— Dans ce cas, je suis qualifiée pour en juger. Parle-moi encore de la communion.

— Nous joignons nos mains autour de la table et lions nos esprits par télépathie. Grâce au cercle, même ceux qui n'ont pas le don peuvent y parvenir. Tu as l'impression de flotter. Tu te sens proche des autres, en quelque sorte. Tu leur communiques ton affection.

— Ton amour ?

— Oui, sans doute.

Il avait du mal à utiliser le mot, voire à l'accepter, quand il pensait au clan. Est-ce qu'il les aimait ? Et eux ? L'aimaient-ils ? Pouvait-on parler de sentiments dans une situation où ils n'avaient d'autre choix que d'être soudés les uns aux autres ?

— Ça ne me paraît pas si terrible. En fait, ça a l'air plutôt sympathique. (Un silence.) Tu ne te sens pas quelqu'un d'exceptionnel ?

Exceptionnel ? Il hocha la tête avant de répondre.

— Je dirais plutôt excentrique.

Kelly le prit par l'épaule et l'attira à elle pour qu'il la regarde en face.

— Ecoute, Michael, toute ma vie *je* me suis sentie comme une étrangère. Décalée. Je ne crois pas avoir jamais passé plus d'un an dans la même école. Avec un père dans l'armée de l'Air, tu es amenée à déménager constamment. Tu vois, l'idée d'avoir autour de toi un groupe de personnes que tu connais bien, qui t'aiment et communiquent avec toi, cela me plaît beaucoup.

— C'est parce que tu ne le vis pas.

— Peut-être.

Elle avait l'air blessée. Il regretta sa phrase, mais c'était tellement difficile à expliquer, ce qu'il ressentait en tant que mutant. Il avait vu des gens regarder les mutants avec une espèce de fascination béate, comme si ceux-ci étaient... effectivement exceptionnels. Ça le mettait mal à l'aise. Il ne voulait pas que Kelly le traite de cette façon. Il se rapprocha et l'entoura de ses bras, la serrant contre lui dans une étreinte possessive.

— Je suis incapable d'en parler à qui que ce soit

comme j'en parle avec toi, dit-il d'une voix basse et tendue. A personne, dans le clan ou en dehors. Qu'à toi seule.

— C'est vrai ?

Il prit son visage dans le creux de sa main et caressa sa joue veloutée.

— Les réunions du clan te paraissent peut-être une bonne chose, mais en un sens c'est comme si tu vivais dans une petite ville où tout le monde te connaît et où personne ne te comprend. Aucune vie privée. Et je ne m'en sens pas moins seul pour autant. (Il posa son front contre le sien.) Par contre, je ne suis pas seul quand je suis avec toi. Lorsque j'étais à Washington, je pensais à toi tout le temps. Je pensais à ce moment et je me demandais si tu en avais envie, toi aussi.

— Mon Dieu, je ne pensais qu'à ça ! dit-elle. J'avais tellement hâte que tu reviennes !

Il se pencha sur son sein droit et prit le mamelon entre ses lèvres, le taquinant de sa langue jusqu'à ce qu'il se dresse. Kelly gémit doucement et sa main descendit entre les jambes du garçon. Très vite, il sentit son membre durcir et palpiter dans sa paume. Il prit une profonde inspiration et se laissa aller dans un long soupir.

— Tu veux qu'on le refasse ? souffla-t-elle.

Ce fut à peine s'il l'entendit.

— A ton avis ?

6

Andie traversa d'un bon pas le hall désert de l'hôtel du Parc Cesar et agita son badge devant le détecteur qui commandait le déverrouillage de la porte d'entrée. Les portes s'ouvrirent et Andie sortit dans l'avenue. Elle avait juste le temps d'aller jeter un coup d'œil sur la plage avant la réunion prévue pour dix heures.

Elle fut étonnée du silence qui l'entourait. Il est vrai que les purges de Nunca Mais en 97 avaient contribué à raser les favelas, ces villages faits de bric et de broc qui s'entassaient à flanc de colline. Le nouveau régime avait été d'une efficacité aussi prompte que brutale, en dépit du tollé général. Où étaient les favelitos à présent ? A peiner sans doute dans les plantations de canne à sucre, sous la chaleur tropicale des vertes contrées de l'intérieur. S'ils étaient toujours vivants.

On aurait pu s'attendre à rencontrer quelques fêtards rentrant chez eux après une nuit dans les boîtes disco, des amoureux prolongeant leur rêve d'un soir dans une promenade, bras dessus, bras dessous, le long de la plage. Mais peut-être n'y avait-il rien de tout cela en semaine. Andie avait été nourrie des légendes de Rio. Maintenant, il était temps d'apprendre ce qu'était la réalité.

Prudemment, elle traversa l'avenue Atlantica, pleine d'animation. Elle se souvint des avertissements de sa mémoire implantée : les chauffeurs de Rio pratiquaient une conduite totalement imprévisible. Elle mit le pied sur le trottoir pavé de mosaïque qui longeait la plage, fit valser ses chaussures et enfouit ses pieds nus dans le sable blanc d'Ipanema. Des vagues vert-bleu roulaient jusqu'à elle et se brisaient sur le sable humide. A part quelques adeptes du bronzage installés sur des chaises longues, le regard fixé sur la mer, la plage était pratiquement déserte. Andie arpenta l'étendue sablonneuse, regrettant de ne pas avoir apporté de chapeau. Même à cette heure matinale, le soleil était ardent. Elle commençait à avoir soif, quand bien même elle venait de vider un grand verre de jus de mangue à l'hôtel. Elle avait la bouche sèche, la langue en coton. Dans sa tête, surgit l'image d'un verre d'eau où se dessinaient des gouttelettes de condensation et elle fut saisie d'une envie irrésistible de déguster un bâton de crème glacée. Sur la plage, à sa gauche, arrivait un vendeur de sorbets, un garçon d'environ quatorze ans, au teint hâlé, portant lunettes de soleil et jean blanc. Elle décida de faire une folie et s'offrit un sorbet. Au moment de compter la monnaie, l'adolescent releva ses lunettes sur le sommet de sa tête. Et lorsqu'il la regarda, Andie ne fut pas peu surprise de découvrir deux yeux dorés, brillants comme des pièces d'or, plongés dans les siens. Elle faillit en lâcher sa monnaie. Le vendeur sourit.

— *Obrigado*, dit-il.

Puis il s'éloigna tranquillement et disparut.

Avait-elle été le jouet de son imagination ? Andie fourra le sorbet dans sa bouche. Il avait un goût sucré et une consistance gluante. Finalement, elle n'en avait pas vraiment envie. Elle chercha une boîte à ordures et y jeta cette chose écœurante. Ce garçon avait-il réellement les yeux dorés ?

En proie à un certain trouble, elle quitta la plage, remit ses chaussures et traversa l'avenue en jouant de toute son adresse pour éviter les chauffeurs de taxi hystériques. Elle passa devant plusieurs cafés, rideaux baissés et chaises renversées sur les tables. Où était donc cette légendaire culture hédoniste ? Jusqu'aux boutiques qui étaient fermées. Au coin de l'avenue Rio Branco, elle aperçut un petit café ouvert ; le serveur était derrière le bar, nonchalamment occupé à polir ses verres. Lorsqu'elle passa à hauteur de l'établissement, elle attira son attention. Il lui adressa un gentil sourire et elle répondit par un signe de tête. Avait-elle vu de l'or briller dans ses yeux ? Peut-être n'était-ce qu'un reflet, se dit-elle en pénétrant dans le Parc Cesar. Quoi qu'il en soit, ce problème devrait attendre. C'était l'heure du briefing.

Eleanor Jacobsen entra immédiatement dans le vif du sujet, comme à son habitude.

— Comme vous le savez, nous sommes ici, à titre non

officiel, pour enquêter sur les rumeurs qui font état d'une nouvelle génération de mutants. Personnellement, je ne crois pas à ces rumeurs. Cependant, je ne veux rien sous-estimer tant que ce voyage n'aura pas touché à sa fin. Nous commencerons avec la visite ce matin des laboratoires d'épissage génétique du Dr Ribeiros. Il va de soi qu'officiellement nous représentons les intérêts de la recherche médicale américano-japonaise, qui prospecte pour agrandir son espace expérimental. Après le déjeuner, M. Craddick, le révérend M. Horner et moi-même rencontrerons le Dr Ribeiros pour nous informer des capacités de son laboratoire à effectuer pour nous des travaux à forfait. Entretemps, je ne saurais trop recommander aux autres de mettre ces instants à profit pour explorer la bibliothèque et les salles de recherche du laboratoire. Rappelez-vous, nous ne pouvons nous permettre de froisser les Brésiliens. Soyez prudents. Nous nous reverrons à quatre heures pour comparer nos observations. Des questions ?

En voulant retenir la pile de disquettes qu'elle transportait dans ses bras, Mélanie se pencha un peu trop de côté, et les dix premiers volumes de l'*Histoire de la civilisation* tombèrent bruyamment sur le sol de la bibliothèque universitaire, aussitôt rejoints par son sac, son manteau et la cartouche. Elle regarda le tas à ses pieds et lâcha un soupir sonore.

— Vous ne pourriez pas faire plus attention ? fit remarquer la bibliothécaire en levant les yeux de son écran situé dans l'angle de la salle près de la porte.

Une bouffée de chaleur envahit le visage de Mel. Elle écarta sa frange de devant ses yeux. La bibliothécaire la détestait. Elle aurait très bien pu se trouver deux salles plus loin, mais non ; elle surveillait chacun de ses gestes et la poursuivait de sa haine.

— Eh oui, Ryton. Pour une mutante, tu es drôlement

maladroite. Qu'est-ce qui te retient de sortir d'ici en lévitant, toi et tes trucs ? Direction : la base de Mars.

C'était Gary Bregnan, arrière des Aigles de Piedmont, qui venait de lui vriller ce conseil à l'oreille. Deux de ses copains, assis à proximité, se mirent à ricaner et, conduits par Bregnan, à entonner, sotto voce : « Mutante, mutante, mutante. » Mel sentit des larmes de frustration lui piquer les yeux. Tout le monde la détestait. Eh bien, elle les détestait, elle aussi. Ah, si elle le pouvait, elle les enverrait volontiers tous sur la base de Mars.

Elle ramassa ses disquettes et ses affaires et se réfugia dans une cabine informatique. La pluie d'avril tambourinait contre les fenêtres à claire-voie, battements glacés et déprimants. Elle entendait encore le rire de Bregnan dans son dos. Ainsi, il détestait les mutants ? Eh bien, d'ici peu, il faudrait qu'il se trouve une autre cible. En attendant, le moins qu'elle puisse faire était de lui renvoyer son mépris à la figure. Oh certes, sa mère disait toujours qu'il fallait essayer de comprendre les normaux. Mais sa mère n'était pas tous les jours confrontée à Gary Bregnan et ses amis.

Après quarante-cinq minutes passées à prendre des notes pour son exposé de philosophie, « Etude comparée de l'impact du voyage naval dans l'Espagne ancienne et de celui du voyage spatial dans l'Amérique contemporaine », Mel se frotta les yeux, fatiguée d'être restée à fixer les lettres blanches sur l'écran.

Merci, Kelly McLeod, songea-t-elle. Si celle-ci n'avait pas accepté de travailler avec elle sur cet exposé, ce serait devenu un cauchemar. C'était Kelly qui avait eu l'idée d'utiliser des cartes et même de fabriquer une maquette. Sans elle, Mélanie n'aurait présenté qu'un plat exposé de deux minutes. Selon la jeune mutante, l'empire espagnol s'était constitué grâce à la supériorité navale de l'Espagne et, conséquence de ses expéditions, s'était ensuite écroulé. Elle se refusait à tirer des conclusions similaires sur les événements actuels.

Après un bâillement, elle effectua une sauvegarde et éteignit l'ordinateur. Au moins la pluie avait-elle cessé.

Avant de gagner la sortie, elle s'arrêta au premier bureau. Le rire de Bregnan résonnait encore à ses oreilles. Elle parcourut le catalogue et jeta son dévolu sur *Les pratiques sexuelles perverses dans l'histoire de l'humanité* et *Maladies vénériennes* et retira les deux disquettes au nom de Bregnan. En effet, sur ce vieil ordinateur stupide, elle n'eut aucun mal à falsifier l'identité. Sur le chemin du retour, elle jeta les disquettes dans la boîte à ordures de l'Armée du Salut, non loin de l'université. Si Bregnan devait les rembourser, il ne l'aurait pas volé. Elle n'avait peut-être pas de don, mais elle n'était pas totalement démunie de ressources.

— Mel, attends une minute !

Mélanie resta figée de terreur. Elle était découverte. Même pas capable de se venger sans se faire prendre. Au désespoir, elle se retourna pour affronter son juge. Jena Thornton accourait vers elle.

— Salut ! Je te cherchais.

— Ah oui ? dit Mélanie d'une voix tremblante.

Jena l'avait-elle vue se débarrasser des disquettes ?

— Oui. Je voulais te parler. Si on allait boire quelque chose ?

La jeune fille souriait, ses longs cheveux blonds voletant autour de son visage sous l'effet du vent. Elle n'affichait pas un air particulièrement soupçonneux.

Les battements de cœur ralentirent dans la poitrine de Mélanie. Elle n'avait rien à craindre. Mais que lui voulait Jena ? Aux réunions du clan, c'est à peine si elle se fendait d'un bonjour de la tête. Et à l'université, elle ne lui accordait pas plus d'attention que si elle avait été invisible. Alors qu'elle, Mélanie, était la risée et le souffre-douleur des joueurs de football, Jena avait droit aux sifflements admiratifs lorsqu'elle passait en tortillant des hanches.

— De quoi veux-tu me parler ?

— Oh, tu sais bien. La fac. Les trucs du clan. Allez, viens, on va s'offrir un choba-shake.

Jena prit Mélanie par le bras et la mena vers une boutique d'aliments à base de choba et de sushi. Une fois à l'intérieur, elle commanda deux shakes et des rouleaux de maguro au roboserveur.

— Comment ça va, les cours ? demanda-t-elle.

Mélanie avala une pleine bouchée de thon et de riz.

— Très bien. Je serai contente de finir le mois prochain. J'ai toutes mes U.V.

— Tu rentres à l'université d'Etat à l'automne ?

— Je ne sais pas. Mes parents voudraient bien. Je travaillerai peut-être pour mon père.

Jena sourit.

— Son affaire marche bien. Et Michael ? Il travaille avec lui ?

Elle parut traîner sur le prénom, comme si elle s'en délectait.

— Oui. Ils reviennent juste d'un voyage à Washington. Ils sont allés voir Eleanor Jacobsen.

— Je la trouve formidable, dit Jena en frissonnant. Lorsque je pense à elle, je plane. (Elle lévita à quelques centimètres au-dessus de son siège, puis reposa ses fesses sur la banquette bleue, prise d'un rire nerveux.) J'aimerais tant la rencontrer. Michael m'en parlera peut-être à la prochaine réunion du clan.

— Demande-lui.

Mélanie commençait à se sentir mal à l'aise. Que cherchait donc Jena ?

— Oh, je donne une petite fête le dix-sept. Je me demandais si ça vous dirait de venir, toi et ton frère.

— Bien sûr. Je veux dire, j'aimerais beaucoup ; mais il faut que tu demandes à Michael.

— D'accord, c'est ce que je ferai. Tu peux amener un copain si tu veux. Et lui aussi, une copine. Kelly McLeod, je suppose. Ce sera intéressant d'avoir un non-mutant à cette soirée.

— Qu'est-ce qui te fait dire ça ?

Les yeux de Jena s'écarquillèrent, toute innocence.

— Eh bien, j'ai aperçu Michael et Kelly au ciné la semaine dernière. Ils sortent ensemble, non ?

— Je n'en sais rien.

— Bon, ils feraient mieux d'être prudents, dit Jena dont le sourire s'était effacé. Si ça se sait dans le clan, Michael pourrait bien le regretter.

Mélanie se hérissa.

— C'est une menace ?

— Mais non, bien sûr, répondit Jena d'un ton doucereux. Une simple remarque. Bon, je pense que ce sera une bonne expérience pour ton frère de goûter au fruit défendu, dit Jena en ponctuant ces mots d'un rire dur.

— Ecoute, Jena, il se fait tard...

— Tu connais Stevam Shrader ?

— C'est le cousin de Tela, non ?

— Oui. Je sors avec lui. De beaux muscles. (Jena gloussa, puis consulta sa montre-bracelet.) Ô mon Dieu ! il faut que j'y aille. J'ai promis de ramener le glisseur et j'ai rendez-vous avec Stevam dans une heure. Reste, finis tranquillement. Au dix-sept.

Une envolée de cheveux blonds sur une combinaison bleue, et Jena avait disparu. Mélanie ramassa sa cartouche. Jena lui faisait peur. Que voulait-elle à Michael et Kelly ? Parfois, le comportement des mutants était aussi difficile à déchiffrer que celui des non-mutants. Mais bientôt, ce ne serait plus son problème.

Jena pilotait le glisseur vermillon, pied au plancher. La route déroulait sous l'engin son ruban de béton, le paysage défilait en une traînée jaune et vert laissée par les arbres en bourgeons.

Après tout, elle n'avait pas menti à Mélanie Ryton. Il est vrai qu'elle voulait les inviter à la soirée tous les deux, Mel et Michael, même si aucun n'était dupe de sa véritable cible. Et elle sortait *effectivement* avec Stevam, bien qu'il l'ennuyât considérablement.

Si seulement elle pouvait effacer de sa mémoire ce qu'elle avait vu la veille au soir ! Michael, le bras autour de Kelly, et ces deux qui riaient comme des complices en sortant du cinéma. Heureux d'être ensemble, ignorant les regards qu'on leur décochait parce que c'était un couple « mixte ».

A l'idée du mot « couple », Jena sentit son estomac se serrer. Oh, combien ils avaient l'air d'un couple ce soir-là, illuminés qu'ils étaient par cette intimité si particulière qui rendait bien pâles en comparaison ses pires cauchemars.

Depuis l'âge de douze ans, Jena adorait Michael Ryton. Pas une réunion du clan où elle ne l'avait dévoré des yeux tandis qu'il jouait au flotte-ball ou s'affrontait au saut avec leurs cousins ; elle fondait rien qu'à le regarder, à voir la façon timide dont il lui souriait. Elle avait espéré qu'avec le temps il finirait par éprouver les mêmes sentiments à son égard. Après tout, ils avaient sensiblement le même âge. Un choix tout trouvé. Et l'heure du choix était venue pour lui. Pourquoi pas elle ?

Elle s'était rendu compte assez tôt que sa beauté était une arme potentielle, efficace, y compris sur les non-mutants, non pas qu'elle s'intéressât aux normaux, des garçons stupides et casse-pieds. Lors des rassemblements du clan, elle voyait bien comment les hommes la regardaient. Même les hommes de l'âge de son père laissaient traîner leurs regards sur son passage. Elle prenait cela comme un jeu somme toute pas déplaisant. Mais voilà que le seul homme avec qui elle aurait vraiment aimé jouer semblait attiré vers d'autres rivages. Des rivages non mutants.

Jena crispa ses mains sur le volant. Elle avait raté la sortie. Merde.

Elle avait pris la rebuffade de Michael au rassemblement du clan de l'hiver dernier comme le signe qu'il n'était simplement pas prêt à se caser. Fort bien, en avait-elle conclu, il y viendra ; donne-lui du temps, laisse-le respirer. Elle avait souffert qu'il l'eût ainsi rejetée, mais elle n'avait montré à personne, pas même à sa mère, combien était profonde sa blessure. Un jour, s'était-elle juré, il serait à elle.

Mais quel intérêt Michael pouvait-il bien trouver à sortir avec une non-mutante ? Certes, Kelly était une fille bien, mais c'était une normale. Une étrangère ! Pour aller jusqu'à défier les coutumes du clan, il fallait que Michael ressente un peu plus qu'un simple béguin pour elle ! Peut-être au point de risquer le blâme en l'épousant.

Non. Non. Non.

C'était impossible. Jena se refusait à envisager une telle perspective. Cela faisait assez de temps qu'elle attendait. Maintenant, elle devait faire quelque chose, et vite. Elle prit la sortie suivante de l'autoroute, effectua un demi-tour et fonça chez elle, tandis qu'un plan germait dans sa tête.

— James, tu ne peux pas pousser Michael dans les bras de Jena en espérant que la pâte prendra. Ces jeunes gens ne sont pas du sushi.

Sue Li regardait son mari arpenter nerveusement la pièce, signe évident qu'il était en proie à une crise mentale. Son visage s'éclairait et disparaissait au gré des flaques de lumière bleu et vert.

— D'ailleurs, ajouta-t-elle, les fiançailles sont passées de mode.

— Je me fiche pas mal de la mode. Ça a marché avec nous, non ? Ces jeunes idiots, si tu leur laisses trop de latitude, ils finissent par prendre des décisions dangereuses.

— Oh, ce n'est pas pareil de nos jours. On ne peut pas généraliser.

Elle aurait préféré que le sujet ne vînt pas sur le tapis, mais James l'avait interrogée à propos du glisseur qui n'était pas là, et elle lui avait parlé, à contrecœur, du rendez-vous de Michael avec Kelly. A présent, il était furieux. Avec un soupir, elle détourna les yeux du *Mensuel de l'histoire de l'art* et, tout en laissant l'écran allumé, se renversa contre les coussins du canapé.

— Tu n'arriveras à rien si tu essaies de plier Michael à ta volonté, dit-elle. J'ai bien peur que tu ne le chasses de la maison.

Et je ne te le pardonnerai jamais si cela arrive, poursuivit-elle dans sa tête en se demandant si son mari lisait dans ses pensées, lui dont le don de clairvoyance était capricieux, aléatoire.

Ryton cessa de faire les cent pas, son visage trahissant un certain désarroi. Sue Li éprouva un petit frisson de triomphe. Elle, en revanche, avait toujours eu le don de télépathie au plus haut niveau.

— Loin de moi l'intention de chasser mon fils de la maison, dit-il d'une voix conciliante.

— Je crois que tu ne te rends pas compte à quel point tu l'y pousses, répliqua-t-elle en serrant autour d'elle son kimono couleur lie-de-vin.

— Il n'a pas idée des forces qu'il pourrait déclencher contre lui, rétorqua Ryton d'un ton dur.

Sue Li le regarda avec horreur.

— Tu n'envisages pas d'avoir recours au jugement collectif ? Contre ton fils ?

— Ça s'est déjà fait. Pas souvent, bien sûr. Seulement dans l'intérêt du clan. Il a été question de requérir un blâme à l'encontre de Skerry. Histoire de le mettre au pas. Je suis tenté de voter pour. Michael l'aime bien. Ça pourrait lui servir de leçon.

— Un blâme du groupe pourrait détruire les dons télépathiques de Skerry !

Ryton haussa les épaules.

— A quoi nous servent-ils ? Il a abandonné la communauté. Faute de mieux, on pourrait toujours l'utiliser pour le réservoir génétique.

— Et naturellement, ça aussi, tu voudrais l'imposer. C'est tout ce qui t'intéresse ?

— Bien sûr que non. Mais tu sais combien c'est important, Sue Li. Depuis toujours. Nous sommes si peu nombreux. Et voilà qu'aujourd'hui où nous nous montrons au grand jour, nos jeunes ne pensent qu'à une chose, frayer avec les normaux. (Ryton se frotta les tempes d'un air las.) Une idée folle. Et dangereuse. Il n'en sortira rien de bon. Les normaux ne sont pas plus préparés à cela que nous ne le sommes.

— A t'entendre, on dirait que ce sont des singes préhistoriques.

— D'une certaine façon, comparés à nous, c'est ce qu'ils sont.

— Tu sais que je déteste quand tu commences à parler ainsi.

Sue Li se tourna vers l'écran de l'ordinateur. Pour la seconde fois de la soirée, elle mourait d'envie d'user de ses dons télékinésiques, ne serait-ce que pour envoyer valser son mari contre le mur et lui ôter du crâne ces idées nuisibles autant que paranoïdes.

— L'encourager dans cette toquade avec la jeune McLeod, cela ne fera qu'envenimer la situation, reprit Ryton. Et je ne veux pas que mon fils soit exposé à l'irrationalisme des normaux, il risque d'y laisser des plumes. Ou pire.

— Jusqu'ici, il a réussi à survivre, objecta Sue Li sèchement. Même l'université ne l'a pas tué. Là-bas il était pourtant entouré de milliers de normaux. (Elle appuya brusquement sur la touche d'arrêt de l'ordinateur et l'écran s'éteignit.) On ne peut pas le tenir indéfiniment enfermé, James. Il est déjà impatient de partir et de vivre de façon autonome. Et c'est ce qu'il devrait faire. Si nous essayons de le séparer de Kelly, ça pourrait nous retomber sur le dos. Sois patient. Ils sont encore très jeunes l'un et l'autre. Tout cela finira peut-être par tourner court, tout simplement.

— Eh bien, puisses-tu avoir raison.

James Ryton se posa dans un fauteuil et se mit à bourrer sa pipe de tabac, signe que la discussion était terminée.

Sue Li poussa mentalement un soupir de soulagement et remit en marche son ordinateur. Tandis qu'elle retrouvait son magazine, elle se félicita d'avoir passé sous silence la question concernant la vie sexuelle de son fils. Mais il faudrait qu'elle en touche un mot à Michael.

7

Andie éteignit la vieille machine à microfiches.

— Zut !

Son pressentiment n'était pas fondé. Il y avait une petite population mutante à Rio, peut-être deux mille personnes, un pourcentage à peine significatif sur les dix millions de Brésiliens entassés dans la ville. Pas assez en tout cas pour emplir les cafés de serveurs et de clients aux yeux dorés. Le chiffre des mutants vivant ici ne justifiait pas les théories bizarres qu'elle avait échafaudées. Ce vendeur aux yeux dorés sur la plage, elle l'avait peut-être imaginé.

La plus grande partie de la journée perdue à vouloir vérifier une folle intuition. Qu'allait-elle dire à Jacobsen ? L'enquête qui les avait conduites ici tournait au fiasco, un fiasco qui ne manquerait pas d'intéresser les Services Généraux de la Comptabilité. Sans parler du nombre de votes que cela pourrait coûter à Jacobsen au moment des élections. Il fallait absolument dénicher quelque chose.

Elle écouta le bourdonnement qui emplissait la bibliothèque de la faculté de médecine Rosario do Madrona. Les écrans encastrés à intervalles réguliers dans le mur circulaire blanc l'épiaient de leur œil sombre. Bon, elle ne trouverait rien ici qui puisse étayer ses soupçons. Il était peut-être temps de se montrer plus directe.

Elle s'adressa à Catalina Jobim, la responsable des ouvrages à consulter.

— Pouvez-vous me conseiller d'autres documents faisant référence à une pigmentation inhabituelle de l'œil ? Une pigmentation dorée ?

La bibliothécaire vêtue de vert eut l'air troublé.

— Mais, mademoiselle Greenberg, c'est quoi, ces yeux dorés auxquels vous faites allusion ?

— Oh, des gens que j'ai vus dans la rue, répondit Andie. J'ai trouvé leurs yeux, euh, si beaux. Simple curiosité. Tout compte fait, vous n'avez que très peu de mutants ici. (Elle s'interrompit un instant, observant Jobim avec attention.) Il doit certainement y avoir de la documentation là-dessus ?

— Non, déclara la femme d'un ton cassant. Rien. Il s'agissait probablement de lentilles de contact. J'en suis certaine, poursuivit-elle avant de sourire. Si vous saviez toutes les excentricités qu'on rencontre dans le pays, question mode ! L'année dernière, tout le monde avait les cheveux roux. Tout le monde. Aujourd'hui, des yeux dorés. Et demain, ce sera autre chose.

Andie aurait bien voulu la croire, mais la façon dont la bibliothécaire la regardait ne faisait qu'accroître ses soupçons. Elle la remercia et balbutia quelques mots d'excuse. Il était presque midi.

Au cours du déjeuner, Jacobsen lui parut plus distante que d'ordinaire.

— Des pistes ? s'enquit-elle tout en jouant avec un plat contenant du melon à chair orange.

— Aucune, répondit Andie. J'en suis à prier pour

trouver un indice, une trace, qui sait, une preuve concrète de l'existence de ces supermutants. On aurait au moins quelque chose à ramener.

— Je comprends ce que vous voulez dire.

Sa patronne était-elle tombée sur un bec au cours de ses investigations ? Andie ne pouvait se résoudre à le croire. Si quelqu'un était capable de naviguer dans le brouillard, c'était bien Eleanor Jacobsen. Et cependant, le sénateur avait l'air tendu, préoccupé. Au moment du dessert, Andie ne put s'empêcher de la questionner.

— Ce n'est rien, Andie, répondit Jacobsen. Et épargnez-moi ce regard de mère juive. Simplement, le climat des tropiques n'est pas l'idéal pour moi. C'est tout.

A regret, Andie abandonna le sujet. Disposant d'une heure après le déjeuner, elle envisagea une petite promenade sur la plage, puis y renonça ; le soleil de midi tapait trop fort. Elle éprouvait néanmoins une espèce de nervosité à rester confinée dans cet hôtel climatisé ; il fallait qu'elle sorte, ne serait-ce que pour faire le tour du pâté de maisons.

Elle tourna au coin de l'avenue Rio Branco, pressant le pas pour fuir les glisseurs aux châssis profilés et aux pare-brise teintés. Pour fuir aussi les avenues silencieuses — trop calmes à cette heure de la journée. Elle marcha un peu dans le quartier chic, admirant dans Rio do Sul Mall les enseignes vidéo des boutiques multicolores. La rue était pratiquement déserte, à l'exception d'une jeune gouvernante vêtue de rose qui grondait deux petits enfants. La curiosité poussa Andie à emprunter une rue latérale ; elle s'arrêta devant un café, attirée par les nappes étincelantes et l'ombre que projetaient les branches violettes d'un jacaranda en fleur.

La plupart des tables étaient libres. A l'une d'elles, était assis un homme maigre en costume de bain, qui fumait tout en consultant sa montre, comme s'il attendait quelqu'un. Près du distribar, un barbu, les yeux cachés derrière des lunettes noires, sirotait une bière.

Andie se choisit une table à proximité de l'arbre. Le serveur, un mulâtre aux yeux noisette et aux cheveux blonds et frisés, prit la commande dans un portugais aux intonations mélodieuses.

— Tasse ou seringue de caféine ?

— Une tasse, s'il vous plaît.

Andie le regarda introduire sa commande au bar automatique. Elle s'adossa à la chaise de plastique moulé et se mit à observer la rue. D'ici, on n'entendait même pas l'écho distant de la circulation. Pourquoi ne pas s'aventurer plus loin dans le quartier, se trouver un petit coin tranquille et essayer d'oublier l'enquête du Congrès et ces yeux mystérieux ?

Une ombre tomba sur elle.

— Excusez-moi, fit une voix de ténor dans un américain parfait. Cette place est libre ?

Andie leva les yeux et reconnut l'homme barbu de la table près du bar. Elle n'eut pas le temps de protester, qu'il s'était déjà assis à côté d'elle.

— Je n'ai pas besoin de compagnie, dit-elle avec froideur.

L'homme sourit et ôta ses lunettes. Ses yeux brillaient d'un éclat doré.

— Vraiment, vous ne voulez pas que je vous tienne compagnie, mademoiselle Greenberg ?

Il se renfonça dans son siège et dévisagea la jeune femme. Le serveur apporta une petite tasse contenant un liquide noir fumant. Machinalement, elle y versa du sucre, jusqu'à ras bord. Une fois le serveur parti, elle se tourna vivement vers son compagnon de table.

— C-comment connaissez-vous mon nom ?

— Qu'y a-t-il d'étonnant à ce que je connaisse le nom de l'assistante de ma cousine Eleanor ? (Avec un geste désabusé, il avala une petite gorgée de bière.) Je m'appelle Skerry. Et je vais nous épargner à chacun, mademoiselle, une grosse perte de temps et des tas de soucis. Je sais pourquoi vous êtes ici. J'ai peut-être une information qui vous serait utile.

— Comme ?

— Cette histoire de supermutants vous tracasse, encore plus que mon honorable cousine. Eh bien, vous avez raison. Elle devrait s'en inquiéter. Tâchez de la convaincre de cela, avant qu'il ne soit trop tard.

— Vous voulez dire qu'*il y a* des supermutants ici ? Qu'il ne s'agit pas d'une simple rumeur ?

Malgré elle, Andie fut soudain tentée de le croire. Il haussa les épaules avant de répondre.

— Difficile à dire. Pour l'instant, tout ce que nous savons, c'est qu'ils ont trouvé une sorte de mutagène qui non seulement isole les caractères spécifiques de mutation, mais en augmente les potentialités. Du moins, c'est ce qu'indiquent leurs résultats. Ne me demandez pas comment ils font cela. Je n'ai aucune idée non plus du stade où ils en sont.

— Qui est impliqué là-dedans ?

— La majeure partie de la communauté qui travaille ici à la recherche médicale. Ribeiros est votre interlocuteur privilégié, c'est bien. Mais ne perdez pas votre temps avec lui. Vous n'en tirerez rien. Il est trop bien protégé, comme est en train de le découvrir, me semble-t-il, la vertueuse Eleanor.

— Pourquoi vous écouterais-je ? D'où tenez-vous cela ?

Il sourit.

— J'ai des relations, et des moyens de découvrir certaines choses. Et puis, je ne suis pas gêné par des lois ou des règlements officiels.

— Mais dites-moi, que faites-vous ici exactement ?

— Croyez-vous que le Congrès des Etats-Unis soit la seule organisation qui s'intéresse à cette rumeur de supermutants ?

— Mais comment avez-vous entendu parler des supermutants ? Quelles sont vos sources ?

— J'ai des oreilles un peu partout. Et plus efficaces que celles du Congrès. (Il se laissa aller contre le dossier de son siège.) Votre café refroidit.

Andie but une gorgée et fit la grimace. Elle avait mis trop de sucre. Elle reposa sa tasse.

— Ainsi, je suis censée croire qu'un étranger surgi de nulle part, parlant d'ailleurs un américain parfait, mène sa propre enquête sur l'affaire qui motive nos recherches, sauf que lui a toutes les réponses ? Est-ce trop vous demander que de nous révéler pour qui vous travaillez ?

— Disons simplement qu'il s'agit d'un groupe aux intérêts très particuliers.

— Particuliers au sens où un mutant est particulier ?

Il salua la réplique d'un petit geste.

— Touché. Vous êtes encore plus intelligente que je le pensais.

— Vous êtes venu seul ?

— Non. Nous sommes deux ou trois à fureter dans le coin.

— Pourquoi ne pas en informer Jacobsen ?

Il secoua la tête.

— Je perdrais mon temps. Elle est très « service-service ». De plus, je ne suis pas exactement le bienvenu dans certains cercles mutants bien établis.

— Je vois. Bon, et si je lui en parlais à votre place ?

— Elle le croirait encore moins.

— Alors, pourquoi m'avoir abordée ?

— Vous êtes en prise directe avec le pouvoir. Et vous êtes du bon côté. Vous pouvez les guider dans les directions appropriées. Pour faciliter la participation de certaines agences appropriées, dirons-nous.

— Comme la C.I.A. ? Il me faudrait une preuve concrète pour cela.

— Ceci, par exemple ?

Skerry sortit une cartouche mémoire de sa poche et la mit dans la paume d'Andie, qui la regarda d'un air sceptique.

— Qu'est-ce que c'est ?

— Un enregistrement décrivant des expériences de division génétique pratiquées sur un embryon humain, dans une clinique proche de Jacarepaguá.

— Quoi ? Mais c'est illégal. Comment avez-vous eu ça ?

— Je l'ai volé, répondit-il avec un sourire.

Andie repoussa sa chaise de la table et secoua la tête.

— Je ne peux pas accepter ça. Je serais complice de ce vol. Sans parler de tous les ennuis que ça pourrait nous occasionner si quelqu'un découvrait qu'on a dérobé l'information...

Le rire de l'homme lui coupa la parole.

— Vous n'êtes peut-être pas aussi intelligente que je le pensais. Ne reconnaissez jamais que ça a été volé. La clinique n'y fera pas la moindre allusion, croyez-moi.

— Je préférerais m'en tenir aux règles du jeu.

Le sourire s'effaça du visage de Skerry.

— Nous ne sommes pas aux Etats-Unis, miss Légalité. Ici, il n'existe que deux règles : le piston et le chantage. Aussi, soyez très prudente. Prenez cette information mais ne la montrez pas à Jacobsen tant que vous ne serez pas rentrées à Washington. Elle est surveillée ici.

— Par qui ?

— Des milliers d'yeux. La police. Quelques groupes de pression étrangers. Et d'autres mutants, naturellement.

Andie imagina une horde d'étrangers épiant sa patronne à la jumelle et à travers les trous de serrure. Sa patronne et elle. Une armée d'espions, à en croire ce type.

— Comment le savez-vous ? demanda-t-elle. Et d'ailleurs, en quoi cela vous concerne-t-il ?

— Ecoutez, ma belle, l'affaire est grave. Pour vous

autant que pour moi, sans parler des personnages qui surveillent votre patron. Et pendant que tout ce beau monde perd son temps à suivre la filière officielle, les expériences se poursuivent.

— Sur des sujets humains ?

— Il semblerait que oui.

— Vous en êtes certain ?

— Ouais. Aussi, soyez vigilante. Et prudente.

Devant la jeune femme, la silhouette de l'homme se mit à vaciller comme si une rafale de vent tropical était passée entre eux. Andie se frotta les paupières. Avait-elle la vue fatiguée ou était-il réellement en train de se volatiliser sous ses yeux ? Le tronc du jacaranda était visible à travers son T-shirt. Bouche bée, elle s'efforça néanmoins d'articuler :

— Attendez ! Si j'ai besoin de vous contacter ?

La chaise en face était vide. Une brise fraîche effleura la joue d'Andie.

— C'est moi qui vous trouverai.

Ce n'était plus qu'un souffle à son oreille, à son esprit. Elle baissa les yeux, s'attendant à voir aussi disparaître la cartouche. Mais l'ovale de plastique bleu resta niché dans sa paume, tel un œuf. Elle le rangea dans la poche de sa ceinture et regarda sa montre. En courant, elle pourrait arriver juste à temps pour la réunion au Parc Cesar.

Bill McLeod empoigna le pistolet. Le nez du Cessna ultra-léger avait besoin d'une retouche et, à cet effet, Bill venait de préparer son mélange à base de peinture argent. Derrière lui, il entendait Kelly papoter avec cette mutante, Mélanie Ryton, tandis qu'elles détachaient les écailles de peinture de la queue du Cessna. Sa fille ne voulait plus quitter cette famille, en dépit des inquiétudes qu'il éprouvait. Bon, ce n'était peut-être qu'une phase transitoire. Tout compte fait, Mélanie était une enfant charmante. Tout comme son frère,

Michael, d'ailleurs, ainsi que Joanna ne cessait de le lui rabâcher.

Au diable ces gens qu'on disait charmants. Certes, il avait promis à Joanna de ne plus revenir sur le sujet, mais ça ne lui plaisait pas que sa fille sorte avec ce mutant. D'autant qu'il avait dans l'idée que sa fille et Michael Ryton étaient allés assez loin question relations sexuelles. Ça ne lui plaisait pas davantage, mais elle avait dix-huit ans et tant qu'elle agissait avec discrétion, il pouvait au moins faire l'effort de respecter sa vie privée.

D'un geste circulaire et précis, il projeta une couche de peinture argentée sur le nez du Cessna. Au contact, le pigment des cristaux d'acrylique sécha instantanément. Il regarda le résultat d'un œil critique. Quelques petites retouches ne devraient pas faire de mal.

— Kelly ! Est-ce que je peux t'interrompre ?

— Bien sûr, papa.

— Voudrais-tu m'apporter la petite trousse qui est dans le coffre du glisseur ?

— Entendu.

Il la suivit des yeux tandis qu'elle courait vers le glisseur, Mélanie sur ses talons. Le soleil de mai faisait miroiter sa chevelure et son survêtement jaune fluo. Un instant, il l'imagina traversant la piste vers l'avion qui l'attendait, sa mince silhouette revêtue d'une tenue différente, une combinaison de vol grise. Quel beau pilote elle ferait ! Il avait tenté de la convaincre d'entrer à l'école de l'armée de l'Air. Si seulement elle s'intéressait à autre chose qu'aux mutants !

— Ton père est formidable, dit Mélanie en s'efforçant d'allonger le pas derrière Kelly.

Le vent d'avril balayait l'aire de stationnement et rabattait ses fins cheveux sur son visage ; elle enviait Kelly et ses tresses brunes impeccablement nouées.

— Qu'est-ce que tu veux dire ?

— Il est drôle. Sympathique. Et bel homme, ajouta Mélanie en gloussant. Je sais que je le mets mal à l'aise, et il fait tout ce qu'il peut pour que ça ne se voie pas.

— Il ne comprend pas les mutants.

— Il n'en a pas rencontré à l'armée ?

— Pas souvent. On dirait qu'ils évitent assez facilement d'être incorporés.

Mélanie sourit en songeant avec quelle habileté ses cousins plus âgés s'étaient donné un petit coup de pouce télépathique afin d'influencer les conseils de révision.

— Ne le prends pas pour toi, dit Kelly, mais vous êtes un mystère pour mon père. Pour la plupart des gens, d'ailleurs. Et c'est cela qui les rend mal à l'aise.

— Et moi, je me sens comment, à ton avis ? répliqua Mélanie. Si tu crois que ça me plaît ? Ou bien les gens font des tas d'efforts pour se montrer gentils et finissent par en faire trop, ce qui rend les choses encore pires, ou bien ils sont désagréables.

La jeune mutante s'appuya contre le glisseur bleu tandis que Kelly fouillait dans le coffre.

— Oui. Je me demande bien pourquoi les mutants se fatiguent encore à essayer de s'entendre avec les non-mutants. La plupart du temps, nous nous comportons à votre égard comme des imbéciles.

Elle agrippa la poignée d'une sacoche verte qu'elle sortit du coffre avant de le refermer. Mélanie haussa les épaules.

— On ne peut pas éternellement se cacher. D'ailleurs, nous n'avons pas le choix. Vous êtes plus nombreux que nous.

— Le nombre des mutants augmente chaque année, non ?

— Si, bien sûr. Mais il nous faudrait passer tout notre temps à faire des bébés si on voulait vous rattraper.

— Ça serait amusant, remarqua Kelly en faisant

tournoyer la sacoche. (Puis s'arrêtant brusquement, le visage grave :) Que penses-tu des bébés à moitié mutants ?

— Il n'y en a pas beaucoup.

— Est-ce qu'ils ont les pouvoirs des mutants ?

— Certains, oui. Mais le clan décourage les mariages mixtes.

— Oui, c'est ce que tu m'as dit.

Kelly s'était arrêtée, le regard perdu dans le lointain.

— Qu'est-ce qui ne va pas ?

— Rien.

— Tu es sûre ?

— Oui. Je réfléchissais simplement à l'avenir.

Elle se tourna vers Mélanie.

— Tu penses à mon frère, n'est-ce pas ? dit celle-ci.

Kelly hocha la tête.

— Je suis amoureuse de lui, fit-elle presque dans un souffle.

— Amoureuse ? répéta Mélanie en prenant son amie par l'épaule. Tu le lui as dit ?

— Non.

La voix de Kelly était comme cassée. Décontenancée, Mélanie la serra dans ses bras.

— Ne pleure pas. Je suis prête à parier qu'il t'aime aussi. Pourquoi ne le lui demandes-tu pas ?

— J'aurais l'air idiote. Il doit me le dire sans que je le lui demande, ou alors ça n'a pas de sens.

— Sans doute.

Mélanie lâcha son amie. Elle se sentait déchirée entre l'envie de l'aider et le refus de s'impliquer. Elle avait ses propres projets. Et elle avait pris suffisamment de risques en mentant à ses parents à propos de cet après-midi. La vie amoureuse de son frère ne concernait que lui. Sauf que Kelly était son amie. Mais comment lui dire que ce à quoi elle aspirait le plus était impossible ?

— Allons. Tu ne veux pas que ton père te voie en larmes, hein ?

Elle lui tendit un Kleenex.

— Merci. Si on parlait d'autre chose, suggéra Kelly en s'essuyant les yeux. Que vas-tu faire après tes examens ?

— Je crois que j'ai trouvé un boulot pour l'été à Washington. (A cette perspective, les yeux de Mélanie se mirent à briller.) Après ça, je ne sais pas. Je ne veux pas retourner aux études tout de suite.

— Ton père ne voulait pas que tu travailles pour lui ?

— Si, c'est ce qu'il ne cesse de répéter. Mais je préférerais travailler ailleurs. Organiser ma vie par moi-même et leur montrer que je peux me débrouiller.

Mélanie se repassa mentalement la petite annonce qu'elle avait vue à la télévision : « Vous avez dix-huit ans ou plus ? Il y a un travail pour vous cet été à Washington. Boîte postale E, code 7172A... » Elle songea à la grosse enveloppe enfermée dans son armoire. La semaine précédente, elle avait rempli et renvoyé les formulaires de candidature. Et hier, la réponse était arrivée. Un emploi comme hôtesse au Palais des Congrès de Washington ! Peut-être y rencontrerait-elle des gens de la télé.

— Si seulement je savais ce que je veux faire ! s'écria Kelly d'un ton envieux.

Tout en lui adressant un regard de sympathie, Mélanie essaya de se rappeler à quand remontait la dernière fois où quelqu'un l'avait enviée. Et ça n'était pas une sensation désagréable.

8

Un brin essoufflée, Andie s'assit à la longue table de conférences en bois de teck. Le roboserveur avait déjà servi la première tournée de café dans les inévitables petites tasses blanches. La ville tout entière semblait fonctionner à la caféine brésilienne. Pour ceux qui désiraient une dose plus concentrée, des seringues étaient disposées dans des sachets stériles sur un plateau en argent près de la porte. Craddick en avait déjà deux, vides, devant lui. Andie n'en fut pas surprise ; ce n'était pas la première réunion au cours du séjour où elle remarquait que l'homme avait tendance à sombrer dans la somnolence.

Jacobsen était assise au centre, un bloc-écran ouvert devant elle, avec, à portée de main, une tasse emplie d'un liquide qui ressemblait à du thé en train de refroidir. Elle adressa un hochement de tête à la jeune femme, tout en continuant de parler.

Ainsi qu'Andie l'avait pressenti, l'enquête n'avait pas donné grand-chose. Horner et son assistant observaient un silence hautain. Craddick faisait un commentaire de temps à autre, mais c'était essentiellement Jacobsen qui assurait le spectacle. Et le sénateur mutant paraissait fatigué.

— Le Dr Ribeiros semble vouloir pleinement coopérer, déclara Jacobsen. (Y avait-il une pointe d'ironie dans sa voix ?) Au cours des huits jours qui nous restent, je suggère que nous nous répartissions les tâches. A compter du début de la semaine qui vient, je propose que le sénateur Horner utilise ses relations avec le clergé pour nous organiser une rencontre ici avec l'archevêque. Le sénateur Craddick pourrait peut-être se rendre dans la clinique de Jacarepaguá. Je poursuivrai pour ma part mes entretiens avec le Dr Ribeiros.

Jacarepaguá ? N'était-ce pas la clinique où Skerry avait trouvé les informations sur les expériences génétiques ? Au diable, les espions ! Il fallait en parler à Jacobsen, en privé. Andie attendit avec impatience la fin de la conférence et regarda la salle se vider. Karim lui fit un signe. Elle le verrait plus tard, à la clinique de Ribeiros. Mais au moment où elle se tournait vers Jacobsen, une ombre se dressa devant elle.

— Jeune dame, excusez-moi. M'accorderez-vous quelques instants, vous et notre charmant sénateur ?

Le révérend Horner se glissa sur le siège entre elle et Jacobsen, laquelle arborait un sourire glacial. Andie prit une profonde inspiration et résista à l'envie d'empoigner les bras du fauteuil de Horner. Une simple et franche poussée, et il basculerait et irait fracasser la baie vitrée, la bouche ouverte sur un O de stupéfaction. Et, lentement, il dégringolerait les vingt étages, pour s'écraser dans la rue au beau milieu de la circulation trépidante. Elle imagina le cri ténu flottant dans l'air moite. Elle referma son bloc-écran dans un bruit sec et gratifia le sénateur d'un grand sourire.

— Que pouvons-nous faire pour vous, monsieur Horner ? demanda Jacobsen.

Sa voix aurait amené l'eau de mer à son point de congélation.

— J'étais en train de me dire, ravissante dame, que plutôt que de nous répartir les tâches, nous devrions impérativement les conjuguer. Il faut que nous nous unissions pour optimiser les résultats de cette mission.

Il employait la même voix que lors de ses sermons télévisés. Elle engluait l'atmosphère comme une nappe de pétrole. Perfide. Sa peau était-elle aussi visqueuse que ses paroles ? se demanda Andie.

Jacobsen croisa les bras et se renversa dans son fauteuil.

— Comment cela ?

— Convenons que les intérêts de vos électeurs et les miens sont les mêmes. En d'autres termes, présentons un front uni.

— Similaire au Front Uni des Musulmans ?

Impossible de ne pas discerner le sarcasme d'une telle question. Andie s'efforça de ne pas rire.

— Eh bien, oui... C'est-à-dire, non, bredouilla Horner, visiblement embarrassé. Ce que j'essaie de vous dire... Seriez-vous prête à reconsidérer ma proposition ? Cela m'inciterait à communiquer toute information que je serais en mesure d'obtenir...

— Sénateur Horner, comme vous le savez, vous êtes tenu selon la loi de partager avec le comité toute information que vous pourriez découvrir au cours de cette enquête. Sinon, nous n'avons rien à faire ici. Et si je vous soupçonne de cacher quoi que ce soit afin de monnayer des faveurs ou d'extorquer des complaisances, j'investirai aussitôt votre esprit pour en extraire moi-même l'information ! (La voix de Jacobsen n'était plus qu'un murmure.) Je vous ai déjà dit que je ne vois aucun avantage à m'aligner sur un groupe de pression particulier, quel qu'il soit.

— En dehors de celui que vous représentez déjà.

Le ton de Horner n'était plus visqueux. L'homme s'était mis à braire comme un âne.

— Je représente l'Etat de l'Oregon, répliqua Jacobsen posément.

— Vous représentez les mutants ! Et le viol mental est contraire à la loi !

Andie retint son souffle, dans l'attente de la riposte. A son grand étonnement, son patron se mit à rire.

— Oh, allons, Joseph ! Vous pouvez faire mieux. Le viol mental ?

Le visage de Horner devint rouge de colère.

— A votre place, je ne rirais pas si fort, sénateur. Vous ne rendez pas service à votre électorat en lui refusant l'aide et le soutien de l'Eglise.

Jacobsen eut un sourire forcé, mais ses yeux ne riaient plus.

— Joseph, il n'est nul besoin d'être télépathe pour savoir ce que vous cherchez. Je suis bien sûre que l'Eglise serait très attachée à posséder dans ses rangs quelques mutants dotés des pouvoirs qui sont les leurs. Elle les accueillerait à bras ouverts. Et même à bourse déliée. Tout mutant qui le désire est libre d'agir en ce sens. Mais, ajouta-t-elle en durcissant le ton, ce n'est pas moi qui vais parrainer une campagne d'adhésion à un groupe quel qu'il soit. Je n'en ai pas l'autorité. Ni l'intérêt.

— Vous pourriez le regretter.

— Est-ce une menace ?

— Une simple remarque.

Jacobsen posa ses mains à plat sur la table et se leva.

— Gardez vos remarques pour l'enquête, sénateur. Maintenant, si vous voulez bien m'excuser.

Et elle s'éloigna, suivie par une Andie aux anges.

Dans le couloir, la jeune femme prit une profonde inspiration et la relâcha bruyamment.

— Décidément, il est parfaitement agaçant, dit-elle.

— J'ai essayé de l'écarter de ce voyage, mais il est parvenu à ses fins. Et je suis obligée de lui mener la vie dure pour éviter les fuites. Les vampires des médias se délecteraient de ce genre de choses.

— Pensez-vous qu'il risque de nous créer des ennuis ?

— Non. Mais je serai soulagée quand nous serons rentrées à Washington. Avez-vous déniché quelque chose à la bibliothèque ?

— *Nada*. La ligne officielle est : Des yeux dorés ? Quels yeux dorés ? Ah, ceux-là ? Des lentilles de contact.

Un sourire chagriné marqua le visage de Jacobsen.

— Bon, continuez vos recherches.

— J'y retourne cet après-midi.

— Peut-être la clinique de Jacarepaguá nous fournira-t-elle de meilleures pistes que celles que nous avons trouvées jusqu'ici.

Un instant Andie envisagea de raconter au sénateur sa rencontre avec Skerry. Et si Jacobsen ne la croyait pas ? Malgré la cartouche ? Skerry lui avait recommandé de ne pas en parler tant que la mission ne serait pas rentrée au pays. Un robomestique passa dans le couloir devant les deux femmes ; ses lumières bleues clignotaient et ses détecteurs émettaient des bips-bips. Andie éprouva un frisson. Skerry lui avait dit que Jacobsen était surveillée ; par des gens, mais peut-être aussi par des machines. Avant de révéler ce qu'elle avait appris, elle attendrait qu'elles soient rentrées. En sécurité.

— De quoi vouliez-vous que nous discutions, Andie ?

— Oh, je... je voulais juste savoir quelle impression vous a faite Ribeiros.

Surprise, Jacobsen haussa les sourcils.

— Je croyais m'être déjà expliquée à ce sujet. Il est très froid. Apparemment, il coopère, or, je me méfie des apparences.

— Vous soupçonnez quelque chose ?

— Oui. Mais je n'ai aucune preuve.

— Allez, je suis convaincue que nous allons bientôt découvrir quelque chose, dit Andie en espérant paraître plus confiante qu'elle n'était en réalité.

— S'il y a quelque chose à découvrir, rectifia Jacobsen avec une légère pression sur l'épaule de son assistante. Venez, je vous dépose à la clinique.

Deux heures plus tard, l'écran affichait toute une série de colonnes floues de lettres et de chiffres ambrés indiquant les mouvements de population. Andie se frotta les yeux et décida d'aller voir si Karim avait du nouveau. Peut-être avait-il déniché des supermutants assis en bande sous un jacaranda. Ou au volant de tous les taxis de Rio. N'importe quoi ferait l'affaire.

Elle le trouva dans le jardin en conversation avec des patients qui avaient tous un pansement autour de la tête. Certains portaient des écouteurs radar reliés à leur poignet, car leurs yeux étaient couverts d'un bandeau les protégeant de la lumière. A l'approche d'Andie, la porte s'ouvrit dans un grincement monocorde. Karim leva les yeux et sourit. Il s'excusa auprès des patients et vint à la rencontre de la jeune femme.

— J'ignorais qu'on pouvait avoir accès aux patients dans cette clinique, remarqua Andie en jetant un regard circulaire sur la salle, admirant au passage les plantations de broméliacées en fleurs et le ruisseau artificiel.

— Disons que je n'ai pas exactement demandé la permission, rectifia Karim avec un sourire. Je me suis simplement autorisé une petite balade, histoire de voir ce que je pouvais glaner.

Andie se mit à rire.

— Autrement dit, vous avez rôdé dans les parages en attendant que l'endroit se vide, puis vous vous êtes subrepticement glissé ici.

— C'est ce que je pensais avoir dit. Quoi de neuf ? Vous avez trouvé quelque chose ?

Elle sentit un picotement dans le milieu du dos, comme si quelqu'un l'épiait. Elle prit le jeune homme par le bras et jeta un œil par-dessus son épaule ; mais le couloir était désert.

— Sortons un moment, proposa-t-elle. Ça vous dirait, une petite promenade le long de la plage ?

— Ça me semble une excellente idée. Nous pouvons emprunter le glisseur de Craddick, avec son chauffeur. Les sénateurs sont embarqués dans une nouvelle réunion interminable avec Ribeiros. Ils n'en sortiront pas avant des heures. On y va ?

Il se dirigea vers la sortie.

— Je me demande de quoi ils parlent, remarqua Andie tandis qu'ils traversaient le parking à grands pas. Elle distinguait presque les ondes de chaleur miroitant sur le goudron, retenues par la cruelle lumière de la mi-journée. Se pourrait-il qu'en louchant elle aperçoive Skerry dans le miroitement ?

— Bon, quoi qu'il en soit, je ne crois pas qu'ils parviennent à tirer la moindre information de Ribeiros. Ce type est plus glissant qu'un serpent dansant la samba.

Karim attendit que la jeune femme fût installée à

l'arrière du glisseur rouge au châssis profilé, puis la rejoignit sur la banquette.

— A l'hôtel, lança-t-il au chauffeur.

L'engin fila à toute allure, esquivant habilement les autres glisseurs, naviguant sans ralentir à travers la circulation. Andie se retint de fermer les yeux. Le chauffeur leur jeta un coup d'œil dans le rétroviseur; il portait des lunettes à verres teintés. De quelle couleur étaient ses yeux ?

Un quart d'heure plus tard, ils marchaient le long de la plage de Copacabana, très à l'aise dans le minuscule maillot de bain si apprécié des cariocas. Autour d'eux, des baigneurs folâtraient dans l'eau, s'éclaboussant avec de grands rires et des cris stridents à chaque vague qui déferlait sur eux.

— Bon, qu'avez-vous appris ? s'enquit Andie.

— Pas grand-chose, répondit Karim en haussant les épaules. Il ne s'agit assurément pas d'un laboratoire de génétique. Cette clinique est spécialisée dans la chirurgie plastique. Ribeiros lui doit sa fortune; un petit pli par-ci, un petit pli par-là, et aujourd'hui toutes les riches dames de Rio veulent se faire refaire le nez, les seins ou le postérieur.

— Les yeux ?

— Ribeiros semble en effet pratiquer à grande échelle la chirurgie des yeux. Et maintenant que j'y pense, ce n'est pas normal pour un chirurgien plasticien.

— Evidemment, il a pu engager un spécialiste. Ces patients que nous avons vus, on leur a peut-être simplement enlevé leurs pattes-d'oie. D'après ce que j'ai entendu dire, la nouvelle peau est terriblement sensible à la lumière, et les produits régénérants ne font que rendre les choses pires encore.

— Ce qui explique probablement les bandages.

— A moins que ces gens ne soient là pour faire changer la couleur de leurs yeux.

Voilà, elle l'avait dit.

— Quoi ?

— Je veux dire, poursuivit Andie, s'ils voulaient changer la couleur de leurs yeux, disons, en doré, Ribeiros ou un de ses collègues pourraient le faire.

— Doré ? Doré comme pour un mutant ?

— C'est cela même, confirma Andie.

Karim secoua la tête.

— En admettant que ce soit possible, pourquoi voudraient-ils faire ça ?

— Pour se faire passer pour des mutants. Pour être au diapason de la future race supérieure.

— La race supérieure ? Les mutants ? (Il la regarda un long moment.) Andie, à mon avis, vous êtes restée trop longtemps sous le soleil brésilien. Vous avez des visions de supermutants qui dansent dans votre tête, et ce, parce que vous croyez avoir aperçu sur la plage un vendeur avec des yeux dorés.

— Vous pouvez rire, mais je l'ai vu, et je sais ce que j'ai ressenti. Et depuis que nous sommes ici, sachez que j'ai remarqué partout des gens dont les yeux semblent refléter la lumière de bien étrange façon.

— Je sais. C'est tout juste si vous avez parlé d'autre chose.

— Toujours est-il que tout cela me paraît fort suspect. Cette ville me fiche la trouille. Assurément, je ne m'attendais pas à ça. Vous ne trouvez pas bizarre que Rio soit si tranquille ? Vous ne vous attendiez pas à ce que ce soit la fête vingt-quatre heures sur vingt-quatre ?

— Maintenant que vous le dites, à part la circulation, c'est beaucoup plus calme que je n'aurais cru. Il y a bien une ou deux boîtes disco ouvertes, mais ce n'est pas plus vivant que Georgetown un samedi soir.

— Presque comme si quelque chose contrôlait les événements.

— Peut-être, dit Karim en donnant un coup de pied dans une algue pourpre. Mais les seuls faits que la vie nocturne soit inexistante et que vous ayez vu des yeux d'une couleur étrange ne suffisent pas à me convaincre qu'une bande de supermutants invisibles a monté un coup dans le coin. Vous n'arriverez même pas à me persuader qu'ils existent. La moitié du temps, je dois déjà faire un effort pour croire aux mutants ordinaires, de l'espèce banale. Comme votre patron.

Andie secoua la tête.

— Vous ne vous demandez pas pourquoi le Dr Ribeiros n'ôte jamais ses verres teintés ? Même à l'intérieur ? Nous n'avons jamais vu la couleur de ses yeux.

— Voilà que vous prétendez à présent que Ribeiros est un mutant ? (Karim eut un petit rire nerveux.) Si c'est le cas, Jacobsen en saurait quelque chose, non ?

— Peut-être.

Andie eut un moment de doute. Perdait-elle son temps à rechercher des complots et des conjurations ? Jacobsen elle-même ne lui avait-elle pas dit qu'elle doutait de l'existence du supermutant ? Qui d'autre qu'elle était mieux placé pour savoir ce qu'il en était ? Et si Skerry se trompait ? S'il n'était qu'un simple mutant renégat cherchant à semer la discorde ? Mais d'un autre côté, s'il avait raison ?

— Très bien, Karim, vous avez dit ce que vous aviez à dire. Mais une bonne fois pour toutes, j'aimerais bien découvrir si ce supermutant existe.

— Vous et votre Congrès des Etats-Unis... (Karim s'interrompit, posa la main sur l'épaule de la jeune femme et l'attira à lui.) Ce qu'il vous faut, c'est une petite perme.

— Que suggérez-vous ?

— Offrons-nous quarante-huit heures à Teresópolis. Allons voir le palais d'été. Il fait plus frais là-haut. Oublions mutants et sénateurs. Nous serons à Washington jeudi.

Il arborait un regard franchement séducteur. Andie contempla son corps mince et hâlé. Son minibikini rouge. Elle sentit son pouls s'accélérer.

— Ça me paraît tentant. Mais nous pouvons nous éclipser ainsi, selon vous ?

— Pourquoi pas ? Votre patron n'est pas un tyran ; et je peux vous assurer que le mien est tout acquis aux vacances.

— Pour lui, peut-être. Mais s'agissant de ses fidèles assistants ?

Elle dégagea sa main de celle du jeune homme.

— Depuis que nous sommes ici, il s'est montré vraiment compréhensif. Et d'ailleurs, après une heure ou deux avec Ribeiros, tout le monde a l'air de sortir d'un thé dansant.

— Tout le monde, sauf mon patron.

L'image de Jacobsen, pâle et défaite, jaillit dans le cerveau d'Andie. Une Jacobsen qui avait l'air en proie à une espèce de tension dont elle n'était même pas consciente. Andie s'attarda sur cette vision. Quelque chose n'allait pas. Si elle savait seulement ce que c'était. Les supermutants ? De la paranoïa ? Plus elle restait à Rio, plus ses idées étaient confuses. Un week-end dans les collines lui ferait le plus grand bien.

— Je peux être prête à partir à six heures. Je laisserai un message sur l'écran de Jacobsen. Elle est tellement préoccupée, c'est à peine si elle remarquera mon absence.

Michael regarda Kelly monter dans le glisseur. Elle portait une tunique violette sans manches, très décolletée devant et dans le dos. Ses cheveux noirs lui tombaient sur les épaules en vagues gracieuses. Des cristaux de lavande scintillaient à ses oreilles. Avant de se glisser à l'intérieur, elle se pencha et l'embrassa tendrement. Au moment où elle s'écartait, il vit qu'elle ne portait pas grand-chose sous sa tunique.

— Très joli, dit-il en souriant.

Elle lui décocha un regard espiègle.

— Voyons, c'est la semaine de la remise des diplômes !

— Oui, mais il faut vraiment le savoir ! Depuis qu'ils ont supprimé la cérémonie, en 98, ça se passe plutôt discrètement.

— Il y avait trop d'alertes à la bombe à l'époque.

— Ça n'est plus le cas. Mais, d'après moi, ça leur fait faire des économies. Plutôt pingre, la nouvelle génération.

Kelly lui planta son coude dans les côtes.

— Eh bien, « l'ancêtre », où allons-nous ce soir ?

— Je croyais que ton amie Diane organisait une petite fête ?

— Oui, mais plus tard, après la fermeture des boîtes.

— Dans ce cas, pourquoi ne pas aller au Branché, puis voir ce qui se passe du côté du Club Centauri ?

Kelly parut perplexe.

— Je croyais que ta cousine nous avait invités à une soirée ?

— Ma cousine ?

— Jena Thornton. Tu te rappelles ?

Michael lâcha un juron silencieux. Pourquoi avait-il parlé à Kelly de cette invitation ?

— Il n'y a que des mutants. Tu t'ennuierais.

— Qu'est-ce que tu en sais ?

— Crois-moi, je le sais.

— Michael, ce n'est pas juste. Comment est-ce que je rencontrerai jamais ta famille ?

— Ce ne serait pas la meilleure occasion pour ça.

Les lèvres du garçon dessinèrent une ligne mince qui affichait toute sa résolution.

— Pourquoi ?

— Bon sang, Kelly, est-ce que tu m'écoutes à la fin ? C'est une soirée exclusivement mutante.

— Tu as honte qu'on te voie avec moi ?

— Mais non !

— En ce cas, allons chez Jena.

Michael laissa échapper un soupir.

— Comme tu veux. Mais ne viens pas dire que je ne t'ai pas prévenue.

Furieux, il sortit en marche arrière de l'allée. Emmener Kelly à une soirée de mutants, c'était bien la dernière chose dont il avait envie. Mais il ne pouvait plus se dédire sans s'exposer à une vraie dispute. Il récita brièvement un psaume dans sa tête pour retrouver son calme et se dirigea vers la maison de sa cousine.

La circulation était fluide. Vingt minutes plus tard, il garait l'engin le long du trottoir à proximité de la maison.

Jena leur ouvrit la porte. Elle portait un corsage moulant, chatoyant, presque de la couleur de ses cheveux, des collants et des bottes assortis. Un éclair d'étonnement passa sur son visage et s'envola aussi vite, remplacé par un sourire éclatant.

— Michael ! Et tu es Kelly, n'est-ce pas ? Ravie que vous soyez venus. Ils sont tous là, au salon. Entrez.

La pièce était emplie de mutants et des échos de leurs mélopées de plaisir. Dans l'angle, étaient assis deux couples plongés en communion mentale, bras joints. Sur leur visage se lisaient la joie, l'émerveillement, l'extase. Non loin, deux garçons en combinaison noire, en suspension près du plafond, se lançaient une sphère de verre brillante sans la toucher. Une fille rousse aux boucles torsadées fit un bond et les rejoignit. Près des canapés où flirtaient et se caressaient des couples de mutants, des plateaux de nourriture flottaient au-dessus des accoudoirs.

Michael chercha la main de Kelly. Les chants se turent. Tous les yeux dorés présents dans la pièce se braquèrent sur les nouveaux arrivants, les jaugeant dans le silence pesant. Jaugeant et condamnant.

Michael s'avança, défiant du regard le moindre geste inconvenant, le moindre commentaire désagréable. Il hocha froidement le menton à l'adresse des membres du clan. Ses cousins lui rendirent son salut et retournèrent à leurs jeux.

Michael sentit la chaleur d'une main sur son bras. Jena l'avait suivi. Elle portait autour du cou un collier court fait de badges de l'unité retenus par une chaîne. Il huma son parfum : une délicieuse odeur de musc. Quelle belle fille, songea-t-il. Un picotement de désir coupable lui enflamma les reins. Que faisait-il là ?

— Michael, tu permets que je fasse visiter l'appartement à Kelly ? Je parie qu'elle n'est encore jamais entrée dans une maison de mutant, dit Jena en passant un bras autour de la taille de Kelly. Tu aimerais voir le sanctuaire où mon père récite ses psaumes ?

Kelly acquiesça d'un signe de tête, mais Michael eut l'impression qu'elle était troublée et un rien hésitante.

— Je vous accompagne, déclara-t-il.

— Oh, tu vas t'ennuyer, répliqua Jena en le congédiant d'un geste de la main. D'autant que tu connais déjà la maison.

S'il n'appréciait guère ce que sous-entendait cette remarque, il ne pouvait protester sans déclencher une scène. Impuissant, il regarda Jena emmener Kelly.

— Tu sors avec une normale, Ryton ? demanda Stevam Shrader.

Michael le toisa avec mépris, agacé par son ton condescendant. Aux rassemblements du clan, Shrader était incapable de participer au moindre chant de groupe sans se tromper. Il était du genre balourd, tout en muscles. Qu'est-ce que Jena pouvait bien lui trouver ?

— Oui, répondit Michael froidement. Je sors avec Kelly McLeod.

Vala Abben, une fille dotée d'une chevelure brune parsemée de cristaux d'argent, vint se mêler à la conversation.

— Tu n'as pas peur du blâme ? demanda-t-elle. (Avec son menton pointu et son côté fureteur, elle faisait penser à un rongeur carnassier reniflant de la chair fraîche.) Elle n'est pas du genre, disons, barbante ? Bornée ?

— Elle est rafraîchissante, rétorqua-t-il en attrapant un nem au chou qui flottait à sa portée. Elle est intelligente, drôle et séduisante.

Shrader hocha la tête.

— Ouais, elle n'est pas mal. Sans doute un bon coup, question baise. Mais ce n'est pas une mutante.

— Dieu merci, dit Michael avant de tourner les talons, gagné par la colère.

S'ils s'étaient trouvés dans tout autre lieu, il aurait fait passer Shrader à travers le mur rien que pour son commentaire. Mais il n'était pas chez lui, et ce n'était pas sa fête. Il partit à la recherche de Kelly et de Jena.

— Et ça, ce sont les bâtons de psaumes qu'on utilise certains jours, expliqua Jena.

Elle en fit flotter un vers Kelly. La baguette de teck était richement colorée ; la surface en avait été lissée au cours de longues manipulations jusqu'à lui donner la consistance de la soie. Kelly l'effleura délicatement.

— Intéressant.

Elle posa l'objet sur la table près de la fenêtre. Jena se montrait gentille avec elle, mais cela la mettait mal à l'aise. Michael avait peut-être raison. Elle n'appartenait pas à ce monde.

— Viens voir la serre, proposa Jena.

La porte de verre irisé coulissa doucement, sans que la jeune fille l'eût touchée. Kelly essaya de percer les ténèbres qui enveloppaient l'arrière-cour à la végétation luxuriante.

— J'ai toujours pensé que mon cousin était un redoutable séducteur, dit Jena dans un murmure rauque qui invitait à la confidence.

— Ah, vraiment ?

La réponse de Kelly était chargée d'ironie ; l'intérêt que Jena portait à son cousin était évident. Celle-ci se rapprocha.

— Oui. Ce n'est pas ton avis ? As-tu déjà couché avec un mutant avant lui ? Comment est-il ?

Tu aimerais le savoir, n'est-ce pas ? songea Kelly. Eh bien, va te faire voir. J'en ai assez de cette drôle de fête, et de ta curiosité en particulier. Kelly allait lui faire remarquer qu'elle ne manquait pas de toupet lorsque Jena lui toucha le côté du visage. Une sorte de caresse, mais qui par sa vigueur ressemblait plutôt à une agression. Comme Kelly tentait de protester, elle se sentit clouée sur place, les tempes battantes. Etait-elle en train de défaillir ? Oui, et Jena la retenait pour l'empêcher de tomber. Bonne Jena. Gentille Jena. Jena était son amie. Bien sûr, elle lui parlerait de Michael...

— Qu'est-ce qui se passe ici ?

Michael se tenait sur le seuil de la serre, le visage durci par la colère. Kelly se sentit arrachée à l'emprise de Jena par des forces invisibles. Un instant plus tard, les bras protecteurs de Michael se refermaient sur elle. Elle secoua la tête pour retrouver ses esprits.

— Rien, Michael, dit Jena. Kelly s'est sentie mal et je lui disais de s'appuyer sur moi. C'était quand même un joli petit numéro de télékinésie possessive.

— Economise ta salive, Jena. (Michael observa Kelly qui paraissait désorientée.) Nous partons.

La portant à moitié, il emmena la jeune fille hors de la pièce. Jena les suivit jusqu'à la porte.

— Désolée que vous ne puissiez rester. On était juste sur le point de lancer quelques petits jeux de société ; strip mental et jeu de la vérité. Je suis sûre que Kelly aurait adoré. (Jena lança au garçon un regard appuyé.) A un de ces quatre.

Michael s'éloigna rapidement, entraînant Kelly. Il lui sembla entendre mugir dans son dos les vents glacés de la saison des mutants.

Jena regarda les feux arrière du glisseur disparaître au coin de la rue. Elle était déçue et ravie à la fois. Elle avait à peine eu le temps de jeter un regard dans le cerveau de Kelly, mais ce qu'elle y avait appris s'était révélé instructif. Kelly et Michael avaient eu des relations intimes. Très intimes. Et les parents de Michael n'en savaient rien. Pas encore.

— C'est toi qui as dit à Michael de partir ? demanda Vala dont les pieds flottaient pratiquement à hauteur d'yeux.

— Mais non, idiote, répondit Jena. (Elle s'éloigna de la fenêtre avec un sourire forcé qui cachait sa frustration.) Pourquoi aurais-je fait ça ?

— Ben, parce qu'il a amené cette normale. Qu'est-ce qui lui a pris ?

— Il l'aime, répondit Jena. (Sa voix était perçante, elle-même pouvait l'entendre. Contrôle-toi, ma fille. Tu as tout le temps pour régler cette affaire.) Quelle hôtesse irait dire à un invité de partir simplement parce que sa petite amie détonne dans le décor ?

Vala eut un sourire retors.

— C'est aussi bien qu'il soit parti, s'il doit fréquenter une normale.

Jena n'eut pas besoin de faire le tour de la pièce pour savoir que toutes les têtes approuvaient cette réflexion.

9

— Je suis désolé, mademoiselle Ryton. Nous n'avons rien pour vous.

Le pâle visage incrusté sur l'écran la contemplait d'un regard inexpressif. La plaque sur le bureau indiquait pourtant bien PAUL EDWARDS, CONSEILLER EN

PLACEMENT. Mélanie le dévisagea, se refusant à le croire.

— Mais j'ai rempli une demande d'emploi, dit-elle. Vous m'avez envoyé un courrier me disant que j'avais le poste. Vous voyez ? fit-elle en tenant l'imprimé devant l'appareil.

Le pâle M. Edwards examina la lettre.

— Il doit s'agir d'une erreur.

— Une erreur ? Quelle erreur ?

— A l'évidence, nous nous sommes engagés abusivement. Vous êtes le troisième demandeur d'emploi que j'ai dû éconduire aujourd'hui.

Je l'aurais parié, pensa Mélanie. Est-ce qu'ils avaient eux aussi les yeux dorés ? Elle chiffonna la lettre. Et tout haut, elle déclara :

— Qu'est-ce que je vais faire maintenant ? J'ai dépensé tout mon argent pour venir ici.

Le visage blême resta impassible.

— Je suis désolé. Je vous suggère de téléphoner à votre famille afin qu'ils vous envoient un billet de retour. A présent, si vous voulez bien m'excuser...

L'écran devint noir. Mélanie se mordit la lèvre et rassembla ses affaires. Le tailleur de fil rose qu'elle avait revêtu pour la circonstance la grattait. Le poste aurait-il été encore vacant si elle s'était présentée avec des lentilles de contact pour cacher ses yeux ? La discrimination manifeste était un délit puni par la loi. Oui, mais un boulot qui s'évaporait dans la nature suite à une erreur d'écritures, ce n'était pas de la discrimination, n'est-ce pas ?

Elle sortit de la cabine d'entretien et traversa le vaste bureau, désert à l'exception d'un réceptionniste, le seul être humain en chair et en os que Mélanie eût rencontré dans cette agence pour l'emploi. Elle quitta le sanctuaire climatisé, franchit les portes de verre coulissantes et se retrouva dans la pleine chaleur de midi, celle de Washington à la fin mai. Les feuilles des érables, le long des trottoirs, étaient immobiles, le parfum des roses passées saturait l'air. Quelques passants marchaient lentement le long de l'immeuble, tels des somnambules, écrasés par la chaleur. Mélanie enleva sa veste.

Qu'allait-elle faire maintenant ? Rentrer chez elle ? Pas question. C'était s'avouer vaincue. Elle était venue aujourd'hui dans cette ville et elle y resterait. Elle montrerait aux autres qu'elle pouvait se débrouiller toute seule. Vaincue, frustrée, elle refoula son envie d'éclater en sanglots. Apercevant une cabine à l'angle de la rue, elle utilisa quelques-unes des précieuses plaques de crédit qui lui restaient pour se procurer la liste des offres d'emploi. Il y avait certainement un boulot pour elle à Washington.

Michael regarda Kelly traverser la chambre en quête d'un joint. Elle était nue. D'ordinaire, il ne se lassait pas d'admirer le spectacle de ce corps délié en mouvement ; mais ce soir-là, il était contrarié.

— Pourquoi faut-il que tu t'absentes deux mois durant ? fit-il avec humeur.

— Mon père a loué un chalet au lac Louise pour juillet-août, répondit Kelly en portant un joint à ses lèvres.

Il refusa de la tête celui qu'elle lui proposait.

— J'ignorais que tu étais du genre campagne.

Elle sourit.

— Je ne le suis pas, encore que j'apprécierais volontiers un peu plus de fraîcheur.

— N'y va pas.

— Il le faut. Franchement, Michael, ce n'est que pour deux mois. A t'entendre, on dirait que c'est pour toujours.

— Ton père essaie de nous séparer.

Michael se leva et se mit à arpenter la chambre.

— Tu es parano. C'est moi qui devrais être inquiète, après la rencontre avec ta « charmante » cousine.

— Jena ? (L'espace d'un instant, Michael se rappela le parfum musqué de la jeune fille, la chaleur de sa main sur son bras. Furieux, il chassa ce souvenir.) Ne sois pas ridicule. Et puis, je te l'avais dit, on n'aurait pas dû aller à cette soirée. Je persiste à penser qu'elle a tenté sur toi un viol mental.

— Ne fais pas dans le mélodrame, rétorqua Kelly en se réinstallant contre les oreillers. J'ai eu simplement un vertige, c'est tout. D'ailleurs, tu as dit qu'elle faisait de la télékinésie.

— C'est ce que je croyais.

— Toujours est-il que, ça ou autre chose, je me méfie. Elle est trop gentille. Et elle s'intéresse trop à toi.

— C'est l'effet de clan, objecta Michael. Ne t'inquiète pas. Le sentiment n'est absolument pas réciproque.

Kelly sourit à nouveau.

— Très bien. J'aurai au moins satisfait ma curiosité à propos des soirées entre mutants, et ce, pour un bon bout de temps. Peut-être pour toujours.

— Mais tu vas quand même au lac Louise ?

— Oui. (Elle ôta le joint de ses lèvres et sa main toucha le corps du garçon.) Maintenant, donne-moi une raison pour avoir envie de revenir.

Benjamin Cariddi referma la porte derrière lui. Il se servit de la même clef laser pour déverrouiller son bureau et, sur une simple instruction de sa part, l'écran jaillit de son bloc protecteur comme s'ouvrirait une fleur électronique. Il vérifia l'heure à l'horloge de bureau : vingt-trois heures. Il entra un code à préfixe protégé. L'écran sonna trois fois avant que son appel reçût une réponse.

— Ben ? fit une voix sonore de baryton.

L'écran resta sombre mais Benjamin avait déjà vu ce visage tant de fois qu'il pouvait en esquisser les traits.

— Qui tu veux que ce soit ?

— Du nouveau ?
— Deux de quinze ans et une de treize.
— Toutes fertiles ?
— Evidemment.
— Bon, tu connais la procédure.
— Bien sûr. Je suis un peu à court de narcodane.
— Tu recevras un nouvel arrivage au matin... (Un silence. Benjamin devina la question avant même qu'elle fût posée.) Des mutants dans le lot ?
— Non.
— Bon, continue à chercher.
— Je ne fais que ça.

James Ryton avait beau vouloir cesser d'arpenter la pièce, ses jambes s'y refusaient, comme si elles ne lui obéissaient plus. De la cuisine à la porte d'entrée, puis au salon, de l'écran mural à la fenêtre, il en fit le tour complet, foulant la moquette bleue. Sa femme l'observait depuis le canapé, le regard fermé, très pâle. Il alluma sa pipe, la regarda s'éteindre, la ralluma, mais sans la fumer. Devait-il appeler la police ? Halden ?

— James, tu me donnes le vertige, dit Sue Li.

Il se tourna vers elle, avec l'impression d'entendre dans sa tête une centaine de voix criant à l'offense.

— Rien, aucun message. Je ne sais pas quoi faire.

Autant qu'il s'en souvienne, jamais il ne s'était senti aussi désarmé. Aussi impuissant.

— Attendons que Michael rentre. Peut-être saura-t-il quelque chose que nous ignorons.

— Et sinon ?

Ryton avait des élancements dans le crâne. Les crises mentales revenaient, avec la cacophonie qu'entraînait son don d'ultraperception auditive, lui donnant ce violent mal de tête. Ces foutues crises qui se déclenchaient généralement lorsqu'il était inquiet, comme une migraine lui martelant la boîte crânienne. Son père en avait souffert, et le père de son père avant lui.

Une petite voix lui susurrait que c'était là le premier pas de ce lent voyage qui menait à la folie, ce voyage qu'avaient fait tant de ses frères. Finirait-il ses jours à radoter dans une chambre cadenassée, en proie aux échos discordants que lui renverrait son propre don ? Il repoussa cette idée en priant pour que survienne une mort rapide, et reporta son attention sur sa femme.

— On décidera à ce moment-là ce qu'il faut faire, suggéra-t-elle.

— Je te trouve terriblement calme.

Il éprouva une soudaine exaspération devant ce regard impassible, cette attitude détachée. Sue Li et son visage de bouddha.

— En apparence seulement. Bien sûr que je m'inquiète. Mais ça ne sert à rien que nous soyons l'un et l'autre à nous ronger les sangs. (Elle se tut un instant, puis :) Je vais mettre les psaumes. Cela te dégagera la tête.

— Non ! Rien.

Même les chants du clan, il le savait, ne suffiraient pas à l'apaiser, à réduire au silence le chœur grec qui ressassait dans sa tête ses miaulements d'antiennes. Les tranquillisants ? Ils fausseraient ses facultés de discernement. Il avait l'impression d'avancer sur la plaque d'un four à convection dont on aurait monté la puissance. Il déboutonna son col.

La porte d'entrée s'ouvrit dans un sifflement, et Michael entra.

— Maman. Papa. (Il s'arrêta.) Qu'est-ce qui se passe ?

— Michael, est-ce que ta sœur t'a parlé d'un boulot d'été à Washington ? demanda Ryton d'une voix enrouée.

— Mel ? Non. Je croyais qu'elle était allée voir la cousine Evra.

— Nous aussi, dit Sue Li.

— Et ce n'est pas ce qu'elle a fait ?

— Non, confirma Ryton. Nous avons appelé il y a

quelques heures. Evra est partie en visite chez sa sœur au Colorado. Ils n'ont pas vu Mélanie depuis que la fac a fermé pour les vacances. (Le grondement s'installa dans sa tête. Avec précaution, il s'assit dans son fauteuil.) Nous avons fini par trouver le message sur l'écran. Aucune adresse. Juste une note comme quoi elle nous appellerait une fois installée.

— Vous avez regardé dans sa chambre ?

— Naturellement. Elle n'a pris que quelques habits. Tout le reste est là.

— Et son argent ? Ses plaques de crédit ?

Ryton s'en voulut. Il n'avait pas pensé à vérifier. Il se tourna vers sa femme.

— Tu les as cherchés ?

— Non.

— Où les met-elle ?

— Dans le troisième tiroir de son bureau.

Ryton monta les marches deux par deux. Mais il savait, avant même d'avoir atteint la chambre, que le tiroir serait vide. Il revint en secouant la tête.

— Ils n'y sont plus.

— Jimmy a pu les cacher, suggéra Sue Li.

Ryton se retint d'exploser. Jimmy dormait, et n'avait rien à se reprocher, son père en était convaincu. Il n'allait pas le réveiller pour ça. Pas maintenant.

— Bien sûr que non.

— Elle a donc fini par le faire, dit Michael en souriant d'une façon qui ne plut guère à son père. (Il s'appuya contre le mur et croisa les bras.) C'est chouette de la part de Mel, ajouta-t-il.

— Que veux-tu dire ?

— Ce que je veux dire, papa, c'est que tu aurais dû te douter que ça allait arriver. Il y a longtemps qu'elle cherchait à prouver qu'elle peut vivre indépendante.

— Pourquoi ne nous en as-tu pas parlé ?

— Je pensais que tu le savais. D'ailleurs, je n'ai jamais cru qu'elle irait jusqu'à le faire.

Ryton s'approcha de l'écran d'appel.

— Nous devons en informer la police. Et Halden également.

— Il faut attendre vingt-quatre heures avant de pouvoir la signaler comme personne disparue.

— Ça fait tout un week-end qu'elle est absente.

— Est-ce que Kelly aurait une idée de l'endroit où elle a pu aller ? demanda Sue Li d'une voix calme.

— Je n'en sais rien. Elle n'a fait aucune allusion à ce sujet ce soir, dit Michael en regardant son père d'un air de défi.

— C'est donc là que tu étais. (Ryton ressentit un certain dépit. Son fils ne disait rien.) Bon, première chose à faire au matin, appeler cette fille et lui expliquer ce qui se passe, au cas où Mel essaierait de prendre contact avec elle.

— Je veux bien, pour ce à quoi ça servira. Ils partent pour un mois.

Ryton dévisagea Michael, cherchant en vain à retrouver l'ombre de ce fils qu'il avait connu. En grandissant, ses enfants étaient devenus des étrangers aux visages froids. Des étrangers qui fuyaient la maison. Le monde tournait à la folie. Il se pencha sur la console et tapa le code de Halden. Rien ne vint troubler la surface vert sombre de l'écran. Au bout d'un moment, le voyant de la communication audio s'alluma.

— Halden, c'est James.

— Un problème ?

La voix de Halden était épaisse, lourde.

— Oui, j'en ai bien peur. Ma fille a disparu.

L'écran s'emplit de grains fluides, qui se solidifièrent pour dessiner le visage de Halden, tout fripé de sommeil. Il se détourna un instant de l'écran comme s'il répondait à une question posée par quelqu'un hors champ. Zenora, probablement. Quand il revint plein écran, il avait l'air sinistre.

— Une fugue ?

— Il semblerait. Elle nous a fait croire qu'elle allait à une soirée, puis elle a laissé un message à propos d'un boulot à Washington.

— Depuis quand est-elle partie ?

— Deux jours.

Halden émit un sifflement désagréable.

— Pourquoi as-tu attendu pour m'appeler ?

— Nous pensions qu'elle était chez Evra.

— Je t'avais dit que Mélanie n'était pas heureuse.

Ryton commençait à perdre son sang-froid.

— Nous savions tous qu'elle n'était pas heureuse, Halden. Mais que pouvait-on y faire ? Je ne t'ai pas appelé pour que tu me donnes une leçon sur la manière d'éduquer les enfants.

Halden hocha la tête.

— Tu as raison, James. Ça ne sert à rien de mettre ça sur le tapis pour le moment. Tu y crois à cette histoire de boulot ?

— Comment savoir ?

— Je vais passer le mot. Tu es bien conscient que ça ne va pas être facile de la retrouver, surtout elle, sans pouvoir ?

— Oui, oui, fit Ryton qui se sentait gagné par l'impatience. Je suis pleinement conscient des limites de l'efficacité d'un filet télépathique. Même nous avons nos limites.

— Sans compter que le dysfonctionnement de Mélanie agit quasiment comme un écran sonore.

— En ce cas, dirige tes recherches sur une masse vide qui repousse nos tentatives de localisation. Ça devrait correspondre tout à fait à Mélanie.

Ryton entendit près de lui la respiration sifflante de Sue Li, qui voulait exprimer par là toute l'horreur que son commentaire avait provoquée en elle. Halden fit la grimace.

— James, je comprends que tu sois soumis à une énorme tension, mais si c'est ainsi que tu parles de ta fille, je ne suis pas autrement surpris qu'elle soit partie sans vous en aviser plus que ça.

— Je suis désolé, Halden. Tout ça m'inquiète beaucoup. Ce n'est qu'une enfant.

— Vous connaissez quelqu'un à Washington ?

— Non. Attends, oui, au bureau de Jacobsen.

— Je te suggère de l'appeler dès demain matin. Je te tiens au courant dès que j'apprends quelque chose.

L'écran s'éteignit. Ryton se tourna vers les siens. Sue Li pinçait les lèvres d'une façon qui augurait d'une dispute à venir. Michael avait le visage rouge et renfrogné.

— Tu les cherches, papa.

— Que veux-tu dire ?

Michael hocha la tête.

— L'oncle Halden a raison. Merde, tu es incroyable.

— N'emploie pas ce langage avec moi.

Les voix dans la tête de Ryton reprirent leurs litanies. Il se massa le front d'un air accablé.

— Je parie que tu te soucies moitié moins de savoir si Mélanie est en sécurité que de l'effet que cela produira au rassemblement d'été du clan.

— Michael ! s'exclama Sue Li d'un ton visiblement choqué.

Ryton avait le crâne qui battait. Ce n'était qu'une voix de plus venue s'ajouter au tapage qui le mettait à la torture.

— Ne sois pas ridicule.

— Michael, reprit Sue Li. Ton père souffre terriblement. Tu sais bien qu'il a ses crises mentales quand il est perturbé.

— Oui, je sais. Mais je sais aussi que ma sœur est quelque part dans le pays, peut-être en difficulté, et tout ce que tu trouves à faire c'est te lamenter auprès de l'oncle Halden.

— Michael, ça suffit ! s'écria Sue Li.

Ryton les abandonna tous les deux et se dirigea vers

la salle de bains. Il devait prendre quelque chose pour faire cesser le vacarme, juguler la douleur.

Les lumières déclinèrent dans la salle tandis que reprenait le programme publicitaire. Sur l'écran, passèrent les images, désormais familières, de la station lunaire. Cela faisait déjà trois fois que Mélanie les voyait. Elle aurait pu réciter le commentaire par cœur. Un endroit plutôt tentant à visiter, cette station lunaire. Les petits dômes ; les gens dans leurs tenues bleu moiré, tout souriants. Quant aux engins qu'ils conduisaient, ils n'en étaient pas moins étranges, insolites. Peut-être que sur la lune les mutants ne dérangeaient personne. Pourquoi n'irait-elle pas là-bas un jour ?

A moitié endormie, Mélanie remonta sa jaquette autour de ses épaules. A présent, la salle était pratiquement vide. Qu'est-ce qui l'empêchait d'y rester toute la nuit ? Le marathon du film *Hyde Ryder* devait durer jusqu'au lendemain midi. Elle prendrait une décision à ce moment-là. Peut-être se risquerait-elle à contrefaire le numéro de compte de son père pour prendre le monorail de Denver. Ou peut-être qu'elle trouverait du travail. En tout cas, il n'y avait personne pour lui dicter ce qu'il fallait faire ni comment le faire. Elle tomba dans un sommeil léger et rêva qu'elle flottait sous un dôme, des rubans roses attachés à ses chevilles, comme si elle était un ballon.

10

Les feuillets jaunes des rapports concernant le collecteur solaire s'étalaient en demi-cercle sur le bureau de James Ryton. Mais il avait beau avoir les yeux fixés dessus, il ne les voyait pas, aveuglé qu'il était par l'angoisse et la culpabilité. Pourquoi Mélanie avait-elle quitté la maison ? Ils avaient fait tout ce qu'ils pouvaient pour elle, non ? C'était une jeune fille naïve, innocente, vulnérable. Il se refusait à imaginer les périls qui la guettaient. L'univers de Mélanie, c'était la maison, là où des gens s'intéressaient à elle, ne demandaient qu'à prendre soin d'elle.

C'était cette angoisse qui l'avait amené à tenir devant Halden des propos sévères à l'égard de sa fille, l'angoisse et ces terribles crises mentales. Ce matin, Sue Li lui avait préparé une mixture à base d'herbes calmantes, et il ne restait de ces crises, grâce au ciel, que de faibles échos. Lorsqu'il avait appelé la police, Ryton se sentait de nouveau maître de lui et il portait cette maîtrise comme une armure.

Ils s'étaient montrés polis, bien sûr. Les policiers étaient toujours polis avec les gens. Un brin cavaliers, mais courtois.

— On va mettre un enquêteur sur la piste de votre fille, lui avait promis le sergent Mallory. Vous savez, après la remise des diplômes, c'est toujours pareil. D'ici une semaine ou deux, elle sera de retour.

Après qu'il eut raccroché, les flics avaient dû bien rigoler à l'idée que les mutants avaient droit eux aussi au conflit de générations. Et les normaux, ils s'en sortaient mieux ? se demandait Ryton.

Ryton cessa de tambouriner sur le bureau en plastibois gris. Il n'était pas dans ses habitudes de faire appel aux non-mutants ; pourtant, il y en avait *une* qui s'était montrée compréhensive et coopérative lorsqu'il avait eu besoin de son aide. Une qui, en plus, occupait le poste qui convenait le mieux à la situation. Ryton se tourna vers son écran et sollicita le numéro d'Andrea Greenberg. Celle-ci répondit à la quatrième sonnerie, et ne parut pas particulièrement étonnée.

— Monsieur Ryton ? Vous avez eu mon message au sujet du budget assigné à la base martienne ?

Il confirma d'un signe de tête.

— Oui, et je vous remercie de votre aide à ce propos. Nous avons été très satisfaits des résultats du vote.

— Je le pensais bien. Mais que puis-je pour vous aujourd'hui ?

— Madame Greenberg, j'ai un problème.

— Encore les règlements de la N.A.S.A. ?

— Non. C'est... personnel.

Il s'interrompit, la voix soudain étreinte par la honte. Comment pouvait-il mêler à ses problèmes un non-mutant qu'il connaissait à peine ?

— Oui ?

Avait-il détecté de l'impatience dans sa voix ? Il lui faisait perdre son temps. Mais lui, qu'avait-il à perdre ? Le désespoir lui redonna courage.

— C'est ma fille. Elle a fait une fugue. Du moins, je le crois. Elle a laissé un message comme quoi elle avait trouvé un emploi à Washington.

— Quel âge a-t-elle ?

— Dix-huit ans.

Andrea Greenberg fronça les sourcils.

— Monsieur Ryton, devant la loi, c'est une adulte. Et je suis encline à penser qu'un mutant adulte peut se débrouiller par lui-même.

— Vous ne connaissez pas ma fille, objecta Ryton. Mélanie a connu une existence protégée. C'est une infirme.

— Une infirme ?

— Atteinte de dysfonction. Elle n'a aucun pouvoir mutant.

Andrea Greenberg le regarda fixement, ses yeux verts écarquillés de stupeur.

— C'est la première fois que j'entends parler d'un mutant souffrant de dysfonction.

— C'est rare, en effet, admit Ryton. Et on ne le crie pas sur les toits.

— Je commence à comprendre pourquoi vous êtes inquiet.

Ryton se rapprocha de l'écran.

— Madame Greenberg, je pense que ma fille est partie pour nous prouver quelque chose. Ou à elle-même. Je crains qu'elle ne réussisse qu'à prouver dans quel pétrin elle est capable de se mettre en agissant de sa propre initiative. Ma femme et moi nous faisons un souci terrible.

— Je vous crois sans peine. Mais pourquoi Mélanie aurait-elle menti ? Elle a peut-être effectivement trouvé un travail. Auquel cas vous n'avez véritablement pas de quoi vous inquiéter.

— Mais elle n'a laissé aucune adresse. Nous ne savons même pas comment la joindre. Je ne sais pas quoi faire. Elle a pu être enlevée. Assassinée. J'ai déjà vu ça.

Ryton ne savait plus où se mettre, il se sentait comme nu et exposé au grand jour devant Andrea Greenberg. Au moment où il commençait à désespérer de l'utilité de sa démarche, les traits de la jeune femme s'adoucirent.

— Je comprends, dit-elle. Ecoutez, si j'appelais quelqu'un que je connais dans la police locale, pour voir ce que je peux découvrir ? Je ne promets rien, évidemment.

— Madame, je vous serais très reconnaissant.

La voix de Ryton se brisa ; la jeune femme parut gênée.

— Bon, je vais faire mon possible.

— C'est la seconde fois que vous m'aidez. J'espère qu'un jour je pourrai vous rendre service. Merci.

— Je vous appellerai si j'apprends quelque chose. Et je le fais bien volontiers.

L'image de la jeune femme s'effaça. Ryton ramassa les feuilles jaunes éparpillées devant lui. Les normaux n'étaient pas tous condamnables. Pas tant qu'il existait des Andrea Greenberg.

Il faisait sombre à midi dans la salle du Star Chamber, emplie d'effluves de bière éventée et de fumée de cigarette froide. Dans cette semi-obscurité, Mélanie s'efforçait de cacher sa nervosité au patron du bar qui la détaillait de ses yeux de fouine. Ses dents de devant, proéminentes, lui rappelaient celles des hamsters qu'elle avait vus une fois en cours de sciences naturelles.

D'antiques appliques au néon arrosant les murs de reflets rose et vert intermittents, et les lampes fluo du roboband dans un coin, c'était là tout l'éclairage de la salle. A chaque déplacement de Mélanie, quelque chose craquait sous ses pieds. Elle s'appuya contre un tabouret de bar, attentive à ne pas renverser le cendrier plein à ras bord qui y était accroché.

— Tourne, petite.

La voix était rauque. L'homme tira sur un mégot qu'il tenait négligemment entre le pouce et l'index, puis le balança d'une chiquenaude dans l'évier derrière le comptoir. Mélanie fit une rapide pirouette, terriblement gênée dans ses jeans serrés.

— Plus lentement.

La jeune fille recommença.

— Les jambes, c'est parfait. Le cul aussi, c'est bien. Okay, montre-moi tes nichons.

— Quoi ?

L'homme eut un geste d'impatience.

— Allons. C'est un boulot de danseuse exotique. Les danseuses exotiques doivent avoir de beaux nichons. Tu le veux ce boulot, ou quoi ?

Réprimant son envie de courir jusqu'à la porte et de déguerpir, Mélanie se rappela qu'elle avait vraiment besoin de ce boulot. Elle devait rester et se prouver ce dont elle était capable. Maladroitement, elle ôta son chemisier.

— Le soutien-gorge aussi.

Elle le dégrafa. Dieu merci, la pièce était sombre.

L'homme l'étudia pendant ce qui lui parut une éternité. Finalement, il hocha la tête.

— Mignons. Petits, mais mignons. C'est drôle, je n'imaginais pas que les seins des mutantes étaient comme ceux des autres. C'est bon, petite, tu as le boulot. Sois là vers six heures et demie ; comme ça, une des filles pourra te mettre au courant. Tu trouveras un costume dans l'armoire numéro quatre en bas de l'escalier. C'est à toi de veiller à ce qu'il soit propre. Tu touches trois cent cinquante crédits par semaine, plus les pourboires.

Mélanie se rua dehors. Elle avait un travail ! Elle allait montrer au monde entier qu'elle était capable de se débrouiller toute seule. Elle rentra précipitamment dans la chambre minuscule qu'elle avait louée sur l'Avenue J. Il lui fallait suffisamment de temps pour se préparer pour la soirée, et la salle de bains du couloir était d'ordinaire occupée après cinq heures.

Lorsqu'elle retourna au Star Chamber, la salle était déjà pleine de gens en train de boire et de fumer. Dans l'escalier qui descendait au sous-sol, elle sentit les vibrations du roboband. Son armoire se trouvait dans un petit local qui avait dû commencer son existence comme cave. L'endroit grouillait de femmes à des stades divers de déshabillage. Mélanie repéra son armoire, l'ouvrit et resta médusée devant son costume. C'était un cache-sexe en dentelle rouge et des jarretelles fixées à des bas noirs sur lesquels brillaient des flèches violet fluo.

— Qu'est-ce que tu regardes ? Tu n'avais jamais vu de cache-sexe ? fit la rouquine à côté d'elle.

Elle avait de gros seins qui ballottaient. Tout en parlant, elle était en train de les décorer avec des étoiles vert fluo.

— Où est le reste de mon costume ?

Un rire rauque fut la seule réponse.

— C'est ça, ton costume, mon chou, dit enfin la rouquine plutôt gentiment. Tu dois être la nouvelle. Dick a dit que je devais te piloter. Alors, habille-toi. Et n'oublie pas ces flèches violettes. Non, pas sur les oreilles. Sur les nichons. Approche, laisse-moi t'aider.

Elle prit dans sa paume le sein gauche de Mélanie, saisit une des flèches, y passa sa langue, puis la colla délicatement sur le mamelon. Elle fit de même pour le sein droit. Par deux fois, ses mains s'attardèrent un peu plus longtemps que nécessaire. Mélanie sentit ses mamelons durcir au contact étranger.

— C'est-y pas tout mignon et gentil, ça ? fit la rouquine d'une voix rauque en passant le dos de la main sur les seins de Mélanie.

— Non. Je vous en prie.

— Appelle-moi Gwen.

Elle mit son bras autour de la taille de Mélanie et l'attira à elle. Comme si de rien n'était, elle glissa une main sous le cache-sexe de la jeune fille et ses doigts partirent en exploration, la caressant doucement, tandis qu'une expression de curiosité candide se lisait sur son large visage. Elle semblait ignorer le raffut autour d'elles. Les filles claquaient les portes des armoires, enfilaient leur costume on ne peut plus succinct avant de se ruer dans l'escalier.

Mélanie essaya de se dégager de cette main insistante. Elle s'appuya contre les armoires, mais Gwen, la respiration lourde, ne relâchait pas son étreinte. Mélanie se sentit mal, comme si elle allait étouffer entre les énormes seins parfumés de Gwen. Sa respiration devint saccadée.

— Je crois que nous allons être de bonnes amies, dit Gwen en se passant la langue sur les lèvres. Il y a des tas de choses que je peux t'apprendre.

Ses doigts diligents travaillaient en cercles de plus en plus serrés.

— Je vous en prie, répéta Mélanie d'une voix qui manquait de conviction.

Ah, la cruauté de cette caresse ! Faites qu'elle s'arrête, supplia Mélanie en silence. Ô Dieu ! voilà que ça commençait à être bon. Et comme si ses jambes agissaient de leur propre gré, elles s'ouvrirent pour laisser la main bienfaisante l'explorer plus avant. Gwen prit dans sa bouche un mamelon, flèche comprise. Mélanie gémit. Elle voulait que la fille cesse. Non, qu'elle continue. Oui, qu'elle continue à lécher et à caresser, et...

— Gwen ! Bon sang, je croyais t'avoir dit de laisser les nouvelles tranquilles !

Le patron du bar se tenait sur le seuil, poings sur les hanches. Gwen lâcha le sein de Mélanie et retira sa main.

— Désolée, Dick.

La rouquine avait pris un air penaud. C'est alors que son regard croisa celui de Mélanie et elle lui décocha un clin d'œil.

— Monte, reprit le patron. La nouvelle servira les boissons et c'est Terry qui la mettra au courant.

— D'accord.

Mélanie, à la fois soulagée et désemparée, regarda l'imposant postérieur de Gwen disparaître dans l'escalier. Elle secoua la tête pour s'éclaircir les idées. Bien sûr, elle n'avait fait qu'imaginer le plaisir que lui avait procuré l'assaut de Gwen. Toute tremblante, elle se jura de rester dorénavant éloignée de cette fille.

— Toi, fit Dick en pointant sa cigarette vers elle, tu montes aussi ! Et ne t'avise plus de draguer pendant les heures de service !

Mélanie rougit, puis sans tarder suivit l'homme à l'étage.

Sous la tutelle de Terry, une grande mulâtresse en cache-sexe et bas roses, Mélanie servit les nectars et les sachets stérilisés de seringues avant que ne commence le premier numéro.

Au début du second, les clients du Star Chamber étaient vautrés dans l'atmosphère enténébrée de la salle, à divers stades d'ébriété. On y trouvait des adeptes du grand plongeon et ceux qui venaient là se donner une petite piqûre de remonte-pente; un type qui se défonçait au breen, le crâne tondu et tatoué de raies orange qui lui descendaient jusqu'au milieu du nez; un couple d'androgynes en combinaisons moulantes bleues; des hommes d'affaires, entre deux âges, arborant leur mallette-écran et leur calvitie naissante; et des touristes habillés comme des sacs de voyage. Mélanie n'avait jamais vu un tel assortiment.

La première fois qu'un client lui colla la main aux fesses, elle bondit si vivement qu'elle faillit perdre son écharpe à nectars. Terry la pinça, l'air fâché.

— Bécasse. C'est comme ça que tu te fais les gros pourboires. Laisse-les s'offrir leur petite fantaisie, simplement fais gaffe qu'ils paient pour ça.

Mélanie apprit très vite à sourire et à supporter les mains rugueuses qui grimpaient le long de ses jambes pendant qu'elle rendait la monnaie. Les pourboires étaient d'autant plus conséquents. Tout le monde voulait la toucher, semblait-il. Très bien, décida-t-elle froidement. Du moment qu'ils payent.

Elle regarda Gwen, le corps en sueur, exécuter un numéro à base de déhanchements aux sons de la batterie et des cuivres qui montaient du roboband. La grande rouquine quitta la scène avec un grand sourire, le cache-sexe gonflé par les plaques de crédit. Terry se lança dans une danse du ventre quelque peu décousue, tortillant lentement les bras aux accents du roboband qui miaulait des sonorités plus ou moins exotiques. Chaque chanson comprenait une longue improvisation musicale pour permettre aux clients de glisser leurs plaques de crédit dans le cache-sexe de ces demoiselles. Dès que la musique reprenait, ils se pressaient autour de la scène en sifflant et en hurlant dans un état d'ébriété et d'excitation extrêmes.

— A toi, dit Terry à Mélanie en descendant précipitamment de la piste surélevée.

— Mais je ne sais pas quoi faire.

— Alors, fais comme si. Tu montes et tu leur agites tes doudounes sous les yeux. C'est tout ce qu'ils demandent. Et arrange-toi pour t'approcher suffisamment pour qu'ils te glissent leurs pourboires.

Mélanie grimpa les marches comme dans un brouillard. Le roboband demanda au public d'applaudir « Vénus, la sensuelle danseuse mutante », puis se lança dans un rythme ondulant. Terrifiée, la jeune fille se tenait debout, incapable du moindre mouvement sous le spot orange enfumé. Des huées s'élevèrent et les clients commencèrent à taper les verres et les seringues sur les tables, tambourinant à qui mieux mieux pour marquer leur désapprobation. Le roboband reprit la mélodie. Mélanie, comme statufiée, regarda en direction du bar. Dick l'observait, l'air furieux. Près de la piste, Terry lui souffla :

— Vas-y, imbécile !

Mélanie secoua la tête et se rapprocha des marches. Elle ne pouvait pas faire ça. Elle n'avait plus qu'une envie, cacher sa nudité et courir, fuir le désir avide qu'elle lisait dans les yeux des hommes. La même avidité qu'elle avait perçue en bas dans ceux de Gwen.

— Hé, c'est quoi, ça !

— Danse, pouffiasse !

— Hou ! Sortez-la !

Elle recula devant les quolibets de la foule. La piqûre d'une seringue la fit sursauter. Terry venait de lui envoyer une dose dans la cuisse. Elle tituba, mille choses s'agitèrent dans sa tête. Sa peur de la scène reflua, puis disparut alors que le produit instillait une douce chaleur dans ses veines. Ces types voulaient du spectacle ? Parfait, elle allait leur en donner.

Elle prit une profonde inspiration et commença à rouler des hanches comme elle l'avait vu faire aux autres filles. Les hommes groupés au premier rang cessèrent de protester et se rassirent. Elle ferma les yeux et s'imagina toute seule, dansant pour elle-même. Lorsqu'elle se mit à onduler, la foule hurla son approbation.

— C'est ça, la mutante !

— Allez, chérie. Montre-nous ce que tu sais faire !

Dès lors, prise par le rythme de la musique, elle s'enhardit. Ouvrant les yeux, elle s'avança sur le devant de la scène et, dans une attitude provocante, passa devant la rangée d'hommes. Ceux-ci agitèrent leurs plaques de crédit, mais elle recula pour les exciter davantage.

Un des intoxiqués du plongeon, les cheveux gris et des cernes prononcés, agita devant elle une plaque de trois cents crédits.

— J'ai toujours eu envie de toucher un téton de mutante, hurlait-il.

Mélanie secoua la tête et s'éloigna tout en dansant.

Le type brandit deux autres plaques de trois cents crédits.

— Viens ici, mon chou.

Elle attendit qu'il ait sorti douze cents crédits, puis s'approcha en se tortillant et se pencha vers lui. Les mains étaient rugueuses, et elle tressaillit tandis qu'il la pelotait ; mais au bout d'un moment, il cessa et lui glissa les plaques sous la ceinture.

Après, ce fut facile. Chaque fois qu'elle apercevait une plaque brandie à bout de bras, elle ralentissait ses mouvements, jouant la provocation pour faire grimper la somme. Puis elle venait danser suffisamment près du client pour que celui-ci ait droit à sa petite séance de pelotage et refile le pourboire.

Mets-y ce qu'il faut et tu pourras toucher la danseuse mutante, se disait-elle dans son vertige.

Un jeune homme au teint pâle et aux cheveux bruns coupés court, affublé de lunettes à l'ancienne, se cramponna au rebord de la scène et se projeta à plusieurs reprises en avant pour fourrer plaque sur plaque dans le cache-sexe de la jeune fille. Chaque fois, il lui agrippait la jambe d'une poigne rude qui la blessait. La cinquième fois, elle s'en débarrassa au moment où la musique s'arrêtait. Soulagée, elle quitta très vite la scène.

— Pas mal, lui dit Terry. Cinq minutes de pause, puis tu iras t'occuper des tables. Dick veut qu'on force sur les seringues de breen ; il a des surplus de stocks.

Toute contente, Mélanie fendit la foule jusqu'au bar.

— Breen, s'il te plaît, dit-elle au robobar.

— Seringue ? fit la voix électronique.

— Oui.

Elle sortit de sa tenue de scène les plaques de crédit et considéra la somme bouche bée. Plus de cinq mille crédits. Elle n'avait jamais eu autant d'argent. Fourrant les plaques sous sa ceinture, elle saisit la seringue et la regarda à la lumière des lampes du bar. La seringue jetable, au corps renflé, brillait d'un liquide ambré. Mélanie ferma les yeux et se l'enfonça dans le bras. Au bout de quelques secondes, le narcotique produisit son effet, tirant un voile cotonneux entre elle et le monde.

— Miss Vénus ?

— Oui ?

Elle se retourna lentement, attentive à conserver son équilibre. C'était le jeune homme au teint pâle et aux lunettes, celui qui lui avait tant de fois empoigné la jambe.

— Je m'appelle Arnold, dit-il. Arnold Tamlin. J'ai toujours rêvé de faire la connaissance d'une mutante.

Mélanie se fendit d'un sourire.

— Eh bien, voilà qui est fait.

Il la dévorait des yeux.

— J'ai pris grand plaisir à votre danse, un très grand plaisir.

Il avait du mal à articuler. Combien avait-il consommé d'alcool ? Et quoi d'autre, d'ailleurs ?

— Un très, très grand plaisir, insista-t-il.

— Merci.

Il se répéta encore une fois, puis s'approcha d'elle. Elle recula, butant contre le type défoncé au breen qui lui lança un regard mauvais.

— Pardon.

Arnold Tamlin continuait à avancer. Puis, il sembla se plier en deux et se mit à glisser, face la première, vers le plancher. Il n'essaya même pas de se relever. Dick survint, poussa du pied le jeune homme à terre et, n'obtenant pas de réaction, se pencha par-dessus le bar.

— Videur !

Un robot à l'imposante carapace grise munie de pinces rembourrées sortit d'un étroit passage à l'extrémité du comptoir, roula jusqu'au corps de l'homme inconscient, l'empoigna et le traîna vers la porte. La dernière chose que vit Mélanie, ce furent les semelles grises d'Arnold Tamlin.

Deux heures plus tard, Dick lui annonça qu'elle avait quartier libre. Ravie, elle posa l'écharpe à nectars et rejoignit les filles en bas. Elle avait les sens tellement émoussés par la fatigue qu'elle fit à peine attention aux autres, jusqu'à ce que quelqu'un vienne se coller contre ses fesses en lui plaquant les mains aux seins.

— Tu veux que je t'aide à enlever ton costume ? demanda Gwen.

Son souffle était chaud sur la nuque de Mélanie.

— Non ! Laisse-moi.

Furieuse, elle se libéra. Pour un premier soir, elle avait eu assez de mains inconnues agrippées à son corps. Elle s'extirpa de son costume de scène, se rhabilla à la hâte, fonça dans les escaliers et sortit.

Vingt minutes et deux arrêts de métro plus tard, elle était assise dans la salle de bains bleu délavé de l'Avenue J et regardait l'eau couler dans la baignoire rouillée. Sa montre indiquait deux heures du matin.

Elle se glissa dans le bain fumant, savourant le calme

de l'heure tardive. Elle avait des bleus sur la cuisse et près d'un mamelon. Cinq mille crédits en échange de six bleus. C'est donc ça, l'indépendance, songea-t-elle, le corps perdu de fatigue. Une larme coula le long de son nez et tomba dans l'eau sans bruit.

11

— Caryl, appelle-moi Joe Bailey à la police métropolitaine de Columbia, demanda Andie.

Si quelqu'un pouvait localiser Mélanie Ryton, c'était bien Bailey. D'ailleurs, il lui devait une faveur. Plusieurs faveurs.

— Sur la ligne cinq, signala Caryl.

L'écran de bureau vacilla et s'éclaira. Un visage allongé et assez ordinaire souriait autour d'un beignet.

— Hé, belle rousse. Qu'est-ce que t'as pour moi ?

— Une fille qui a disparu. Une mutante. Environ dix-sept ans. Sino-caucasienne. Du nom de Mélanie Ryton.

— Okay. (Bailey joua avec son clavier, tout en mastiquant son beignet.) D'où elle est ?

— New Jersey.

Bailey cessa de mastiquer.

— Jersey ? Ce n'est pas mon secteur. Du moins, plus maintenant.

— Elle a dit à ses parents qu'elle avait un travail ici.

— Et alors ?

— Ils ne la croient pas. Je me suis dit que tu pourrais vérifier plus vite que moi.

— Une minute.

Il s'essuya les mains et disparut de l'écran. Puis il revint en secouant la tête.

— Négatif. Aucune Mélanie Ryton nulle part. J'ai

vérifié : marché de l'emploi, maisons de jeunes, même les bordels. *Nada*.

— Zut !

— Je croyais que les mutants gardaient leurs enfants chez eux dans des boîtes.

— Ce n'est pas drôle. Et pas vrai non plus.

— Faut espérer qu'elle fait gaffe, toute seule dans cette ville. Tu as entendu parler de ce cheik qui veut s'offrir une mutante pour son harem ?

— Non. Mais je le crois sans peine. Ouvre l'œil pour la petite, d'accord ?

— Andie, est-ce que tu es au courant du nombre de gens qui disparaissent, chaque jour, enfants, parents, grands-parents, sans parler des animaux ?

— Fais-le pour moi, Joe !

Elle se rapprocha de l'écran et adressa à Bailey un regard aguichant, paupières mi-closes. L'homme lâcha un soupir.

— Entendu.

Une incrustation en lettres jaunes, transmise par Caryl, défila au bas de l'écran : L'ÉMISSION DE HORNER COMMENCE, CANAL 12. URGENT ! Andie jeta un œil sur le message.

— Joe, dit-elle, il faut que j'y aille. N'oublie pas : Mélanie Ryton. Au fait, tu as du sucre en poudre sur le menton.

— C'est noté. *Ciaocito*, belle rousse.

L'image s'effaça, remplacée par celle du sénateur Joseph Horner. Il arborait devant la caméra son plus beau sourire du rendez-vous-du-dimanche-matin-pour-l'invitation-à-la-prière. Il se tourna vers son hôte, Randall Camphill.

— Comme je disais, Randy, nous devons nous montrer vigilants devant la menace que représente ce super-mutant.

Hou ! là ! réagit Andie. Que nous prépare cet enfant de salaud ? Elle enfonça le bouton d'enregistrement.

Jacobsen était en réunion, mais ceci l'intéresserait.

Camphill se déplaça pour exposer son meilleur profil à la caméra.

— Sénateur, dit-il, pouvez-vous expliquer à nos téléspectateurs ce que vous entendez par supermutant ?

— Un être fabriqué par l'eugénique, résultat de manipulations génétiques impies. Le supermutant constitue un danger pour la société, poursuivit Horner d'une voix fêlée. Si nous nous sommes résolus à accepter nos frères et sœurs mutants qui sont, eux, le résultat d'un processus naturel quoique malencontreux — à en croire ce qui se dit —, nous ne pouvons en aucun cas accepter, et nous devons donc combattre, la profanation que représentent des êtres créés au profit de la science. Qui oserait prétendre que le supermutant, un produit de laboratoire, a quelque chose d'humain ?

Les yeux de Horner brillaient de la colère du juste.

— Et vous dites avoir vu ces fameux supermutants durant votre voyage d'enquête au Brésil ?

— Eh bien, Randy, disons que je ne les ai pas réellement vus. Mais il y avait des signes de leur existence. Certains indices. Nous devons faire preuve de prudence. Nous montrer vigilants. En ce moment même, ils pourraient se trouver parmi nous. Un, deux, au début, une simple goutte d'eau dans la mare. Mais rappelez-vous, c'est avec une seule goutte d'eau qu'a commencé l'océan aux forces tumultueuses. Soyons sur nos gardes, si nous ne voulons pas être noyés dans ce flot qui monte vers nous.

— Merci, sénateur Horner. Le temps qui nous était imparti...

Andie quitta l'écran des yeux.

— Bon sang, marmonna-t-elle. Un renard lâché dans la basse-cour. Le salaud.

Devait-elle déranger Jacobsen pendant sa réunion ? Il fallait prendre une décision. Sans tarder.

La lumière indiquant un appel en attente se mit à

clignoter sur l'écran d'Andie, puis d'autres, jusqu'à ce que sonnent toutes les lignes du bureau.

— Fallait s'y attendre, dit Caryl en courant vers son écran. Qu'est-ce que je leur dis ?

— Pas de commentaire, répondit Andie. Le sénateur est en réunion et ils devront rappeler. S'ils insistent, prenez leurs noms et leurs numéros de téléphone. Vous enregistrez tous les appels, mais tenez-vous-en au strict « sans commentaire » s'ils posent des questions.

— Compris.

Dans sa tête, Andie voyait déjà les propos de Horner se répercuter partout à travers le pays, et tout autour de la planète, retransmis par toutes les cabines vidéo à chaque coin de rue, provoquant l'hystérie collective. Les gens étaient déjà suffisamment montés contre les mutants. Les émeutes d'il y a vingt ans laissaient encore dans les esprits des traces terribles. La crainte d'un supermutant monstrueux pouvait provoquer la panique, ou pire encore. Etait-ce là ce que cherchait Horner ?

Cela étant, se pouvait-il qu'il dise vrai ? Le monde était-il capable de créer des mutants aux pouvoirs étendus ? Elle se souvint de la cartouche que Skerry lui avait donnée à Rio. Elle avait eu l'intention de la montrer à Jacobsen dès leur retour du Brésil, mais il s'était déjà écoulé trois semaines depuis lors. Par trop sollicitée, elle n'avait jamais trouvé le temps. Et chaque fois qu'elle avait pensé à la requête de Skerry, celle-ci lui avait paru de plus en plus relever de l'imagination paranoïaque. Elle s'était promis de montrer la cartouche à Jacobsen cet après-midi. En aurait-elle le temps ?

En dépit des efforts effrénés de Caryl, les lumières continuaient à clignoter. Elle prenait les appels aussi vite qu'il était possible. Elle avait l'air furieuse.

— Non. Je regrette. Nous n'avons pas de déclaration à faire pour le moment. Non. Absolument pas.

Andie inspira profondément et composa le code prioritaire qui la mettait en communication avec son patron.

— Où avez-vous eu ça ? demanda Jacobsen.

L'écran était vide. Elles venaient de visionner par deux fois le contenu de la cartouche. Andie poussa un soupir.

— Je vous l'ai dit...

— Ce mystérieux étranger vous a abordée à Rio, semblait me connaître, et vous a donné ça ? (Jacobsen s'adossa à son fauteuil, incrédule.) Est-ce que vous vous rendez compte qu'en acceptant cette chose vous auriez pu tous nous compromettre ?

— Oui, mais...

— Bon, je suppose qu'il est trop tard à présent. Mais vous auriez dû venir m'en parler tout de suite.

Andie ne l'avait jamais vue si contrariée.

— J'aurais peut-être dû vous laisser pousser Horner par la fenêtre à Rio. Cette ordure.

— Je croyais que vous ne lisiez jamais dans les esprits sans en demander la permission, remarqua Andie en rougissant.

— C'est exact. Mais c'était pratiquement comme si vous le criiez sur les toits. Même les non-mutants sont capables de faire ça, à l'occasion. (Le visage de Jacobsen se radoucit, jusqu'à sourire.) Pourquoi ne m'en avez-vous pas parlé, Andie ?

— Je pensais que nous étions surveillées.

— Vous aviez probablement raison. Néanmoins, j'aurais aimé le savoir plus tôt. Maintenant, j'ai la preuve que je recherchais, si du moins celle-ci est digne de foi, à savoir que des expériences génétiques sur des embryons humains ont bel et bien lieu à Rio. J'ignore encore comment, mais je dois trouver un moyen de réparer les dégâts que cet imbécile de Horner a commis sans pour autant mentir carrément.

— A mon avis, il vaudrait mieux que vous donniez

cette conférence de presse demain matin, suggéra Andie. Avant que les choses empirent. J'ai déjà fait installer deux répondeurs automatiques dans le bureau.

Jacobsen fronça les sourcils.

— Cette affaire va à l'encontre de toute jurisprudence. En premier lieu, je dois en référer au Congrès. Et il me faut une copie de cette cartouche pour l'Assemblée des Mutants. Toutefois, vous avez sans doute raison. Les déclarations de Horner vont se répandre comme une traînée de poudre. Il faut d'abord que j'arrête ça.

— J'ai réservé la salle présidentielle pour dix heures demain matin.

— Parfait. Appelez-moi Craddick sur ma ligne privée, voulez-vous, Andie ? Puis faites diffuser un communiqué sur tous les réseaux habituels.

Le restant de la journée se déroula pour Andie dans une espèce de brouillard : régler l'ordre de passage des diverses interviews consécutives à la conférence de presse, répondre à d'autres appels, sans cesser de distribuer ses directives aux autres membres de l'équipe. Ses nerfs étaient à vif, un peu plus écorchés chaque fois que quelqu'un prononçait le mot « supermutant ».

A six heures trente, Karim téléphona pour lui rappeler qu'ils devaient dîner ensemble. A regret, elle se décommanda. A neuf heures trente, elle s'aperçut qu'elle n'avait toujours pas mangé et se fit monter un sandwich. Deux heures plus tard, elle se résigna à rentrer chez elle. Livia, la chatte abyssine, l'accueillit à la porte avec des miaulements de reproche.

— Désolée, ma chérie. Dure journée au bureau. Oui, tu as faim, je sais.

Andie fit valser ses chaussures, bénissant la douce et somptueuse moquette bleue sous ses pieds douloureux. Elle nourrit la chatte, ajoutant une portion supplémentaire pour se faire pardonner, puis s'installa sur le canapé pour revoir les notes qu'elle avait prises pour le discours de Jacobsen prévu le lendemain. Livia se pelotonna à côté d'elle en ronronnant et, tout heureuse, commença sa toilette. Lentement, la tête d'Andie s'inclina. Ses yeux se fermèrent. Mais son sommeil resta agité, empli de rêves où des monstres de Frankenstein aux yeux dorés la suivaient et la conduisaient vers des églises dont le portail s'ouvrait sur des rangées de dents aiguisées et des sourires grimaçants.

Entre deux numéros de danse, Mélanie s'appuya au bar et regarda la foule qui se pressait dans la salle du Star Chamber. Elle repéra deux hommes élégamment vêtus, qui promettaient de se montrer généreux sur les pourboires. Près d'eux, un groupe de touristes coréens ; ceux-là déboursaient toujours assez facilement et n'avaient pas la main trop rude. Elle aperçut des habitués et nota quelque part dans sa tête de rester à l'écart du type à cheveux gris adepte du plongeon, qui essayait toujours de lui arracher ses flèches.

Depuis deux semaines qu'elle travaillait au club, elle avait vite appris qui éviter et qui encourager. Les plus enclins à se montrer brutaux étaient les défoncés du grand plongeon, ce qui expliquait sans doute leur agressivité. En revanche, ceux qui s'en tenaient à la petite piquouse étaient inoffensifs ; ils se contentaient de rigoler et de la chatouiller, et il leur arrivait de donner de bons pourboires, quand ils y pensaient. Mélanie jeta un regard vers l'angle le plus éloigné. Oh, non ! Il y avait ce cinglé, Arnold Tamlin, assis seul à une table. Ce soir, il avait l'air tout à fait incapable de concentrer sa vision sur quoi que ce soit.

— Je vois que ton petit chéri est revenu, remarqua Gwen.

— Va te faire foutre.

Depuis ce premier soir où, encore trop naïve, elle n'avait su repousser les avances de la grande rousse, Mélanie gardait ses distances. Aujourd'hui, elle comprenait mieux ce qui se passait en elle. La nuit, quand elle émergeait, en sueur et l'esprit confus, de rêves où elle essayait désespérément d'échapper à des mains qui la caressaient et à des lèvres qui la suçotaient, elle se disait qu'elle avait dû trop boire. Des cauchemars. C'étaient des cauchemars qui lui faisaient battre le cœur. L'angoisse, pas le désir. Non, pas le désir.

Au cours du deuxième numéro, Mélanie réussit à éviter les mains tendues des paras et se concentra sur les Coréens. Ils lui fourrèrent tant de plaques sous la ceinture qu'elle osait à peine bouger. Elle ne prit pas de risques dans sa danse, se contentant d'exciter deux hippies, et échappa même au terrible Tamlin. Quel timbré celui-là ! Elle termina son numéro avec panache et décida d'aller fumer un joint dehors.

L'air frais de la nuit la débarrassa rapidement de la sueur qui lui collait à la peau. En juillet à Washington, la chaleur était incroyable, mais au moins le soir apportait-il un peu de soulagement. Elle s'adossa à la porte et là, dans la ruelle qui donnait sur l'arrière du club, elle se mit à songer à sa famille. Ils seraient bien surpris d'apprendre combien d'argent elle se faisait. Un instant, Mélanie éprouva quelque chose qui ressemblait au bonheur. Elle n'avait plus besoin d'eux. Elle se débrouillait fort bien toute seule.

— Euh... excusez-moi. Miss Vénus ?

Oh non, pas lui ! Tamlin l'avait suivie dehors. A présent, il bloquait l'entrée. Mélanie recula lentement, esquissant un sourire.

— Oui ?

— Je voulais vous dire le plaisir que j'ai à vous regarder danser.

Il s'avança vers elle, les yeux rivés aux siens.

— Merci.

— Je me demandais si vous danseriez juste pour moi...

Il était de plus en plus près, tendit la main vers elle.

— Oh, Arnold, je ne sais pas. Je suis vraiment fatiguée.

Elle continua à reculer, tentant de le contourner pour gagner la porte. Pourquoi Dick n'avait-il envoyé personne la chercher ? La pause était pourtant terminée.

— Danse pour moi, Vénus. Lévite et danse dans les nuages, rien que pour moi.

Il l'empoigna aux épaules. Les mains étaient rudes, les doigts s'enfonçaient dans sa chair.

— Arnold, je ne peux pas léviter, dit-elle en se tortillant pour se dégager. Laissez-moi.

— Mais si, tu peux. Fais-le pour moi. Tous les mutants peuvent léviter, non ?

— Vous me faites mal.

Il ne semblait pas l'entendre. Mélanie voulut lui donner un coup de pied dans le tibia tandis qu'il la poussait devant lui, mais elle trébucha sur une brique qui traînait et tomba à la renverse sur le trottoir, Tamlin sur elle. Il mit les mains autour de sa gorge et serra.

— Lévite, salope ! Espèce de sale mutante ! Monstre ! Lévite ou je te tue !

Mélanie essaya de crier, alors même qu'elle savait que le bruit du bar couvrirait le son de sa voix. Elle lutta désespérément, griffant les mains du type tandis que les beuglements à ses oreilles devenaient plus forts. De plus en plus forts. La poigne de Tamlin était trop forte. Suffoquant, elle chercha son souffle. Des points brillants jaillirent derrière ses paupières, puis commencèrent à s'effacer. Ne parvenant plus à respirer, elle eut envie de se laisser aller. Mais il y avait quelque chose qui l'en empêchait.

— Mademoiselle ? Ça va ?

Quelqu'un la secouait. Mélanie ouvrit les yeux. Un jeune homme, penché sur elle l'air anxieux, la regardait. Il avait des cheveux châtains assez longs, le teint olivâtre et des yeux bruns expressifs. Elle se redressa précautionneusement.

— Où est-il ?

— Il s'est sauvé quand je l'ai tabassé.

— Mon Dieu, dit Mélanie en se tâtant la gorge. Je crois que vous m'avez sauvé la vie.

— Disons que je n'allais pas le regarder vous étrangler.

Il passa un bras rassurant autour de ses épaules, et l'aida à se relever. Reconnaissante, elle se laissa aller contre lui. C'était l'un des hommes d'affaires dont elle avait remarqué la présence dans le bar tout à l'heure.

— Vous allez bien ? Vous voulez voir un médecin ?

Elle secoua la tête.

— Ça va.

— Alors, permettez que je vous reconduise chez vous. Il pourrait bien être encore dans les parages et vous suivre.

— Vous croyez ?

— Tout est possible avec ce genre de maniaque.

— Qui êtes-vous ?

— Je m'appelle Benjamin. Benjamin Cariddi. Ben.

Elle lui serra la main, se trouvant un peu idiote.

— Moi, c'est Mélanie.

— Je me doutais bien que ce n'était pas Vénus.

Il eut un sourire moqueur.

— Donnez-moi cinq minutes pour me changer, dit-elle en souriant à son tour. Et prévenez-les que j'ai eu ma dose pour ce soir.

— Je vous retrouve à l'entrée.

Il l'attendait dans un glisseur de couleur sombre aux formes aérodynamiques. Les sièges gris avaient l'air recouverts de cuir. Une bonne imitation, sans doute, pensa-t-elle.

— Vous avez faim ? demanda-t-il.

— Oui.

— Vous aimez les hamburgers ?

— Les vrais ? Oh oui !

— Je connais un endroit formidable pour ça.

Il engagea le glisseur dans une rue latérale qui menait à une entrée d'autoroute, entra un code au tableau de bord et s'adossa à son siège.

— Il est entièrement autoguidé ?

— Presque.

— Ces glisseurs coûtent follement cher, non ?

Ben sourit avant de répondre.

— Oui.

Mélanie rougit. Cesse de poser des questions stupides, se morigéna-t-elle. Contente-toi de regarder le paysage.

Celui-ci ne lui était pas familier : un quartier résidentiel tranquille. A la sortie suivante, le glisseur quitta l'autoroute et fila entre des pelouses bien entretenues et des maisons élégantes aux murs baignés d'une lumière jaune que dispensaient des éclairages indirects. Un autre carrefour, et ils foncèrent à travers un défilé de gratte-ciel brillants. Le glisseur s'immobilisa devant une tour verte dont le dernier étage se perdait dans le brouillard et les ténèbres, puis manœuvra jusqu'à un monte-charge. Dans un grincement et une secousse, l'ascenseur les déposa sur une aire de stationnement profondément enfouie sous terre.

— Tout le monde descend, dit Ben en ouvrant la portière de Mélanie.

— Où sommes-nous ?

— Chez moi.

— Je croyais que nous allions manger un hamburger.

— C'est cela. Je fais les meilleurs hamburgers du coin. (Il lui adressa un grand sourire et la conduisit vers un second ascenseur.) Vingt-troisième étage, s'il vous plaît.

Mélanie n'eut pas le temps de compter les étages que l'ascenseur s'était immobilisé. Ben la guida le long d'un couloir gris recouvert d'une somptueuse moquette. Il posa sa paume contre la plaque détectrice qui leur ouvrit la porte sur un duplex spacieux. Le salon aux allures d'atrium regorgeait de plantes vertes et de canapés bas en cuir fauve.

— Mettez-vous à l'aise, dit-il avant de disparaître dans la cuisine.

Les murs étaient tapissés d'une toile où jouaient des reflets vert et or. Un vestibule reliait le hall d'entrée à trois chambres, une salle de bains et un petit bureau. Plus loin, se trouvait la chambre du maître des lieux, une pièce sombre lambrissée de boiseries sombres et précieuses. Au mur du fond, un ascenseur dont Mélanie présuma qu'il desservait le second niveau.

Une odeur de viande grillée flotta jusqu'à ses narines.

— A table, annonça la voix de Ben depuis une enceinte murale.

La cuisine était longue et étroite, bordée de meubles de rangement d'un blanc éclatant. Elle donnait sur un coin-repas circulaire où une table était dressée — fines assiettes noires et couverts rutilants. Ben servit la sauce dans un bol à côté du plat de hamburgers et désigna une chaise.

— Asseyez-vous. C'est une recette de mon invention.

Mélanie contempla les assiettes et les verres étincelants, les couverts en argent disposés dans un alignement impeccable. Ces derniers temps, elle avait mangé un peu trop souvent dans des gargotes à soja. Saisissant un hamburger, elle en croqua un énorme morceau. Puis un autre.

— Oooh ! Génial, dit-elle entre deux pleines bouchées.

Elle avait oublié combien la vraie viande était bonne. Elle ajouta de la sauce, qui semblait faite à base de tomate et d'oignon, avec une forte saveur piquante et sucrée à la fois.

— Je ne crois pas à toutes ces publicités fallacieuses, dit Ben. (Tout en buvant une gorgée de bière, il jaugea son invitée.) Que faites-vous dans une boîte comme ça ?

— C'est un travail. J'en avais besoin.

— Où sont vos parents ?

— Morts.

Mélanie concentra son attention sur la nourriture.

— D'où êtes-vous ?

— New York, répondit-elle avant de se servir un deuxième hamburger.

— Des membres de votre clan ne pourraient pas vous aider ?

Elle s'arrêta de mastiquer et le regarda.

— Que savez-vous sur le clan ?

— J'ai vu un documentaire à la télé qui expliquait que les mutants faisaient des réunions de clan et des choses comme ça.

— Je ne me rappelle pas avoir jamais vu ce truc-là.

Ben haussa les épaules.

— Peut-être ne l'a-t-on pas passé à New York.

— Peut-être, dit-elle avant d'engloutir le dernier morceau et de s'essuyer les lèvres. Merci pour le repas.

Elle se leva, prit son sac et se dirigea vers la porte.

— Où allez-vous ? demanda Ben en la rejoignant.

— Chez moi.

— Dans un studio plein de puces, sans doute.

— Sans doute. (Mélanie essaya d'ouvrir la porte, qui résista.) Laissez-moi partir.

Ben passa devant elle et composa un code sur le panneau mural. La porte glissa.

— Vous ne trouverez pas de taxi à cette heure-ci.

— En ce cas, je prendrai le métro.

— Il n'y a pas une seule station à des kilomètres à la ronde. Et vous ne savez même pas où vous êtes. (Il s'appuya contre le chambranle de la porte.) Ce n'est peut-être pas une si bonne idée de suivre chez eux des inconnus, hein ?

Ben ébaucha un sourire et Mélanie sentit battre son cœur. Dans quoi s'était-elle fourrée à présent ?

— Calmez-vous, dit Ben en secouant la tête. Je ne

vous veux pas de mal. Vous êtes libre de partir si ça vous chante. Ou de rester.

— Pourquoi est-ce que je resterais ?

— Parce que c'est un endroit plus agréable que celui où vous dormez. Parce qu'il y a un verrou à la porte de votre chambre que vous seule serez en mesure d'actionner. Parce que vous avez besoin d'aide et que je peux vous l'apporter.

— Comme quoi, par exemple ?

— Un travail plus intéressant. Pour quelqu'un qui débute.

— Et que devrai-je vous donner en échange ?

Le même sourire éclaira un instant le visage de Ben.

— Je vais y réfléchir. Mais pas ce soir. Allons. Il se fait tard.

Mélanie se laissa convaincre, et Ben referma la porte. Il fit glisser le panneau d'une penderie qui révéla des étagères chargées de serviettes et de draps bleus.

— Prenez ce dont vous avez besoin. Votre chambre est la première porte sur la droite. Elle a sa propre salle de bains.

Elle le dévisagea, encore hésitante.

Ben poussa un soupir et se dirigea vers la chambre. Il entra un code dans l'ordinateur placé dans un coin. L'écran resta vide jusqu'à ce que bourdonne une voix artificielle.

« Vous êtes en liaison avec le commissariat de police du district sud de Columbia. En cas d'urgence, composez le sept cent trente-trois ; pour le fichier des arrestations, le six cent vingt-deux ; pour la brigade des stupéfiants... » Ben coupa la communication, puis effectua un autre réglage.

— Voilà. Je l'ai mis sur rappel automatique. Ils peuvent repérer un appel en trois secondes, mais vous trouverez mon adresse dans le tiroir du haut si ça vous dit de me dénoncer pour gentillesse envers les invités de passage.

— Je ne comprends pas, dit Mélanie.

— Qu'est-ce que vous ne comprenez pas ?

— Je ne vous connais pas. Pourquoi faites-vous ça pour moi ?

Ben sourit.

— Il se trouve simplement que j'étais ce soir dans cette boîte parce qu'un collègue qui arrivait du Tennessee avait envie de voir un numéro de danse exotique. Cela dit, j'ai beaucoup apprécié *votre* spectacle. En revanche, fit-il avec une grimace, ce que je n'ai pas apprécié, c'est de voir un psychopathe tenter de vous étrangler. Et je ne serai pas là tous les soirs pour vous protéger. (Il posa sa main sur la joue de la jeune fille.) Vous n'êtes pas faite pour ce boulot.

Ça commence par les compliments, songea Mélanie, puis vient le numéro de séduction. Bon, très bien, finissons-en. Et pourtant, cet homme avait une expression bizarre. Allait-il se décider à l'embrasser ?

Du doigt, il dessina délicatement le contour de ses lèvres.

— Vous êtes vraiment adorable, vous savez. Je ne voudrais pas qu'il vous arrive quelque chose.

Il retira la main et recula vers la porte.

— Si vous entendez du bruit au milieu de la nuit, ne vous inquiétez pas. Je travaille assez souvent à des heures incongrues. J'ai plusieurs correspondants outre-mer. Je suis exportateur d'articles spécialisés. Bon, dormez bien.

Il longea le couloir et entra dans sa chambre dont il referma la porte. Mélanie l'avait suivi des yeux, ne croyant toujours pas à ce qui lui arrivait. Que cherchait-il ? Il lui avait sauvé la vie, l'avait nourrie, et maintenant il lui offrait un toit. Il n'avait même pas vraiment essayé de lui faire du plat. Bizarre. Elle huma avec bonheur l'odeur des draps fleuris qui respiraient le propre. Le sommeil l'appelait. Mais avant toute chose, elle ferma la porte derrière elle et à deux reprises vérifia le verrou.

12

Andie se réveilla en sursaut. Elle était couchée sur le canapé, tout habillée. Il était sept heures du matin, à l'horloge murale. Zut ! La conférence de presse de Jacobsen avait lieu dans trois heures. Elle bondit sur ses pieds et courut vers la salle de bains. Deux minutes sous la douche, cinq devant le miroir, et cinq de plus pour enfiler son ensemble en soie gris et se refaire un chignon austère. Elle saisit sa mallette-écran et se rua vers le métro en priant que celui-ci soit à l'heure. La chance était avec elle, et elle débarqua au bureau dix minutes avant que n'arrive Jacobsen, à huit heures et quart, ce qui lui laissa juste le temps de transférer ses notes sur l'ordinateur du sénateur.

Caryl leva la tête de devant son écran, l'air exaspéré.

— Ça fait une heure que je suis là. Quatre-vingt-dix appels.

Au même moment, un de plus s'afficha, aussitôt reçu par le répondeur automatique : l'image enregistrée d'Andie assura le correspondant que le sénateur Jacobsen examinerait cet appel et lui demandait de laisser un message après la tonalité.

Sur ce, Jacobsen entra d'un pas décidé. Dans son tailleur couleur ivoire, on la sentait déterminée, compétente.

— Tout est en ordre ?

— Autant que je sache. Vos notes sont prêtes.

Le sénateur approuva d'un hochement de tête et disparut dans son bureau.

A huit heures trente, le reste de l'équipe était sur place. Andie commença à se sentir plus optimiste. Ils gagneraient la partie. Il le fallait.

Un quart d'heure avant le début de la conférence,

Andie descendit dans la salle présidentielle pour vérifier les micros. Les cinq étaient en place. Puis, elle regarda entrer le défilé de journalistes, juste à l'heure prévue.

Elle adressa un signe de tête à Rebecca Hegen et sourit à Tim Rogers. Aucun visage ne lui était inconnu, à l'exception d'un seul : un jeune homme aux cheveux bruns coupés court et au teint pâle, affublé de lunettes à monture d'écaille démodées. Le type bouscula les autres journalistes et alla s'asseoir au milieu de la seconde rangée. Un de ses collègues lui jeta un regard furieux. Celui sans doute qui gardait cette place pour quelqu'un d'autre. Toujours est-il que l'homme aux lunettes ne prêta aucune attention à la réaction de son voisin, et concentra son regard sur la table à laquelle allait s'asseoir Jacobsen. Puis, il baissa la tête et se mit à tripoter une mallette-écran en cuir.

Mieux valait encore creuser des tranchées que de travailler comme journaliste à la télé, songea Andie. La compétition y était acharnée. A chacun des petits nouveaux de jouer des coudes pour se faire une place au soleil. Pour autant qu'elle pouvait en juger, le jeune homme aux lunettes était promis à une brillante carrière. Elle essaierait plus tard de savoir qui il était.

Lorsque Jacobsen entra par une porte latérale, le tumulte s'atténua dans la salle. En s'asseyant, elle fit un petit signe de tête à Andie, puis attaqua son discours.

— J'aimerais clarifier les déclarations qu'a faites mon collègue, le sénateur Horner, à propos des rumeurs concernant un prétendu supermutant.

Elle avait l'air confiante et sûre d'elle. Andie commença à se détendre.

— Nous devons nous garder, poursuivit Jacobsen, de laisser nos émotions prendre le pas sur les faits. Et à l'heure actuelle, les faits nous disent qu'aucune preuve n'a été avancée sur d'éventuelles expériences génétiques, telles celles auxquelles le sénateur Horner a fait allusion. Nous n'avons absolument aucune preuve non plus de l'existence d'un quelconque surhomme mutant. Je crains que mon estimé collègue ne se soit fait prendre à un canular et je l'invite à nous communiquer ses sources, aussi bien à moi qu'aux représentants des médias.

Tous les regards étaient rivés sur Jacobsen. Alors Andie vit l'étrange jeune homme aux lunettes du deuxième rang tendre vers le sénateur ce qui ressemblait à un magnétophone.

— Il est vital que nous considérions cette affaire pour ce qu'elle est : une chimère, une rumeur non corroborée...

Une plainte stridente traversa la salle, noyant la voix du sénateur. Interrompue en plein discours, Jacobsen tourna la tête vers la source de ce bruit incongru. Elle était enveloppée d'un tourbillon de lumière blanche.

Andie eut un sursaut et tenta de se porter en avant. Mais dans la salle bondée, elle était coincée, impuissante. Pétrifiée d'horreur, elle vit Jacobsen s'effondrer sur le devant du podium.

— Le type, là, hurla-t-elle. Le type aux lunettes ! Attrapez-le !

Mais l'homme en question était déjà en train de sauter par-dessus une rangée de chaises et, se faufilant entre les gens, fonçait vers la sortie. Alors, la foule explosa.

— Un docteur !

— Appelez la sécurité !

— Attrapez-le. Il a tiré sur Eleanor Jacobsen.

Un cameraman, en T-shirt bleu moulé sur un torse puissant, plaqua le tireur à un mètre cinquante de la porte, et ils disparurent l'un et l'autre sous une mêlée d'uniformes de gardes de la sécurité.

Andie se fraya un chemin jusqu'à l'estrade. Jacobsen gisait sur le plancher, telle une poupée de chiffon. Ses yeux étaient ouverts et ne cillaient pas, fixés sur le vide. Une femme en robe rouge se pencha sur elle et testa les signes vitaux.

— Comment va-t-elle ? Est-ce qu'elle respire ? Et son pouls ?

Andie avait posé les questions machinalement. Un simple coup d'œil suffisait à se rendre à l'évidence. Jacobsen était morte. Comme paralysée, Andie regarda la femme à la robe rouge fermer les yeux qui ne voyaient plus.

— Allez chercher un docteur ! Vite ! cria quelqu'un.

Andie s'obligea à garder les yeux sur le visage livide de Jacobsen, réprimant l'envie de caresser les cheveux blonds en désordre. Cette intelligence remarquable, cet esprit incisif, cet engagement inébranlable, tout cela anéanti en un instant. Eleanor, l'héroïne des mutants, la légende dorée, assassinée par un non-mutant. Andie sentit des larmes lui piquer les yeux. Elle s'accroupit au bord de l'estrade et enfouit son visage dans ses mains. C'était la fin de tout. La fin de tout.

— Passe-moi le niveau à laser, dit McLeod en se penchant sur le nez du vieux Cessna.

Joanna fouilla dans la trousse à outils.

— A quoi ça ressemble ?

— C'est long et noir, avec L.E.D. écrit en jaune.

— Je ne le trouve pas, dit Joanna. Il fallait vraiment que tu nous imposes cet engin pendant les vacances ?

— T'occupe pas de ça. Passe la trousse.

Elle la lui envoya en grimaçant un sourire. Si elle ne prétendait pas prendre plaisir à travailler sur l'avion de son mari, la visite à la vieille piste d'atterrissage du lac Louise en revanche faisait partie de la tradition familiale. Et puis, elle aimait bien voir les pilotes qui venaient le week-end bricoler leurs appareils. La peinture métallisée brillant de tous ses reflets, le ciel bleu sans nuages vers lequel s'élançaient les petits avions, cette ambiance lui plaisait.

Bien qu'elle eût suivi les cours de l'école de pilotage, à la demande pressante de Bill, et qu'elle eût même passé son brevet de pilote, depuis la naissance des enfants elle s'y intéressait moins. Certes, elle aimait se rappeler son premier vol en solitaire. Mais ce souvenir lui suffisait.

— Tu te rappelles quand Kelly venait ici avec nous ? demanda-t-elle.

— Oui. Elle aurait fait un sacré bon pilote.

— C'est sûr. Je me demande ce qui l'intéresse aujourd'hui, soupira Joanna.

— En dehors des bagarres au couteau ?

— Bill !

Il leva les mains en signe de reddition, puis revint à son avion.

— Je plaisantais. On a des nouvelles de cette jeune mutante ?

— Mélanie Ryton ? Kelly n'a pas été très bavarde.

— J'ai remarqué. Depuis qu'on est ici, elle erre comme une désœuvrée.

— Michael lui manque. C'est normal.

— Je me demande si on peut en dire autant de lui.

— Tu sais que je n'aime pas quand tu parles de lui de cette façon, rétorqua Joanna en croisant les bras, fâchée.

— Bon Dieu, Jo, je ne peux pas m'en empêcher. Il me flanque la trouille. C'est un gentil garçon, mais ces yeux ! Et bridés, par-dessus le marché. Je me demande qui était le plus mal à l'aise quand Kelly lui a fait faire cette démonstration de lévitation. On aurait cru qu'il voulait ramper sous le canapé. D'ailleurs, il faut le comprendre. C'était comme qui dirait un numéro d'exhibitionnisme.

Joanna émit un petit rire.

— Remarque, c'était *assez* étonnant. Autant que je me souvienne, c'était la première fois que je voyais un mutant montrer ce qu'il savait faire. Je l'enviais presque. Ça doit être très rigolo.

Un instant, Joanna s'imagina en train de flotter dans les airs.

— Peut-être. Mais si tu veux mon avis, ce mutant n'avait pas l'air de rigoler.

— Non, c'est vrai. Il fait si sérieux. Bon, je suppose qu'il s'inquiète pour sa sœur.

— Oui. Et maintenant il y a ce truc complètement dingue qui nous tombe dessus, ce supermutant, à en croire le sénateur... comment s'appelle-t-il ? Horner.

McLeod cessa de bavarder. Sans doute était-il occupé à retendre un câble. Joanna s'appuya au fuselage argenté.

— Chéri, il est presque cinq heures et demie. Veux-tu écouter la Bourse ?

— Bien sûr.

Joanna pressa le bouton de sa montre. Le journaliste débita son chapelet habituel de publicités, parla un peu du marché des changes, puis énuméra les chiffres du jour à la clôture.

« Les cours ont plongé, suite à l'assassinat perpétré cet après-midi... L'indice Dow Jones a terminé la séance à cinq mille quatre cent quarante, en baisse de sept cent vingt. »

McLeod redressa brusquement la tête, manquant de se cogner contre un des panneaux du moteur.

— Un assassinat ?

Joanna chercha la station des informations.

« Et maintenant, cette nouvelle qui nous arrive à l'instant de Washington : Arnold Tamlin, l'assassin présumé du sénateur Eleanor Jacobsen, a été trouvé mort dans sa cellule de la prison de Washington à une heure trente-huit de l'après-midi. Aucune cause immédiate de la mort n'a été déterminée. Une autopsie est prévue dès que la famille aura été retrouvée et informée. »

— On a tué ce sénateur mutant. Bill, je n'arrive pas à le croire, dit Joanna qui se sentit soudain bizarre, comme prise de vertige.

McLeod fronça les sourcils.

— Je savais qu'un jour ou l'autre il se produirait quelque chose comme ça...

— Chut... Ecoute !

Le communiqué se poursuivit.

« Tamlin a été appréhendé quelques instants après que le sénateur de l'Oregon, Eleanor Jacobsen, eut été assassiné, en pleine conférence de presse. C'était au moment où le sénateur Jacobsen, une mutante, était en train de réfuter les déclarations du sénateur Joseph Horner à propos des rumeurs faisant état d'un prétendu surhomme mutant. Elle a été frappée à bout portant par un rayon laser et elle est morte sur le coup. Dans l'échauffourée qui a suivi, le suspect, répondant au nom de Tamlin, a été maîtrisé et mis en état d'arrestation.

« Le sénateur Horner a eu ce commentaire : C'est une tragédie. Une véritable tragédie. Mais je le dis, que la volonté de Dieu soit faite. Courbons la tête et prions... »

Sans un mot, Joanna éteignit la montre-radio. Un nuage passa devant le soleil, jetant des ombres sur la chaussée.

— Je n'ai jamais pu supporter ce type, dit McLeod.

Joanna en eut le souffle coupé.

— C'est tout ce que ça t'inspire ? s'écria-t-elle. On vient de tuer une femme exceptionnelle, et tu te contentes d'un commentaire narquois au sujet de cet idiot de révérend !

De rage, elle lâcha la trousse à outils dont le contenu s'éparpilla sur l'asphalte.

— Joanna, qu'est-ce qui t'arrive ? demanda-t-il en la dévisageant, ahuri.

Elle se planta face à lui, les mains sur les hanches.

— J'en ai assez de ton attitude vis-à-vis des mutants, Bill. Notre fille est amoureuse de l'un d'entre eux, et tout ce que tu trouves à dire, c'est qu'il te flanque la frousse. Une femme courageuse et brillante a été assassinée, et tu n'as même pas un mot de regret. Je commence à croire que Kelly a raison. Tu es *sectaire.*

— Hé, une minute, Jo ! Je pense sincèrement, malgré tout ce que j'en dis, que le fils Ryton est un garçon très bien. Et je pense aussi que ça doit être un sacré coup pour les mutants que leur sénateur ait été tué. Mais tu ne peux pas me demander de tout foutre en l'air à cause de ça.

— Non, dit-elle. Mais je te demande de t'en inquiéter.

Il sauta de son perchoir et prit sa femme dans ses bras.

— Jo, je *m'inquiète.* Un meurtre, quel qu'il soit, je trouve ça inquiétant. Effrayant. Mais tu ne vois pas que ces mutants semblent attirer ce genre de violences ? Ça n'a jamais cessé depuis qu'ils se sont manifestés dans les années 90. Je ne veux pas que notre fille se trouve mêlée à cela. Et toi ? acheva-t-il, le visage grave.

Joanna appuya sa tête contre l'épaule de son mari.

— Moi aussi, ça me fait peur, mon chéri. Je trouve les enfants Ryton parfaitement adorables. Je ne peux pas croire que les mutants méritent qu'on les traite ainsi. Et je ne sais plus que dire à Kelly. (Elle battit des paupières, refoulant ses larmes.) Peu importe combien de mutants sont assassinés, je n'interdirai pas à Kelly de voir Michael. Je ne peux pas faire ça. Et je veux que tu l'acceptes. Maintenant, termine ce que tu as à faire et partons d'ici.

Elle tourna les talons et se dirigea à grandes enjambées vers le glisseur.

James Ryton était assis dans son bureau, incapable de détourner les yeux de l'écran à présent brouillé. Il avait regardé la conférence de presse et vu la caméra s'affoler tandis qu'Eleanor Jacobsen s'effondrait. Des visages flous, un rideau jaune, puis une femme vêtue d'un ensemble blanc, une mutante, étendue sur le dos à même le sol, les yeux ouverts sur le vide.

— Je leur avais dit qu'il fallait être prudents, dit Ryton d'une voix aiguë, presque hystérique, en s'adressant à un public imaginaire. Mais ils ne m'ont pas cru. Non, ils n'écoutent jamais, n'est-ce pas ? Et voyez ce qui est arrivé maintenant. Les normaux ont tué Eleanor Jacobsen. Je le savais. Je le savais.

Et voilà que l'assassin était mort, lui aussi.

Ryton mit sa tête dans ses mains et se massa les tempes. Les crises avaient repris leur vacarme quotidien. Les normaux nous tueraient tous l'un après l'autre s'ils le pouvaient, pensa-t-il plein d'amertume. Et ma fille qui est quelque part, à leur merci.

Aux Armes du Devonshire, dans Soho, Skerry, juché sur un tabouret en bois, sirotait un Red Jack tout en suivant le journal retransmis par satellite. En différé, il vit et revit tomber la femme aux cheveux d'or. Puis le visage blême, sans vie, de l'assassin dans sa cellule. Le barman regardait, lui aussi.

— Tu vois, mon vieux, dit-il, c'est triste pour cette femme, cette mutante. Comme ministre, elle avait l'air plutôt bien.

Skerry hocha lentement la tête, les yeux rivés à l'écran.

— Elle l'était, fit-il avant de vider son verre. Bon, il faut que j'y aille, ajouta-t-il en lançant d'une chiquenaude une plaque de crédit sur le comptoir. Garde la monnaie.

Dans son bureau, assis devant l'écran, Stephen Jeffers se passa la main sur les lèvres.

— Bon sang, lança-t-il. Ça fiche tout en l'air.

Sue Li Ryton se renversa dans son fauteuil, les yeux rivés sur l'écran. Trevan, l'auxiliaire du service, entra dans le bureau et, sans un mot, lui tendit un verre de couleur ambrée empli d'un liquide. Elle le remercia d'un signe de tête et y trempa les lèvres. L'odeur d'anis était perceptible mais, curieusement, ses papilles n'en enregistrèrent pas la saveur. Elle prit une seconde gorgée. Puis une troisième.

— Ouzo, dit Trevan comme pour s'excuser. C'est tout ce que j'avais.

— C'est parfait, déclara Sue Li en lui rendant le verre vide. Vous pouvez m'en verser un autre ?

Benjamin Cariddi garda les yeux sur son écran de bureau jusqu'à la fin du journal. Il était blême. Il composa un code privé et ferma son écran.

— Oui ? fit une voix fatiguée.

— C'est Ben.

— Tu as vu les nouvelles, évidemment.

— Oui. Je croyais que ça ne devait pas arriver ?

— Ce cinglé a un peu forcé la note.

— Je t'avais prévenu...

— Au diable, tes conseils ! Il est trop tard, maintenant. On va devoir agir encore plus vite.

— Tu t'es occupé de Tamlin ?

— Bien sûr. Tu as toujours la fille ?

— Au grand complet, yeux dorés compris.

— Alors, vas-y.

Michael se rua dans le couloir sombre qui menait au bureau de son père. Dans toutes les salles devant lesquelles il passait, tremblotaient les lumières jaune, doré et rouge des écrans. Les mêmes images, reprises encore et encore.

Il courait, en proie à un chagrin mêlé de colère. Ses yeux lui brûlaient.

Ils l'ont tuée ! Maudits soient-ils, ils l'ont tuée !

Il déboula dans le bureau de son père.

— Qu'est-ce que nous allons faire ?

Son père releva la tête — qu'il tenait entre ses mains — et posa un regard abattu sur Michael.

— Faire ?
— On ne va pas exiger une enquête ?
— Bien sûr que si. Halden est probablement en ce moment même en train de formuler une requête officielle.
Le jeune homme eut un regard surpris.
— Je t'aurais cru plus furieux que ça.
— Je suis furieux, Michael. Mes pires craintes se sont réalisées.
— Est-ce qu'on fait une réunion du clan ?
— Oui. Mardi. Chez Halden.
La voix était sourde.
— Je veux y aller.
— Très bien, acquiesça son père. Occupe-toi donc des préparatifs de voyage.

Mélanie s'arrêta à l'ombre d'une cabine vidéo, mâchouillant un petit pain à la gelée. Benjamin lui avait déniché à Betajef un poste de réceptionniste et c'était la pause déjeuner. Le contact de tous ces hommes d'affaires étrangers l'amusait et elle préférait de loin le joli tailleur rose fourni par la compagnie à la tenue du Star Chamber.

Sur l'écran, un vieil abruti de sénateur était interviewé. Qu'est-ce qu'il racontait ? Un truc à propos de supermutants. Le plan changea ; apparut à l'image le décor d'une salle de conférences avec, gisant sur le plancher, le corps élancé d'une femme blonde aux yeux dorés. Mélanie cessa de mastiquer. Mais c'était Eleanor Jacobsen ! Son père n'arrêtait pas de parler d'elle. Et que disait le journaliste à présent ?

« ... assassinée hier après-midi. Son meurtrier présumé a été trouvé mort aujourd'hui à Washington. Les leaders mutants arrivent de tout le pays pour se réunir à la maison d'Etat de l'Oregon afin de discuter de la succession de Jacobsen... »

Morte ? C'était impossible.

La scène montrait à présent un plateau de journalistes en vestons gris ou noirs, le visage sombre. L'un d'eux, une femme aux cheveux gris, déclara : « Allen, à la suite de cette tragédie, je pense que nous pouvons nous attendre à une intensification de l'activité politique chez les mutants. »

« Oui, Sarah », répondit un homme blond. « On peut aussi craindre que cet assassinat ne soit que le premier épisode d'un vaste complot destiné à éliminer tous les mutants qui prennent part aux affaires publiques. »

— Ces foutus mutants, ils l'ont bien cherché, si vous voyez ce que je veux dire, marmonna une voix.

C'était un vieil homme avec des rides profondes autour des yeux, qui regardait l'écran lui aussi.

Mélanie baissa vivement la tête, sortit ses verres teintés et s'écarta du petit groupe qui s'était formé devant la cabine. Etait-elle suivie par tous les regards ? Les gens avaient-ils remarqué ses yeux ? Sans doute que non. Elle se répéta trois fois de suite le psaume invitant à l'apaisement et se hâta de rentrer au bureau.

Dans le couloir de l'hôpital, l'éclairage paraissait à la fois accueillant et impersonnel. Assise sur une chaise jaune proche de l'entrée de la salle des urgences, Andie jouait distraitement avec des petites mèches échappées de son chignon. Elle avait l'impression de ne pas avoir dormi depuis des jours, qu'elle était née et mourrait dans le même ensemble de soie gris qu'elle avait mis le matin pour se rendre au bureau. Elle regarda sa montre : 3 h 30 du matin. Puis 3 h 31. 3 h 32. Elle se frotta les paupières. La Valédrine que lui avait donnée l'interne commençait à faire effet ; à la torpeur et aux nausées avait succédé une sensation de chaleur doublée de bourdonnements.

Elle s'adossa au mur et ferma les yeux, cherchant à se détendre la nuque. Une fois de plus, elle passa en revue les événements de la journée à la manière d'un journal télévisé.

Elle n'arrivait pas à y croire. Un mètre la séparait de Jacobsen. Si seulement elle avait pu la sauver ! Elle récapitula une fois encore les faits, s'imaginant en train de retenir Tamlin avant qu'il ne pointe son arme, ou de se jeter sur la trajectoire du rayon.

Un cauchemar. Un affreux cauchemar. Un délire grotesque et sans fin.

Quand Tamlin avait été retrouvé mort dans sa cellule, Andie avait commencé à croire que la planète avait véritablement dévié de son axe. Malgré la surveillance vidéo, l'homme s'était tout simplement pris la tête entre les mains, il avait basculé puis était mort. Les résultats de l'autopsie préliminaire indiquaient une forte hémorragie cérébrale. Il faudrait des jours pour mettre la main sur les dossiers médicaux de Tamlin, pour retracer ce qu'avait été sa vie et décider si la mort était due à des causes naturelles ou non.

— Vous dormez toujours au boulot ? demanda une voix familière.

Andie ouvrit les yeux. Près d'elle, se tenait un jeune homme barbu, grand et musclé, vêtu d'un treillis de l'armée et d'un T-shirt blanc orné d'inscriptions en japonais.

— Skerry ?

— Pour vous servir.

Elle se hérissa.

— Comment pouvez-vous être si gai ?

— Réflexe. Est-ce que vous tenez le coup ?

— Pas très bien.

— Autrement dit, mieux que la plupart. (Il s'assit à côté d'elle.) Je suppose que vous étiez là ?

— Oh oui. J'étais aux premières loges, dit Andie d'une voix qui tremblait.

— Calmez-vous, dit-il en posant la main sur son épaule. Ecoutez, je sais que ça a été dur pour vous, mais nous avons un travail à finir, un travail qui ne peut pas attendre.

— Que voulez-vous dire ?

— Ce petit cadeau que je vous ai offert à Rio. Il faut me le rendre.

— Ce soir ? Pour quoi faire ?

— Maintenant que Jacobsen est morte, c'est à moi de l'apporter au Conseil des Mutants.

— Je croyais que vous n'y étiez pas bien vu ?

— En effet. Mais je suis le seul à pouvoir faire le boulot.

Andie respira profondément tandis que lui venait une idée délirante.

— Skerry, laissez-moi m'en occuper, dit-elle. J'y tiens. Pour Eleanor.

— Vous êtes folle.

— Non, Skerry. Je vous en prie. J'étais à Rio avec elle. J'en sais autant qu'elle. Peut-être davantage. Et j'ai toujours quelques relations au gouvernement.

— Ils n'accepteront pas de non-mutant à la réunion.

— Qu'est-ce qui nous empêche d'essayer ?

— Vous ne franchirez jamais la porte d'entrée.

— Même avec vous ?

Il laissa passer quelques secondes avant de répondre.

— Eh bien, avec moi, peut-être. (Un sourire plissa les coins de sa bouche.) Très bien. J'ignore ce que ça peut donner, mais ça ne peut sans doute pas faire de mal. Je suis déjà tellement enfoncé avec eux, ça n'a plus grande importance. Ou bien ils me banniront ou j'aurai droit au blâme.

— Ils ne se rendent donc pas compte de ce que vous faites pour eux ?

Skerry secoua la tête ; son sourire se durcit.

— Les mutants ont l'esprit lent, ils sont entêtés et suivent les règlements. Les règlements du Livre. Si vous ne menez pas une existence en accord avec ce qui est dit dans le Livre, vous êtes déclaré hors-la-loi.

— Bon, hors-la-loi ou pas, nous les obligerons à nous écouter !

Andie sentit l'espoir revenir pour la première fois de la journée.

— Où est-elle ? La cartouche ? demanda Skerry.

— Dans mon bureau.

— On peut aller la chercher ?

— Maintenant ? Pourquoi pas ? dit Andie avec un haussement d'épaules. Mais pourquoi êtes-vous si pressé ?

— Je voudrais seulement faire bouger les choses. Pas plus.

Andie poussa un soupir. Ses jambes n'allaient pas la porter ; mais le regard de l'homme était insistant.

— Allez, on y va, fit-il.

L'immeuble n'était qu'à moitié éclairé et pratiquement désert. Andie brancha les lumières et ouvrit son bureau.

— Zut ! s'exclama-t-elle. J'aurais juré qu'elle était ici.

Skerry s'approcha.

— Qu'est-ce qui ne va pas ?

— Je croyais l'avoir laissée au fond de mon tiroir-classeur. D'ordinaire, je la garde cachée là derrière.

— Une bonne idée. Et elle n'y est pas ?

— Attendez. Je l'ai montrée à Jacobsen, mais je l'ai remise là. J'en suis sûre.

— Cherchez dans les autres tiroirs.

Andie mit le bureau sens dessus dessous. Puis elle fouilla dans celui de Caryl.

— Rien.

Elle se tourna vers Skerry dont le visage s'était allongé.

— Et le bureau de Jacobsen ?

— Oui, je pourrais aller voir.

Sans enthousiasme, Andie entra dans la pièce du sénateur. Skerry crocheta la serrure du tiroir du haut et les autres s'ouvrirent sans problème. Dix minutes après, les recherches n'avaient rien donné.

— Merde.

Skerry se renversa dans le fauteuil de Jacobsen. Andie s'assit par terre, la tête appuyée contre le flanc du bureau.

— Et maintenant, qu'est-ce qu'on fait ? demanda-t-elle.

— Je crois qu'on s'est fait avoir, dit Skerry. En principe, c'était un endroit sûr pour cacher une cartouche.

— Je ne comprends pas comment elle a pu disparaître. Il aurait fallu que quelqu'un sache qu'elle était en ma possession, et qu'on la vole au moment de l'attentat. Et d'abord, comment a-t-on pu entrer ? En plus, mon bureau est toujours fermé à clef.

— Vous avez vu combien de temps j'ai mis pour ouvrir celui de Jacobsen. Une serrure, ce n'est rien du tout.

Soudain, Andie bondit sur ses pieds et pianota sur le clavier de l'ordinateur de Jacobsen.

— Que faites-vous ?

— J'ai une idée.

Elle fit défiler fébrilement les fichiers.

— Bon sang ! Où est-ce ? marmonna-t-elle.

Au bout d'un moment, elle entra plusieurs instructions, puis poussa un soupir de soulagement.

— La voilà, fit-elle.

— Quoi ?

— J'ai montré la cartouche à Jacobsen il y a deux jours. Le contenu est encore en mémoire.

Skerry se pencha sur l'écran.

— Pouvez-vous en faire une disquette et ensuite l'effacer ?

— Bien sûr.

Radieux, le jeune homme lui tapota le dos.

— Ma belle, je retire tout ce que j'ai pu dire de désagréable sur les non-mutants. Vous êtes formidable. Et quand nous en aurons terminé avec ce Conseil des Mutants, c'est *vous*, probablement, qu'on désignera comme prochain sénateur.

13

Assise au bord de l'aquadivan vert, Mélanie frissonnait devant les images qui passaient à l'écran. Benjamin se rapprocha d'elle, lui passa un bras autour de l'épaule et la serra doucement. La jeune fille frémit de plaisir à la chaleur de cette main sur son bras et elle se blottit contre l'homme.

— Tu as peur ? demanda-t-il.

— Pas vraiment. Mais ça me révulse de voir et revoir sans cesse cette scène. Jacobsen n'avait jamais fait de mal à personne. Et quand je pense que son meurtrier était ce serpent de Tamlin, j'en ai mal au ventre.

— Ce type devait être psychotique. Un fou qui détestait les mutants.

— La façon dont il a essayé de m'étrangler au club... J'en ai encore des cauchemars.

Benjamin tourna vers lui le visage de la jeune fille.

— Tu n'as plus à t'inquiéter à présent. Je suis là.

Mélanie sourit. Elle aimait ces yeux bruns et chaleureux, ces cheveux noirs. Si seulement il pouvait la serrer un peu plus fort...

Mais à son grand regret, l'étreinte ressemblait plutôt à celle d'un frère, et il se leva.

— Peut-être devrais-je prévenir la police, suggéra-t-elle.

— Et pour leur dire quoi ? répliqua-t-il d'un ton brusque. Que Tamlin t'a agressée ? Il est mort. Le mieux que tu aies à faire désormais, c'est de l'oublier. Sinon, tu vas t'attirer des ennuis et tu n'y tiens pas.

— Vous avez sans doute raison.

Mélanie se renversa contre les coussins ocre. Elle était fatiguée de regarder les images sans cesse répétées de la mort de Jacobsen. Jacobsen n'était plus. Mélanie voulait l'oublier. Elle et Tamlin.

Benjamin se mit à bâiller et consulta l'horloge.

— Je suis vanné, petite. Reste si tu veux. Moi, je vais me coucher.

Il esquissa un vague sourire et sortit du salon. Avec un soupir, Mélanie changea de chaîne pour tomber sur un vieux film des années 80, au beau milieu d'une scène d'amour. Elle la regarda non sans mélancolie.

J'ai envie que Ben me fasse ça, songea-t-elle. Avec sa bouche, partout. Sur l'écran, les amants se livraient avec talent et passion à l'acte d'amour, avec moult halètements et contorsions. La jeune mutante attrapa un joint dont elle mordit l'extrémité pour activer la montée de l'extase.

Peut-être qu'il n'aime pas les femmes, se dit-elle. Mais dans ce cas, que faisait-il au club ? Et pourquoi serais-je ici ? Pourquoi m'aurait-il secourue et trouvé cet emploi ? Et offert un toit ? Cela faisait presque un mois qu'elle était là. D'un regard ému, elle parcourut le somptueux salon, pour s'attarder sur les riches boiseries et le magnifique tapis navajo rouge.

Au bout d'une semaine, elle avait cessé de verrouiller sa chambre, curieuse de voir s'il s'en apercevrait. Il n'avait eu aucune réaction. Elle s'était mise à se promener dans la maison en chemisette chatoyante aux reflets d'opale, qui révélait de sa personne plus qu'elle ne cachait. Lui se comportait comme si elle était revêtue d'une armure en plastique. Ils vivaient ensemble comme frère et sœur. Mais elle avait déjà deux frères, merci bien.

Le joint la détendit et elle éprouva ce chatouillement familier, cette chaleur persistante entre ses cuisses. Bon Dieu, elle en avait assez de se masturber ! Eût-elle été télépathe, elle aurait envoyé quelques suggestions érotiques à Ben pendant son sommeil. Mais elle n'était pas télépathe. Il lui faudrait donc user de l'approche traditionnelle, conclut-elle avec un soupir.

Elle éteignit l'écran et se dirigea vers la chambre de Ben. Aucune lumière ne passait sous la porte. Très bien. Elle posa doucement sa main à plat et la porte glissa sans bruit. Dans la semi-obscurité, elle distinguait tout juste la forme étendue dans le lit. Respiration régulière. Il dormait.

Mélanie écarta drap et couverture. Il était nu. Comme ses yeux s'adaptaient à la pénombre, elle put admirer le corps bien bâti et musclé. Elle effleura son visage.

— Mel ?

Il se redressa en clignant des paupières.

Elle dégrafa sa tunique à l'épaule et la laissa tomber à ses pieds. Puis, elle l'enjamba, se pencha sur l'homme et dessina d'un doigt une ligne de sa poitrine à son aine. Sous la caresse, il eut un début d'érection.

Tendrement, elle l'embrassa. Il s'écarta, cherchant le drap.

— Il faut aller dormir.

— Je n'ai pas sommeil.

Elle lui prit la main et la maintint contre son sein.

— Mel, tu ne devrais pas faire ça, supplia-t-il.

Mais il n'enleva pas sa main.

Elle remua doucement, pour qu'il pût sentir le mamelon durcir sous sa paume. Lorsqu'elle lui lâcha la main, il la laissa en place, se rapprocha et, de sa main libre, recouvrit l'autre sein. Un soupir s'échappa des lèvres de Mélanie qui ferma les yeux. Aussitôt une langue chaude la parcourut, une bouche passa d'un sein à l'autre et les suça avec avidité.

Alors, elle se glissa dans le lit, contre ce corps musclé, éprouvant un frisson étrange et délicieux au contact des poils sur son torse et de ses bras. Elle brûlait de caresser et d'explorer toutes les parties de ce corps d'homme. D'être elle-même caressée et explorée.

Il l'étreignit plus fort, lui embrassa les seins, le cou, les lèvres. Elle répondit à son désir en se frottant contre lui, haletante, suivant un rythme inconnu que lui dictait son instinct. Les mains de Ben s'insinuèrent entre ses cuisses, d'abord délicatement, avant de s'enhardir et de se faire plus insistantes. Une voix poussa un cri, une voix qu'elle reconnut vaguement comme étant la sienne, mais cela n'avait plus d'importance. Il était en elle et elle explosait, ondulant sous les vagues d'un plaisir intense. Il lui appartenait pour toujours. Pour toujours.

Chez Halden, les aînés du clan, rassemblés autour de la table en teck du sous-sol, étaient prostrés dans un silence lugubre. Michael n'avait jamais vu, dans une réunion du Conseil des Mutants, des visages aussi amorphes, aussi déprimés. Les badges de l'unité sur la plupart des poitrines paraissaient eux aussi avoir perdu de leur éclat. Son père participait à la morosité ambiante, assis là, les manches de sa chemises bleue roulées n'importe comment, en train de tripoter sa tasse de thé.

— Nous devons désigner quelqu'un pour remplir les fonctions de Jacobsen, déclara Halden. Je dois rencontrer lundi le gouverneur Akins, aussi il faut nous mettre d'accord sur la succession du sénateur. Plus vite nous agirons, plus il y aura de chances que le gouverneur ratifie notre choix.

— Pourquoi se casser la tête ? intervint Zenora. Nous ne ferons rien d'autre que de fournir une nouvelle cible aux armes des normaux.

— Si nous nous en tenons à cette attitude, alors nous sommes perdus, répliqua Halden d'un ton sévère.

— Comme tu le dis, mon oncle, fit une voix familière.

Comme un seul homme, toutes les personnes rassemblées se retournèrent. Cinquante paires d'yeux dorés aperçurent une colonne de flammes orange tournoyant lentement près du canapé flottant gris argent. Progressivement, elle se solidifia en une forme humaine ; un homme de haute taille, un mutant vêtu de bottes noires, jean, T-shirt violet et parka de l'armée, le sourire encadré par une barbe aux boucles brunes. Skerry. Une femme rousse en tailleur gris se tenait à ses côtés, l'air peu rassuré. Michael reconnut l'assistante d'Eleanor Jacobsen, Andrea Greenberg. Que faisait-elle ici, avec Skerry ?

— Salut la compagnie, lança ce dernier d'un ton enjoué. Veuillez excuser mon entrée, mais vous le savez, j'aime bien faire mon petit effet. Et je voudrais vous présenter une amie à moi. Dites bonjour aux gentils mutants, Andie.

La jeune femme esquissa un signe de tête.

— Bonjour.

— Skerry, que signifie ceci ? demanda Zenora. Introduire un non-mutant dans notre réunion privée, surtout en ce moment ? Tu as perdu l'esprit ?

— Pas encore, tantine. Je n'ai que trente ans, rappelle-toi. Et ce n'est pas n'importe lequel de ces bons vieux normaux. Andie Greenberg était l'assistante d'Eleanor Jacobsen.

— Calme-toi, Zenora, dit James Ryton. Je réponds d'elle.

— Je ne vois toujours pas pourquoi elle assisterait à la réunion.

— Tu vas voir, reprit Skerry.

De l'autre côté de la table, Michael fit léviter une chaise pliante en bois blanc en direction d'Andie. Tandis qu'elle s'y asseyait, il lui adressa un clin d'œil qui se voulait rassurant.

— Tu te faisais plutôt rare ces derniers temps, Skerry. Qu'as-tu en tête ? s'enquit Halden.

— Jetez un regard là-dessus.

Skerry lança une disquette sur la table.

— Qu'est-ce que c'est ? demanda Halden en fronçant les sourcils.

— Tu veux réveiller nos troupes ? Qu'elles cherchent un remplaçant à Jacobsen ? Ceci devrait stimuler vos âmes de mutants, les amis. Je vous apporte une raison de souhaiter avoir dès que possible quelqu'un à nous au Congrès. Ceci est la preuve que des recherches sur les mutagènes sont en cours au Brésil.

— Au Brésil ? Ces rumeurs sont donc vraies ?

Skerry acquiesça.

— Ils sont en train d'étudier les cellules germinales. Ils font des tests sur les locus des chromosomes de ce qui semblerait être des sujets humains.

— Tu prétends, dit Halden qui avait pâli, qu'ils essaieraient de détecter des mutations et d'en isoler les gènes qu'on pourrait reproduire en éprouvette... ? Voilà qui est bien plus grave que nous n'avions imaginé.

Il tendit la disquette à Zenora qui l'inséra dans le lecteur.

On baissa les lumières et le contenu de la disquette défila sur l'écran auréolé d'un halo bleu scintillant. Pour Michael, les dessins évoquaient des diagrammes classiques d'expériences génétiques. Mais son père, qui s'était dressé de son siège, fixait l'écran, tout comme Halden, avec une angoisse évidente.

— Doubles allèles ? Zygotes séparés ? Ce sont des embryons humains ? demanda Ryton.

— Il semblerait.

— Incroyable. Une précision que nous sommes incapables ne serait-ce que d'approcher, commenta Halden d'une voix lourde d'émotion. Même avec la psychokinésie.

— Et ils ont réussi à implanter l'un de ces embryons, ou à l'amener à maturité ? poursuivit James Ryton.

— Ça, je l'ignore, répondit Skerry. On ne sait pas trop à quel stade ils en sont. Ni qui finance ces expériences.

Cet enregistrement date d'environ deux ans, et il n'est pas complet.

— Où l'as-tu déniché ?

Skerry haussa les épaules.

— Disons qu'un heureux hasard m'a permis de le localiser.

Halden soupira.

— Autrement dit, tu l'as volé.

Michael sourit en lui-même. Félicitations, Skerry.

— Mon oncle, épargne-moi le couplet moralisateur, rétorqua Skerry d'un ton cassant. Tu sais fichtrement bien que nous avons toujours usé de tous les moyens dont nous pouvions disposer. Je me souviens d'une époque où nous restions autour de la table après le rassemblement annuel pour discuter des techniques de vol et autres filouteries, et personne n'avait l'air horrifié. C'était le boulot.

— Il a raison, confirma Michael. Et puis, maintenant que nous avons ces renseignements, on se fiche de savoir comment on les a obtenus.

Halden leur concéda ce point.

— Quoi qu'il en soit, dit-il, tu nous as rendu un service inestimable. Dorénavant, nous devons prendre ces rumeurs très au sérieux.

— Et si c'était bidon ? objecta Zenora. Skerry a pu truquer cet enregistrement. De tous les membres du clan, ce n'est pas exactement celui à qui je ferais le plus confiance.

Elle ponctua ses paroles d'un regard rageur à l'adresse de Skerry, qui le lui retourna aussitôt.

— Pourquoi me serais-je donné ce mal, Zenora ? Je reconnais que ça vaut à peine le coup de prendre des risques et de me casser la tête à vouloir sauver la vôtre. Mais puisque je l'ai fait, le moins que vous puissiez faire de votre côté, c'est de croire ce que je vous montre.

— Si seulement Jacobsen était encore en vie, dit

Ryton. Je serais plus à mon aise pour défendre une intervention dans cette affaire si nous avions son aval.

Alors Skerry se pencha, les mains posées à plat sur la table.

— James, je vous ai apporté un deuxième cadeau, tout aussi précieux. Andie était au Brésil avec Jacobsen. C'est la raison de sa présence ici.

Halden se tourna vers la jeune femme.

— Pouvez-vous nous dire ce que vous avez appris au cours de votre enquête ?

— Eh bien, oui, commença Andie qui, aux yeux de Michael, semblait éprouver une certaine gêne. Oui et non. Vous venez de voir à l'instant la seule preuve irréfutable que nous ayons de l'existence de ces expériences génétiques. Cependant, je suis convaincue qu'il s'en pratique en Amérique du Sud bien plus que nous ne saurions en découvrir. Et je pense que le sénateur Jacobsen ne l'ignorait pas.

— Cette remarque est absurde et complètement subjective, lança Zenora.

— Peut-être, rétorqua Andie. Mais où se sont-ils procuré ces agents mutagènes ? Comment expliquer que toute la ville paraissait en proie à une suggestion mentale ?

— Une suggestion mentale ? répéta Halden avant de se tourner vers Skerry. Que lui as-tu révélé sur nous ?

— Des tas de choses. Arrête de jouer les offensés, Halden. Elle peut nous aider. Et nous avons besoin de l'aide des non-mutants.

— Pourquoi la croirions-nous ? fit Zenora. Peut-être s'est-elle simplement mise d'accord avec toi pour perturber la réunion.

— Pourquoi ferait-elle ça ? réagit Michael, furieux.

Décidément, sa tante devenait parano.

— Je suis venue pour vous aider du mieux que je peux, dit Andie d'une voix douce. La mort du sénateur Jacobsen a été une terrible tragédie pour les non-mutants autant que pour les mutants. Et un coup terrible en ce qui me concerne. Je l'admirais énormément. Je croyais sans réserve aux buts qu'elle poursuivait, la coopération et l'intégration entre mutants et non-mutants. J'y crois encore. Pas vous ?

Il y eut un silence. Pourtant, Michael s'en rendait compte, cette déclaration avait porté, et sur l'assistance au complet. Il commençait à se sentir plus optimiste.

— Si vous voulez d'autres preuves qu'il se passe des choses effroyables au Brésil, reprit la jeune femme, vous n'avez qu'à me sonder sur les expériences que j'ai vécues à Rio. Skerry m'a expliqué comment ça fonctionne, et je suis d'accord pour me soumettre au processus, si cela doit aider à poursuivre l'œuvre de Jacobsen.

— Est-ce que vous êtes consciente de l'offre que vous nous faites ? demanda Halden.

— Oui.

Tout d'abord, personne ne dit mot. Puis, comme décidé par un consensus tacite, un étrange bourdonnement emplit la pièce. Michael se pencha et serra la main d'Andie. Il espérait qu'elle savait ce qu'elle faisait.

Andie se mordit la lèvre. Elle était venue à cette réunion secrète prête à affronter la colère et l'hostilité de ses membres. Mais ce qu'elle n'avait pas prévu, c'était d'inviter un groupe de mutants qu'elle ne connaissait pas à fouiller dans sa mémoire.

Certes, elle s'était attendue à rencontrer de la méfiance, mais si elle ne parvenait pas à les convaincre de croire aux informations que leur avait apportées Skerry, il lui semblait que tout le voyage au Brésil perdait sa signification. La seule façon de les convaincre était donc de se prêter à une expérience qui n'était pas sans l'effrayer. Skerry lui adressa un regard plein de sympathie et il lui prit la main. Elle respira profondément et ferma les yeux.

Elle eut tout d'abord la sensation de flotter dans une mare de lumière chaude et dorée, de glisser le long d'une onde mentale aux accords vibrants. Allons, pas de quoi avoir peur. Les voix muettes étaient ses amies et la soutenaient de leur bienveillante sollicitude. La blessure encore à vif qu'avait imprimée dans sa mémoire l'assassinat d'Eleanor Jacobsen cessa de la lanciner, et la douleur décrut jusqu'à n'être plus qu'une légère migraine. Et doucement, ô combien doucement, le bourdonnement s'effaça, l'onde s'apaisa, et Andie se retrouva assise sur sa chaise, clignant des paupières, sa main dans celle de Skerry.

— C'étaient des vacances à Teresópolis, dit-il en grimaçant un sourire.

Andie rougit et retira sa main.

— Est-ce qu'ils ont vu ça ?

— Non. Je vous ai isolée. D'ailleurs, l'esprit collectif a ses limites. Il ne voit que là où on le dirige. Ou là où on l'invite à aller. Je n'ai pas pu résister à l'envie de faire une petite promenade.

Andie lui lança un regard furibond. Elle aurait dû se douter qu'il ne fallait pas lui faire entièrement confiance. Ce numéro d'apparition ridicule ! Skerry était un être imprévisible. Elle s'efforça d'ignorer cette partie du personnage qui s'était permis d'explorer ses souvenirs les plus intimes, pour se concentrer sur les réactions du groupe qui faisait cercle autour d'elle.

L'homme imposant à la chemise rouge foncé, le leader du groupe, celui qui se nommait Halden, la gratifia d'un sourire.

— Merci, madame Greenberg, dit-il. Très convaincant, en effet. (Et, après un regard sur les visages autour de la table :) Y a-t-il encore des sceptiques parmi nous ?

Cinquante têtes firent signe que non.

— Nous sommes donc tous d'accord, poursuivit-il, pour dire que des expériences inhabituelles et alarmantes ont lieu au Brésil. Je propose que nous formions notre propre commission d'enquête. Si nous attendons que le gouvernement constitue un nouveau comité, il sera peut-être trop tard.

— Qu'y a-t-il à craindre de si terrible de la part de supermutants ? demanda Andie.

— Rien, répondit Halden, tant qu'ils ne sont pas contrôlés par des éléments indésirables.

— Par exemple ?

L'homme haussa les épaules.

— Je pourrais vous citer une douzaine de groupes aux intérêts particuliers, et vous aussi, madame Greenberg. A commencer par les terroristes, fascistes, et autres néo-nazis.

— Et vous croyez qu'un de ces groupes nuisibles est derrière les expériences sur les supermutants ?

— Un groupe nuisible, oui. Quelle autre raison y aurait-il de garder la chose secrète ? Et pourquoi n'ont-ils pas réclamé notre concours ? Les généticiens mutants sont connus pour leurs dons.

— Cela dit sans t'offenser, mon oncle, intervint Skerry, ceux-là ne semblent pas avoir besoin de nos dons en matière de génétique.

— Vous est-il déjà arrivé d'engendrer naturellement un supermutant ? s'informa Andie.

Halden secoua la tête.

— Jusqu'ici, la forme la plus évoluée que nous ayons atteinte, c'est le mutant à double pouvoir, comme le jeune Ryton ici présent. Mais s'il existait des mutants dotés de pouvoirs supérieurs, nés d'expériences génétiques pratiquées, sans doute de façon grossière, dans la clandestinité, des mutants destinés à être manipulés par Dieu sait quelle organisation à des fins dont nous ne soupçonnons pas la vilenie, alors cela pourrait avoir des conséquences dramatiques.

— Madame Greenberg, ajouta James Ryton, les forces armées de la planète n'ont eu de cesse, depuis que nous avons révélé au grand jour notre existence, d'essayer de séduire les mutants pour les attirer dans leurs rangs. Combien de services d'espionnage aimeraient bénéficier des talents de nos meilleurs précognitifs ! Combien de guérillas verraient leurs résultats affectés par des intervenants doués de pouvoirs télékinésiques ! Pour l'heure, nos dons ne sont pas assez fiables pour intéresser les militaires. Mais un mutant doté de pouvoirs développés, voilà qui devrait intéresser le gouvernement — vous pouvez en être sûre. Un tel être pourrait se révéler une chance merveilleuse pour l'humanité, ou une menace considérable. Et vous avez eu la démonstration, aux premières loges, de ce que peut être la violence avec laquelle certains normaux s'opposent aux mutants ordinaires. Imaginez le tollé général devant des mutants aux pouvoirs supérieurs.

— Dans ce cas, pourquoi ne pas vous adresser au gouvernement fédéral pour lui faire part de votre inquiétude ?

— Nous avions espéré que l'enquête menée au Brésil déboucherait sur des résultats officiels dont nous aurions pu nous servir pour créer une ouverture. Mais la mort de Jacobsen a fait dévier nos préoccupations vers d'autres sujets. Nos préoccupations et celles du gouvernement.

Andie hocha la tête.

— C'est vrai. Il va s'écouler des années avant qu'ils n'envisagent une autre enquête. Pour le Congrès, cette affaire est enterrée.

— Alors qu'elle a été peut-être un élément déterminant dans l'assassinat, dit Skerry. Ce qui signifie que nous ne pouvons nous permettre d'attirer davantage l'attention là-dessus.

Il prit la traditionnelle tasse bleue qui se trouvait devant lui et avala une gorgée de thé.

— Il a raison, confirma Halden. Nous devons commencer par mener notre propre enquête. Il y en a assurément plusieurs parmi nous qui ont les compétences requises. Le Dr Lagnin est en congé sabbatique de Stanford. Et Christopher Ruschas a son propre laboratoire de génétique à Berkeley. Et quelques autres. Avec votre concours, madame Greenberg, nous suivrons la piste amorcée par le groupe d'enquête du Congrès.

— Il vous est acquis, dit Andie en souriant.

— Skerry, il se peut que nous ayons besoin de toi en cette affaire.

— Je ne sais pas, Halden. Je préfère agir isolément.

Andie l'aurait giflé. N'était-ce pas lui qui les avait entraînés dans cette affaire ? Et voilà qu'à présent il voulait se retirer !

— Bon, essayons, pour le bien de tous, de passer outre notre aversion naturelle, proposa Halden d'un ton sarcastique. Si tu ne te sens pas concerné, que fais-tu ici ?

Skerry haussa les épaules.

— Je viens faire une petite visite à mon paternel à l'asile des mutants.

Halden serra les lèvres.

— Il serait temps que tu viennes voir ton père.

— Pour ce que ça lui fait... Ils lui ont filé tellement de drogues qu'il ne se reconnaît pas lui-même.

— En attendant qu'on ait trouvé un moyen de traiter les crises mentales, lorsque le stade terminal est atteint, nous n'avons que les sédatifs pour lutter contre la douleur.

— Et l'euthanasie ?

Halden croisa les bras.

— Là, on sort vraiment du sujet. Skerry, nous aimerions que tu fasses partie de l'équipe. S'il te faut du temps avant de prendre une décision, fais-le-moi savoir. Mais avec ou sans toi, nous allons nous atteler à la tâche.

Andie observait la scène avec fascination. Des crises

mentales ? De quoi s'agissait-il ? Il faudrait qu'elle interroge Skerry.

— Notre première démarche sera, naturellement, l'enquête sur l'assassinat, déclara Halden. Nous ne savons toujours pas pour qui travaillait le meurtrier, ni comment il a été tué. Il s'est écoulé plus d'une semaine depuis le meurtre de Jacobsen.

— Halden, intervint Michael Ryton, la filière officielle pour obtenir cette information ne nous a menés nulle part. Peut-être serait-il temps d'utiliser des moyens non officiels.

— Que suggères-tu ? Qu'on s'amène en force pour exiger une enquête ?

— Pourquoi pas ? Est-ce que c'est mieux de rester sans agir et de laisser nos leaders se faire tuer ?

Plusieurs membres du clan approuvèrent de la tête. Certains le firent même d'une voix forte.

Andie jeta un regard inquiet sur l'assemblée. Etait-on en train de lui adresser des reproches ? L'ambiance tournait à l'aigre.

— Michael, dit Halden, c'est la colère qui te pousse à parler ainsi. Je comprends ce que tu éprouves. Mais nous devons opérer avec prudence. Evidemment, nous mènerons notre propre enquête sur la mort de Jacobsen. Mais je propose que nous discutions de celui ou celle que nous allons soutenir comme son successeur, et cela, avant mon entretien avec le gouverneur Akins de l'Oregon.

— Et moi, je propose que Mme Greenberg nous attende en haut, intervint Zenora. Ce qu'elle avait à nous communiquer était intéressant, mais je ne vois pas en quoi le reste de la réunion la concerne.

Andie ressentait dans sa chair l'hostilité de la mutante, qui émettait des ondes de colère.

— Je ne veux pas m'imposer, dit Andie. Excusez-moi.

Elle grimpa l'escalier et referma la porte derrière elle.

— Zenora, quand apprendras-tu à maîtriser tes humeurs ? fit Halden d'une voix dure.

Zenora jeta un regard furieux à son mari.

— Je ne vois aucun intérêt à laisser les petites amies de Skerry, des normales qui plus est, s'immiscer dans nos affaires.

Michael en était gêné pour elle. Jamais auparavant il n'avait vu Zenora dans un tel état de rage. Commençait-elle à son tour à connaître des crises mentales ?

— Essayons d'avancer sur le problème de la succession de Jacobsen, suggéra James Ryton.

Dans le cerveau de Michael, se forma l'image d'un homme en costume de couleur ocre, avec une tignasse châtaine et un fort menton carré. Il lui trouvait un air connu.

— Voici Stephen Jeffers, dit Halden. Comme vous le savez peut-être, il s'est présenté contre Jacobsen aux primaires sénatoriales. Ayant perdu, il est devenu un solide supporter dans la campagne qu'elle a menée. Il est avocat à Washington depuis dix ans, mais conserve une résidence dans l'Oregon. Il a travaillé avec Jacobsen sur plusieurs questions. Il est sérieux et digne de confiance. Même les normaux l'apprécient.

L'image s'effaça. Michael se souvint que lui et son père avaient vu Jeffers dans le bureau de Jacobsen au printemps. Cela paraissait un bon choix.

— Nous l'avons déjà rencontré, dit James Ryton. Quelle est son approche politique ?

— Plutôt agressive. Il veut abroger le Principe d'Equité. Naturellement, il poursuivrait certains des projets de conciliation dont Jacobsen avait épousé la cause.

— Il serait temps, fit remarquer Ren Miller. Franchement, j'en ai assez de patauger dans le provisoire. Je pense que nous devrions exiger une représentation plus large. Une voix plus puissante. A quoi sert l'Union des Mutants si nous ne l'utilisons pas ?

— Et selon toi, que dirait cette voix ?

Ryton s'était levé, fusillant Miller du regard. Le jeune homme lui retourna son regard, soulevant sa forte carrure pour prendre appui sur ses robustes avant-bras.

— J'en ai marre de courber l'échine devant ces normaux ! Ces inférieurs ! s'exclama Miller d'un ton qui secoua l'assistance.

— Tu veux mettre tout le clan en péril ? Tu es devenu fou ?

Ryton hurlait lui aussi, à présent.

— Nous n'avons pas le choix, rétorqua Miller. Ou alors, nous les laissons nous éliminer en toute impunité. Puis nous rampons à leurs pieds en les suppliant : « Oh, s'il vous plaît, s'il vous plaît, juste un petit renseignement ! »

Michael bondit, prêt à venir au secours de son père si Miller l'agressait. Des cris de colère s'élevèrent, tandis que Halden hurlait encore plus fort.

— James ! Ren ! Ça suffit !

Le Gardien du Livre se leva en renversant son siège. Halden était l'un de leurs plus puissants télépathes, et il le prouva une fois de plus en projetant des ondes mentales dont les échos vibrèrent à travers l'esprit de toutes les personnes présentes, tant et si bien que tous les yeux dorés, sans exception, se fixèrent sur lui.

— Nous avons déjà discuté de cela, dit-il d'un ton plus mesuré. Nous ne sommes pas assez forts pour exiger quoi que ce soit. Cela ne nous rapporterait qu'une seule chose : nous aliéner l'opinion sans aucune contrepartie. Nous avons fait quelques progrès, certes, mais il est *impératif* que nous avancions prudemment.

Michael se rassit. Pour lui, Halden avait raison.

— Si nous n'arrivons pas à discuter calmement entre nous, reprit Halden en parcourant du regard son auditoire, nous n'avons aucune raison d'espérer que des étrangers acceptent de négocier avec nous. L'arrogance croissante envers les normaux que je détecte chez certains d'entre nous me met terriblement mal à l'aise. Je vous rappelle que nous sommes tous des êtres humains, qui avons reçu de la nature des dons différents. Je ne soulignerai jamais assez les dangers d'un excès de confiance de notre part.

— Alors, dans ce cas, ne choisissez pas Jeffers, intervint Skerry. C'est chercher les ennuis.

Halden redressa son siège et se rassit.

— Qu'est-ce qui te fait dire ça ?

— Il est plus conservateur que vous ne le pensez. Plus, et moins aussi.

— Arrête de parler par énigmes, dit James Ryton en s'essuyant le front.

Skerry reposa sa tasse.

— Vous n'avez pas d'autres candidats ? Toi, Halden, par exemple ?

L'homme secoua la tête.

— Je ne tiens pas à occuper ce poste. Et qui plus est, je ne suis pas qualifié pour cela.

— Et que savez-vous exactement de Stephen Jeffers ? demanda Skerry.

— On en dit beaucoup de bien. Même s'il n'a pas assisté récemment aux réunions du clan, il a la réputation d'être prudent, modéré et responsable.

— Je crois que vous devriez choisir quelqu'un de plus connu, de plus sûr. Je n'ai pas confiance en lui.

Ryton repoussa sa chaise.

— Venant de toi, je dirais que c'est un bel éloge.

Skerry préféra ignorer la remarque.

— Croyez-moi sur parole, d'accord ?

— Tu sais que nous pourrions te forcer à te soumettre à la communion d'esprits, lança Zenora d'un ton acerbe.

— Un viol psychique ? Toi et cette armée de mutants ? (La voix de Skerry criait son mépris.) Vous savez que je suis l'un des plus forts dans cette assemblée. Vous tenez vraiment à essayer ?

Il avait l'air prêt à la lutte. Michael frissonna. Skerry serait un adversaire redoutable.

— Evidemment non. Mais tu ne nous donnes pas beaucoup de renseignements utiles, dit Halden en adressant un regard sévère à sa femme.

Skerry se tourna vers lui.

— Je suis venu pour vous éclairer sur ce qui se trame au Brésil et pour voter contre Jeffers. Je n'ai aucune information précise à son sujet, mais je pense que vous vous trompez sur son compte.

— Si tu fréquentais un peu plus les réunions du clan, reprit Zenora, peut-être accorderions-nous davantage de crédit à tes intuitions.

— Arrête ton refrain, répliqua-t-il sèchement. Vous savez très bien que je m'intègre mal au clan. Si vous pouviez seulement vous rendre compte que je vous suis plus utile en restant en dehors qu'en ralliant votre petit cercle de claustrophiles, vous comprendriez que j'ai raison à propos de Jeffers.

— Skerry, tu ne peux pas nous donner une preuve de ce que tu avances ? demanda Michael.

— Rien qui puisse vous convaincre.

— En ce cas, nous ne pouvons pas simplement nous fier à ta parole, déclara Halden. Sois raisonnable. Tu t'excites un peu trop. Jeffers est un bon candidat.

— Ce sera notre enterrement, rétorqua Skerry en croisant les bras.

Au-dessus de la table, apparut une vision, un badge géant, symbole de l'unité des mutants. Et soudain, tous les bras qui entouraient l'œil doré gravé sur le badge se levèrent, poing fermé, en signe de révolte. Les bras se tendirent, s'allongèrent en direction des membres du clan assemblés, avant de se tordre selon des angles bizarres. La distance entre coudes et poignets s'accrut. Les poings disparurent. Etirés jusqu'à l'infini, les bras se dressèrent et soulevèrent dans les airs le disque central. C'était un corps à présent, non plus un œil. Le corps d'une araignée dorée géante qui déguerpit, cliquetant des mandibules en quête d'une proie. Skerry eut un sourire. L'image s'estompa.

Durant un moment, personne ne dit mot. Puis James Ryton abattit sa tasse sur la table.

— Assez avec ces stupides jeux de salon, dit-il. Je ne tiendrai pas compte de l'opinion de Skerry. Je propose que nous nommions Stephen Jeffers et que nous soutenions sa candidature.

— Je suis pour, dit Sue Li.

Halden appela à un vote qui fut quasiment unanime. Seul Skerry s'abstint.

— La motion est adoptée, déclara Halden. L'Union des Mutants du Centre-Est appuie par la présente la candidature de Stephen Jeffers.

A ses côtés, Zenora nota la délibération sur un écran portable relié au réseau C.S.T.

— Halden, l'assemblée de San Bernardino et le groupe de Berkeley ont également choisi Jeffers. Ainsi que ceux de l'Alaska, de Hawaii et du Midwest.

— Bien, commenta Halden. Je transmettrai la recommandation au gouverneur Akins dès lundi.

Skerry se leva.

— Eh bien, en tout cas, l'intention est louable.

Il grimpa l'escalier et disparut. Michael jeta un regard sur les visages qui faisaient cercle autour de la table. La réunion semblait toucher à sa fin. Il décida d'aller retrouver Andrea Greenberg.

— Cette communion télépathique ne ressemblait en rien à ce que j'imaginais, remarqua Andie.

Elle avait une tasse jaune à la main et sirotait un café dont elle semblait apprécier la chaleur bienfaisante.

— Vous vous imaginiez quoi ? demanda Michael en souriant. Qu'on allait vous attacher sur une table et vous envoyer une décharge électrique dans le corps ? Ou vous transformer en une espèce de zombie ?

— Pas exactement. Mais je ne pensais pas que ce serait comme ça, disons, agréable. Je vous envie presque de pouvoir vous unir et communiquer de cette façon.

— C'est un des plus grands avantages dont bénéficient les mutants.

— Alors que les crises mentales sont un des pires inconvénients ? Parlez-moi de ces crises.

— Elles semblent se produire pour la plupart chez les mutants mâles les plus âgés. Mon père commence tout juste à en avoir.

— Elles sont mortelles ?

— Pas en elles-mêmes, non. Mais parfois, le suicide paraît une solution préférable au vacarme et à la souffrance qu'elles entraînent.

— Ça a l'air terrible, murmura Andie avec une grimace.

— Je préfère ne pas trop y penser.

— Ça se soigne ?

Michael haussa les épaules.

— Nos guérisseurs arrivent à les contrôler plus ou moins. Après, on se rabat sur les drogues.

— Qu'avez-vous pensé de notre entrée ?

— Du Skerry tout craché. Il faut toujours qu'il se singularise. J'aime ça. Et lui aussi, je l'aime bien.

— Les aînés de votre clan ne semblent pas partager cette opinion.

— Disons qu'ils sont assez conservateurs. Traditionnels. Trop traditionnels, insista-t-il en se renfrognant.

— Que voulez-vous dire ? demanda Andie qui sentait son irritation.

— Eh bien, dans les relations, par exemple. Je fréquente une fille, et comme eux n'approuvent pas, il faut que je fasse attention à ne pas risquer le blâme.

— C'est une mutante ?

— Non.

— Que pourraient-ils vous faire ?

— Exiger que je cesse de la voir, ou alors je serais banni. Ils veulent que j'épouse quelqu'un du clan.

Andie le regarda, ébahie.

— Un mariage arrangé ? Je croyais que ça n'existait plus depuis l'invention du boulier.

— Pas si c'est la saison des mutants.

— Pardon ?

— Désolé. C'est une plaisanterie. Vous voyez, peu importe ce qui se passe en dehors du clan. Ici, c'est toujours la saison des mutants. Ce qui signifie que ce qui compte, c'est la tradition.

— Et bien sûr, ce n'est jamais la saison des amours illicites, dit Andie en lui tapotant amicalement l'épaule. Ne vous laissez pas décourager, Michael.

— Ça ne risque pas, dit-il avec un sourire. Pour changer de sujet, que pensez-vous de Stephen Jeffers ? C'est lui que nous avons décidé de recommander pour remplacer Jacobsen.

— Cela me paraît un excellent choix. Assurément, Jacobsen l'appréciait. Je me rappelle, il était toujours après elle à faire le forcing en faveur d'une législation pro-mutants. Mais vous allez pouvoir convaincre le gouverneur Akins de le nommer à ce poste ?

Michael s'appuya au comptoir de la cuisine et hocha la tête.

— Bien sûr. Halden peut se montrer *très* persuasif quand il le faut. Et Akins sait qu'il doit apaiser la population mutante si on ne veut pas connaître un retour de la violence des années 95, à l'époque où l'Union des Mutants a été constituée.

— Mon Dieu, j'espère que non !

— S'il y a quelqu'un qui peut l'éviter, c'est Jeffers. Est-ce que vous travaillerez pour lui ?

— J'en doute. Il voudra probablement réunir toute une nouvelle équipe. J'en profiterai pour prendre des vacances. Je rêve encore à cet assassinat. Des cauchemars. J'envisage un implant hypnotique pour m'en protéger.

— S'ils persistent, vous pourriez demander l'assistance de nos guérisseurs.

Andie sourit.

— Eh bien, si le traitement ressemble à cette espèce de thérapie de groupe dont je viens de faire l'expérience, je pourrais bien faire appel à vous. (Elle consulta sa montre.) Grands dieux, il est tard ! Je ferais mieux de me dépêcher si je veux attraper la navette de Washington. Bonne chance, Michael. On reste en contact.

14

Le premier septembre, Timon Akins, gouverneur de l'Oregon, nomma Stephen Jeffers à la succession de Jacobsen, avec mission d'exercer le mandat de l'ex-sénateur jusqu'à la prochaine échéance. Andie apprit la nouvelle au Sénat pendant le déjeuner, lorsque la télévision de la cafétéria montra le beau visage de Jeffers. Le nouveau sénateur donnait une interview. Andie écarta son assiette de tofu au curry, ayant perdu tout appétit.

Ainsi, Halden avait fait valoir son point de vue, comme l'avait promis Michael. Et maintenant, qu'est-ce que je deviens ? pensa-t-elle.

— Vous ne mangez pas, fit remarquer Karim d'un ton faussement réprobateur. Qu'est-ce qui ne va pas ?

— Rien, mentit-elle. Je pensais au rapport d'enquête sur le Brésil. Je suppose que votre patron va en faire état, à présent.

— A choisir, Craddick vaut sans doute mieux que Horner. Vous savez, je lui ai suggéré de le présenter avec vous à ses côtés, maintenant que Jacobsen est morte.

— Oui. Et il a délicatement refusé. Je ne l'en blâme

pas. Après tout, qui suis-je ? L'ex-assistante d'un sénateur disparu.

— Qu'allez-vous faire, désormais ?

— Vider mon bureau et partir en vacances. (La jeune femme repoussa sa chaise et se leva.) Je crois que je vais y aller. A ce soir.

L'ascenseur la mena au quinzième étage, où la climatisation lui donna la chair de poule. En frissonnant, Andie actionna l'ouverture de son bureau.

Elle n'avait eu aucun écho des mutants depuis sa visite à Denver. Il ne s'était écoulé qu'une semaine, il est vrai, et ils avaient pourtant déjà réussi à installer leur nouveau sénateur. Bon, s'ils avaient besoin d'elle, ils l'appelleraient.

La prise de fonction de Jeffers était prévue pour le lendemain. Comment la presse allait-elle accueillir le successeur de Jacobsen, avec ses airs de vidéostar et ses costumes italiens en soie ?

Si elle pensait bien ne pas être maintenue à son poste, Andie était prête à offrir ses services pour assurer la liaison avec la nouvelle équipe. Et ensuite, peut-être serait-il temps d'aller passer deux semaines à Cancun ou Mendocino, ou encore au Luna-Club. Après, eh bien, il faudrait songer à l'avenir.

L'interphone se mit à sonner. Elle entendit Caryl parler à quelqu'un. La porte de son bureau s'ouvrit, et entra un homme à l'épaisse chevelure châtaine, au teint hâlé et aux yeux dorés.

— Madame Greenberg ? Ravi de vous revoir.

Andie se leva d'un bond.

— Sénateur Jeffers. Nous ne vous attendions pas avant demain...

Jeffers la gratifia d'un sourire éblouissant.

— Excusez-moi de vous déranger. Je voulais rencontrer l'équipe un peu avant la date prévue et j'avais peur que vous n'organisiez une de ces cérémonies guindées où tout le monde est mal à l'aise.

Andie sourit à son tour. Il avait l'air assurément moins formaliste que Jacobsen. Elle saisit la main qu'il lui tendait et, en la serrant, sentit la chaleur qui s'en dégageait.

— Je sais que vous étiez indispensable au sénateur Jacobsen, et j'ai bien peur de devoir pas mal m'appuyer sur vous pour commencer. Vous restez, naturellement ?

— Euh, naturellement.

Andie se demanda pourquoi elle acceptait. Mais il était si charmant. Et puis, prendre la suite d'un sénateur assassiné représentait une tâche considérable. Bien sûr qu'elle allait lui donner un coup de main. Elle pouvait bien remettre ses vacances à un peu plus tard.

— Formidable ! Je sais que vous êtes occupée en ce moment, mais j'aimerais parler avec vous, essayer de vous connaître un peu mieux. Nous allons devoir travailler en étroite collaboration. (A nouveau, le fameux sourire.) Avez-vous des projets pour le dîner ?

Andie songea à Karim. Elle lui avait promis de cuisiner ce soir. Mais il comprendrait. C'était l'occasion de partir sur de bonnes bases de travail avec son nouveau patron. Jacobsen ne l'avait jamais invitée à dîner.

— Rien que je ne puisse reporter, répondit-elle.

— S'il n'y a pas de problème, j'enverrai un glisseur vous chercher à sept heures. (Sa montre sonna. Il y jeta un œil et fronça les sourcils.) Hum, faut que je file. Je dois voir quelques-uns de mes collègues. (Encore un sourire, moins électrisant cette fois. La jeune femme avait-elle imaginé la chose, ou l'avait-il assorti d'un clin d'œil ?) A ce soir, Andie.

Avant qu'elle ait pu acquiescer, il avait disparu. Caryl entra, releva une mèche blonde rebelle derrière son oreille et s'appuya au chambranle de la porte.

— Pas mal, si je peux me permettre.

Andie s'assit.

— Quel contraste avec Jacobsen ! dit-elle.

— Disons que les femmes qui travaillent dans l'administration doivent se montrer plus compassées. Elles n'ont pas le droit d'avoir l'air détendu.

— Sans doute.

— J'adore ses fossettes.

— Caryl, vous n'êtes pas censée parler ainsi du patron.

— Peut-être, mais pourquoi vous pomponnez-vous tout à coup devant ce miroir ?

Andie referma brusquement son petit nécessaire à maquillage.

— Ce n'est pas votre écran que j'entends bourdonner ?

Caryl tourna les talons.

— Amusez-vous bien ce soir, lança-t-elle.

Un éclairage discret, disposé dans des niches à claire-voie, projetait sur le plafond émaillé de chaudes tonalités ambre et rose. Sur chacune des tables recouvertes de nappes en tissu, vacillait la flamme d'une chandelle dressée sur une fine coupelle. Andie se félicita d'avoir gardé dans son armoire de bureau le chemisier de soie rose et les escarpins en cuir qu'elle portait ce soir-là dans ce qui était l'un des meilleurs restaurants de Washington. Un menu sans soja. Merveilleux. Elle faillit rester bouche bée devant la variété de viandes et de fruits de mer exotiques dont elle aurait cru certains impossibles à se procurer.

— Que me suggérez-vous, sénateur Jeffers ?

— Appelez-moi Stephen, je vous en prie. Vous m'embarrassez.

Il sourit de ses yeux dorés. Il avait un regard candide, amical. Andie lui rendit son sourire.

— Très bien. Stephen. Mais vous n'avez pas répondu à ma question.

— Bon, si vous voulez mon avis, à votre place je prendrais les huîtres au poivre, les coquilles saint-jacques farcies aux ormeaux, mais uniquement si vous êtes amateur de fruits de mer. Sinon, l'aloyau blanchi est succulent.

— Les coquilles saint-jacques, alors. Avec les huîtres.

Andie admirait l'aisance de cet homme avec les serveurs, la grâce de ses gestes. Elle ne s'attendait pas à lui trouver tant de charme, un charme rehaussé d'une touche d'exotisme. Les yeux dorés ajoutaient encore à sa séduction. Il y avait quelque chose de surprenant et d'un peu embarrassant à se sentir ainsi attirée par ce nouveau patron.

— Je suis ravi que vous restiez, dit celui-ci. J'avais peur que vous n'en ayez assez de Washington après cette tragédie et que vous ne soyez tentée d'aller travailler ailleurs dans quelque cabinet d'avoués.

Andie hocha la tête, ignorant la voix qui s'était insinuée en elle pour lui demander à quel moment elle avait accepté de rester à titre définitif.

— Parmi mes priorités, j'ai l'intention de poursuivre l'œuvre de mon prédécesseur. J'aimerais que ce que je fais soit une sorte d'hommage commémoratif à Eleanor, si vous voyez ce que je veux dire.

Il avait dit cela d'une voix basse, sur le ton de la confidence.

— Je trouve que c'est une idée merveilleuse, sén... Stephen.

— Je n'ai peut-être pas toujours été d'accord avec ses priorités, mais j'ai pour elle un grand respect. Et je l'aurai toujours. Je vais commencer par créer une bourse qui portera son nom. J'ai aussi réfléchi sur l'éventualité de financer un prix, le prix Jacobsen, qui récompenserait les efforts de ceux qui œuvrent à améliorer et accroître la coopération entre mutants et non-mutants. Ce gouffre entre nous est ridicule.

Andie but une gorgée d'un vin rosé léger qui emplissait sa bouche d'un parfum exquis. Son patron était en train de faire les promesses habituelles. Bon, parfait, dès lors qu'il les mettrait en pratique.

— Ça me paraît une bonne idée, dit-elle sans trop s'avancer. De quoi gagner la confiance des électeurs tout en honorant la mémoire de votre prédécesseur.

— C'est exactement ce que je pensais, acquiesça-t-il.

— Au fait, qu'en est-il du rapport sur le Brésil ? demanda-t-elle, attentive à sa réaction.

Jeffers lui lança un regard perplexe.

— Le rapport sur le Brésil ? Je suis assez mal informé là-dessus.

— L'enquête non officielle sur les expériences génétiques effectuées au Brésil ?

— J'attends que vous me mettiez au fait, Andie. Mais vous pouvez être sûre que je prendrai part aux déclarations en me faisant le porte-parole d'Eleanor.

Bien, songea Andie. Puis, à haute voix :

— Envisagez-vous de faire réactiver l'enquête sur le meurtre de Jacobsen ?

Il fronça les sourcils.

— Naturellement. Je vais m'y employer de toutes mes forces, faites-moi confiance. C'est notre *devoir* de découvrir les motifs qui sont derrière cet assassinat, qui a engagé le meurtrier, ce Tamlin, et dans quel but. Je vais faire en sorte que tout le monde comprenne que la saison de la chasse aux mutants est bel et bien terminée.

Il y avait brusquement dans la voix de Jeffers une dureté telle qu'Andie se sentit frissonner. Le regard semblait lointain, puis moins absent lorsque l'homme se tourna vers elle pour lui sourire.

— Plutôt sinistre, non ? Désolé, Andie. Je me suis laissé prendre un instant dans un mauvais souvenir. Oublions cela. Il y a tant à faire et je suis impatient de me mettre au travail. (Il avança la main et prit la sienne. Les ongles étaient soigneusement polis, impeccables.) Je suis convaincu qu'ensemble nous allons accomplir de grandes choses. Eleanor serait fière de nous.

— Bien sûr, approuva Andie.

Ou bien il était le politicien le plus habile qu'elle eût jamais rencontré, ou bien il était totalement sincère. Comme il tardait à libérer sa main, elle commença à trouver que son nouveau patron outrepassait la simple prise de contact avec l'employée compétente. Ce qui la tracassait, c'était moins ses manières de séducteur que cette constatation : cela n'était pas fait pour lui déplaire.

Mélanie s'étira voluptueusement et roula sur le côté pour rechercher la chaleur de Ben. Lorsqu'elle se retrouva au bord du lit, elle comprit qu'il n'était plus là. L'horloge indiquait cinq heures du matin. La pièce était encore plongée dans la pénombre. Où était-il passé ?

Tout en bâillant, elle se dirigea à pas feutrés, toute nue, vers la salle de bains où elle but un verre d'eau. Les yeux papillotant sous le néon, elle se regarda dans le miroir. Sous la chaude lumière rose, elle se trouva transformée ; plus réelle, plus femme. Cela faisait deux mois à présent qu'elle vivait avec Ben. Elle se sentait apaisée, heureuse. Chaque nuit, Ben lui faisait faire de nouvelles découvertes, et elle adorait lui plaire.

Au début, elle s'était inquiétée de tomber enceinte, mais elle était allée voir le gynécologue que Ben lui avait conseillé et, après cela, son amant lui avait assuré qu'elle n'avait plus de souci à se faire. Le médecin lui avait prescrit un anti-ovulatoire d'une durée de deux ans. C'était la première fois que Mélanie entendait parler de cette méthode mais, du moment que Ben affirmait qu'il n'y avait aucun risque, c'était sûrement vrai. Cela expliquait sans doute la longueur de l'intervention. Le médecin avait décidé de fourrager en elle pendant une année entière, tandis que ses pieds étaient prisonniers de ces maudits étriers.

Elle sortit dans le couloir et aperçut de la lumière sous la porte du bureau. N'entendait-elle pas des voix ? Des gens qui parlaient ?

— Ben ? (Elle frappa à la porte. Pas de réponse.) Ben ? Je sais que tu es là. Qu'est-ce que tu fais ?

La porte s'ouvrit et Ben empoigna Mélanie par les épaules ; son visage n'était qu'un masque de colère.

— Tu me déranges pendant un appel du boulot, dit-il d'un ton désagréable. Retourne te coucher !

Il la poussa vers la chambre.

— Ben ! Qu'est-ce qu'il y a ?

— Je travaille, bon sang ! Maintenant, tire-toi !

Il claqua la porte. En larmes, elle s'enfuit dans la chambre. Qu'avait-elle fait de mal ? Elle resta là à sangloter pendant ce qui lui parut des heures, jusqu'à ce qu'elle sentît une présence à ses côtés, puis une main qui la caressait tendrement dans la lueur annonciatrice de l'aube.

— Mel ! Je suis désolé. Tu m'as surpris au beau milieu de délicates négociations.

— A cinq heures du matin ?

— Un appel d'outre-mer. Promets-moi de ne pas te mêler de ça.

Elle se tourna sur le lit pour lui faire face.

— Je t'ai déjà dérangé dans ton travail ?

— Non.

— C'est simplement que tu me manquais et que je me demandais où tu étais.

— Je suis désolé de m'être montré si brutal.

Il avait passé ses bras autour d'elle. Elle sentit ses doigts exercer leur magie.

Deux jours plus tard, elle rentra plus tôt du travail et entendit des voix qui venaient du fond de l'appartement.

— Ben ?

Pas de réponse.

Prudemment, elle s'approcha du bureau. La porte

était ouverte. Ben parlait à quelqu'un sur l'écran, quelqu'un dont elle ne reconnut pas la voix.

— Ne te laisse pas trop distraire par cette fille, disait la voix masculine.

— Ne t'inquiète pas. Et puis, c'est toi qui en tires tout le bénéfice.

— Tu vois, je ne dirais pas *tous* les bénéfices.

Les deux hommes se mirent à rire.

— Comment est-elle ?

— Inexpérimentée, répondit Ben. Mais chaude. Et elle en veut. Dès lors qu'elle s'est glissée dans mon lit, comment refuser ?

Mélanie fut saisie d'un tremblement. Etait-ce d'elle qu'il parlait sur ce ton narquois et désinvolte ?

— Au fait, comment l'as-tu dénichée ?

— Un coup de chance. J'étais par hasard dans cette boîte. Tu ne vas pas me croire, Tamlin était en train de l'étrangler.

— Ce cinglé ? Etonnant qu'il ait repéré la bonne cible.

— Oui. Enfin, de toute façon, il s'est fait sauter le caisson.

Tamlin... Ce nom rappelait quelque chose à Mélanie. C'était l'homme qui avait tué Eleanor Jacobsen.

— Allez, ne te tracasse pas pour lui, dit la voix inconnue. Dans combien de temps on aura la fille ?

— Tu sais, ça me coûte de l'abandonner maintenant que je lui ai fait son éducation, répliqua Ben.

Les éclats de rire reprirent.

Non ! pensa Mélanie. Non ! Non ! Non !

— Ne sois pas si gourmand, Ben. Tu auras une bonne récompense. Peut-être même qu'on te la rendra quand on en aura fini avec elle. Mais il y a un docteur au Brésil qui brûle d'impatience de la rencontrer.

— Je croyais que cette livraison d'ovules devait les tenir occupés pendant un an.

— Ils en veulent davantage. Tu es certain que personne n'a repéré sa trace ?

— Affirmatif. J'ai vérifié dès que je l'ai amenée ici.

— Parfait. Eh bien, tiens-la-nous au chaud. On la récupère d'ici une semaine.

— Entendu. Je vais lui dire que nous partons en vacances.

Mel recula, anéantie. C'était tout juste si elle parvenait à croire ce qu'elle venait d'entendre. Fuir. Elle devait fuir. Que projetait-il de lui faire ? Le Brésil ? Les ovules ? Elle en avait des nausées. Elle réussit toutefois à poser sa main sur la porte d'entrée pour en commander l'ouverture et se précipita dans le couloir moquetté de beige.

— Mel ? Mel, c'est toi ?

Elle entendit vaguement le cri de Ben. Puis la porte de l'ascenseur glissa et se referma. Haletante, elle pressa le bouton du sous-sol où était garé le glisseur.

Elle devait s'enfuir. C'était ça. Elle allait prendre le glisseur et retourner chez elle. Retrouver ses parents. Et leur dire ce qu'elle venait d'entendre.

Non.

Elle irait à la police. C'était ce qu'il fallait faire.

Lorsque la porte de l'ascenseur s'ouvrit, elle courut vers le glisseur. Au moment où elle posait la main sur la portière, une autre main lui saisit le poignet.

— Tu fais quoi, là ?

— Ben, dit-elle dans un souffle. Je, euh, je voulais aller faire les magasins.

— Sans me le dire ? Pourquoi es-tu si pâle ? (Il se rapprocha, le visage dur.) Si je n'avais pas pris l'ascenseur express de l'appartement, je te ratais. Si on remontait ?

— Je n'en ai pas envie.

Elle s'écarta, mais il la poussait peu à peu vers l'ascenseur.

— J'aimerais te parler du voyage que nous allons faire.

La porte était ouverte et il était en train de l'attirer à l'intérieur. Elle vit un éclair argenté briller dans sa main : c'était une seringue.

— Lâche-moi, espèce de salaud !

En désespoir de cause, elle lança sa jambe en avant et frappa l'homme à l'aine d'un coup de genou appuyé. Il s'affaissa en gémissant.

— Et moi qui croyais que tu m'aimais ! dit-elle avec un second coup de pied.

Il lui empoigna la cheville et la fit tomber.

— Espèce de sale garce de mutante ! cria-t-il en lui assenant une gifle. Tu te figures que baiser, c'est aimer ?

Il chercha à reprendre la seringue qui traînait sur le plancher de l'ascenseur. Elle réagit avec une frénésie qui décupla la rapidité de son geste, et sa main se referma sur l'ampoule une seconde avant celle de Ben. Toute tremblante, elle enfonça la seringue dans le cou de l'homme et perçut le soupir qui sortit de sa gorge. Son étreinte faiblit, ses traits se relâchèrent, ses yeux se fermèrent et il s'effondra sans connaissance.

Avec la même détermination, elle fouilla dans ses poches en quête de plaques de crédit et trouva son portefeuille. Il contenait une somme suffisante pour lui permettre de vivre au moins un mois. Elle prit la clef du glisseur et monta dedans. Il lui faudrait abandonner l'engin au plus vite, mais au moins la conduirait-il à la station de métro la plus proche. Et là, elle prendrait la navette.

Elle recula jusqu'au monte-charge, attendit d'arriver au niveau de la rue, puis emballa le moteur vers la liberté.

15

Michael repéra d'un œil gourmand une grosse prune pourpre dans l'arbre qui se dressait au milieu de la pelouse. C'était en septembre que mûrissaient les fruits les plus délectables. Il cueillit le fruit juteux, puis appliqua son autre main sur la porte pour en déclencher l'ouverture.

La maison était vide. Michael mordit généreusement dans la prune, s'arrêta pour suspendre son sac de sport, puis consulta le courrier sur l'écran dans l'entrée. Il y avait l'assortiment habituel de sollicitations et de contrats. Il nota quelque part dans son cerveau de régler les derniers détails de la négociation avec Haytel prévue pour le lendemain. La lumière témoin des messages continuait à clignoter. Il pressa la touche de défilement, et l'image de sa mère se matérialisa.

« Nous serons de retour dans deux jours, disait celle-ci. Les crises de ton père ont l'air de vouloir se calmer, mais il a besoin de se reposer encore un peu. A mardi. »

Michael termina son fruit et jeta le noyau dans le récupérateur d'ordures près de la porte. Son père était trop jeune pour commencer si tôt ce genre de crises ; c'est ce qu'il pensait, mais apparemment, il se trompait. Le fait d'être mutant avait décidément son revers.

Il entra dans la cuisine et fit un survol rapide des possibilités alimentaires, pour sélectionner finalement des burritos avec des champignons au shoki et du porc lyophilisé. Le convoyeur du réfrigérateur se mit en marche. Quand la sonnerie retentit, il fit léviter l'étui décongelé dans le four à convection, enclencha la minuterie et laissa le plat cuire trois minutes. Tandis qu'il mettait la table, il se demanda comment faisaient ceux qui n'avaient que leurs mains pour tout préparer. Cela prenait du temps. Il prit un Red Jack dans le bar et le sirota en attendant que son repas refroidisse un peu.

Il régla alors la sélection automatique de l'écran sur dix secondes. Docile, celui-ci diffusa des images de danseurs au corps peint en noir et jaune, puis un vieux film qui avait au moins vingt ans, avec des voitures à l'ancienne, des bagarres au fusil et des femmes poussant des cris perçants. Ce furent ensuite des journaux télévisés où des présentateurs en costume sombre couvraient les événements du monde vingt-quatre heures sur vingt-quatre ; la chaîne des achats, offrant un kaléidoscope de flashes : glisseurs, maisons flottantes, appartements en copropriété sur la station lunaire, extenseurs musculaires électroniques, colliers à orgasme fonctionnant à l'énergie solaire ; et pour finir une présentation de chirurgie plastique. Le marché de la semaine était particulièrement enthousiasmant.

Il prit une bouchée de burrito, savourant le goût piquant des poivrons sur sa langue. Mais il avait surtout envie de voir Kelly, qui était malheureusement partie travailler avec son père et qui ne rentrerait pas avant la fin de la semaine. Il n'avait donc que la télé comme ressource. Au moins Jimmy était-il chez des cousins jusqu'au lendemain.

Il allongea ses jambes sur l'aquafauteuil en face de lui, s'installa confortablement au milieu des coussins à eau bleus, et regarda défiler les images. Une scène attira son attention, et il demanda au sélecteur de se positionner sur le programme d'actualités. Un homme jeune et séduisant, à l'épaisse tignasse châtaine, le sourire éclatant sous ses yeux dorés, apparut sur l'écran en vision holographique.

Stephen Jeffers. Le nouvel espoir des mutants. Encore plus séduisant à la télévision qu'en chair et en os. Un menton superbe. Refait peut-être. Michael passa sur une autre chaîne. Le visage familier du présentateur retint son attention.

— J'espérais bien que tu me reconnaîtrais, lui dit ce personnage en le regardant sévèrement. Réveille-toi, petit.

Michael cligna des yeux et sourit.

— Skerry ! j'aurais dû m'en douter. Où es-tu ?

— Plus près que tu ne l'imagines. Ecoute, il faut que je te parle, Mike.

— Tu nous en veux encore pour la réunion ?

— Disons que je suis ennuyé. C'est la raison pour laquelle il faut que je te voie.
— Quand ?
— Tout de suite.
— D'accord. Où ça ?
— Tu connais le Branché ?
— Sur Mountain Side ? Bien sûr.
— Retrouve-moi là dans un quart d'heure.

L'image vacilla et, tout à coup, le présentateur avait des cheveux blonds et des yeux bleus. Skerry avait disparu. Michael avala les dernières bouchées de burrito, fit léviter le plat jusqu'au lave-vaisselle et partit retrouver son cousin.

Le bar était désert, éclairé par quelques enseignes de bière rouge et bleu et une rangée de lumières blanches clignotantes. Le roboband jouait une raga interprétée par les I-Four. Les yeux de Michael s'adaptèrent peu à peu à la pénombre caverneuse. Il n'était pas venu au Branché depuis des années. La boîte n'était pas particulièrement fréquentée par les mutants et, depuis l'incident du couteau avec Mélanie, Kelly avait préféré l'éviter.

Au bar, il remarqua une femme fort séduisante qui lui souriait amicalement. Elle avait des cheveux noirs et plats, une tunique verte très échancrée qui montrait la naissance de seins plantureux. Sans doute une professionnelle, pensa Michael, ce qui ne l'empêcha pas de ressentir un indubitable picotement de désir. Kelly, reviens vite, dit-il en son for intérieur.

Son attention fut détournée par une flèche de couleur jaune fluo qui l'incitait à se diriger au fond de la salle. Il la suivit tandis qu'elle dansait devant lui. Là, il trouva Skerry tapi au fond d'un box. La flèche disparut en carillonnant. Michael envia, et ce n'était pas la première fois, cette maîtrise de la télépathie que possédait son cousin et qu'il ne serait jamais capable d'acquérir. Il s'assit sur un coussin brun, en face de Skerry.

— Salut. Prends un kimmer.

Skerry appuya sur un bouton intégré à la table et le roboserveur emplit un verre pour Michael.

— Qu'est-ce qui se passe ?

Skerry avait l'air écœuré.

— Eh bien, cette fois, ça y est, les jeux sont faits.

Michael sirotait lentement le mélange amer, appréciant la forte saveur de l'alcool.

— Que veux-tu dire ?

— Je veux dire, cher cousin, que Stephen Jeffers n'est pas celui qu'il paraît être.

— Non ? Alors, il est quoi ?

— Ambitieux. Dangereux, répondit Skerry en se tassant encore plus sur son siège.

— Ambitieux ? Je trouve que ça n'est pas plus mal. Pour moi, c'est un type bien. D'ailleurs, il n'a pas eu trop de difficultés à passer. Et puis, j'en ai assez de ces mutants qui avancent sur la pointe des pieds pour ne pas offenser les normaux. Qu'est-ce qui te fait croire que ce gars est dangereux ?

Skerry vida son verre et s'en commanda un autre.

— Parce que je suis allé y voir, tu saisis ?

Michael resta un instant bouche bée.

— Tu quoi ?

— Epargne-moi le numéro, petit. De toute façon, j'imagine que tu ne me crois pas. Et pourtant, ce type a de mauvaises vibrations.

— Ah oui, comment ça ?

— C'est un de ces mutants qui prônent la suprématie de la race. Il hait les normaux.

— Tu m'en diras tant ! La moitié des membres du clan en est là. Et la plupart des normaux nous le rendent bien, non ?

— Peut-être. Mais il vaudrait mieux avoir aux affaires publiques quelqu'un qui soit moins de parti pris. Qui soit à l'aise dans les négociations avec les non-mutants. Les fanatiques me rendent nerveux.

Michael porta le verre à ses lèvres.

— Si tu es tellement inquiet, pourquoi n'as-tu rien dit à la réunion ?

— J'ai bien essayé. Mais je ne peux pas trop secouer le confort de notre petit comité, sinon je serai grillé. Ou alors je risque ma peau. D'ailleurs, ils n'ont pas voulu me croire. Jeffers est trop parfait. Et puis, ils étaient tous impatients de reléguer derrière eux la question de l'assassinat. Et aujourd'hui, Jeffers est sénateur.

Skerry se remplit un plein verre du breuvage rouge et resta à le contempler d'un air morose.

— Skerry, arrête de t'en faire pour ça. Jeffers n'est sans doute pas si mal. Et nous avons besoin que l'un des nôtres siège à cette place.

— Sans doute. Mieux vaut lui que Zenora.

— Dis, qu'est-ce qu'il y a entre vous deux ? s'étonna Michael en saisissant la carafe.

— Il y a trois ans, elle m'a fait du rentre-dedans après le grand rassemblement.

— Zenora ?

Skerry hocha la tête.

— Elle avait trop bu ou je ne sais quoi. Peut-être qu'elle et Halden avaient des problèmes. Va savoir. Au début, j'ai fait en sorte de l'ignorer. Mais elle insistait drôlement. En fin de compte, je l'ai prise au mot. Hé, ne me regarde pas comme ça, petit. Ce sont des choses qui arrivent. Et pour tout dire, ça a été plutôt bon entre nous. Mais j'ai fini par arrêter les frais. Je savais que ça poserait des problèmes. J'ai fait de mon mieux pour la larguer en douceur, mais ça ne lui a pas plu. Ça ne lui plaît toujours pas. C'est une des raisons pour lesquelles je me tiens à distance. Rejeter un mutant, c'est prendre de gros risques. N'en parle pas à Halden, tu veux ?

— Bien sûr que non.

Dans un coin de son cerveau, Michael se représenta sa tante, cette grande femme digne, en train de se déclarer à un homme plus jeune qu'elle ; à Skerry surtout, ça ne manquait pas de piquant. Mais c'était triste aussi, car il soupçonnait Halden d'être au courant. On gardait peu de secrets au sein du clan.

— Bon, qu'est-ce que tu envisages à présent ?

— Le Canada, répondit Skerry en reposant bruyamment son verre vide. Je file dans le Nord dans un jour ou deux. Je voulais savoir si ça t'intéressait. On pourrait utiliser tes talents. Le boulot que tu fais dans l'entreprise de ton vieux, tu ne trouves pas ça chiant ?

L'air piteux, Michael acquiesça.

— Ça, tu peux le dire.

— Alors, viens avec moi.

Michael resta un instant sans mot dire, le verre à mi-chemin de ses lèvres. C'était bien tentant. Quitter pour de bon la maison et le clan. Ne plus avoir à se tracasser pour les contrats gouvernementaux et les traditions. Skerry se pencha vers lui.

— On est quelques-uns à rester en contact à propos des mutants. Un joli réseau clandestin. Avec Jeffers à Washington et l'Union des Mutants qui recommence à fléchir, il va nous falloir creuser encore plus profond. Ce type doit être tenu à l'œil. Et il y a aussi cette menace de supermutants.

— Ça paraît intéressant, répondit Michael en reposant son verre.

Pourquoi pas ? Pourquoi ne pas partir ? Travailler avec Skerry ? Vivre hors des limites étroites du monde mutant ? Il allait dire oui, puis il songea à Kelly. Le contact satiné de sa peau, le pétillement de ses yeux lorsqu'elle souriait, la chaleur que son rire instillait en lui, dans toute sa personne. Laisser Kelly ? Impossible.

Skerry fronça les sourcils, le coin de sa bouche se tordit.

— Pas la peine de m'expliquer. Je sais, tu es embêté à cause de cette petite normale pour qui tu te consumes. Bon Dieu, Mike, cesse de penser avec tes hormones !

— Elle me manquerait, avoua Michael en rougissant.

— Dans six mois, tu l'auras oubliée, assura Skerry. Et tu rencontreras de *vraies* femmes. Exotiques, excitantes, et expérimentées...

— Laisse tomber, Skerry. Ce n'est pas mon truc. Du moins, pas maintenant.

Un numéro brilla dans le cerveau de Michael, des chiffres verts qui clignotaient derrière ses paupières.

— Si tu changes d'avis, tu peux me laisser un message ici. Réfléchis, cousin. Adios.

L'air s'agita autour de la table. Michael cilla. Il était tout seul dans le box. Il poussa un soupir, termina son kimmer et paya à la caisse automatique.

Une fois arrivé chez lui, il vit un glisseur bleu au nez recourbé stationné sur l'avenue ; la porte d'entrée n'était plus verrouillée. Quelque peu inquiet, il entra prudemment dans la maison.

Les haut-parleurs du salon diffusaient une chanson inconnue, sur une musique vibrante quasiment inaudible. Michael fit la grimace. Ça sentait l'odeur âcre du joint. Les lumières étaient tellement basses qu'il eut du mal à distinguer la silhouette féminine assise sur le canapé.

— Mel ?

Il n'y eut pour toute réponse qu'un petit rire argentin.

— Kelly ?

— Mais non, idiot. C'est moi, Jena.

Elle se leva et s'approcha de lui. Elle portait une combinaison collante de plastique bleu qui moulait ses longues jambes et son corps élancé. Ses cheveux blonds dénoués flottaient sur ses épaules et ses yeux dorés brillaient comme des écus.

— Prends un joint, proposa-t-elle.

— Comment es-tu entrée ?

— Tes parents ont appelé et m'ont donné le code d'entrée. Ils m'ont demandé de passer pour voir comment tu allais.

Elle se rassit et croisa les jambes. Elle avait mis des

bottes noires à talons hauts. La fumée du joint emplissait le salon. La tête lourde, Michael se laissa tomber lentement sur le canapé. Les kimmers qu'il avait pris avec Skerry lui brouillaient les idées et la musique exerçait sur lui un effet hypnotique, irrésistible. Il nota que le vêtement de Jena passait de l'opaque au transparent juste au-dessus des mamelons. Une petite voix dans sa tête s'interrogeait sur les sensations qu'éprouverait sa langue à partir en exploration sous la combinaison qui cachait cette peau fauve...

— Tes parents reviennent quand ?

— Mardi.

Décroisant les jambes, Jena glissa sur le canapé pour se rapprocher du jeune homme et lui tendre un joint. Il en mordit l'extrémité et sentit le vertige familier. Au bout de quelques secondes, il se laissa aller contre les coussins tandis que sa vision se brouillait. Jena se rapprocha encore et se colla à lui.

— Alors, comment ça va ? demanda-t-elle d'une voix rauque.

Un instant, Michael hésita, pensant à Kelly. Puis, le rythme vibrant de la musique s'empara de ses sens. Au diable. Kelly était à des kilomètres et Jena tout à côté, consentante, déjà prête. Kelly ne le saurait jamais, songea-t-il en passant le bras autour de Jena.

Douce. Dieu, qu'elle était douce ! Ce vêtement était comme de la soie. Comme la peau. Il laissa sa main descendre le long du bras, jusqu'à la taille, puis remonta, cherchant une douceur encore plus élastique. Il tira sur le cordon qui maintenait la combinaison fermée autour du cou, elle s'ouvrit et il y glissa un doigt fureteur. Les mamelons étaient durs. Jena émit un soupir et se pressa contre la main du garçon.

Il l'embrassa ; les lèvres s'écartèrent et une langue vint jouer avec la sienne. Le baiser parut devoir durer l'éternité, tandis que Jena se frottait contre Michael au rythme vibrant de la musique. Sa conscience, telles des rides à la surface d'une mare, s'ouvrit en vagues de sensations concentriques et Michael perçut la pulsation de son sang dans ses veines. Quand il rouvrit les yeux, il était étendu sur Jena, leurs vêtements en tas sur le sol.

Le lapement insistant de langues invisibles lui courait sur la peau, explorant le moindre endroit secret, la moindre terminaison nerveuse, lui arrachant des gémissements de plaisir. Appuyée sur son coude, Jena le regardait, languide, les yeux mi-clos.

— Tu aimes ça ? murmura-t-elle avec un sourire félin.

Mille visions érotiques dansaient dans la tête de Michael ; un mandala de voluptés lui enflammait les sens. Il enfouit ses mains sous les coussins, tandis que son cœur commençait à cogner.

— Jena... Mon Dieu...

— En fait, tes parents ne m'ont pas du tout appelée, jubila-t-elle. C'est moi qui les ai appelés chez Halden et je leur ai dit que je m'inquiétais de te savoir seul.

— Tu as fait ça ?

— Bien sûr. Et puis, je savais que Kelly était partie.

— Tu savais ?

Michael essaya de se concentrer sur ce qu'elle était en train de lui dire. Mais ce n'était pas facile. Il l'entendit glousser.

— Evidemment. Je me suis dit que tu devais te sentir seul.

Elle glissa une main entre ses jambes, le caressant lentement. A chaque caresse, il soulevait son corps, sollicité par le désir.

— Je constate que je ne m'étais pas trompée, dit-elle.

Elle retira sa main, mais la sensation de caresse persista. Michael aurait bien voulu lui dire qu'elle n'était pas celle pour qui son cœur battait. Et il dut se mordre la lèvre pour se retenir de lui dire de ne pas arrêter.

— Est-ce que ta normale sait faire ça ? Pénétrer l'intérieur de ton esprit et y lire ce dont tu as le plus envie, et comment tu veux qu'on te le fasse, et à quel moment ? Puis te donner ce que tu attends, multiplié par mille, sans même te toucher ?

Sous les caresses ensorcelantes, invisibles, Michael commença à transpirer, chauffé à blanc, le corps en fusion.

— J'ignorais que tu avais un double pouv..., haleta-t-il.

Le sourire se fit plus félin encore.

— Oui. Télépathique et télékinésique. Tes parents ont raison. Nous ferions un beau couple. Du matériel génétique d'excellente qualité, dit-elle en riant. Nous pourrions peut-être même engendrer ce fameux super-mutant qui excite tout le monde.

— Mais pénétrer la pensée est interdit...

— Uniquement si ça se sait... Tu vas aller leur raconter à la prochaine réunion comment j'ai pénétré ton esprit et t'ai donné plus de plaisir que tu n'en as jamais eu de toute ta vie ?

C'était comme un ronronnement. Les mains invisibles s'affairaient entre les cuisses de Michael, le tourmentant à le rendre fou de désir, l'amenant peu à peu jusqu'au délire des sens.

Le mandala se mit à tournoyer dans toutes les directions, tandis qu'un kaléidoscope d'images scintillantes se mêlait aux halètements de la passion, fresque vivante échappée d'un temple indien bâti de lumière. Tantôt il était sur elle, tantôt derrière. Là, elle s'agenouillait devant lui, et là, l'enlaçait tel un serpent.

— Je sais que tu ne t'intéresses pas à moi. Pas encore, dit Jena d'une voix suave.

Elle se coula entre ses jambes et, lentement, se mit à le lécher. Michael exhala son plaisir et ferma les yeux.

— Mais n'oublie pas ceci. Chaque fois que tu seras avec elle, tu te rappelleras comment c'est avec moi. Et tu auras envie de moi. Tu verras.

Michael attira Jena vers son visage et lui ferma la

bouche d'un baiser pour l'empêcher de parler. Elle ouvrit les jambes et, d'un coup de reins, il se logea en elle ; dans un va-et-vient frénétique, il entendit un rugissement sourdre en lui tandis qu'il montait irrésistiblement vers l'orgasme. Une pensée lui traversa l'esprit. Elle se trompait : demain, elle serait sortie de sa vie. Il tenta de retenir dans sa tête l'image de Kelly, mais celle-ci se brouilla, s'estompa, et lorsqu'il jouit en lâchant un cri rauque, un parmi la dizaine de Michael prisonniers d'une toile ensorcelante, haletants et secoués de spasmes, il ne sut pas quelle fille il appelait.

L'écran bourdonna, mais Andie n'y prêta pas attention. Elle voulait terminer ses notes concernant la recherche d'agents mutagènes au Brésil, notes qu'elle préparait pour Stephen en vue du rapport du sous-comité.

L'appel reprit.

— Caryl ?

Pas de réponse. Sa secrétaire s'était sans doute accordé cinq minutes de pause.

Andie lâcha un juron et pressa ce qu'elle crut être la touche du répondeur automatique ; elle se trompa et enfonça la touche réponse. L'écran s'alluma sur le visage de Karim qui la regardait.

— Andie ?

— Oh, salut, Karim. Je suis vraiment très occupée en ce moment...

— Je vous crois volontiers. Mais c'est important.

Andie poussa un soupir qu'elle s'efforça de faire paraître moins exaspéré qu'il n'était en réalité. La dernière chose qu'elle souhaitait en ce moment, c'était de bavarder avec Karim.

— D'accord. Qu'est-ce qu'il y a ?

— Pourquoi vous ne me dites rien ?

— Qu'entendez-vous par là ?

Karim fronça les sourcils.

— Ecoutez, je préférerais discuter de cela en privé. Depuis que votre nouveau patron est là, ç'a été non seulement difficile mais quasiment impossible. Est-ce qu'on peut déjeuner ensemble ? Boire un verre ? Se voir cinq minutes dans le couloir ?

— Karim, j'ai ces notes à terminer.

— Je vous en prie, Andie.

Il semblait si vulnérable qu'elle ne se sentit pas le cœur de refuser. Elle jeta un œil sur son emploi du temps. Elle pourrait se libérer pendant que Stephen consulterait ses notes.

— D'ici trois quarts d'heure, ça vous va ?

— Parfait. Chez Henry.

— Je vous y rejoins.

Une heure plus tard, Andie déboula dans le café. La rédaction de ses notes lui avait pris plus de temps que prévu. La salle principale était à moitié remplie, bien que l'heure du déjeuner fût passée depuis longtemps. Andie se sentait moite et assez peu à son aise lorsqu'elle s'installa sur le siège, en face de Karim. Celui-ci l'accueillit plutôt froidement.

— Je pensais que vous ne viendriez plus.

— Désolée d'être en retard.

Il lui tendit une carte.

— Vous voulez manger quelque chose ?

— Merci. J'ai pris un sandwich au bureau.

— Un verre ?

— Un café, ça ira, dit-elle en composant la commande au robobar.

Karim resta un moment à la dévisager. Comme le silence s'éternisait, elle commença à éprouver un certain embarras.

— Est-ce que j'ai du soja entre les dents ?

— Non. Je suis simplement en train de me demander ce qui se passe.

— Que voulez-vous dire ?

Karim se pencha vers elle, le regard sévère.

— Andie, en trois semaines, je ne vous ai pas vue une seule fois. A peine si je vous ai parlé. Vous ne trouvez pas ça bizarre ?

D'une main nerveuse, elle joua avec une mèche de cheveux.

— C'est-à-dire, j'ai été très occupée...

— Des conneries. Du temps de Jacobsen, vous n'étiez pas occupée au point de ne pas avoir un instant à me consacrer. Mais que s'amène une belle gueule de mutant, soudain, je suis un étranger.

Andie eut un sourire crispé.

— Karim, il me semble que vous êtes jaloux.

— Peut-être. Je croyais qu'il s'était passé quelque chose entre nous, quelque chose de plutôt bien. Après Rio, j'ai cru...

— Allons, Karim. C'était Rio. Les étoiles, la musique, tout ça met un peu la tête à l'envers. On s'est bien amusés. C'était très agréable. Mais maintenant, on est revenus à Washington.

— Je ne vois pas les choses comme ça.

Andie chercha ses mots.

— Euh, Karim, vous savez bien qu'on ne peut pas se permettre de prendre au sérieux ce genre de choses. Nous sommes l'un et l'autre beaucoup trop occupés.

Il se renfrogna.

— Je croyais qu'on était d'accord tous les deux sur les dangers qu'il y a à prendre son travail trop au sérieux. Surtout après la mort de Jacobsen.

— Eh bien, je me suis rendu compte que le travail aide à cicatriser. Et mon patron ne me lâche pas.

— Pour ça, j'en suis bien persuadé.

Le rouge monta aux joues de la jeune femme.

— Qu'est-ce que cette phrase est censée signifier ?

Karim prit un air dégoûté.

— Je ne suis pas naïf, Andie. N'importe qui peut voir que vous avez un faible pour votre patron. Et tout le monde sait que ça travaille beaucoup, une secrétaire entichée de son patron. (Il s'interrompit pour boire une gorgée de Campari.) Oui, Jeffers est certainement très occupé. J'ai parcouru son projet de loi concernant l'Union des Mutants dans le rapport du Congrès. Il ne perd pas de temps, hein ? Etablir une motion de soutien à l'abrogation du Principe d'Equité. La soumettre à l'examen du sous-comité des Approbations. Il fait des ronds de jambe au sénateur Sulzberger, le leader de la majorité, et même au vice-président.

— Quel mal y a-t-il à ça ?

— Aucun, surtout quand on est un requin qui voit un certain profit à détourner des fonds pour servir des intérêts particuliers.

— Lesquels, par exemple ?

— Les droits des mutants.

Andie se sentit à nouveau transpirer.

— Là, je proteste. On dirait du sectarisme anti-mutant. Stephen n'est pas un requin. Il est simplement plus efficace. Plus engagé. S'il travaille tant, c'est parce que sa tâche lui tient d'autant plus à cœur.

Karim ne put retenir un sifflement.

— Vous commencez à vous exprimer comme vos communiqués de presse.

— Ne soyez pas cynique, Karim.

— Surtout à propos de Stephen, hein ? (Le ton était glacial.) Vous avez bien changé, Andie. Je vous croyais plus lucide. Désolé de vous avoir fait perdre votre temps.

Il se leva.

— Karim ! Attendez !

Andie se mordit la lèvre tandis qu'il s'éloignait. Il se comportait comme un enfant en accordant à une petite folie passagère aux couleurs de l'été plus d'importance qu'elle n'en avait jamais eu. Elle refoula la voix insistante lui disant qu'il lui manquait déjà. D'ailleurs, Jeffers allait, d'ici une demi-heure, prendre la parole au Sénat à propos de l'enquête sur le meurtre de Jacobsen.

Elle n'avait pas le temps de s'occuper des états d'âme de Karim.

Sous le soleil de cette fin d'après-midi, elle se hâta d'aller rejoindre sa place sur les bancs de la Chambre. Elle arriva deux minutes avant l'intervention qui l'intéressait. Elle en profita pour observer le sénateur Sulzberger. Celui-ci clouait le bec à un personnage qui avait dû s'étendre un peu trop longtemps sur son opposition au projet de loi 173, loi qui prévoyait de protéger la base martienne contre toute exploitation commerciale. Sa mission accomplie, Sulzberger se rassit.

Puis Andie attendit impatiemment que Jeffers, dans un costume gris fait sur mesure, monte sur le podium. Il installa ses notes et jeta un regard sur la salle.

— Mesdames et messieurs du Sénat, je pense que vous conviendrez avec moi que cette enquête dure depuis trop longtemps. Je réclame instamment qu'on nous apporte quelques éclaircissements sur le meurtre de mon prédécesseur. En laissant cette affaire s'éterniser, d'aucuns font preuve d'un manque d'empressement fâcheux. Est-ce là le message que nous voulons faire passer ? Qu'on peut assassiner en toute impunité un membre de cette auguste assemblée ?

Jeffers regagna d'un pas majestueux l'enceinte du sénat. Un lynx, songea Andie. Devant elle, dansaient des slogans de campagne électorale. Stephen était superbe, vraiment superbe. L'élection l'année prochaine serait du gâteau. Et pourquoi pas ensuite des charges plus hautes encore ? Si seulement Jacobsen avait pu avoir son charisme. Ce n'étaient pas des menaces de mort qui s'accumulaient sur le bureau d'Andie, mais l'énorme courrier des admirateurs de Stephen Jeffers. Même les non-mutants l'adoraient. Son projet de financement d'une bourse n'avait pas entamé son aura, pas plus que la création de la Fondation pour la Coopération. On parlait d'ores et déjà d'organiser des jeux d'été où seraient mis en valeur les talents des mutants.

— Médiagénique, avait commenté Karim avec un sourire narquois après sa rencontre avec Jeffers.

Bon, c'était indéniable. Mais que pouvait-on trouver à redire au charisme ? Cela ne donnait que plus d'efficacité à Jeffers dans la tâche qui était la sienne. Une tâche dont il s'acquittait parfaitement. Il avait fait passer trois projets de loi défendant les intérêts des mutants et se voyait déjà courtisé par d'autres sénateurs pour leur apporter son soutien.

Les applaudissements tirèrent Andie de sa rêverie. Elle ne fut nullement étonnée d'entendre les collègues de Jeffers l'ovationner. Il les remercia d'un sourire et d'un commentaire qui se voulait empreint de modestie, puis rejoignit vite son siège, non sans adresser un clin d'œil à Andie.

Suivait sur l'agenda le rapport du sous-comité sur la mission au Brésil. Craddick exposa ce qu'on y avait découvert, avec quelques commentaires de la part de Jeffers. Horner était absent, ce qui ne semblait pas beaucoup gêner ses collègues. Andie avait tant de fois parcouru le dossier qu'elle ne put s'empêcher de réciter en même temps que lui les déclarations de Craddick. Toutefois, lorsque la voix de Jeffers se fit entendre de nouveau, elle redevint attentive.

— Je suis d'accord avec les conclusions du sous-comité. Devant le manque de preuves substantielles, je ne peux plus recommander la poursuite de l'enquête.

Hein ? Andie se frotta les yeux. Elle s'attendait au contraire à ce que Jeffers fasse un appel retentissant en faveur d'une action immédiate. Elle lui avait soumis toutes les informations qu'elle détenait, y compris la disquette. Comment pouvait-il rester planté là à hocher la tête et à affirmer qu'il n'existait pas de preuves suffisantes pour soutenir un complément d'enquête ? Que Craddick et Horner écartent du rapport tout élément de nature à enflammer les esprits, passe encore. Mais

Jeffers ? Furieuse, elle retourna à son bureau et y attendit son patron.

— Ça a bien marché, lança-t-il avec un large sourire. Mieux que je n'espérais.

— Je suis ravie que vous le preniez ainsi, répliqua-t-elle. Mais vos commentaires sur le rapport du sous-comité n'ont pas manqué de m'étonner.

Jeffers regarda la jeune femme d'un air mal assuré.

— On dirait que vous êtes contrariée.

— C'est exact.

— Pourquoi cela ?

— Je pensais que vous alliez exiger la poursuite de l'enquête sur les expériences génétiques au Brésil.

— Comment aurais-je pu faire cela ? L'hystérie qui a entouré l'assassinat de Jacobsen n'est toujours pas retombée. En confortant l'opinion dans l'idée qu'on risquait de voir bientôt apparaître de nouveaux mutants, voire des supermutants, nous ne ferions qu'attiser les passions. Même moi, je ne peux prendre ce risque, Andie.

— Et à la place, vous balayez tout ça sous la carpette du Sénat.

— Je ne suis pas entièrement convaincu qu'en cette affaire il y ait autant de mystères à éclaircir que vous semblez le penser.

Andie était sur le point de rétorquer que d'autres mutants voyaient les choses différemment, mais une petite voix dans sa tête l'en dissuada. C'était le problème des mutants ; elle n'était qu'une étrangère.

— Disons que j'aurais aimé vous voir défendre le point de vue avec un peu plus d'acharnement.

Jeffers s'approcha et lui prit le visage entre les mains.

— Andie, je suis désolé. Je vous ai déçue. Et je suppose que cela revêtait une grande importance pour vous, n'est-ce pas ? Ecoutez, que diriez-vous de prendre un verre à sept heures, puis de discuter de tout cela autour d'un dîner ?

La jeune femme sentit son cœur battre dans sa poitrine.

— Entendu.

Trois heures plus tard, ils étaient confortablement installés dans l'ambiance feutrée et la lumière tamisée d'un restaurant français deux étoiles sur l'Avenue M.

— Stephen, je vous en prie, essayez de comprendre, reprit Andie. J'étais au Brésil avec Jacobsen, juste avant qu'elle ne soit assassinée. En renonçant à pousser plus avant dans cette affaire, c'est comme si je la laissais tomber.

— Vous avez fait de votre mieux, déclara Jeffers d'une voix douce. C'est merveilleux de vouloir garder en vie sa mémoire, et vous savez quels sont mes sentiments à cet égard. Mais nous ne pouvons pas, jour après jour, nous acquitter de notre tâche dans l'optique de ce qu'aurait fait Eleanor.

— Mais s'il s'avère que se pratiquent effectivement au Brésil des expériences sur un éventuel supermutant ? Ce qui semble être le cas.

Jeffers jeta sa serviette sur la table et composa le montant de l'addition.

— Eh bien, je ne considère toujours pas que cette disquette constitue une preuve évidente. Il me semblait d'ailleurs vous avoir entendue dire que les mutants menaient leur propre enquête, pour leur compte personnel. L'affaire est donc loin d'être close.

— Oui, mais...

— Andie, il y a des limites à ce que nous pouvons faire de façon officielle. Le Brésil est un pays étranger. Nous ne pouvons risquer de créer un incident diplomatique. Je reconnais que l'idée d'expériences sur des sujets humains est proprement répugnante, mais nous n'en avons pas la preuve. Des images qui montrent des divisions cellulaires réalisées en éprouvettes ne signifient pas pour autant qu'il y aurait des femmes retenues dans une clinique de Rio, à qui on implanterait des fœtus mutants. (Les sourcils de Jeffers se soulevèrent.) On dirait un téléfilm d'horreur. Le Dr Ribeiros et son île d'embryons mutants.

Malgré elle, Andie se mit à rire, puis elle quitta le restaurant sur les pas de Jeffers. Quand il eut garé le glisseur gris le long du trottoir devant son appartement, à son grand étonnement, il coupa le moteur.

— Andie, je ne saurais vous dire tout ce que représente pour moi l'aide que vous m'apportez. Vous avez grandement facilité cette période de transition.

— J'en suis heureuse, dit-elle en baissant timidement les yeux.

— J'apprécie vraiment de travailler avec vous. D'être avec vous.

Il se pencha et l'attira dans ses bras. Puis il l'embrassa avec une fougueuse ardeur.

— Vous voulez monter un moment ?

Etait-elle réellement en train de lui proposer de monter à son appartement ? Son patron ? Un mutant ?

— Très volontiers.

Andie le conduisit à l'étage, et ils s'assirent quelques minutes pour boire un verre. Ils se retrouvèrent ensuite dans la chambre.

— Viens, murmura-t-il en lui prenant les mains.

Les scrupules de la jeune femme disparurent comme par enchantement. Elle tomba dans ses bras sans se faire prier, comme si elle avait déjà fait cela cent fois.

Une fois qu'ils furent au lit, Andie constata avec soulagement qu'il n'avait rien que de très normal, qu'il fonctionnait comme tout être humain mâle. Rien d'incongru, Dieu merci, question sexe. La jeune femme sentit les muscles onduler sous la peau hâlée tandis qu'il s'activait sur elle, en elle. C'était la première fois qu'elle approchait un mutant de si près. Il était chaud, comme si la température de son corps était plus élevée que la normale. Les yeux dorés, les yeux de lynx, la tenaient sous leur pouvoir hypnotique. Etait-elle sa proie ? Et puis après ? Elle n'avait envie que d'une chose pour l'instant : avoir Stephen Jeffers dans son lit. Elle laissa échapper un faible gémissement. Puis d'autres, de plus en plus forts, au fur et à mesure qu'elle commençait à jouir.

16

Michael fendait l'eau claire de la piscine, bras au corps, jambes immobiles, laissant derrière lui un mince sillage argenté. Sur son passage, d'autres nageurs lui jetaient des regards d'envie. Cela le laissait indifférent. Ce qu'il y avait de bien avec la télékinésie, c'était cette faculté de se propulser dans l'eau sans le moindre effort. Naturellement, ce don lui barrait le chemin des compétitions. Le fameux Principe d'Equité interdisait toute participation des mutants aux manifestations sportives. Mais cela n'avait pas d'importance. Se mouvoir dans l'eau était une sensation merveilleuse et il se contentait de ce simple plaisir des sens. Pourquoi chercher à humilier quelques pauvres normaux qui battaient des bras et des jambes ? S'ils voulaient maintenir leurs joutes stupides dans cette « pureté » qui leur faisait oublier leurs propres limites, grand bien leur fasse.

Il se tourna sur le dos et glissa en direction de Kelly. Pour une normale, elle était fort gracieuse. Il aimait la façon dont ses cheveux noirs flottaient derrière elle, et aussi son costume de bain bleu qui collait à elle comme une seconde peau.

— Tu as le temps de faire encore deux longueurs ? demanda-t-elle.

Michael consulta l'horloge, soudain saisi par un sentiment de culpabilité. Il avait promis à Jena de passer la chercher à la station de la navette à neuf heures. Il était sept heures trente.

— Euh, non. Je dois rentrer de bonne heure. Des contrats à étudier. Mais on peut revenir demain.

— D'accord. De toute façon, je ne travaille qu'à mi-temps.

Elle nagea jusqu'à lui, lui mit les bras autour du cou et l'embrassa tendrement. Une brève excitation s'empara de lui au contact de ce corps en suspension dans l'eau, mais il se dégagea. Kelly fronça les sourcils.

— Quelque chose ne va pas ?

— Non. Simplement j'ai froid.

— Eh bien, sortons.

Elle se dirigea vers l'échelle, puis lui lança un regard espiègle.

— Tu me fais l'ascenseur ?

Usant de son pouvoir télékinésique, il la souleva doucement hors de l'eau et la déposa sur un banc de hêtre. Le surveillant lui décocha un regard mauvais.

Et merde ! jura Michael intérieurement ; et il lévita à son tour, émergeant de la piscine pour atterrir dans une élégante pirouette à côté de Kelly. Celle-ci applaudit et lui jeta une serviette verte.

A nouveau, le surveillant se renfrogna. Michael haussa les épaules. Il ne contrevenait à aucun règlement, tout juste à quelques vieux préjugés en matière de physique. Les mutants avaient démontré dans quelles erreurs se fourvoyaient les physiciens, ce qui provoquait souvent chez eux un ravissement mêlé de stupeur.

— On se retrouve dans un quart d'heure, suggéra Kelly.

Elle agita sa serviette en direction de Michael et se dirigea vers les douches des femmes en ondulant effrontément des hanches. Comment s'était-il débrouillé pour que sa vie devienne si compliquée ? se demandait Michael en regardant la vapeur s'élever de la piscine chauffée.

Lorsqu'il vit qu'un second cadenas avait été posé sur la poignée en métal de la porte de son armoire, la verrouillant ainsi une deuxième fois, il ne fut qu'à moitié surpris. Quand apprendraient-ils que cela ne servait à rien ? Avec un soupir, il concentra toute sa puissance télékinésique sur le cadenas. Une fois accéléré le mouvement des molécules à l'intérieur du métal, celui-ci prit une teinte rosée et commença à fondre, coulant sur le sol avant de se refroidir en une flaque brillante. Il ralentit la course des molécules pour activer le processus. Le zigoto qui avait bricolé son armoire ne retrouverait qu'un tas de ferraille. Michael n'avait jamais cessé durant des années, au lycée et à l'université, de déjouer ainsi les mauvais tours des normaux.

Kelly l'attendait, revêtue d'une parka jaune fluo qui brillait à la lumière de cette fin de journée d'automne. Michael enlaça la jeune fille. Tandis qu'ils s'embrassaient, elle se frotta contre lui de façon suggestive, ce qui éveilla chez Michael un pincement coupable doublé d'une étincelle de désir. A plus ou moins brève échéance, elle finirait par découvrir qu'il sortait avec une autre fille. Déjà, elle soupçonnait quelque chose. Il ne pouvait pas courir le risque de la perdre. Mais comment rompre avec Jena et renoncer ainsi à la magie de leurs étreintes enivrantes ? Il se fit le serment de mettre un terme à leur liaison. Plus tard.

Les arbres projetaient leurs silhouettes squelettiques sur la toile pourpre du ciel. C'était le moment de la journée que Michael préférait. Il aurait voulu prendre Kelly par la main et se promener quelques minutes avec elle dans la fraîcheur du soir. Au lieu de cela, il monta dans son glisseur et la ramena chez elle.

Andie attendit le troisième clignotement du spot sur l'écran pour prendre le message. La face de chien de Bailey apparut. La fatigue creusait des rides autour de sa bouche.

— Belle rousse, j'ai quelque chose sur cette mutante.
— Mélanie Ryton ?
— Elle-même. Ne t'excite pas. Rien que des trucs plutôt décousus.
— C'est-à-dire ?
— Une déclaration de vol de glisseur déposée il y a deux mois par un homme d'affaires du Maryland. (Bailey loucha sur une feuille qui s'étalait sur son bureau.) Un certain Benjamin Cariddi prétend que Mélanie Ryton lui a volé son véhicule.
— Il a bien spécifié son nom ? Comment le connaissait-il ?
— Il déclare sur ce papier que c'était sa petite amie. Ils se sont disputés.
— Avec sa petite amie ?
— Oui. Il dit qu'elle était employée comme danseuse exotique au Star Chamber. (Bailey releva les yeux.) C'est un endroit où je n'enverrais pas mon pire ennemi.
Andie esquissa un sourire glacé.
— C'est peut-être l'endroit où M. Cariddi trouve toutes ses petites amies.
— En tout cas, le glisseur a été retrouvé. Abandonné près d'une station de métro dans une banlieue du Maryland.
— Et ça fait longtemps qu'on n'a pas de nouvelles de la petite ?
— Aucune piste.
— Peux-tu me transmettre une copie de ce rapport ?
— Bien sûr, belle rousse. Tu veux autre chose ?
— Oui. Dis-moi ce que je dois raconter à ses parents.

La navette avait une demi-heure de retard. Michael faisait les cent pas à la station d'embarquement. Un petit groupe de mutants était à la cafétéria, mais il préféra éviter leur compagnie. Se trouver assis en face de mutants était bien la dernière chose dont il avait envie.

C'était leur communauté qui lui valait en ce moment la plupart de ses problèmes.

Il avait déposé Kelly rapidement ; pas au point, toutefois, de n'avoir pas remarqué son regard troublé et déçu à la fois. A cette heure, il aurait dû se trouver avec elle.

La navette atterrit dans une secousse et roula lentement jusqu'au quai. Puis les portes s'ouvrirent et Jena s'élança sur la passerelle dans une tenue moulante bleu opalescent. Michael put constater qu'il n'était pas le seul homme dans la foule à la regarder se diriger vers lui. Il fallait bien reconnaître qu'elle était fabuleuse.

— Michael ! Mon Dieu, comme tu m'as manqué !

Elle lui jeta les bras autour du cou et l'embrassa.

Malgré ses bonnes résolutions, il l'attira contre lui, tout enflammé par les images subliminales qu'elle lui envoyait pour l'aguicher.

— Viens, dit-il enfin en se libérant. Trouvons-nous un endroit où nous serons seuls.

Andie avait des rendez-vous tout l'après-midi et déjà les choses allaient de travers.

La journaliste du *Washington Post*, Jacqui Renstrow, arriva avec dix minutes de retard. Après elle, Andie devait recevoir Jason Edwards, de la presse télévisée, et Susan Johnson, l'animatrice du show de minuit. Tous les deux voulaient interviewer Jeffers sur son projet d'abrogation des règlements et autres restrictions imposés aux mutants dans le domaine du sport. Quant à ce que voulait Renstrow, mystère.

— Andie ! Quel plaisir de te revoir, attaqua Jacqui Renstrow en s'installant dans le box, dans un tourbillon de boucles blondes. Désolée d'être en retard. Barton était dans une de ses humeurs loquaces...

— Et tu ne sais jamais à quel moment il risque de te glisser quelque chose à l'oreille qui te vaudra le prix Pulitzer ? C'est ça, hein ? Qu'est-ce que tu bois ?

— Scotch, sec. Merci.

Renstrow ouvrit sa mallette-écran et déploya son bloc.

— Attends une minute, Jacqui, l'avertit Andie. Tu as dit que tu voulais faire du boulot en profondeur. Je n'aurai rien à communiquer à la presse sur l'abrogation du Principe d'Equité avant vendredi.

La journaliste eut un grand sourire.

— Ne t'inquiète pas, Andie. Je veux juste prendre quelques notes. Tu sais que nous préparons un reportage sur les mutants en poste aux affaires publiques. Evidemment, nous nous intéressons tout particulièrement à Jacobsen et à Jeffers. Je voudrais en savoir un peu plus sur Jeffers.

Une sonnette d'alarme se déclencha dans le cerveau d'Andie.

— Par exemple ?

— Je veux mettre l'accent autant sur Jeffers l'homme d'affaires que sur le personnage public. Montrer ses autres facettes. Par exemple, j'étais loin de penser que son cabinet d'avoués privé était si important.

— Il n'y a rien de secret là-dedans, fit remarquer Andie.

— Bien sûr. Et il y a aussi sa société multinationale avec toutes ses filiales.

Andie se pencha au-dessus de son bureau.

— N'oublie pas une chose, tous les intérêts commerciaux de Jeffers sont administrés par des sociétés paravents pendant toute la durée de son mandat de sénateur.

— Donc les activités privées ne peuvent pas empiéter sur les affaires publiques, c'est cela ? conclut Renstrow avec un rire qui sonnait faux.

— C'est ça, l'idée.

— Honnêtement, Andie, ce doit être un surhomme. Je ne sais pas comment il a fait. Toutes ces filiales. Betajef, Corjef, Unijef. Comment a-t-il trouvé le temps de s'occuper à la fois de ses affaires d'export-import, de son cabinet d'avoués et de sa candidature au Sénat ?

— C'est sans doute que certains individus ont des aptitudes particulières.

— Surtout si ce sont des mutants.

— Est-ce là que tu voulais en venir ?

— Oh, non. Simplement, je l'admire. Ce doit être un sorcier en matière de gestion et de finances.

— C'est un homme d'affaires brillant. Mais ça aussi, c'est de notoriété publique. Et ça n'est pas si exceptionnel chez les mutants. La plupart du temps, ils réussissent ce qu'ils entreprennent.

— Surcompensation ?

— Je ne suis pas qualifiée pour en juger.

— Où a-t-il développé un sens si aigu de la gestion financière ?

— Eh bien, son père dirigeait une affaire d'import-export très prospère. Il s'est sans doute spécialisé en économie pendant son cursus universitaire.

Prenant un air intrigué, Renstrow consulta ses notes.

— Bon, mais je ne vois pas comment, étant donné qu'il a passé ses premiers examens de médecine.

— De médecine ? répéta Andie en essayant de masquer sa confusion.

— Oui. Il a passé un diplôme de recherche génétique. Ça semble bizarre qu'il soit allé en faculté de droit plutôt qu'en médecine.

— Il arrive qu'on change d'avis.

Mais qu'est-ce que Renstrow cherchait donc à prouver ?

— A qui le dis-tu ! J'ai changé trois fois de discipline. (La journaliste s'accorda une seconde pour finir son verre.) Bon, j'aimerais beaucoup en savoir davantage sur la manière dont il a développé ses talents de financier.

— Peut-être a-t-il des dons naturels dans ce domaine.

Renstrow se fendit d'un sourire qui eut le don de rendre Andie plutôt nerveuse.

— Tu as sans doute raison, dit la journaliste. Ecoute,

je me rends compte que je pousse un peu loin le bouchon, mais j'ai besoin de rencontrer Jeffers pour en discuter avec lui. Tu peux m'avoir un rendez-vous, Andie ?

La jeune femme se renversa dans son fauteuil en simulant un bâillement.

— Pardonne-moi, mais j'ai reçu des journalistes toute la journée. Je ne peux rien te promettre pour l'instant, Jacqui, mais je transmettrai ta requête au sénateur. Quand te faut-il cela, dernière limite ?

— Lundi.

— On t'appellera, déclara Andie avant de jeter un coup d'œil à l'horloge du bar. Ecoute, j'ai un rendez-vous et je suis en retard. Ça m'a fait plaisir de te revoir.

Attrapant son manteau, Andie bondit sur ses pieds, fit un petit signe de la main et franchit la porte avant que la journaliste, abasourdie, ait pu réagir.

Pas de taxi en vue. Zut ! Andie s'emmitoufla dans son manteau et décida de marcher jusqu'à la station de métro. Il n'était que trois heures et le soir n'était pas encore tombé.

Les insinuations de Renstrow l'avaient profondément ébranlée. Que cherchait-elle avec ses allusions aux talents de gestionnaire de Jeffers ? Avait-elle découvert quelque chose à propos du budget ? Andie se promit de procéder à un rapide examen des finances du service. Elle interrogerait Jeffers plus tard sur ses anciens comptes de sociétés. Elle tourna dans une rue latérale bordée d'hôtels particuliers. Toutes les portes réfléchissaient la lumière verte des champs de gravitation protecteurs ; puis, elle coupa par une ruelle limitée par des murs en brique, qui débouchait sur la station de métro.

17

Jena se retourna pour regarder Michael, allongé près d'elle sur le lit éclairé par la lune.

— Tu n'es pas avec moi.

— Qu'est-ce que tu veux dire ?

Elle s'assit.

— Je veux dire que tu es ailleurs. Avec quelqu'un d'autre. Et je devine qui.

— Ce n'est pas ce que tu crois.

— Non ? C'est vrai que Kelly est un beau jouet.

Une constatation aigre-douce s'il en fut.

Elle est tout ce que tu n'es pas, songea Michael. Il commençait à regretter de ne pas avoir accepté l'offre de Skerry de partir avec lui pour le Canada.

Brusquement, Jena changea de tactique. Elle se fit câline et s'enroula autour des genoux du garçon, ses seins chuchotant à sa peau des messages secrets. Michael se laissa aller sous les caresses, les nerfs encore à vif de leur étreinte de tout à l'heure. Si elle voulait seulement s'en tenir à ces douces caresses et ne plus parler...

— Tes parents sont si contents qu'on sorte ensemble.

Il ouvrit les yeux.

— Comment l'ont-ils su ? demanda-t-il.

— Je le leur ai dit.

— Pourquoi ?

— J'ai pensé que ça faciliterait les choses pour nous.

— Pour nous ? répéta Michael en se libérant. Que veux-tu dire ?

Jena eut l'air embarrassé.

— Tu sais bien. Comme ça, ils ne se feraient pas de souci quand tu passerais la nuit ici. Et puis, le clan s'habituerait à nous considérer comme un couple.

Michael se sentit presque soulagé. Quelque chose en lui de très précis venait de prendre forme. Il sauta hors du lit.

— Bon sang, Jena, qu'est-ce que tu complotes ?

Elle se redressa, ouvrant de grands yeux.

— Que veux-tu dire ?

Michael enfila son jean et prit sa chemise.

— Je veux dire : tu joues avec moi et ma famille. Pourquoi faut-il qu'ils soient au courant ?

— Ils l'auraient découvert tôt ou tard.

— Ce que tu fais, c'est leur donner de faux espoirs. Leur faire croire que cette relation signifie quelque chose.

— Mais bien sûr qu'elle signifie quelque chose, rétorqua Jena.

Sa voix n'avait plus rien d'enjoué.

— Pour toi, peut-être. (Michael finit de boutonner sa chemise, enfila ses bottes et son blouson.) Si tu te figures que tes tours de magie au lit peuvent m'hypnotiser en permanence !

— Je ne t'ai pas hypnotisé pour que tu couches avec moi. C'est toi qui m'as cherchée, rétorqua-t-elle d'une voix aigre.

— C'est vrai. Après que tu t'es littéralement jetée dans mes bras.

— Et tu es revenu pour en avoir encore.

Michael sentit ses joues s'enflammer.

— Je sais.

— Pourquoi en fais-tu toute une histoire ? (Jena s'étira voluptueusement, exhibant son flanc satiné.) Reviens te coucher. On fera cette position du lotus que tu aimes tant.

— Non. (Il refoula les visions enflammées qui dansaient devant son œil mental.) C'est fini entre nous, Jena. Il fallait que ça se termine.

— Tu ne le penses pas vraiment, Michael.

— Si.

Il se sauva, poursuivi dans le couloir, et jusque dans la rue, par le chapelet mental de Jena. *Ce n'est pas aussi facile que ça.*

— Va au diable, marmonna-t-il dans un souffle, ce qui ne manqua pas de surprendre l'homme d'affaires qui attendait au coin de la rue devant une cabine publique.

Rien à fiche. Il savait enfin ce qu'il ne voulait pas, et c'était déjà un début. Plus qu'un début. L'image de Kelly brillait dans son esprit, annonciatrice d'une terre de promesses. Au diable, les mutants et leurs traditions. Après la réunion du conseil annuelle, il demanderait à Kelly de l'épouser, et tout serait réglé.

Le métro gris métallisé arriva au moment où Andie débouchait sur le quai. Tant mieux, elle serait juste à l'heure. En effet, quelques minutes plus tard, elle entrait dans son bureau.

— Bonjour.

Aten, la nouvelle réceptionniste, adressa à Andie un sourire poli. Ses yeux dorés brillaient.

— Le sénateur Jeffers est là ?

— Oui, et il vous attend, Andie.

— Parfait.

Andie jeta sa mallette sur la table, se saisit de son bloc-écran et entra dans le bureau de son patron.

— Bonjour, chère collaboratrice, dit Jeffers d'une voix enjouée. Tu me parais bien décidée.

Elle préféra ignorer le ton badin.

— Jette un coup d'œil là-dessus, dit-elle en insérant dans le lecteur la cassette de sa rencontre avec Renstrow, et en voyant avec un certain plaisir s'effacer le sourire de Jeffers. Une bonne chose que j'enregistre tous les rendez-vous.

Jeffers fronça les sourcils.

— Que veut-elle ?

— Elle n'a pas voulu le dire. Elle a simplement

demandé à te rencontrer. A mon avis, elle fouine pour semer un peu la pagaille. Tu es sans doute trop populaire. Hier, un sondage dans le *A.W.C. Journal* te donnait soixante-trois pour cent d'intentions de vote dans l'Oregon. En semant la pagaille, elle veut peut-être, accessoirement, se rendre intéressante.

— Tu as sans doute raison. Quand est-ce que je peux la voir ?

Andie consulta l'emploi du temps de son patron.

— Demain. Avant la réunion de l'Union des Mutants à quatre heures.

— Entendu. Trouve-moi un moment pour Renstrow demain en début d'après-midi. Il ne faut pas décevoir les gens du Quatrième Pouvoir. (Puis, la regardant plus attentivement.) Quelque chose d'autre te tracasse ?

— Stephen, j'ai passé toute la nuit à examiner nos comptes, pour voir s'il n'y avait pas un problème. Est-ce que tu es conscient que nous avons dépensé trois fois plus que Jacobsen l'an dernier à la même époque ?

Jeffers haussa les épaules.

— L'équipe s'est agrandie, Andie. Je ne t'apprends rien. Jacobsen ne finançait pas un sous-comité sénatorial aussi important. Elle n'avait pas nos besoins. Voilà pourquoi nos dépenses sont plus élevées.

— Et si c'était cela qui faisait courir Renstrow ? Elle cherche peut-être à étaler les extravagances financières de certains sénateurs mutants. Elle s'est montrée *très* intéressée par ta formation d'homme d'affaires.

Jeffers eut un grand sourire.

— Qu'elle fouille si elle veut.

— Stephen, je suis sérieuse.

— Je le vois bien. Et j'essaie de te rassurer. Crois-moi, je sais comment m'y prendre avec Renstrow et sa manie de fouiller dans mes affaires. Elles sont parfaitement en règle. Et cesse de t'inquiéter pour le budget. D'autant que ça ne fait pas partie de ton service.

— Désolée de t'avoir ennuyé avec ça, répondit Andie.

Le bravant du regard, elle referma son bloc-écran avec un bruit sec et se leva pour sortir. Jeffers la rappela.

— Andie, attends. Reviens et assieds-toi. S'il te plaît.

La jeune femme s'arrêta et se retourna.

— Je ne sous-estime pas ce que tu fais, commença-t-il. Ton inquiétude est tout à fait louable. Simplement, l'idée de te voir perdre une nuit de sommeil pour cela m'est insupportable. Tu travailles déjà suffisamment comme ça.

— Je n'attends aucun remerciement, Stephen. Mais je n'aime pas qu'on me dise que ceci n'est pas de mon ressort.

Il se pencha et lui prit les mains.

— Andie, tu es terriblement importante pour moi. Sans toi, je ne pourrais pas m'en sortir. Je sais fort bien que tes responsabilités actuelles ne te satisfont pas, mais sois patiente. Ça va changer.

— Oublions ça, Stephen.

Sans lui lâcher la main, il ajouta :

— Je crois que nous avons besoin de parler tous les deux. Je peux te voir, ce soir ?

— Pas ce soir, Stephen. J'ai d'autres engagements.

— Annule-les.

— Désolée. C'est impossible.

— Demain, alors ? insista-t-il avec un sourire désarmant.

— On verra cela demain.

Et elle sortit du bureau.

La société Ryton, Greene and Davis Engineering se trouvait dans un immeuble élégant, composé de très peu d'étages. Ses murs étaient de granit époxy gris-bleu. Un matériau que le père de Michael avait choisi précisément parce qu'il amortissait les résonances psychiques. Les fenêtres de plexiglas bleu brillaient comme des turquoises serties dans l'épaisseur des murs.

Michael défit le col de sa parka et s'engouffra dans l'immeuble. Il laissait sur son passage des nuages de condensation. Une matinée glaciale. La saison des mutants était dans l'air. Halden avait convoqué la réunion du conseil pour la troisième semaine de décembre. Plus tôt que les autres années.

« Michael Ryton, un appel sur la ligne deux », annonça la voix électronique au moment où le jeune homme franchissait la porte. Il suspendit sa parka orange, se précipita dans son bureau et alluma l'écran. Andrea Greenberg le regardait, le visage sombre.

— Michael, est-ce que votre père est dans les parages ?

— Il est en réunion.

— En ce cas, c'est à vous que je dois annoncer la nouvelle. (Elle ébaucha un sourire.) Ne m'en veuillez pas si je suis la messagère de mauvaises nouvelles.

— Que voulez-vous dire ?

— J'ai des renseignements concernant votre sœur.

— Mélanie ! Que lui est-il arrivé ? Elle est vivante ?

— Autant que je sache.

— Qu'entendez-vous par là ? demanda Michael en scrutant l'écran.

— Je n'ai aucune idée de l'endroit où elle se trouve en ce moment.

— Et avant, où était-elle ?

— Dans le Maryland. Elle vivait avec un homme.

— Mel ?

Michael se laissa tomber dans son fauteuil.

— Oui. Apparemment, elle l'a rencontré dans la boîte où elle travaillait comme danseuse exotique.

— Comme *quoi* ?

Michael réprima une irrésistible envie de rire. Sa petite sœur, si timide, dansant à moitié nue devant des étrangers ? Impossible. C'était absurde.

— Vous savez bien, une strip-teaseuse, crut bon de préciser Andie avec une certaine impatience. Enfin, il semblerait qu'ils se soient disputés et elle s'est enfuie en empruntant son glisseur.

— Oh là, oh là ! Elle lui a volé son glisseur ?

— Michael, je comprends que vous ayez du mal à croire...

— Elle l'a gardé ?

— Non. Il a été retrouvé le lendemain.

— Et où est-elle maintenant ?

— Je vous l'ai dit. Je n'en sais rien.

Michael se renversa dans son fauteuil.

— Je n'en crois rien. Une danseuse exotique... qui vivait avec un type et lui a volé son glisseur... (Il paraissait tout à fait ahuri.) Au moins, elle est vivante.

— Oui, mais je ne sais pas grand-chose d'autre.

— Comment s'appelle le type qui a porté plainte ?

— Benjamin Cariddi.

— Un non-mutant ?

— Apparemment. (Puis, au bout d'un instant :) Qu'allez-vous dire à vos parents ?

— La vérité, je crois. (Michael se frotta les paupières.) Maintenant, donnez-moi de bonnes nouvelles, Andie. Inventez-en, au besoin.

Elle lui sourit affectueusement.

— Le sénateur Jeffers travaille sur l'abrogation du Principe d'Equité.

— Il serait temps.

— Comment ça se passe avec votre petite amie normale ?

Le visage de Michael s'éclaira.

— Super ! Kelly est formidable.

— Ça a l'air sérieux.

— Je l'espère. Je voudrais qu'on se marie l'année prochaine. Mais elle parle d'aller à l'université.

— On ne peut pas concilier les deux ?

— Sans doute, dit-il. Mais ce n'est peut-être pas ce qu'elle pense.

— En tout cas, je souhaite que les choses s'arrangent

comme vous le voulez, Michael. Les mariages mixtes sont une sorte de pari.

Il haussa les épaules.

— Quel mariage ne l'est pas ?

— Je n'en sais rien. Pas encore, ajouta Andie en riant. Eh bien, bonne chance. Et envoyez-moi un carton d'invitation.

Un clin d'œil et elle se volatilisa. Michael resta assis un long moment devant l'écran bleu désormais vide.

18

A trois heures moins cinq, Andie entra dans le bureau de Jeffers, son bloc-écran à la main. Elle nota avec satisfaction la présence sur la table de la mince chemise verte. Jeffers avait fourni des dossiers, des chiffres et des témoignages démontrant que ses comptes étaient parfaitement en règle. Andie avait hâte de voir la tête que ferait Jacqui Renstrow quand elle s'apercevrait qu'elle rentrait bredouille de sa partie de pêche.

Jeffers regarda sa montre.

— Elle est en retard.

— Ça semble être une habitude chez elle, remarqua Andie, installée sur le canapé marron. Accordons-lui encore cinq minutes.

— C'est tout ce que je peux me permettre, déclara Jeffers avec un certain agacement. L'Union des Mutants va arriver, et cela nous prendra le reste de l'après-midi.

— Tant pis pour elle. Je vais en profiter pour rassembler tes notes pour la réunion.

A 3 h 25, il n'y avait toujours pas la moindre trace de Jacqui Renstrow. Andie était furieuse.

— Je savais bien qu'elle essayait seulement de nous

prendre en défaut pour semer la pagaille, dit-elle en tambourinant sur le bureau.

— On arrête les frais, Andie. (Le front de Jeffers était redevenu détendu, de même que sa voix.) Elle a dû trouver un plus gros poisson à mettre sur le gril. D'ailleurs, ça nous arrange. J'ai maintenant un peu plus de temps pour préparer cette réunion.

— Elle aurait pu au moins appeler.

— Peu importe. Ces notes sont prêtes ? Et rappelle-toi, je veux que ce meeting soit enregistré pour qu'on puisse le transcrire et le diffuser par la suite.

— Tout à fait. Et en tirer des extraits pour ton bulletin fax.

Andie tapa ses notes sur l'ordinateur de son patron. Elle avait réservé la salle de conférences Madison, avec double écran et magnétoscope.

A 4 h 05, tous les sièges étaient occupés par les mutants. Andie était restée au fond, soudain consciente de sa différence au milieu de tous ces yeux dorés.

Jeffers trônait face à l'assistance, s'offrant sans retenue à la lumière rose et blanc des projecteurs.

— Mes amis, je tiens à vous faire part de nos dernières avancées, commença-t-il. Comme vous le savez sans doute, j'ai déposé un projet de loi visant à abroger le soi-disant Principe d'Equité.

De bruyants applaudissements s'élevèrent de l'auditoire, ainsi que des sifflets et des cris d'approbation. Jeffers attendit que cesse le vacarme et poursuivit :

— La lutte sera acharnée, ne nous méprenons pas. Les mutants font peur aux normaux. Nos talents leur font peur. (Il laissa un instant planer le silence.) Ai-je besoin de vous rappeler qu'il y a eu des morts parmi nous lorsque nous nous sommes manifestés pour la première fois dans les années 90 ? Et cette année, ils ont encore assassiné l'une des nôtres, ici même. Mais rien ne nous empêchera de reprendre nos droits. Nous sommes des citoyens et nous devons être traités comme tels. Il faudrait qu'ils nous éliminent tous pour que nous cessions d'exiger les droits qui sont les nôtres.

A nouveau, les applaudissements et les ovations déferlèrent sur Jeffers. Les membres de l'Union des Mutants se mirent debout et entonnèrent : « Nos droits ! Nos droits ! »

Sur leurs cous, leurs manches, les revers de leurs vestes, brillaient les boutons dorés de l'unité. Jeffers hochait la tête au rythme de leur incantation. Enfin, il leva les mains pour réclamer le silence.

— Il est temps pour nous d'aller de l'avant, de nous porter au cœur de la scène publique. Plutôt que de nous laisser exclure ou ignorer, nous devons exiger que les règles soient revues, que nous soit reconnu le droit d'exister. Il n'est pas question que nous nous retirions.

Un tonnerre d'applaudissements jaillit une nouvelle fois de l'assistance. Andie se demanda non sans une certaine perplexité ce qu'aurait pensé Eleanor Jacobsen du discours de son successeur. Nulle part, il n'y était question de coopération. Et cent paires d'yeux avides contemplaient Stephen Jeffers.

— Et une fois cet objectif réalisé, reprit celui-ci, nous irons encore plus loin. Nous ferons abroger les règlements qui restreignent notre droit à l'éducation. Ainsi que ceux qui nous refusent le droit à la sécurité dans l'exercice délicat de nos tâches gouvernementales. Et nous œuvrerons jusqu'à ce que toutes les portes nous soient ouvertes. Jusqu'à ce que la société ait enfin compris qu'il lui faut compter avec nous, et que nous nous soyons appropriés les rôles qui nous reviennent de droit comme leaders de cette société, et héritiers du monde de demain.

Le public était debout, toile mouvante de bleu et de vert, de rouge et de jaune. Andie adressa une prière au ciel pour que personne en dehors de l'assistance n'ait vent de cette profession de foi. Les héritiers du monde de demain ? A quoi faisait-il allusion ? Elle devrait transcrire cet enregistrement avec le plus grand soin. Mais à les entendre applaudir ainsi, Jeffers devait savoir ce qu'il faisait.

Après un quart d'heure consacré aux questions, Andie tenta d'attirer l'attention de son patron. Il était l'heure de clore la séance. Comme il semblait ne pas l'avoir vue, elle se porta à l'avant de la salle.

— Une normale ! s'écria une voix indignée.

— Que fiche-t-elle ici ? aboya quelqu'un d'autre. Jeffers, qu'est-ce que ça signifie ?

Jeffers s'avança en souriant et passa un bras autour des épaules d'Andie qu'il serra ostensiblement.

— Mes amis, je vous présente Andrea Greenberg, une alliée en qui j'ai toute confiance et qui partage nos desseins ; je vous demande de lui faire le même accueil qu'à moi-même.

Il se tourna vers Andie et lui dit sotto voce : « Souris. »

Sa bouche s'ouvrit en un rictus glacé. Son cœur cognait dans sa poitrine. Pour elle, ça ne ressemblait pas du tout à un meeting de sénateur devant ses électeurs. Plutôt à une de ces réunions appelant au renouveau de l'ordre moral. Ou à un soulèvement populaire. D'une voix qui se voulait ferme, Andie remercia tout le monde d'être venu, promit des enregistrements de la réunion et rappela à Jeffers son rendez-vous suivant. Puis elle se sauva, consciente d'être suivie par deux cents yeux dorés hostiles.

Michael, tu es occupé ?

L'appel mental n'était qu'un murmure à son oreille, la voix, celle de sa mère. Tout en regardant autour de lui, Michael savait déjà que la pièce était vide. Sue Li était en bas dans le salon.

« Non. » Il mit l'écran sur pause et attendit la suite.

Je crois vraiment que ce ne serait pas une bonne idée de dire à ton père ce que nous venons d'apprendre sur ta sœur.

« Et pourquoi pas ? »

Il ne s'est toujours pas bien remis du meurtre de Jacobsen. Et ses crises l'ont affaibli. Tant que nous n'en saurons pas un peu plus sur Mélanie, gardons cela pour nous.

« Comme tu veux, mère. »

Qui est cette Andrea Greenberg ?

« Elle travaillait pour le sénateur Jacobsen. Et aujourd'hui pour Jeffers. »

Elle a déjà appelé ton père il y a quelque temps.

Y avait-il dans ce propos la moindre amorce d'un soupçon ?

« Maman, elle nous a rendu service, c'est tout. »

Pourquoi un normal irait-il rendre service à des mutants ?

« Pourquoi un normal travaillerait-il pour un mutant, si tu vas par là ? Ne sois pas ridicule. C'est notre amie. »

Si tu le dis.

Michael sentit le lien mental se dissoudre. Il était rare que des télépathes soient capables de recevoir un message aussi bien que de l'envoyer, mais sa mère possédait un don puissant. En particulier lorsqu'elle voulait à tout prix protéger son mari. Si elle avait décidé de garder secrète la nouvelle à propos de Mélanie, Michael ne pouvait pas l'en empêcher.

Il programma sur l'écran le numéro de Kelly. Elle répondit à la quatrième sonnerie.

— Michael ?

Elle souriait, mais des cernes marqués étaient visibles sous ses yeux.

— Ma douce, on dirait que tu as sommeil.

— J'ai veillé tard hier soir pour aider Cindy avec son exposé pour l'école. Quand est-ce que je te vois ?

— Demain soir, ça te va ?

— A quelle heure ?

— Huit heures ?

— Parfait.

Elle se tut, l'air soudain mal à l'aise.

— Quelque chose ne va pas ?

— Michael, j'ai eu une réponse de l'école de l'Armée de l'Air. Ils veulent bien de moi.

Le jeune homme sentit son cœur flancher.

— Ils ne sont pas les seuls, remarqua-t-il.

Kelly sourit.

— Sois sérieux. Je peux commencer dès le début juin.

— Tu es sûre que c'est bien ce que tu veux ?

— Je ne sais pas. Je voudrais t'en parler.

— Je parie que ton vieux est dans tous ses états.

— Il a déjà décidé à quelle escadrille j'appartiendrai.

— Bon, écoute, plus de projets d'avenir pendant au moins les prochaines quarante-huit heures, d'accord ?

— Même si c'est Hollywood qui appelle ? lança Kelly, l'œil espiègle.

— Mets-les en attente jusqu'à ce que j'arrive. J'ai plein de choses à discuter avec toi.

Michael lui envoya un baiser et coupa la communication. Il était presque en retard pour sa partie de billard électronique avec son cousin Seyn. Il prit sa parka, ouvrit la porte de sa chambre et faillit percuter Jimmy, son jeune frère.

— Ah, te voilà, dit celui-ci.

— Qu'est-ce qu'il y a ? Je suis pressé, fit Michael en se ruant dans l'escalier.

— Mike, tu crois qu'on va revoir Mel ?

— Je n'en sais rien.

— Tu penses qu'elle est vivante ?

— Evidemment.

Jimmy prit un air préoccupé, offrant la version réduite de leur père.

— Dis, tu crois que maman et papa me laisseraient prendre sa chambre ?

— C'est tout ce qui t'intéresse ? rétorqua Michael d'une voix irritée. (Il inspira profondément et fit léviter

Jimmy, la tête en bas, vers le plafond, tout en le secouant énergiquement.) Petit monstre ! Tu te fiches complètement de ce qui peut arriver à ta sœur ! A n'importe qui, d'ailleurs.

— Ouh ! Michael, arrête !

Un vase ancien, l'un des préférés de Sue Li, s'envola de son support près de l'escalier en direction de la tête de Michael. Celui-ci se baissa et le vase éclata en mille morceaux vert et bleu contre le mur du couloir. Michael contempla les dégâts d'un air horrifié.

— Recommence et je te suspends la tête en bas dans la cave, menaça-t-il.

— Je le dirai à maman et à papa...

— C'est ça. Juste après leur avoir expliqué comment la cruche s'est cassée.

— Je vais la réparer. Mais laisse-moi redescendre.

Sans ménagement, Michael déposa sur la moquette le garnement qui se contorsionnait. Sous ses yeux, les fragments de céramique s'élevèrent en une spirale étincelante qui remonta jusqu'au support pour reformer le vase dans son aspect d'origine. Toute trace de brisure s'était fondue dans la masse et effacée.

— Du beau boulot, dut reconnaître Michael.

Même lui n'aurait pu faire aussi bien. Les pouvoirs télékinésiques de Jimmy commençaient à dépasser les siens. Lorsqu'il se retourna avec l'idée de faire la paix avec son jeune frère, le couloir était vide. Il entendit claquer la porte du gamin.

Le lendemain matin, Andie tomba sur Jeffers qui sortait de l'ascenseur.

— Bonjour, dit-il.

— Bonjour, fit-elle en réglant son pas sur le sien. Stephen, qu'est-ce qui t'a pris hier au meeting de l'Union des Mutants ? Je ne t'ai jamais entendu parler comme cela. Est-ce que tu cherches à terroriser les gens ?

Jeffers se mit à rire.

— Tu prends ça trop au sérieux, Andie. Je vois que je t'ai troublée. Mais n'est-ce pas toi qui me répètes sans arrêt qu'il faut donner aux gens ce qu'ils veulent ?

Il actionna l'ouverture de la porte et laissa passer la jeune femme.

— Oui, admit-elle. Mais pas au point de transformer son discours en cri de ralliement nazi.

Une fois dans la suite privée de Jeffers, elle s'installa dans le fauteuil bleu près du bureau. Jeffers resta debout près d'elle.

— Tu déformes les choses, expliqua-t-il d'une voix calme. Depuis que l'Union des Mutants a été fondée, elle n'a cessé de réclamer des discours musclés. Donc, quand l'Union des Mutants vient me voir, je lui donne exactement ce qu'elle demande. Je dis à ses membres ce qu'ils ont envie d'entendre sans prendre aucun engagement véritable.

— Et toutes ces lois restrictives que tu as promis d'abroger ?

L'homme haussa les épaules.

— Ils savent bien que je ne peux pas faire de miracles. Je ne leur ai donné aucun échéancier. Cela étant, ces lois restrictives sont injustes.

— C'était quoi, ce passage au sujet des « héritiers du monde de demain » ? insista-t-elle.

— Du simple baratin pour qu'ils se mettent debout.

— Et que diras-tu à tes électeurs ordinaires ?

— Que je veillerai à défendre leurs intérêts et que je n'augmenterai pas les impôts. Que l'intégration des mutants et des non-mutants se poursuivra de façon méthodique pour le plus grand bénéfice de tous les individus concernés.

Andie soupira.

— Tu as des réponses pour tout le monde.

— Deux réponses par foyer, et deux votes pour moi, conclut Jeffers en affichant un sourire cupide.

La sonnerie de son ordinateur retentit.

— Sénateur Jeffers. M. Canay pour vous.

— Faites-le entrer.

Un homme entra, aux yeux aussi sombres que sa chevelure et au teint olivâtre, vêtu d'un costume luxueux. Il salua Jeffers de la tête, puis regarda Andie d'un air hésitant.

— Ben. Ravi de te voir, dit Jeffers en lui serrant la main. Je te présente Andie Greenberg, ma principale assistante et mon attachée de presse.

Canay inclina la tête.

— Enchanté.

Son sourire, un peu contraint, n'en n'était pas moins charmant.

— Bonjour, dit Andie un peu froidement.

Pourquoi Jeffers l'avait-il présentée comme son attachée de presse ?

— Andie, Ben travaillait avec moi à Betajef, ma société d'import-export. J'ai décidé de l'incorporer à l'équipe pour qu'il nous aide à coordonner ma campagne pour l'élection de 2018 et me seconde sur quelques projets particuliers.

— Je vois.

— Je voudrais que Ben mette sur pied le comité électoral dont nous avons parlé ; celui concernant les intérêts communs des mutants et des non-mutants.

Andie ouvrit de grands yeux. C'était elle qui devait diriger ce projet.

— Ben est d'accord sur la nécessité de réunir un forum qui nous rapprochera tous, poursuivit Jeffers, ignorant sa réaction.

— Nous voulons accélérer le processus, ajouta Canay. Gros potentiel publicitaire. Naturellement, j'aurai besoin du soutien de l'équipe.

— Je suis certaine que vous l'obtiendrez, déclara Andie d'un ton glacial. (Puis, se détournant de l'homme :) Stephen, j'aimerais vous parler.

— Ça ne peut pas attendre cet après-midi ? J'aimerais voir certaines choses avec Ben.

— Le plus tôt sera le mieux.

— Une heure, ça va ?

— Très bien.

— Ravi de vous avoir rencontrée, Andie.

— Moi de même.

La jeune femme lança un regard furieux à Jeffers, saisit son bloc-écran et sortit à grands pas.

Ecumant de rage, elle consulta son agenda. Bon sang ! Elle était déjà en retard pour le meeting du groupe Roosevelt.

— Aten, je ne serai pas là avant une heure, dit-elle à la secrétaire avant de se ruer dans l'escalier.

Le groupe Roosevelt, qui comprenait des représentants de toutes les commissions sénatoriales du Congrès, se réunissait le premier mardi de chaque mois. Moitié groupe de soutien, moitié échange de potins, il permettait à Andie de rester en contact avec le réseau de secrétaires de cabinet qui déambulaient dans les couloirs du pouvoir. Selon elle, il s'y faisait davantage de politique et de commerce de faveurs que sur les bancs du Sénat.

Karim était assis de l'autre côté de la salle. Lorsqu'elle entra, il lui lança un clin d'œil.

— Tu savais qu'il sortait avec une des assistantes de Coleman ? chuchota Letty Martin.

Andie fronça les sourcils.

— Non. Laquelle ?

— La blonde.

Une seconde, elle se demanda si elle n'avait pas laissé échapper le bon numéro, puis chassa cette pensée de son esprit. Karim n'avait été qu'une aventure passagère. Elle n'avait jamais ressenti à son égard la passion dévorante qu'elle éprouvait pour Jeffers. Mais les opinions fracassantes de Karim lui manquaient. Pourquoi ne pas faire appel à lui maintenant ?

Elle brancha son écouteur dans la fiche du pupitre et tapa le code de Karim. La réponse arriva très vite.

QU'Y A-T-IL ?

UN PROBLÈME. ON PEUT SE VOIR ?

QUAND ?

APRÈS LE MEETING.

ENTENDU.

Une heure plus tard, après l'échange habituel des commérages et des plaisanteries internes, elle retrouva Karim qui attendait près de l'ascenseur, le visage perplexe.

— Alors ?

— Allons marcher un peu.

— Tu es folle ? Il gèle dehors !

— Pas sur l'allée.

— Très bien.

La bulle de l'allée du Capitole était un abri très appréciable contre les vents de cette fin novembre. A travers les panneaux transparents de la palissade bleue, se dessinaient en images floues les encombrements de la circulation, et les pelouses et les arbres dénudés attendaient les premiers flocons de neige. Andie marchait à côté de Karim, les yeux rivés sur ce décor, sans le voir.

— Quel est le problème ? demanda le jeune homme.

— Je crois qu'on vient de me rétrograder.

— Quoi ?

— Jeffers a fait venir un type d'une de ses sociétés pour le seconder sur des projets particuliers.

— Et où tu vois que tu es rétrogradée ?

— Il m'a présentée à lui comme son attachée de presse.

— Ah, fit Karim, songeur. Mais je croyais que tu étais son attachée de presse.

— Ce n'est qu'une partie de mes attributions.

— Donc, tu penses que ce type est là pour te remplacer ?

— Oui.

Il haussa les épaules.

— Ça t'apprendra à sortir avec le patron.

— Ecoute, Karim, je n'ai pas sollicité ton avis pour recevoir un coup bas.

Andie tourna les talons et commença à s'éloigner.

— Désolé. Je suis désolé, dit-il en lui agrippant le bras. Attends. Ce type, c'est un mutant ?

— Non, répondit Andie. Pourquoi cette question ?

— La rumeur veut que Jeffers embauche dans son équipe un maximum de mutants.

Andie regardait de nouveau les arbres au dehors.

— C'est vrai, dit-elle d'un ton morose. Trois ce mois-ci. Cinq le mois dernier. Tu sais que Caryl a démissionné. Elle n'a pas pu supporter.

Karim prit un air entendu.

— Cela ne m'étonne pas.

— Jacobsen n'a jamais fait une chose pareille.

— Disons qu'elle avait une approche différente.

— Et que dit encore la rumeur ? demanda Andie.

— Que la plupart des projets de loi que Jeffers a parrainés sont pro-mutants. Mais je pense qu'il fallait s'y attendre. Surtout après l'assassinat de Jacobsen.

— Jacobsen voyait plus loin.

— Eh bien, si tu veux mon avis, Jacobsen était moins influencée par certains groupes particuliers, et surtout pas par celui auquel elle appartenait.

Andie s'arrêta net.

— Es-tu en train d'insinuer que Stephen serait un pion entre les mains des mutants ?

— Non. Je ne crois pas. Note, ce n'est pas impossible. Mais peut-être que, simplement, il se sent beaucoup plus investi de la mission de défendre les droits et les intérêts des mutants. Pourquoi ne prendrait-il pas des mutants dans son équipe ? Qui en a au Congrès, à part lui ?

— Davis.

— C'est le seul.

Karim regarda la jeune femme, attentif à sa réponse. Andie se mordit la lèvre.

— C'est exact, reconnut-elle.

— Ecoute, Andie, je crois que tu t'exagères l'importance de cette histoire. Si j'étais un mutant, et que je me retrouve seul au Congrès, j'aurais sans doute envie que certains de mes congénères travaillent avec moi. Pour ton boulot, tu t'inquiètes vraiment ?

Elle haussa les épaules.

— Je ne sais pas. Je n'ai pas aimé ce que j'ai entendu ce matin.

— En ce cas, demande des explications. Mais je n'ai pas à te dire ça. Ça te pose des problèmes de travailler avec tes nouveaux coéquipiers ?

— Pas pour le moment.

— Alors, je pense que tu t'inventes des problèmes là où il n'y en a pas.

Karim consulta sa montre.

— Ecoute, j'ai rendez-vous pour déjeuner...

— Merci, Karim.

Il lui effleura la joue.

— Quand tu veux.

Andie le regarda se sauver, puis elle retourna au Capitole, seule.

Un message de Jeffers l'attendait sur son écran: IMPOSSIBLE TE VOIR À UNE HEURE.

Il était probablement allé déjeuner avec Canay. Et zut ! Andie tapa le bulletin fax de décembre. Autant prendre un peu d'avance.

Une heure plus tard, Jeffers franchissait la porte d'un air dégagé.

— Andie ! Désolé pour le retard. Là, tu es prête ?

— Prête, le mot est faible.

Elle le suivit dans son bureau, le bloc-écran à la main, et referma la porte derrière elle.

— Est-ce que Ben peut assister à notre réunion ?

— Je pense que non.

Jeffers eut un froncement de sourcils.

— Ça a l'air grave.

Elle attaqua sans détours :

— Stephen, qu'as-tu voulu dire en me présentant comme ton attachée de presse ?

— C'est ton boulot, non ?

— C'est une partie de mon boulot, répliqua-t-elle sèchement. En plus de la documentation, de l'administratif et de la comptabilité.

Jeffers eut un geste comme pour écarter ces arguments.

— Ça l'était jusqu'ici. Mais tu n'as plus besoin de te tracasser pour la compta et la gestion des fichiers. C'est Ben qui va s'en occuper.

— Quoi ?

— Andie, tes dons de communication sont bien trop précieux pour être gaspillés à remuer des papiers et à mâchouiller des chiffres. J'ai besoin de toi dans un domaine relevant davantage des relations humaines. (Il se pencha en avant.) J'aimerais que tu assures à plein temps la liaison avec les médias.

— Tu plaisantes, j'espère, dit Andie en se laissant tomber dans le fauteuil. Je suis juriste, pas relations publiques.

— Ton bagage juridique te rendra d'autant plus apte à jouer ce rôle.

— Stephen, je ne suis pas venue à Washington pour aller papoter avec les journalistes de la télé.

— Je sais, riposta-t-il d'un ton cassant. Mais dans tout ce que tu fais, tu me représentes. Je ne vois rien de plus important que ça.

— Moi si.

Jeffers se renfrogna.

— Franchement, je suis surpris, dit-il. Je pensais que tu serais ravie de tenir un rôle plus représentatif.

— Tu sais très bien que ce qui m'intéresse, c'est le

mécanisme juridique, bien plus que la représentation médiatique.

— Eh bien là aussi, tu auras toutes sortes d'occasions de t'impliquer.

— Ah oui, quand j'aurai fini les interviews avec *Washington en direct* ou *Bonsoir le Japon* ? Tu voudras aussi, sans doute, ajouta la jeune femme en croisant les bras, que je mette sur pied une émission sur la Vie des Mutants.

— Tiens, ça n'est pas une mauvaise idée.

— Stephen ! s'écria Andie furieuse. Je plaisantais.

— Ecoute, Andie. Ma décision est prise. Je veux que tu t'occupes des relations avec les médias. Tu marches avec moi ? demanda-t-il d'un ton incisif.

Elle le regarda droit dans les yeux. Le souvenir, bien involontaire, de leur dernière nuit lui traversa l'esprit et, si fâchée fût-elle en ce moment, elle éprouva un picotement de désir. Voulait-elle vraiment démissionner ? Pouvait-elle le quitter ? Non. Sûrement pas.

— Je marche.

— A la bonne heure, dit-il en souriant. Ça va te plaire, tu verras. J'ai laissé une liste de journalistes sur ton écran. On va essayer de donner une couverture exceptionnelle au débat sur l'abrogation du Principe d'Equité.

— Très bien, dit-elle en se levant pour prendre congé.

Jeffers lui mit la main sur l'épaule. Elle sentit son cœur battre plus fort lorsqu'il l'attira doucement contre lui.

— Je te vois ce soir ? chuchota-t-il.

— Bien sûr.

Il glissa les mains sous son chemisier et lui prit les seins.

— Partons quelque part, rien que toi et moi, dit-il. Je connais un charmant hôtel dans l'île de Santorin. On pourrait s'offrir un merveilleux long week-end autour de Noël.

Andie se laissa aller contre lui, abandonnant toute résistance.

— Ça me paraît une excellente idée, dit-elle.

— Parfait.

Jeffers l'embrassa dans le cou puis il la libéra.

— Je vais demander à Aten de s'en occuper.

Andie acquiesça d'un signe de tête.

Comme hébétée, elle franchit la porte au moment où Ben Canay arrivait. Il la gratifia d'un sourire forcé et entra dans le bureau de Jeffers dont il referma la porte.

19

— Tu dis que Mélanie est vivante et qu'elle se cache quelque part près de Washington ?

Ils étaient assis sur le canapé vert du salon chez les McLeod. Kelly se blottit contre Michael.

— Pour autant que je sache, répondit celui-ci.

— Pourquoi ne rentre-t-elle pas ?

— Ou bien elle n'en a pas envie, ou bien elle a peur. Peut-être les deux.

Michael prit une pomme dans la coupe en verre posée sur la tablette en résine.

— Tu vas en parler à la prochaine réunion du Conseil des Mutants ?

— Je ne crois pas, répondit-il en mordant dans le fruit mûr avant de le passer à Kelly. Ça ne peut que gêner mes parents.

— La réunion a lieu quand ?

— Le quinze décembre.

— C'est bientôt. Dans deux semaines et demie seulement.

— Oui, et jusqu'à cette date, je suis coincé par le boulot. Des heures supplémentaires tous les soirs. Si je vois encore un schéma de cellule photovoltaïque, je vais finir par avoir moi aussi des crises mentales. Ce projet de réflecteur solaire me prend beaucoup plus de temps que prévu.

— Ce ne serait pas ce contrat que mon père a négocié ?

— Oui. Mais ne lui dis rien. Je crois qu'on va le terminer dans les temps.

— Entendu.

Comme elle évitait son regard, il s'étonna.

— Il y a quelque chose qui ne va pas ?

Elle secoua la tête d'un geste nerveux. Puis elle finit par lever les yeux, et d'un ton hésitant :

— Cette école de l'Air dont je t'ai parlé. Qu'est-ce que tu en penses ?

— Tu tiens à y aller ?

Elle poussa un soupir.

— Je veux arriver à quelque chose.

— C'est une raison suffisante pour vouloir être pilote ?

— Mike, je n'ai pas envie d'être une femme d'intérieur. Ou une énième opératrice de saisie. Ça me donnera au moins des choix.

D'un doigt, il caressa le menton de son amie et en dessina la courbe.

— Ça ne me plaît pas de te savoir si loin, dit-il.

— Denver est à quinze minutes de navette. On pourra se voir chaque fois que j'aurai une permission. D'ailleurs, étant donné le temps que tu passes au travail ces jours-ci, je ne te manquerai guère pendant la semaine. Et je te fais remarquer que je suis encore là jusqu'en juin.

Il y avait dans sa voix quelque chose d'important et Michael se sentit mal à l'aise.

— Tu ne peux pas prendre le programme accéléré ? suggéra-t-il.

— Je ne sais pas. Pourquoi dis-tu ça ?

— Je pense simplement que tu devrais l'envisager. C'est à *nous* que ça donnerait davantage de choix.

Elle esquissa un sourire mitigé.

— Très bien. J'aime quand tu parles de « nous ».

— Moi aussi, dit Michael en serrant doucement Kelly dans ses bras. Je vais tâcher de me libérer avant de partir pour la réunion du conseil.

— Est-ce que vous allez reparler de la mort de Jacobsen ?

— Probablement.

Kelly pressa la main du jeune homme.

— Ça me paraît bien loin à présent.

— Pas à moi. Ni aux autres mutants. Heureusement que maintenant on a Jeffers.

— Oui. J'ai vu un reportage sur lui à la télé. Il est mignon, gloussa-t-elle.

— Tu n'aurais pas un faible pour les mutants ?

Il l'embrassa tendrement, sentant battre son cœur contre lui. D'une main experte, il dégrafa la robe et ses doigts jouèrent sur les seins. Kelly poussa un soupir de bonheur. Il lui caressa le cou du bout des lèvres, puis sa bouche descendit et vint couvrir tour à tour les deux mamelons dressés. Alors que les gémissements de Kelly commençaient à emplir le salon, Michael releva la tête.

— A quelle heure as-tu dit que tes parents devaient revenir ?

— Pas avant deux heures, répondit-elle les yeux brillants.

— Allons en haut.

Ils firent l'amour avec passion, alternant rires et caresses. Kelly atteignit l'orgasme dans des halètements violents, roulant frénétiquement sous le corps du garçon. Sentant monter l'explosion de sa propre jouissance, celui-ci ferma les yeux. Et là, brusquement, surgit dans son esprit la vision de Jena dans sa nudité provocante. Il la refoula avec fureur.

Ma vie est ici à présent, pensa-t-il. C'est cela que je veux.

L'orgasme, quand il vint, ne lui laissa qu'une vague et lointaine sensation de frustration. Kelly ne semblait pas avoir remarqué son moment d'hésitation. Elle se lova amoureusement contre lui et il la tint de longues minutes dans ses bras, la cajolant comme un bébé, jusqu'à ce que sa respiration reprenne un rythme régulier et qu'il la sache endormie. Alors, il se glissa hors du lit, se rhabilla sans faire de bruit et laissa la jeune fille à ses rêves.

Il rentra chez lui lentement. Il était troublé par la vision inattendue qui s'était introduite dans son esprit en plein acte d'amour. Jena avait-elle provoqué ce déclic à seule fin de le harceler ? Ou bien avait-il encore envie d'elle, tout simplement ?

Une fois arrivé chez lui, il sentit la fatigue l'envahir. Une dernière semaine avec des horaires interminables. Puis ce serait la saison des mutants.

En passant dans la cuisine, il se commanda un Red Jack à la console du bar. Le couvercle du compartiment s'ouvrit dans un chuintement et Michael avala le liquide piquant en quelques gorgées rapides et bienvenues. Après la réunion du Conseil des Mutants, il pourrait enfin vivre sa propre vie. Cette perspective lui redonna du courage et il leva la boîte pour porter un toast : « A Kelly et à moi. A l'avenir. » Ayant avalé les dernières gorgées, il la fit léviter jusqu'au récupérateur d'ordures.

Pour monter à l'étage, il devait passer devant le bureau de son père. Une lumière bleutée filtrait dans le couloir sombre par la porte entrouverte. Le garçon risqua un œil. James Ryton était en train de parler avec quelqu'un à l'écran : Andrea Greenberg. Michael regarda sa montre. Il était tard. Pour quelle raison appelait-elle à cette heure ? Et pourquoi son père ?

James Ryton prononça une phrase inaudible. Michael

vit le visage acquiescer puis l'écran s'éteignit. Il frappa doucement à la porte et son père se retourna.

— Entre. Tu arrives juste ?

Michael fit un signe de tête.

— Il est tard, dit Ryton. Ne fais pas trop d'heures supplémentaires, fiston. C'est mauvais pour le cerveau. (Il se frotta le menton.) Je viens d'avoir une conversation des plus étranges avec Andrea Greenberg.

— Je ne veux pas me mêler de ce qui ne me regarde pas.

— Ça ne l'aurait nullement dérangée que tu sois là. D'autant que c'est peut-être à toi qu'elle aurait voulu parler. Mais elle est tombée sur moi.

— Que voulait-elle ?

— C'est fichtrement bizarre. Elle voulait un conseil à propos des mariages entre mutant et non-mutant.

— Pourquoi est-ce à toi qu'elle l'a demandé ?

— Elle a dû se dire qu'il n'y avait personne d'autre pour la renseigner. (Il secoua la tête.) Elle se croit amoureuse. De l'un d'entre nous.

— Ah oui ? Qui ça ?

— Jeffers.

— Quoi ?

Michael regarda son père, un instant déconcerté.

— J'ai été aussi surpris que toi.

Le jeune homme s'assit dans le fauteuil en fourrure synthétique non loin de la porte.

— Ça pourrait être une très bonne chose.

— Pour qui ? demanda Ryton. Je m'attendais à ce que tu dises ça, vu tes penchants romantiques. Honnêtement, je pense que ce serait un désastre. Et pour lui et pour elle. Et j'ai tout fait pour l'en dissuader.

— Pourquoi ? Ça peut marcher, les mariages mixtes.

Ryton poussa un soupir.

— Je sais que c'est ton avis. Mais pour ma part, je n'ai jamais vu de mariage vraiment réussi entre mutant et non-mutant. Ça a toujours créé des problèmes. D'ailleurs, Jeffers ne lui a rien proposé.

— Alors là, je ne comprends plus.

— Et tu n'es pas le seul, figure-toi. J'espère que cette fille ne va pas au-devant d'une déception sentimentale.

— Je croyais que tu n'aimais pas les normaux ?

— La plupart, en effet. Mais elle, c'est quelqu'un de bien. Ça me ferait de la peine qu'elle souffre. D'autant que Jeffers ne peut pas risquer de s'aliéner son électorat mutant en épousant une fille qui ne fait pas partie du clan.

— Ce serait peut-être une très bonne chose, s'obstina Michael. Ça pourrait rapprocher tout le monde. Et c'est de cela que nous avons besoin.

Son père sourit tristement.

— Les jeunes devraient toujours être optimistes, dit-il d'une voix douce. Bien sûr, ce serait une bonne chose, à condition que ça marche. Mais il ne faut pas y compter.

Drapée dans son kimono rouge, Sue Li arriva en bâillant et s'appuya contre le montant de la porte.

— James, à qui parlais-tu ? demanda-t-elle.

— A Andie Greenberg.

Michael vit les yeux de sa mère s'étrécir en signe de méfiance.

— Cette femme qui travaille pour le sénateur Jeffers ? Pourquoi t'a-t-elle encore appelé ? Et à une heure si tardive ?

— Elle désirait un conseil.

— Sur des questions juridiques ? Pourquoi te consulter toi ?

— C'était personnel, répondit Ryton. Cela concernait un mutant.

— Personnel ? répéta Sue Li en s'attardant sur le mot.

— Elle est amoureuse d'un mutant, intervint Michael.

Là, sa mère leva des sourcils étonnés.

— De Skerry ?

— Non, reprit Ryton. C'est ce que je croyais au début. En un sens, c'eût été logique. Mais ce n'est pas Skerry. C'est Jeffers.

— Jeffers ? (Sue Li ferma les yeux.) Pauvre fille !

Elle entonna un psaume télépathique de sérénité que Michael entendit vaguement, puis, battant des paupières, elle adressa à son fils un regard éploré.

— J'aurais aimé que nous soyons prêts à accepter les mariages mixtes, dit-elle d'un ton chagrin. Un jour peut-être, cela se fera. James, viens te coucher.

Puis elle tourna les talons et disparut.

— Bonne nuit, fiston.

En passant devant Michael, son père lui donna une tape amicale sur l'épaule puis il suivit sa femme. Michael repensa à Andie et au sénateur Jeffers. Un curieux couple. Mais après tout, peut-être pas plus curieux que le sien. Plus il y aurait de couples mixtes, mieux cela vaudrait. Il passa la main devant l'interrupteur et gagna sa chambre dans l'obscurité.

Assis côte à côte, la femme blonde et l'homme aux cheveux roux se regardaient intensément et par moments hochaient la tête. Tous deux vêtus de marron, ils oscillaient doucement sur leurs sièges, épaule contre épaule. Lorsqu'ils se levèrent pour quitter la rame de métro, Andie ne s'étonna pas que leurs yeux fussent dorés. Juste deux mutants télépathes communiant en public, se dit-elle en les suivant sur le quai.

Depuis le meeting de l'Union des Mutants, elle avait vu chaque jour et de plus en plus souvent des mutants manifester leurs talents en public. Dans le métro, dans la rue, à la banque, au travail. Désormais, Andie ne tiquait pratiquement plus lorsqu'elle croisait un homme d'affaires pressé aux yeux dorés, avec dans son sillage une pile de disquettes en suspension. Néanmoins, certains non-mutants réagissaient avec moins de tolérance, ce spectacle les exaspérait et ils chuchotaient entre eux.

Bien en équilibre sur le trottoir roulant qui menait à l'annexe du Capitole, Andie se mit à réfléchir à ses sentiments pour Jeffers. L'aimait-elle ? Le souvenir de leurs étreintes la laissait rêveuse, perplexe, mais toujours en manque. Or, que pouvait-elle attendre de cette situation ? Sa conversation avec James Ryton ne lui avait pas laissé beaucoup d'espoir.

Elle sauta du trottoir roulant et réussit in extremis à entrer dans l'ascenseur bondé avant que les portes ne se referment dans un chuintement. Elle aperçut Karim dans le fond et lui fit un signe de la main. Il se faufila jusqu'à elle.

— Tu es au courant pour Jacqui Renstrow ?

— Non. Qu'est-ce qu'il y a ?

— On a retrouvé son corps dans le Potomac.

— Quoi ?

Andie sentit son ventre se crisper.

— Oui. Je crois qu'elle faisait une enquête sur Pai Gow, le syndicat du poker du Luna-Club. Comme ils disent aux journalistes qui viennent fourrer leur nez dans la Mer de la Tranquillité, *sayonara*. (Il agrippa l'épaule d'Andie, soudain inquiet.) Hé, ça va ? On dirait que tu vas tourner de l'œil.

Elle se dégagea.

— Tu es certain qu'elle est morte ? (Et comme il acquiesçait :) Karim, je l'ai vue pas plus tard que la semaine dernière. Je n'arrive pas à y croire.

L'ascenseur s'arrêta à leur étage et Karim poussa la jeune femme dehors.

— Si j'avais su que ça te mettrait dans cet état... Vous étiez bonnes amies ?

— Non, mais j'avais travaillé avec elle sur certaines questions. Elle était brillante. Et elle ne tenait pas en place.

— Ce ne sera plus le cas. (Karim serra les lèvres en un sombre rictus.) Tu es sûre que ça va ?

La jeune femme écarta ses cheveux de son visage.

— Oui. Ça va. J'ai été simplement un peu secouée, dit-elle en lui serrant la main. Il faut que j'y aille.

— O.K. A un de ces jours, fit-il en la regardant s'éloigner.

Elle était en avance ; il n'y avait encore qu'elle au bureau. Elle se laissa tomber dans son fauteuil. Sa dernière rencontre avec Jacqui Renstrow était toujours vivace dans son esprit. Seigneur, quelle casse-pieds ! Mais excellente journaliste. Elle avait un côté buté parfaitement agaçant, mais, malgré cela, Andie l'aimait bien.

Une jeune femme au visage mince et aux cheveux noirs, vêtue d'un tailleur bleu foncé, passa la tête dans l'entrée.

— Mademoiselle Greenberg ? Le sénateur Jeffers est là ?

— Pas encore. Puis-je vous aider ?

La femme s'avança d'un air timide, serrant dans sa main un écran portatif.

— Je suis Nora Rodgers. Services Généraux de la Comptabilité, Section R. Nous avons effectué un examen des comptes de votre service depuis la mort du sénateur Jacobsen.

— Et alors ?

— Eh bien, j'aurais quelques questions à poser au sénateur Jeffers. Son dépassement de budget pour ce trimestre atteint une somme élevée. Très élevée.

— Je peux voir votre document comptable ?

— Je ne devrais pas...

— Je suis certaine que le sénateur Jeffers n'y verrait aucun inconvénient.

Avec un sourire, Andie s'empara du bloc-écran. Son sourire s'effaça tandis qu'elle parcourait les comptes. Les chiffres étaient astronomiques. Presque quatre fois plus que ce que Jacobsen avait dépensé l'année précédente à la même période.

— C'est impossible, marmonna Andie. Cela fait quelque temps que je n'ai pas vu la balance, mais il m'a affirmé que tout était équilibré. On avait un peu débordé, je sais, mais ça, c'est impossible. Vous avez dû faire une erreur dans les calculs.

— J'ai vérifié à trois reprises.

— Eh bien, vérifiez une nouvelle fois avant de faire perdre son temps au sénateur Jeffers, rétorqua Andie furieuse, en rendant l'écran à la jeune femme.

— J'essaierai de rencontrer le sénateur un peu plus tard, dit Nora Rodgers avant de battre en retraite et de disparaître.

Ce fut non sans un certain soulagement qu'Andie la vit partir. Ces chiffres devaient être faux. Ça ne faisait aucun doute.

La matinée commençait mal. D'abord Renstrow, et maintenant ça.

Jeffers entra d'un air affairé.

— Stephen, il faut que nous parlions.

Il plongea dans une révérence moqueuse.

— Chez toi ou chez moi ?

— Chez toi.

Il la suivit dans son bureau.

— Que se passe-t-il ?

— Jacqui Renstrow est morte.

— Cette journaliste du *Post* ? (Jeffers lâcha sa mallette-écran sur la table.) Mon Dieu, quand est-ce arrivé ?

— Je l'ignore. On a retrouvé son corps dans le Potomac.

Jeffers baissa les yeux et fixa le sol, les lèvres serrées. Finalement, il regarda Andie.

— Envoyons un message de condoléances à sa famille.

— Oui.

— C'est tout ?

A présent, c'était au tour d'Andie de regarder le sol.

— Non. Un expert des S.G.C. est passé.

— Les S.G.C. ?

La jeune femme se planta face au sénateur, les mains sur les hanches.

— Stephen, les chiffres du premier trimestre sont terrifiants. Nous ne pouvons pas décemment avoir dépensé tout cet argent. D'après eux, nous aurions déjà épuisé les deux tiers de notre budget pour l'année fiscale.

Jeffers parut soudain sur le point d'exploser.

— C'est ridicule, dit-il d'un ton cassant. Ils se trompent.

— Tu disais que tu avais vérifié toutes nos dépenses.

— Je l'ai fait. Tout est en ordre.

— Tu ferais peut-être mieux de convoquer les experts, dit-elle.

— Cesse de te tracasser pour ça, Andie. (La voix était dure.) Je te l'ai dit, ce n'est plus de ton ressort.

— Mais...

— Il n'y a pas de mais.

Il se leva et désigna la porte d'un geste.

— Je te suggère de t'occuper plutôt du domaine qui est le tien, pour changer un peu.

Elle n'avait plus qu'à se retirer. Furieuse, elle se leva.

— Parfait. Excuse-moi de m'être inquiétée.

Elle allait sortir lorsque le sénateur la rappela, la voix soudain redevenue douce, presque caressante. Elle se retourna.

— Qu'y a-t-il ?

— Je suis désolé, dit-il en lui adressant un sourire charmeur. Tu fais de l'excellent travail. Ne va pas te surcharger avec cette histoire. Je verrai avec les S.G.C.

La fureur de la jeune femme s'apaisa. Très bien, pensa-t-elle. Qu'il se débrouille avec son budget puisqu'il y tient tellement.

— J'accepte tes excuses.

Jeffers se pencha sur son bureau.

— Je crois que nous avons tous les deux vraiment besoin de vacances.

Andie sourit.

— C'est un euphémisme.

— Voudrais-tu m'envoyer Ben en sortant ?

— Bien sûr. S'il est là.

— Andie ?

Elle s'arrêta à la porte :

— Oui ?

— Dans deux semaines on est à Santorin... dit-il en lui décochant un clin d'œil.

20

Le vent de décembre soufflant par rafales saupoudrait de neige la cabane bleue en front de mer et faisait trembler les fenêtres. A l'intérieur, les convecteurs rougeoyaient et les cristaux de conduction éclairaient la salle aux couleurs de l'été.

Le psaume de la communion mentale montait des enceintes murales. Les douces sonorités de basse se répercutaient à travers la pièce. Michael s'adossa à son siège devant la grande table, goûtant l'agréable sensation de paix qu'instillait en lui l'union des esprits. Il s'aperçut que Jena, à l'autre bout de la salle, le regardait, le visage sombre. Elle-même ne parviendrait pas à ébranler sa sérénité. Il lui sourit, puis détourna les yeux.

Halden, réélu sans difficulté, avait repris le siège d'honneur en tant que Gardien du Livre. De sa voix grave et forte, il réclama l'attention de l'assistance :

— Pour récapituler, vous savez tous quelle perte cruelle nous avons subie cette année. Une catastrophe.

Nous ne pourrons jamais remplacer notre sœur bien-aimée, Eleanor. Mais grâce à Jeffers, l'espoir demeure en nos cœurs.

Les têtes autour de la table approuvèrent à l'unisson.

— L'abrogation du Principe d'Equité, poursuivit Halden, est un pas capital vers l'égalité. Le sénateur Jeffers y travaille sans relâche.

— Quand je vous disais qu'il était le meilleur candidat ! s'exclama Ren Miller, la mine réjouie.

— Voilà pour les bonnes nouvelles, reprit Halden. Mais il y en a aussi de mauvaises. L'enquête du F.B.I. sur le meurtre de Jacobsen n'a rien donné. L'affaire a été officiellement classée le premier décembre. Ils pensent que Tamlin a opéré seul. Cependant, tout ce que nous avons pu découvrir au cours de nos recherches nous amène à penser qu'il avait des complices.

— Qu'il a opéré seul ? C'est une plaisanterie, dit Zenora d'un ton revêche.

— Et notre enquête à nous, qu'est-ce qu'elle a donné ? demanda James Ryton. On a trouvé quelque chose ?

Halden hocha la tête.

— Il ne fait pas de doute que Tamlin était mentalement dérangé ; en particulier, il éprouvait une haine pathologique à l'égard des mutants. Mais en aucun cas il n'a pu falsifier cette carte de presse. Quelqu'un lui a facilité l'accès à Jacobsen.

— Qu'est-ce qui t'autorise à dire ça ?

— Nous avons nous-mêmes essayé de reproduire son badge d'identification. Echec complet, et ce, malgré les efforts de nos meilleurs artistes holo. Il n'existe qu'une seule boutique d'hologrammes dans tout Washington, qui fabrique des coupe-file de journalistes, et elle est sous contrat exclusif avec le gouvernement. La carte de presse de Tamlin a été faite dans cette boutique.

— Et le F.B.I. n'est pas capable de résoudre cela ? intervint Ren Miller.

— Peut-être qu'il n'y tient pas, répondit Halden.

— Es-tu en train de prétendre qu'il y a une conspiration pour étouffer cette affaire ?

— C'est de l'ordre du possible.

— Moi, je dis que c'est Horner le coupable, déclara Tela d'une voix aigre.

— Ridicule, riposta Ryton. Nous n'en avons aucune preuve.

— Ah bon, tu ne trouves pas qu'il fait un suspect vraisemblable, avec tout son bla-bla sur l'Eglise ressuscitée ? s'emporta Tela. Et ses tentatives mesquines pour recruter certains d'entre nous ? C'est quand même lui qui a rendu publique la rumeur sur le supermutant. Peut-être qu'il est de mèche avec un groupe d'autres sénateurs qui craignaient Jacobsen et avaient décidé de la faire tomber.

Complètement parano, songea Michael.

— Nous avons déjà enquêté du côté de Horner, dit Halden d'un ton las. Il ne trempe pas dans cette affaire. Naturellement, nous poursuivrons nos investigations.

— Et notre enquête au sujet du supermutant ? demanda Michael.

— Le Dr Ribeiros a disparu, en même temps que les dossiers de la clinique. (Le Gardien du Livre marqua un temps.) Aucune trace de lui au Brésil. Nous avons alerté d'autres camarades, spécialement en Asie du Sud-Est. On pense qu'il va finir par refaire surface à un moment ou à un autre. Nous restons vigilants.

Une agitation fébrile se manifesta dans tous les rangs. Halden leva les mains pour obtenir le silence.

— S'il n'y a pas d'autre question...

— Oncle Halden, lança Jena d'une voix rauque, je réclame la parole.

Michael lui jeta un coup d'œil, se demandant ce qu'elle avait en tête.

— Accordée, dit Halden au bout d'un instant.

Jena se leva. Elle portait une combinaison moulante

en velours synthétique vert. Son visage était figé dans une expression étrangement sévère. A présent, toutes les têtes étaient tournées vers elle.

— Je voudrais faire valoir mon droit aux fiançailles, déclara-t-elle d'une voix résolue.

— Tes fiançailles ? Avec qui ? fit Halden, étonné.

— Avec Michael Ryton, répondit Jena en pointant un doigt en direction du jeune homme.

Un souffle de stupéfaction, à la fois audible et mental, passa dans l'assistance. Le cœur de Michael s'emballa. Bon sang, qu'est-ce que c'était que cette histoire ? Il se tourna vers ses parents, qui le regardaient, médusés. Michael repoussa sa chaise et se leva.

— Je refuse, dit-il d'une voix rageuse qu'il reconnut à peine comme la sienne.

Jena le dévisagea. Dans ses yeux, brillait une lueur féroce.

— Je fais néanmoins valoir mon droit.

— La requête est délicate dès lors que la personne concernée n'est pas d'accord, fit remarquer Halden.

— Pas d'accord ? s'écria Jena en rejetant les épaules en arrière, mains sur les hanches. Il était plutôt d'accord quand il est venu dans mon lit ! Quand il a déposé en moi sa semence ! Sa semence par laquelle j'ai conçu son enfant.

Les mots atteignirent Michael comme autant de gifles. Jena enceinte de lui ? Impossible ! Non ! Non ! Non !

— Prouve-le, lança Sue Li d'une voix écorchée, presque brisée.

— Je vous invite, toi ou qui tu choisiras, à communier avec moi, répliqua Jena. Vous verrez que je dis la vérité.

— La vérité, c'est cela ! s'écria Sue Li.

Elle se leva aussitôt et se dirigea vers Jena. Michael crut un instant que sa mère allait frapper la jeune fille, mais Zenora l'arrêta au passage.

— Pas toi, Sue Li, dit-elle d'un ton posé. Laisse-moi communier avec elle. Tu es trop en colère.

D'une main ferme, elle repoussa Sue Li vers son siège. Michael agrippa la table. C'était un mauvais rêve. Forcément.

Zenora prit les mains de Jena. Michael comprit que son esprit venait d'emprunter les sentiers qui suivaient les conduits nerveux dans le corps de l'autre. Allait-elle sentir palpiter une vie au centre de cet organisme ? Une vie nouvelle en train d'éclore dans le nid utérin ?

Zenora laissa retomber ses mains et, s'écartant de la jeune fille, se massa le front.

— C'est exact. Une vie bat dans ce corps. Mais cette vie appartient-elle pour moitié à Michael ? Cela reste encore à prouver.

Le garçon s'effondra sur sa chaise.

— J'en ai la preuve, rétorqua Jena en tendant la main vers l'écran placé près d'elle et en brandissant une disquette verte. Voici les résultats des tests sanguin et chromosomique que j'ai fait faire il y a une semaine. Ils révèlent qui est le père, sans aucune contestation possible.

— Laisse-moi voir, dit James Ryton.

Il prit la disquette et l'inséra dans le lecteur de Zenora. Halden vint le rejoindre et observa attentivement l'écran qui diffusait une lumière bleutée tandis que défilaient les informations.

— Hum. Le fœtus est de sexe féminin, annonça Halden. Et le chromosome d'anormalité est bien là. (Il pianota sur la console.) Le centromère est en position acrocentrique. Pincé, cela ne fait pas de doute.

— Ça ne prouve qu'une chose, à savoir que le père est un mutant, riposta James Ryton d'un ton agressif.

— Ça prouve davantage, James. Tu sais que la localisation du centromère indique la paternité aussi clairement qu'un test sanguin. (Halden se tourna vers

Zenora.) Pouvons-nous accéder aux données chromosomiques de Michael par le Réseau ?

— Oui.

— Prends l'écran de la salle qui est disponible.

Michael restait pétrifié sur sa chaise, tel un prisonnier condamné, les yeux rivés sur les images qui construisaient l'échafaud où il allait être pendu.

Le temps s'égrenait à l'infini. Enfin, Zenora hocha la tête d'un air sinistre et leva les yeux de l'écran.

— Ça concorde, Halden. On a une parité dans les allèles dominants, dans la localisation et la configuration des centromères, ainsi que dans le type sanguin. (Elle se tourna vers Michael et sur son visage aux contours généreux s'ébaucha un sourire triste.) Je suis désolée.

Tout bruit avait cessé dans la salle où le clan attendait que Halden prononce la sentence. Le Gardien du Livre regarda Michael d'une étrange façon. Comme s'il le voyait pour la première fois. A côté de lui, James Ryton, les yeux perdus dans le vide, n'exprimait aucune émotion. Un muscle tressautait sur la joue de Sue Li. Le silence enveloppait la pièce. Pour finir, Halden se leva.

— Les fiançailles sont accordées, déclara-t-il, tandis que sa bouche prenait un pli bizarre comme si les mots avaient une saveur d'amertume. La nouvelle vie doit être protégée par le clan.

Michael se leva d'un bond.

Epouser Jena ? Pas question. Cela ne faisait pas du tout partie de ses projets. Il avait toute son existence qui l'attendait lorsqu'il retournerait chez lui. Une existence avec Kelly. Il ne pouvait pas épouser Jena. Mais défier le clan signifiait l'expulsion. La honte pour ses parents. Que deviendraient-ils ? Et lui, quel sort l'attendait ?

Dans l'autre cas, s'il renonçait à défier le clan, qu'adviendrait-il de Kelly et de lui ?

— Je ne veux pas l'épouser ! hurla Michael, étonné lui-même de s'entendre dire cela.

Dans sa rage, il balança un coup de pied dans sa chaise et se précipita au-dehors dans la neige, repoussant de son esprit les récriminations mentales que lui adressaient les membres du clan.

Il allait partir pour le Canada. Retrouver Skerry. Ils ne le rattraperaient jamais. Jamais. Il se lança dans une course éperdue, loin du clan, et s'enfonça dans les ténèbres qui se refermèrent sur lui.

Anéantie, Sue Li avait regardé disparaître son fils. Elle n'arrivait plus à renouer les fils de sa pensée. A analyser ses sensations. Son regard se dirigea de l'autre côté de la table, vers Jena. La jeune fille regardait elle aussi vers la porte, comme si elle attendait que Michael réapparaisse d'un moment à l'autre. Puis, tristement, elle baissa les yeux et fixa le sol.

— Bon, je pense que tout est pour le mieux, déclara Zenora.

— Pour le mieux ? rétorqua sèchement Sue Li. Comment sais-tu ce qui est pour le mieux ? Moi, je peux te dire que je n'en sais rien.

— Il va revenir. Ne t'inquiète pas, dit Tela.

— Peut-être vaut-il mieux pour lui qu'il ne revienne pas, explosa Sue Li d'une voix de plus en plus forte.

Le visage blême, Jena la regarda.

Alors Sue Li déversa sa colère sur elle.

— Tu as trompé mon fils, dit-elle. Tu as gagné le droit aux fiançailles et tu pourras peut-être l'y obliger si jamais il revient. Mais je n'oublierai jamais ce que tu as fait, et jamais je ne te pardonnerai.

Des larmes emplirent les yeux de Jena.

Folle de rage, Sue Li chercha son mari du regard.

James Ryton était absorbé devant l'écran, compulsant à nouveau le contenu de la disquette. Sue Li lui trouvait une mine plutôt réjouie. N'était-il pas inquiet pour Michael ?

— Je déclare la question ajournée tant que nous ne

connaîtrons pas les véritables intentions de Michael, annonça Halden.

— Mais ça peut prendre des jours, fit remarquer Tela. Et nous devons rentrer chez nous. Reprendre le travail.

Halden s'essuya le front.

— Laissons à Michael le temps de s'habituer. Je lui donne trois jours pour prendre sa décision. Après ce délai, s'il n'est pas revenu, nous le déclarerons hors-la-loi et reprendrons les travaux du conseil.

La plupart des membres du clan, libérés des contraintes de la réunion, s'attardèrent dans la salle principale.

— Sue Li, ne t'en fais pas, il reviendra, dit Tela. Viens chez moi, nous chanterons ensemble.

— Plus tard, peut-être, Tela.

Plusieurs femmes s'étaient rassemblées autour de Jena.

— C'est formidable, dit une cousine.

— C'est pour quand ? demanda une autre.

Lorsqu'elles s'aperçurent que Sue Li les observait, le petit groupe se dirigea vers elle.

— Félicitations, Sue Li, dit la cousine Perel.

— Epargne-moi tes compliments, répliqua Sue Li sans aménité.

Elle jeta un regard autour de la salle. Ren Miller n'était pas loin.

— Ren, tu veux bien aller chercher Michael ? le pria-t-elle.

Le jeune homme aux cheveux roux faillit s'étouffer sur son rouleau au soja.

— Euh, Sue Li, je ne voudrais pas te faire de peine, mais je ne tiens pas à être impliqué dans des histoires de famille.

Et il lui tourna le dos. Frustrée, Sue Li s'approcha de Halden qui était assis, les yeux fermés, dans un fauteuil à eau bleu délavé.

— Halden ?

L'homme ouvrit brusquement les yeux.

— Comment peux-tu rester assis là ? Tu ne vas pas essayer de retrouver Michael ?

Halden leva les mains en signe d'impuissance.

— Et qu'est-ce qu'on y gagnerait ? Tu voudrais que je te le ramène troussé comme un poulet ? Non, Sue Li. Ce que tu me demandes est parfaitement déplacé. En tant que Gardien du Livre, je me dois de rester neutre. Il faut que Michael revienne parce qu'il l'aura voulu. Je regrette.

Et il retourna à sa méditation.

Sue Li fit le tour de la salle d'un regard auquel personne ne voulut répondre.

— Fort bien, déclara-t-elle. Puisque personne ne veut s'en occuper, c'est moi qui vais y aller.

Saisissant au passage une cape thermique accrochée au portemanteau près de la porte, elle sortit précipitamment dans la neige.

Deux semaines s'étaient écoulées depuis que l'on avait repêché le corps de Jacqui Renstrow dans le Potomac. La polémique autour du Principe d'Equité échauffait les esprits. Bill Edwards, Katharine Crewall et tous les autres grands journalistes de la télévision en étaient presque à camper devant le bureau de Jeffers. Andie comptait les jours qui la séparaient des vacances, impatiente de fuir la sonnerie ininterrompue du téléphone et les mêmes questions mille fois répétées. Cinq jours en Grèce, seule avec Jeffers ; elle ne se tenait plus de joie.

Un glisseur gris à la carrosserie aérodynamique se rangea le long du trottoir ; Ben Canay était au volant.

— Taxi, miss ?

Andie monta et referma soigneusement la portière.

— C'est vraiment gentil à vous, Ben, de m'accompagner à la station de la navette.

Il la gratifia d'un bref sourire tandis que le glisseur s'engageait sur la voie rapide.

— Tout le plaisir est pour moi, Andie. Vous n'allez pas traîner vos bagages dans le métro, et puisque Stephen doit vous retrouver à Santorin pour votre congé de Noël, j'ai pensé que le moins que je puisse faire était de vous offrir mes services comme chauffeur.

Canay faisait de tels efforts pour s'attirer ses bonnes grâces qu'Andie essaya de se montrer aimable.

— Belle voiture.

— Merci. Je viens de faire refaire l'intérieur.

— Tout en cuir ? Mon Dieu, c'est du luxe !

Canay se fendit d'un sourire.

— Disons plutôt que c'est une nécessité. Voyez-vous, ma petite amie l'a complètement bousillé.

— Ce glisseur ? Est-ce qu'elle fait ça souvent ?

— Ç'a été son cadeau de rupture. Après qu'elle me l'a volé. Heureusement que je suis assuré, dit Canay avec un gros rire.

Andie fronça les sourcils. La vie privée de Canay avait l'air plutôt compliquée.

Au feu proche de la station, une mutante aux formes épanouies et aux longs cheveux blonds traversa devant eux. Canay la suivit des yeux.

— Superbe ! s'écria-t-il avec un soupir.

— Vous avez un faible pour les mutantes ? demanda Andie. C'est assez rare chez les hommes non mutants.

— Je sais. Quoique, entre vous et moi, je soupçonne la majorité des hommes normaux de se demander ce que valent les mutantes au lit.

Il se tourna vers Andie et lui décocha un clin d'œil. Elle détourna la tête.

— Sans doute, se contenta-t-elle de dire.

— Quant à moi, je me considère comme un connaisseur, poursuivit Canay malgré l'attitude glaciale de sa passagère. Ma petite amie était mutante.

— Vraiment ? (Du coup Andie se tourna vers Canay pour l'observer.) Je ne pensais pas que les mutants se comportaient de façon aussi hystérique.

Canay haussa les épaules.

— Elle était contrariée. On s'était disputés.

La fille devait être piquée, songea Andie. Puis, à voix haute :

— Les couples mixtes, ça n'est pas si fréquent.

— Si l'on exclut les deux personnes ici présentes. Bon, disons que j'ai eu de la chance.

— On dirait qu'elle vous manque.

Il sourit.

— Oui. Ça n'est pas faux.

Au grand soulagement d'Andie, la station de la navette fut bientôt en vue, avec ses terminaux orange piquetés de lumières clignotantes. Canay gara le glisseur devant l'entrée des Olympic Airways, à proximité d'un roboporteur.

— Vous avez besoin d'un coup de main pour vos bagages ? demanda-t-il.

— Non merci, répondit Andie avant de sauter du véhicule.

— Amusez-vous bien avec le grand chef, dit Canay. Nous nous occuperons de tout jusqu'à votre retour.

Il agita la main et repartit.

Le roboporteur prit les bagages, valida le billet et informa Andie que l'embarquement avait commencé. Elle fila vers la porte, pensant déjà aux quelques jours qu'elle allait vivre au soleil. Bizarrement, les propos qu'avait tenus Canay hantaient son esprit. Les mutantes lui plaisaient ? Et alors ? S'il était assez fou pour fréquenter des gens qui lui dérobaient ses affaires et les saccageaient, c'était son problème. Pourquoi s'en ferait-elle pour la voiture de Canay et la petite idiote qui vivait avec lui ? Chassant ces pensées troublantes, Andie se mit à courir vers la navette.

21

Rendez-moi invisible, implorait Michael. Emportez-moi jusqu'à la mer et laissez-moi flotter sur les vagues. Je veux être l'algue et l'écume. Frissonnant sous la froidure, le jeune homme regardait les brisants gris se fracasser sur la grève. Cela faisait deux jours qu'il se cachait, depuis l'épisode cauchemardesque où, devant les membres du clan réunis, Jena avait revendiqué son droit à l'épouser.

Il ne cessait de prier pour que, dans la minute qui vienne, Skerry entre en contact télépathique avec lui et lui apporte enfin le signal du départ. Skerry avait toujours su lorsque Michael avait des ennuis. Oui, il partirait, il se mettrait hors la loi vis-à-vis du clan. Il enverrait un message à Kelly, et elle s'envolerait pour Vancouver où ils se marieraient clandestinement ; elle deviendrait sa femme, bannie elle aussi.

Si seulement il avait pu joindre Skerry. Mais le numéro qu'il conservait depuis des mois n'était plus valable. Il avait essayé la veille deux heures durant, composant et recomposant les chiffres sur le cadran.

Michael ?

Son esprit avait enregistré le plus léger des murmures. Il se retourna, le souffle court.

— Skerry ?

Michael, tu m'entends ?

— Oui, Skerry, répondit le garçon, au bord des larmes, soudain soulagé. Où es-tu ?

Pas Skerry, mon chéri. C'est ta mère.

— Oh !

Le désespoir s'empara de lui. Sue Li remontait la plage, sa grande cape flottant dans le vent comme des ailes rouge et or. A chacun de ses pas, Michael sentait s'effriter ses rêves d'évasion.

— Reviens, dit-elle.

— Non.

— Tu ne veux quand même pas que le clan te bannisse ? Tu te rends compte de ce que ça signifie ?

Elle s'assit à ses côtés sur le sable humide.

— Oui, dit-il. Je ne serai plus tenu d'assister à ces damnées réunions.

Un sourire plissa le visage de Sue Li.

— C'est peut-être en effet un des rares avantages. Mais est-ce que tu veux vraiment nous quitter ? Perdre ta famille, tes amis, même ton travail ?

— Je le ferais si j'y étais obligé.

— Mais est-ce que tu le veux ?

— Je ne sais pas, répondit-il en détournant les yeux vers la mer.

Sue Li s'efforçait de rester calme.

— En ce cas, reviens.

— Pourquoi ?

— C'est la coutume chez nous.

— Je me fous complètement de notre coutume. Jena s'est servie de moi.

— Je sais.

— Et ça t'est égal ? fit-il en regardant sa mère. Tu veux vraiment l'avoir pour belle-fille ?

Sue Li soupira.

— Il ne s'agit pas de ce que je veux ou ne veux pas. D'une certaine façon, j'aurais préféré que Kelly et toi vous ayez fui ensemble. Je pourrais supporter d'être la mère d'un hors-la-loi.

— Ah bon ?

Interloqué, Michael essaya de lire sur le visage de sa mère. Celle-ci écarta une mèche de devant ses yeux.

— Oui. Mais ce que je ne peux supporter, c'est d'être la grand-mère d'un enfant à moitié hors la loi, dit-elle d'une voix douce.

— Je n'aime pas Jena.
— Ça aussi, je le sais. Mais tu as désormais des responsabilités qui vont au-delà de tes préférences.
— Tu veux parler de l'enfant ?
— Oui.
Dans sa colère, Michael repoussa la main de sa mère.
— Bon sang, pourquoi Jena ne se fait pas simplement avorter ? s'écria-t-il.
— Tu le sais, pourquoi. Le clan interdit l'avortement.
— Et mon bonheur, *à moi ?* répliqua-t-il d'une voix cassée.
Sue Li sourit tristement.
— Tu découvriras peut-être que le bonheur vient avec le temps. Et quand on s'y attend le moins.
— Je pourrais disparaître.
— Tu le pourrais. Il y a une station de métro au carrefour. Je te donnerai même l'argent pour le billet. Mais où iras-tu, Michael ? Que deviendras-tu ? Et moi, qu'est-ce que je vais devenir si je perds encore un de mes enfants ?
Il y avait de la tendresse dans cette voix. Michael remonta ses genoux contre sa poitrine et se balança d'avant en arrière sur le sable humide. Des larmes coulèrent sous ses paupières closes.
Kelly, songeait-il. Kelly, je suis désolé. Vraiment désolé.
Il sentit la main de sa mère sur sa nuque. Etouffant un sanglot, il redressa la tête, écrasant ses larmes de ses poings. Un moment il resta les yeux fixés sur les vagues gris-vert qui évoluaient au rythme lent et grave de leur danse éternelle. Pour finir, il hocha la tête.
A la bonne heure.
— Je vais revenir. Pour l'enfant. Et pour toi.
— C'est vrai ?
A nouveau Michael hocha la tête.
Il se leva et aida sa mère à se mettre debout.
— Je t'aime, Michael, dit-elle en se haussant sur la

pointe des pieds pour déposer un baiser sur la joue du garçon. J'ai de la peine pour toi.

— Je l'aimerai toujours.

— Je sais.

Elle lui prit la main. Ensemble, ils retournèrent à la réunion, escortés par la grande cape claquant dans le vent.

Lorsqu'ils entrèrent dans la salle, Halden les accueillit avec un soupir de soulagement.

— Tu l'as trouvé ? Tant mieux. Je ne voulais pas prolonger cette réunion au-delà d'aujourd'hui.

Il envoya une injonction mentale pour réclamer l'ordre. Puis, s'adressant à Michael :

— Es-tu revenu de ton plein gré ?

Michael garda le silence un instant. D'un regard circulaire, il observa ce clan dont il faisait partie. Cent yeux dorés lui rendirent son regard.

— Oui, répondit-il. Je demande pardon d'avoir perturbé la séance.

— J'espère bien, dit Tela d'un ton sévère.

— Je crois que nous pouvons comprendre la confusion où était notre jeune frère, dit Halden d'un ton bienveillant.

Autour de la table, les têtes acquiescèrent.

Michael s'assit à côté de Jena qui, le visage tout rouge, lui adressa un sourire embarrassé.

Elle m'aime vraiment, se dit-il. Suffisamment pour avoir osé employer ce moyen pour me lier à elle. Au risque d'essuyer ma colère, ma haine et mon refus.

Il contempla sa fiancée. Elle était belle. Grande, fraîche sous ses cheveux blonds. Lui, il pensait à une autre fille, plus petite, avec des cheveux noirs et un sourire plein d'entrain. Sa bouche se crispa sous l'effet de la souffrance.

Kelly. J'ai attendu trop longtemps.

Jena lui pressa la main. Michael la regarda à nouveau. Je ne l'aime pas, songea-t-il. Mais est-ce que je la déteste ? J'arriverai peut-être à être gentil avec elle. Un jour.

Michael prit l'autre main de la jeune fille et ferma les yeux tandis que Halden entonnait le psaume de clôture qui scellait son destin.

Au sein du clan, nous formons une famille.
Dans le cercle intérieur, nous ne faisons qu'un.
Des âges enfuis au futur ultime,
Nous avançons aujourd'hui comme hier,
Ensemble, main dans la main, cœur à cœur,
Esprit à esprit. L'espoir d'une vie nouvelle
Nous unit comme un seul être.

Sur la plage de sable volcanique, scintillaient des éclats de mica. En cette journée d'hiver inhabituellement douce, elle absorbait la chaleur des pâles rayons de soleil et la sensation était trop vive sous la plante des pieds pour être supportable. Andie courut vers la couverture en poussant des cris aigus. Stephen leva les yeux de son écran et sourit sous son panama.

— Ah, le paradis ! gémit Andie en se frottant les orteils. Quand tu as proposé Santorin, je ne pensais pas y attraper des ampoules sous les pieds.

— Tiens, prends une gorgée de ceci, dit Jeffers en lui passant une boîte de résiné concentré. Ça te soulagera.

Il revint à son écran.

Andie avala une lampée de ce vin vert clair aux senteurs de pin, et en apprécia la saveur fraîche et amère. Puis, elle s'étendit sur la chaise longue et contempla les eaux turquoise de la mer Egée. Quelle bonne idée d'être venus ici ! Ils avaient passé les trois journées précédentes à explorer les ruines d'Akrotiri ensevelies sous les cendres, à se promener sur les crêtes, et à faire l'amour dans leur suite du grand hôtel aux murs blanchis à la chaux, perché sur le flanc de l'ancien volcan. Washington était à des milliers de kilomètres. Andie ferma les yeux et, s'offrant à la caresse du soleil, finit par s'assoupir.

Un cri la tira de sa rêverie. Au bord de l'eau, deux femmes corpulentes en costumes de bain noirs hurlaient en montrant quelque chose du doigt. Loin du rivage, là où le bleu devenait plus profond, une minuscule tête noire se balançait au gré des vagues. Beaucoup trop loin. La tête disparut, émergea en crachant de l'eau, disparut à nouveau.

— Stephen ! s'écria Andie. Cet enfant est en train de se noyer !

Elle bondit sur ses pieds et courut vers la mer. Andie était une bonne nageuse, du moins en piscine. Mais ici, c'était l'océan, glacé et puissant, aux flots implacables. Dès qu'elle se trouva dans l'eau, la force des vagues lutta contre ses propres forces. Cette tête qu'elle apercevait était tellement loin. Andie chercha sa respiration. C'est alors qu'un autre nageur la doubla, un nageur qui ne bougeait pas les pieds et qui laissait derrière lui un sillage d'une étonnante précision.

Andie revint tant bien que mal sur la grève et là, encore haletante, elle vit la tête de l'enfant s'enfoncer une nouvelle fois. Retenant son souffle, elle attendit de la voir réapparaître. Et puis, il y eut une autre tête, plus grosse, avec des cheveux plus clairs.

Jeffers.

Comment avait-il fait pour arriver là-bas si vite ?

Il plongea, son dos brilla un instant dans le soleil. Puis plus rien. Sur la plage, c'était l'angoisse. Les minutes s'écoulaient. Lorsque soudain, jaillit une gerbe d'eau verte avec, à son sommet, comme un bouchon qui sautait, l'enfant ; et puis Jeffers juste derrière. En quelques instants, ils regagnèrent le rivage, et une foule bruyante les entoura.

Jeffers reprenait son souffle. Mais l'enfant restait inerte, les lèvres bleuies. Andie commença à lui faire la respiration artificielle. Devait-elle appeler un robomédecin ? Etait-il encore temps ? L'enfant ne bougeait toujours pas, ne réagissait pas.

— S'il te plaît, murmura Andie. Ne meurs pas. S'il te plaît.

Des mains froides sur ses épaules la tirèrent doucement en arrière.

— Laisse-moi faire.

Jeffers se pencha sur l'enfant, plaça une main sur sa poitrine et l'autre sur sa tête, puis ferma les yeux. Son front se ridait sous l'effet de la concentration. Il marmonna des sons gutturaux, inarticulés. Ses lèvres se rétractèrent dans une grimace. L'enfant fut agité de convulsions. Sur le cou de Jeffers, on vit les muscles se tendre comme des cordes de piano. L'enfant toussa et se mit à pleurer. Sa jeune mère tomba à genoux et serra le petit corps contre sa poitrine. Elle versait des larmes de joie tandis que les gens applaudissaient.

Le visage blême, hébété, Jeffers se laissa tomber sur le sable. Il respirait avec difficulté. Andie saisit la boîte de résiné et la lui tendit. Il but avidement. Peu à peu, il reprit des couleurs, son souffle se calma.

— J'ai dû plonger drôlement bas pour le retrouver, dit-il.

— L'eau était si profonde à cet endroit ? demanda Andie.

— Pas l'eau. Son esprit. Il l'avait presque abandonné, expliqua Jeffers avant de prendre une nouvelle gorgée de résiné. J'ai d'abord essayé de faire repartir son cœur, mais il était resté longtemps sous l'eau. Il m'a fallu appeler et appeler. Je ne suis pas très doué pour ça. Mais ma mère était guérisseuse. Elle m'a enseigné quelques trucs.

Andie sentit un frisson glacé lui parcourir l'échine.

— Comment as-tu fait pour le rejoindre si vite ?

— Télékinésie. Il s'en est fallu de peu que j'arrive trop tard.

— Moi, je dirais que le minutage était parfait.

La jeune femme l'entoura de ses bras et le ramena vers la couverture, sans plus se préoccuper du sable brûlant sous ses pieds. Jeffers s'allongea au soleil, complètement épuisé.

— Je crois que je vais dormir un peu, dit-il.

Ses yeux se fermèrent et il n'était déjà plus là.

Le regard d'Andie s'arrêta sur le bloc-écran abandonné par Jeffers sur la plage grisâtre. Elle épousseta les grains de sable noir qui le recouvraient à moitié. En lettres ambrées, apparaissait sur l'écran une liste de cliniques, toutes situées dans les Cyclades.

Elle laissa son compagnon dormir une demi-heure, puis le réveilla d'un orteil taquin.

— Debout. Il faut rentrer. Il est déjà presque cinq heures.

Dans leur chambre, Andie ôta son maillot en tissu synthétique et régla le minuteur et la température de l'eau pour la douche. Les deux têtes de douche projetèrent un filet d'eau argenté sur le carrelage rouge.

— Tu viens ? fit-elle d'un air fripon.

— J'espérais bien que tu me le proposerais, répondit-il avec un sourire coquin.

Se glissant dans le bac derrière elle, il la serra contre le mur.

— Stephen !

Il l'embrassa avec fougue, tandis que sa main allait se perdre entre les cuisses de la jeune femme. Sous la caresse, une brûlante excitation s'empara d'elle, et un gémissement lui échappa lorsque Jeffers la souleva pour la pénétrer. Elle frissonnait de plaisir, les jambes nouées autour des hanches de l'homme, tandis que l'eau tiède lui caressait la nuque et les seins. Très vite, elle jouit avec un cri sauvage. En quelques violents coups de reins, Jeffers la suivit. Ils s'effondrèrent sur le sol carrelé, bras et jambes emmêlés. Un instant plus tard, un déclic interrompit les jets de la douche. Andie attrapa une serviette.

Drapée dans les plis roses et moelleux du coton synthétique, elle se coula sur le lit aux côtés de Jeffers, allongé, nu comme un ver. Distraitement, elle lui caressa la poitrine.

— Parle-moi de ta mère, dit-elle.

Les draps couleur pêche étaient d'une douceur et d'une fraîcheur exquises. Andie éprouvait cette fatigue bienfaisante qui suit d'ordinaire l'acte d'amour.

— Je te l'ai dit, déclara Jeffers en haussant les épaules. Elle était guérisseuse.

— Seulement pour les mutants ?

— Non. Elle travaillait comme psychologue. Elle devait donc soigner également les non-mutants.

— Où est-elle à présent ?

— Elle a été tuée dans les émeutes de 95.

— Mon Dieu ! Tu y étais ?

Il se tourna vers le mur.

— Oui. La foule a surgi et s'est jetée sur nous. Ma mère m'a poussé sous un glisseur et m'a dit de ne pas en sortir tant qu'il y aurait du danger. Son corps est resté étendu là, devant mes yeux. Finalement, la police l'a emportée.

La voix de Jeffers avait beau être calme, Andie percevait toute l'horreur de la scène presque comme si elle en avait été témoin. Toute frissonnante, elle remonta les couvertures.

— Comment t'en es-tu sorti ?

— C'est mon père qui m'a trouvé, après la tombée de la nuit.

Jeffers se retourna et regarda la jeune femme. Dans la semi-obscurité de la chambre, ses yeux brillaient d'une lueur sinistre.

— Tu ne te rappelles pas les émeutes, n'est-ce pas ?

Andie secoua la tête.

— Je n'avais que huit ans. Je me souviens que mes parents en parlaient. Et aussi je me rappelle le jour où j'ai dû rester à la maison alors que j'étais censée remettre un exposé en classe ; j'étais très en colère. Mais non, je n'ai aucun souvenir des émeutes elles-mêmes.

Elle le regarda, songeant à l'enfant qu'il avait sauvé et à ce jour, vingt-deux ans auparavant, où il attendait lui aussi qu'on vienne le sauver, sa mère étendue morte sous ses yeux. Andie éprouva un étrange pincement au cœur. Une émotion qui ressemblait à de l'amour. Ou peut-être à de la pitié.

Ainsi étalé dans le lit, il ressemblait à une idole en or, une sculpture païenne appartenant à quelque culte du soleil. Une lumière émanait de lui, de sa peau hâlée, de ses yeux dorés, de ses cheveux fauves.

En ce jour, il était magnifique. Je pourrais épouser un tel homme, pensa Andie.

Epouser cet homme en or ? Elle l'observa par-dessous ses paupières mi-closes. Pour la première fois, elle croyait en cette possibilité. Ils pourraient vivre ensemble. Oui. Et faire du bien ensemble. Rapprocher mutants et non-mutants. Œuvrer pour la même cause. S'aimer. Oui, finalement, elle voulait l'épouser. Oh oui. Oui. Oui.

Elle se laissa aller à une douce somnolence.

— C'était bon. Je vais peut-être faire un petit somme.

— Mais oui, dit-il en effleurant son épaule, puis il se leva.

La jeune femme glissa vers d'étranges rêves. Elle voyait Stephen sauver le petit garçon, encore et encore. Puis, son visage changeait d'expression. C'était celui de Ben Canay, et lui aussi essayait de sauver un petit garçon. Non, c'était une petite fille à présent. Une mutante. Ou bien voulait-il la noyer ? Et la petite fille avait un air curieusement connu.

— Non ! cria Andie dans son rêve. Sauvez-la ! Sauvez-la !

Elle se redressa. Son cœur cognait et ses cheveux collés pendaient sur son dos et ses épaules. A côté d'elle, le lit était vide. Elle entendit la voix de Jeffers à l'autre bout de la suite, mais les mots lui échappaient. Sans doute était-il devant son écran avec un correspondant de Washington, conclut-elle dans un demi-sommeil.

Elle se recoucha, toute tremblante, et attendit que son pouls ralentisse.

C'était un rêve. Rien qu'un rêve.

Lentement, elle dériva dans un sommeil agité, hanté par la vision d'une jeune mutante en train de se noyer.

Après le Conseil des Mutants, le voyage de retour se passa très vite. Trop vite. Michael en appréhenda chaque minute, du décollage à l'atterrissage. Mais une fois dans sa chambre, il ne put attendre plus longtemps.

Les doigts quasi paralysés, il alluma son écran et tapa le code de Kelly.

Faites qu'elle ne soit pas chez elle, songea-t-il.

Elle répondit à la troisième sonnerie.

— Michael ! Tu es rentré très vite, dit-elle, le visage rayonnant. Je pensais que tu resterais là-bas pour la nouvelle année. Comment ça s'est passé ?

— Kelly, il faut que je te voie.

— Il y a un problème ? demanda la jeune fille, redevenue grave.

— Il faut que je te parle. Peux-tu me retrouver à l'aqueduc d'ici un quart d'heure ?

— Ce soir ? fit-elle d'un air surpris. Bien sûr. Michael, ça va comme tu veux ?

— Je t'expliquerai quand on se verra.

Les mains tremblantes, il coupa la communication. En cinq minutes de glisseur il arriva à l'aqueduc. La chaussée était craquelée, comme le vernis d'un des vieux pots en céramique de sa mère. Un arbre de Noël abandonné gisait tristement, couché sur un talus de neige ; le temps avait peu à peu terni l'éclat de ses guirlandes.

Perdu dans de sombres pensées, Michael donna un

coup de pied aux fragments de bitume noir que la circulation avait arrachés à la chaussée et s'enfouit dans sa parka grise. Le soleil était en train de décliner et une nouvelle tempête de neige menaçait.

Si seulement j'étais au Canada, songeait-il. Ou en Amérique du Sud. N'importe où, à faire n'importe quoi.

L'ancien aqueduc était un lieu de rendez-vous populaire parmi les jeunes lycéens qui voulaient se payer une petite piqûre ou un joint. Heureusement, à cette heure-là il n'y avait personne.

Dépêche-toi, Kelly, supplia-t-il.

Un glisseur bleu foncé se gara à sa hauteur. Au volant, se trouvait Kelly qui lui adressa un sourire joyeux. Puis, coupant le moteur, elle sauta du véhicule. Elle portait une parka rouge, des collants noirs et des bottes couleur argent. Elle était resplendissante.

— Dieu que tu m'as manqué ! Je croyais que tu ne reviendrais jamais de cette réunion.

Elle lui jeta les bras autour du cou. Il l'embrassa tendrement, la gorge douloureuse. Puis, il se dégagea.

— Marchons, dit-il d'une voix sans timbre.

Un sillon se creusa entre les sourcils de Kelly.

— Qu'est-ce qui ne va pas ?

Il lâcha un soupir, décidé à en finir avec tous ces mensonges à demi formulés.

— Tout.

— Que veux-tu dire ?

Il lui fit face.

— Je ne peux plus te voir.

Elle ouvrit de grands yeux.

— Tu ne peux plus ou tu ne veux plus ?

— Je ne peux plus. Ne me regarde pas comme ça, Kelly. Ce n'est déjà pas facile à expliquer.

Il serra les poings qu'elle recouvrit de ses mains.

— Essaie quand même.

— C'est à cause de nos coutumes. Je suis obligé de me marier.

Elle s'arrêta brusquement.

— Obligé de te marier ? Ça veut dire quoi ?

— Il y a une fille, une mutante. Elle est enceinte...

— De toi ?

La voix de Kelly s'était comme brisée.

— Oui.

Il la regarda tandis qu'elle s'efforçait de rester calme.

— Elle ne peut pas se faire avorter ? demanda-t-elle enfin.

— Non.

— Pour quelle raison ?

— Ce n'est pas autorisé par le clan.

— Que veux-tu dire, pas autorisé ? C'est quoi, ce clan ? Un clan de flics ?

— Ce n'est pas du tout ça. Bon sang, je savais que tu ne comprendrais pas.

Kelly s'assit sur un parapet en béton.

— Est-ce que tu l'aimes ?

— Non.

Michael s'agenouilla devant elle et elle lui prit le visage dans les mains.

— Et moi, tu m'aimes ? murmura-t-elle au bout d'un long moment.

— Oui. (Michael se détourna, refoulant ses larmes.) Mais ça ne change rien. Je ne peux pas t'épouser, Kelly. Plus maintenant. Même si je le voulais, ajouta-t-il avant de se relever.

— Et pourquoi pas ? Que te feraient-ils ?

— Je serais chassé. Ça ne s'est jamais produit. Pour la famille, ce serait la honte. Si je n'assumais pas mes responsabilités envers le clan, les autres tourneraient le dos à mes parents. Je ne peux pas leur faire ça.

— Et à la place, tu vas t'engager envers une fille que tu n'aimes pas et détruire ta vie ? Pour eux ? (Kelly haussa le ton.) Pour ces mutants ? Tu te rends compte de ce que tu t'imposes ?

— Tu ne comprends pas.

— Ah ça, tu as raison, je ne comprends pas. Michael, comment peux-tu fiche ta vie en l'air comme ça ? Comment peux-tu fiche en l'air *notre* vie ?

Elle se dirigea vers le glisseur. Michael la rattrapa et la prit par les épaules.

— Je savais que j'aurais mieux fait de te mentir, dit-il d'un ton amer.

Kelly secoua ses cheveux noirs.

— Je ne t'aurais pas cru, de toute façon. Ecoute-moi, Michael, dit-elle en lui prenant les mains, nous pouvons nous enfuir. Ce soir. Nous marier dans le Delaware. A ce moment-là, ils ne pourront plus rien faire.

Le jeune homme prit une profonde inspiration. Les larmes lui piquaient les yeux, et aussi le fond de la gorge.

— Je le voudrais bien. Oh, Kelly, si seulement tu savais combien je voudrais pouvoir faire ça ! Mais ce n'est pas aussi facile que tu le dis.

Un éclair passa dans le regard de la jeune fille.

— C'est difficile dans la mesure où tu rends les choses difficiles.

Michael pensa subitement à Mel, disparue depuis six mois. Et à Skerry, qui lui avait proposé d'aller au Canada. Il remercia le ciel que Skerry ne soit pas là pour voir dans quel pétrin il s'était fourré. Il imagina le sourire moqueur sur le visage de son cousin : « Ils t'ont eu, gamin. T'aurais dû t'enfuir quand tu en avais l'occasion. »

— Mais je ne veux pas rendre les choses difficiles.

Furieux à présent, il se détourna. Pourquoi ne pouvait-elle pas comprendre et le laisser partir ? Elle ne faisait que rendre les choses plus difficiles encore.

— Je ne peux rien faire, reprit-il. C'est la coutume chez les mutants. Kelly. Je regrette. Je t'aime et j'avais espéré qu'on se marierait, mais tout est changé maintenant. Ça ne dépend plus de moi.

Kelly recula d'un pas, le visage froid.

— Je vois bien que c'est ce que tu crois. Et après tout, c'est la seule chose qui compte, non ? Bonne chance, Michael.

Elle s'éloigna rapidement. Michael entendit claquer la portière, puis le rugissement du moteur. Le visage sombre, il regarda s'éloigner le glisseur, et, avec la poussière qu'il soulevait, s'envoler son avenir.

22

Assise face à Jeffers, Andie parcourait rapidement son agenda de la journée. Trois semaines s'étaient écoulées depuis leur retour de l'île de Santorin, trois semaines de l'année nouvelle. Déjà, les vacances n'étaient plus qu'un agréable souvenir qui s'estompait, avalé dans la frénésie quotidienne des interviews, des déclarations et autres discours politiques, et des communiqués de presse.

— N'oublie pas ton discours pour l'Eglise le vingt au matin, rappela Andie. On va avoir une grosse couverture. Et il n'est pas trop tôt non plus pour commencer à obtenir le soutien d'Akins pour la course au Sénat cet automne.

— Halden m'a assuré que nous l'aurions, répondit Jeffers en s'adossant à son siège, les mains derrière la nuque. A propos, Andie, c'est quoi cette histoire de mariage après la campagne de financement à New York ?

La jeune femme leva les yeux de son écran.

— Le mariage de Michael Ryton. Mon Dieu, c'est samedi en huit. J'ai failli oublier. Tu te souviens des Ryton ? Deux mutants, le père et le fils, qui avaient fait pression sur Jacobsen pour les restrictions gouvernementales concernant la recherche spatiale.

— Ah, ces deux-là ? Et le fils se marie ?

— Oui. Il m'a dit qu'il en pinçait très sérieusement pour une fille. Je suis surprise que le clan en fasse tout un plat.

— Pourquoi ? Chez les mutants, les mariages sont d'habitude des événements importants.

— C'est-à-dire que la mariée n'est pas une mutante.

Jeffers leva les sourcils, l'air sceptique.

— Quoi ?

— La fille que Michael veut épouser est une normale. Je trouve formidable que le clan se soit rallié derrière lui. Pour te dire la vérité, je suis flattée d'être invitée.

— Permets-moi de douter que le clan donne son aval à un mariage mixte, dit Jeffers d'un ton changé.

Andie haussa les épaules.

— Peut-être que les temps changent. Que le clan est plus progressiste que tu ne crois.

— Peut-être, dit-il, mais il ne semblait pas convaincu.

— Quel cadeau offre-t-on traditionnellement pour un mariage mutant ?

— Des plaques de crédit.

Andie éclata de rire.

— Qu'y a-t-il de si drôle ? demanda Jeffers.

— C'est bien de savoir que, par certains côtés, nous ne sommes pas si différents.

Les trois notes en mineur carillonnèrent, familières, à la porte d'entrée. Michael fit mine d'y aller, mais sa mère fut plus rapide. Habillée dans la tenue dorée de tradition pour la famille du futur époux, Sue Li se précipita pour accueillir les invités.

— Halden. Zenora. Je suis contente de vous voir.

La tante et l'oncle de Michael entrèrent, très chics dans leur parure scintillante. Dans les cheveux gris de Zenora, brillaient des étoiles pourpres, assorties à la robe qui descendait jusqu'à terre. Halden portait un costume gris flottant qui dissimulait presque son embonpoint.

Zenora donna une brève accolade à Michael, et Halden lui tapa dans le dos si cordialement que le jeune homme faillit en perdre l'équilibre.

— Prêt pour la grande parade ? demanda-t-il de sa voix de stentor.

Michael regarda le plancher.

— Oui, je crois.

— Ça n'a rien de terrible, tu verras.

— Venez donc, proposa Sue Li en prenant l'oncle et la tante par le bras. On attend encore quelques invités avant de commencer.

Juste avant de disparaître, Halden lança un clin d'œil à Michael. Celui-ci poussa un soupir de soulagement en desserrant le col de son costume, doré comme le réclamait la tradition. Il avait la sensation d'être peu à peu étranglé par le bouton de sa chemise.

Les trois notes retentirent à nouveau. Michael alla ouvrir et resta bouche bée. Le sénateur Jeffers et Andrea Greenberg se tenaient sur le seuil, habillés de la façon la plus stricte. Des flocons de neige voletaient autour d'eux.

— Et voici le futur époux, lança Jeffers avec un grand sourire. Mes félicitations, Michael. Je suis ravi de te revoir.

Eberlué, Michael serra la main qu'on lui tendait.

— Sénateur Jeffers ! Andie ! Euh, entrez.

— Michael, vous m'avez l'air en pleine forme, dit Andie. Où est la fiancée ?

— En haut. Elle s'habille.

— Vos rêves se réalisent, n'est-ce pas ? Je suis bien heureuse pour vous.

— Merci, dit Michael d'une voix sourde.

Andie lui jeta un regard perplexe.

— Allons, dit Jeffers en la prenant par l'épaule.

Laissons-le à ses derniers moments de liberté et allons voir le clan.

Ils descendirent et Michael resta seul dans le vestibule. Il se dirigea vers le bar pour prendre un joint.

Un chant profond montait de l'escalier.

Bon sang, réagit-il. Ça commence déjà ?

Il prit une profonde inspiration et descendit à son tour. Sur le seuil, il retrouva son père, vêtu d'une robe dorée. Ensemble, ils s'avancèrent vers l'autel improvisé dressé contre la cheminée, où les attendait Halden. Des multitudes de fleurs jaunes ornaient les murs.

Il y avait foule. A gauche, près de l'allée centrale, se trouvait Zenora, avec à sa droite Chavez et Tela. Tout le clan était là. Il y avait même au fond un groupe venu de la côte Ouest, reconnaissable à une étrange peau verdâtre. Au premier rang, sa mère, tout en accompagnant le chant de la tête, regardait Michael approcher. Une couronne d'œillets rouges ceignait ses cheveux bruns. Le sénateur Jeffers et Andie étaient assis côte à côte, eux aussi au premier rang. La jeune femme adressa un clin d'œil à Michael tandis qu'il prenait place près de Halden.

Avec un hochement de tête, le père de Michael s'assit à son tour. Le chant changea de tonalité, les voix sopranos dominant peu à peu les barytons et les basses.

Puis Jena entra au bras de sa mère et descendit l'allée. Elle était vêtue d'une robe de pétales de soie ivoire rehaussés de délicats fils d'or. Ses cheveux avaient été tressés sur la nuque en spirales complexes, entrelacées d'orchidées lavande et d'un ruban argenté. Son visage était lumineux, ses yeux dorés brillaient. Toute son attention était concentrée sur Michael. Et il la sentait pleine d'allégresse.

Comme elle est belle ! songea-t-il. Comme elle est heureuse !

Comme dans un rêve, il lui prit le bras et se tourna vers Halden.

— C'est l'occasion pour nous de nous réjouir, de rendre grâces au ciel, entonna ce personnage imposant. En croissant en nombre, nous croissons en force.

Halden plaça une main sur la tête de Michael, l'autre sur celle de Jena. Les plis de sa robe de cérémonie enveloppèrent les deux jeunes gens, telles des ailes noires.

— Communiez avec moi, et communiez l'un avec l'autre ainsi que vous le ferez chaque jour, pour le restant de vos existences.

Michael sentit des élancements dans sa tête. Une sensation étrange se propagea en lui avec une violence électrique, quasi érotique. A côté de lui, Jena respirait bruyamment.

Un sourire bienveillant se dessina sur le visage de Halden et ses yeux explorèrent tour à tour l'esprit des deux époux. Puis, il baissa les mains.

— Voilà qui est fait. Michael James Ryton, prends la main de ton épouse, Jena Thornton Ryton.

Le contact déclencha chez Michael une série de vibrations qui lui parcoururent le dos, tandis qu'il se tournait vers la femme aux yeux dorés qui se tenait à ses côtés.

Michael ? Est-ce que tu le sens ? Est-ce que tu m'entends ?

Oui.

N'est-ce pas merveilleux ? Puisse ce moment durer à jamais. Oh, je t'aime tant...

Chut. Halden n'a pas encore fini.

L'échange s'était passé à merveille. Michael était trop étourdi pour faire plus que s'en étonner.

— Les anneaux ? demanda Halden en levant un sourcil.

Michael fouilla dans ses poches. Rien. Pourtant, il y avait mis la petite boîte avec les anneaux une heure avant !

Il se retourna et regarda sa mère, qui ferma les yeux. Consterné, le petit Jimmy, son frère, bondit du siège qu'il occupait à côté de sa mère. Le visage tout rouge, il sortit de la poche de sa veste l'étui de velours gris.

— Il est là. Oh, maman ! Je suis désolé. Désolé.

Michael réprima un sourire et prit la petite boîte des mains de son frère. Jimmy se hâta de regagner sa place sous les rires de l'assistance.

Halden acquiesça d'un signe de tête. Alors, Michael ouvrit la boîte et passa le plus petit des anneaux d'or à l'annulaire de Jena. Elle prit l'autre et le glissa au doigt du garçon. Des reflets opalins dansèrent à la surface des anneaux.

Jena sourit à Michael et, lui ouvrant son esprit :

Michael, je t'aime et je ferai ton bonheur. Tu verras.

Il l'embrassa tendrement pendant que Halden conduisait le chant rituel. Puis, la cérémonie prit fin, et les jeunes mariés se tournèrent vers la mer de visages.

Andie avait suivi la cérémonie avec une fascination mêlée de perplexité. Michael avait l'air d'évoluer dans un rêve, comme hypnotisé. Assurément, son épouse était fort belle et elle contemplait Michael avec une évidente adoration. Mais quand le couple fit face à la foule, Andie vit que Jena avait les yeux dorés. Une mutante ! Qu'était-il advenu du projet de Michael d'épouser l'élue de son cœur, une non-mutante ? Pas étonnant qu'il l'ait regardée d'une drôle de façon lorsqu'elle l'avait félicité.

Andie prit Jeffers par le bras et suivit les autres invités dans la salle à manger brillamment éclairée. Des chaises étaient disposées le long des murs, et la grande table du centre était couverte de fleurs exotiques et de mets délicats. C'était la femme de Halden, Zenora, la grande femme en violet, qui s'était chargée des réjouissances. Andie se rappela la manière dont elle avait protesté contre la présence d'une normale lors de cette autre réunion de mutants, celle qui avait suivi la mort de Jacobsen. Comment allait-elle réagir en découvrant qu'Andie était invitée au mariage ?

Un peu gênée, elle tira sur la veste de son tailleur de fonction. Les mutants portaient tous des robes aux couleurs chatoyantes. Les coiffures des femmes étaient parées de fleurs et de lumières scintillantes. Andie se sentait comme un roitelet au milieu d'une volée d'oiseaux exotiques.

Jeffers lui avait expliqué que les mariages mutants étaient l'occasion d'une immense fête. La tradition considérait comme des motifs de réjouissances la perpétuation de l'esprit de clan, et celle de l'espèce, conséquence normale du mariage. Andie était une étrangère au milieu de cette fête. Elle resta aux côtés de Jeffers tandis qu'il félicitait les nouveaux mariés, saluait les vieux amis, faisait le tour de l'assemblée. Halden revint à pas pesants. Il avait troqué sa robe de cérémonie contre une chemise et un pantalon.

— Alors, sénateur. Vous vous occupez déjà de l'élection de novembre, j'imagine ?

— Naturellement. Et avec votre soutien, Halden, je crois que nous réussirons.

Le Gardien du Livre pressa l'épaule de Jeffers.

— Vous nous avez donné de grands espoirs, Stephen, apporté du baume dans une saison de douleurs.

— J'en suis heureux.

Zenora s'approcha.

— Sénateur Jeffers, nous sommes fiers de vous. J'ai entendu dire que vous alliez proposer l'abrogation du Principe d'Equité ?

Jeffers la gratifia d'un sourire.

— Nous sommes fermement résolus à y parvenir. Dès que l'élection aura eu lieu. (Il se retourna et passa un bras autour des épaules d'Andie.) Je vous présente Andrea Greenberg. Vous vous souvenez sans doute d'elle ; c'était du temps de Jacobsen.

— Oh, oui, je m'en souviens, dit Zenora en la saluant froidement. Soyez la bienvenue.

L'accueil de Halden fut plus chaleureux. Il lui tapota la main gentiment.

— Ça me fait plaisir de vous revoir, madame Greenberg.

— Je vous en prie, appelez-moi Andie.

— Bien sûr.

— Je suis surprise que vous ne soyez pas avec Skerry, fit remarquer Zenora d'un ton aigre.

— Skerry ? répéta Jeffers, perplexe.

— Veuillez nous excuser, intervint Halden. Nous avons été ravis de vous voir, Andie. J'espère que nous aurons l'occasion de bavarder tout à l'heure.

Il attrapa sa femme par le bras et la conduisit à l'écart, hors de portée des oreilles.

— De quoi parlait-elle ? demanda Jeffers.

Andie haussa les épaules.

— Va savoir, répondit-elle en levant son verre vide. Je crois que je vais en prendre un autre.

— Parfait. Je vais dire quelques mots au jeune marié.

Jeffers s'éloigna. Andie était à mi-chemin du bar lorsqu'elle perçut l'éclat d'une flûte de champagne qui flottait dans sa direction, en suspension dans les airs.

Ne restez pas plantée là, ma belle. Allez-y, prenez-la.

Médusée, Andie faillit lâcher le verre qu'elle tenait à la main. Avec précaution elle saisit le pied délicat de la flûte en lévitation.

Permettez que je vous débarrasse de votre verre vide.

Le verre en question lui fut ôté des doigts et atterrit sur le bar.

Andie embrassa la pièce du regard, essayant de localiser la source du contact télépathique.

— Quoi de neuf ? fit une voix de ténor léger dans son dos.

— Skerry ! s'exclama Andie en se retournant brusquement et en renversant un peu de champagne.

— Pour vous servir.

Le jeune homme s'inclina bien bas. Des éclairs argentés fusèrent sur son costume bleu.

Andie lui sourit. Pourtant, le visage barbu devant elle était sombre.

— Je ne pensais pas vous trouver ici, dit-elle.

— J'aimerais vous parler.

Andie le suivit à travers le salon jusqu'à une petite bibliothèque. Skerry referma la porte et se laissa tomber dans un fauteuil. Andie trouva un tabouret et s'y assit, ravie de pouvoir soulager ses pieds douloureux.

— Ainsi, vous travaillez pour l'éminent sénateur ? commença Skerry.

— Oui. Quel mal y a-t-il à ça ?

— Si je savais que vous m'écoutiez, j'essaierais bien de vous l'expliquer.

Il renifla l'œillet vert fixé par un ruban au revers de sa veste. Andie posa d'un geste brusque sa flûte sur la table.

— J'en ai vraiment assez de vos mystérieuses insinuations et de vos allusions indirectes, déclara-t-elle. Vous m'avez balancé votre cartouche au Brésil, puis vous m'avez fait porter le chapeau à la réunion du Conseil des Mutants. Pourquoi devrais-je vous écouter maintenant ?

— Parce que je sais certaines choses que vous ignorez. Et je vous le dis tout net : vous vous trompez lourdement.

— Et moi, je pense que vous êtes jaloux de Stephen, répliqua-t-elle. Vous étiez contre sa nomination — Dieu sait pourquoi. Mais vous avez raison sur un point. Je ne vous écouterai pas. C'est un homme remarquable. Un héros. Il a ramené l'espoir parmi nous tous qui croyions que cet espoir était mort avec Jacobsen.

Skerry hocha la tête d'un air sarcastique.

— Oh oui, c'est l'être le plus magnifique sur lequel les mutants aient pu fonder leurs espoirs depuis longtemps.

— Je l'aime. Je veux travailler avec lui et l'aider.

— Ne confondez pas amour et adoration, mon petit.

Andie se leva, les mains sur les hanches.

— Que savez-vous de l'amour ? demanda-t-elle d'un ton véhément.

— J'en sais assez pour vouloir aider quelqu'un qui le mérite.

Deux pas lui suffirent pour se retrouver à côté d'elle ; il la regarda intensément.

— Vous savez, dit-il, vous me plaisez vraiment.

Il lui prit le visage dans les mains. Andie sentit son cœur s'emballer. Elle tenta de s'arracher à son étreinte.

— Skerry. Ne faites pas ça.

— Laissez-vous aller. Je ne vais pas vous faire mal. Je veux vous aider. A présent, fermez les yeux. Fermez-les.

Contre sa volonté, Andie serra très fort les paupières.

— Très bien. Penchez-vous en arrière. Ne vous inquiétez pas, je vous tiens.

Elle sentit qu'il lui passait le bras autour des épaules.

— Là, bravo !

Il avait posé une main sur son front ; sa paume était fraîche.

— Comptez à rebours à partir de cent, Andie.

— Comment ? Ne soyez pas ridicule...

— Faites ce que je vous dis.

— Quatre-vingt-dix-neuf, quatre-vingt-dix-huit...

— Mentalement.

Elle s'exécuta. La pression de sa paume s'intensifia. Soudain, elle éprouva comme un vide dans sa tête. Des étoiles bleues dansaient derrière ses paupières. Un grondement lui emplit les oreilles.

QUATRE-VINGT-DIX-SEPT, QUATRE-VINGT-SEIZE, QUATRE-VINGT-QUINZE...

Cent autres personnes, une armée de voix, chantaient avec elle. Elle se sentait comme hypnotisée. Assourdie. Toute pensée était devenue quasiment impossible. Et puis, le chœur diminua de volume, les ondes sonores refluèrent lentement, hors du seuil auditif, vers le silence.

Andie ouvrit les yeux, battit par deux fois des paupières. Elle avait la gorge sèche.

— Que s'est-il passé ?

Skerry la lâcha.

— Je vous ai implanté un chant réflexe, à déclenchement automatique et spontané pour le cas où quelqu'un voudrait fouiller dans votre esprit.

— Fouiller ? (Andie se rassit et agrippa son verre.) Vous voulez dire par intrusion télépathique ? Je croyais que c'était considéré comme de viles pratiques dans les cercles mutants ? Ils ne respectent donc pas l'intimité de l'esprit ?

— Certains, oui. Pas tous.

Andie frémit à l'idée de ce que cela impliquait.

— N'ayez pas peur, ma belle. Je voulais juste vous donner un petit surcroît de protection. (Skerry sourit gentiment.) Il est peu probable que vous en ayez besoin.

— C'est quoi, ce déclenchement automatique ?

— Le chant commencera dès qu'un télépathe essaiera d'avoir accès à n'importe quel niveau de votre infrastructure consciente. Le chant l'éloignera et s'interrompra dès lors qu'il se sera retiré. Vous pouvez aussi le déclencher vous-même en pensant au mot « contre-chœur ». Assurez-vous de bien fermer les yeux au moment où vous le faites. Un cycle dure le temps que vous comptiez quinze fois jusqu'à cent, mais vous pourrez toujours l'interrompre en rouvrant simplement les yeux. (Skerry leva les mains.) Illico presto. Intimité garantie.

— Vous pensez réellement que j'ai besoin de ça ?

— Espérons que non.

Andie regarda le jeune homme d'un air sceptique. Il avait l'air sincère. Elle pouvait peut-être lui faire confiance.

— Skerry, demanda-t-elle, pourquoi Michael a-t-il épousé une mutante ?

Il eut un rire amer.

— Il s'est fait posséder. Ou plutôt, c'est elle qui l'a possédé. Littéralement.

— Elle est enceinte.

Ce n'était pas une question.

— Eh oui. Et il est l'heureux papa. Alors, ils se sont mariés, puisque la devise du clan est : croissez et multipliez. Et vice versa.

— Ah.

Plus elle côtoyait les mutants, moins Andie les comprenait.

— Il me semble qu'un autre verre ne vous ferait pas de mal, dit Skerry en la hissant sur ses pieds. Venez.

Michael s'attendait certes à ce qu'il y ait beaucoup de monde, mais il n'aurait jamais cru que le sénateur Jeffers assisterait à la cérémonie.

Les fonctions qu'il occupait lui allaient à merveille. Il était si sûr de lui. Deux fois plus dynamique que cette pauvre Jacobsen.

Les gens se pressaient autour de lui, et quand il se tourna vers Michael pour lui adresser la parole, celui-ci se sentit flatté.

— Vous êtes un peu étourdi, non ? remarqua Jeffers d'un ton amical.

— Oui. Plus qu'un peu.

— Ça va passer, fit-il en lui tapotant l'épaule. Votre femme est très jolie.

— Merci.

— Vos parents me disaient que vous aviez un double pouvoir. Tout comme votre femme. C'est une grande chance.

— Une chance ? s'étonna Michael, perplexe.

Jeffers lui fit un clin d'œil.

— Pour perpétuer ce don. Plus il y aura de mutants dotés d'un double pouvoir, mieux ce sera.

— Ah, je vois, fit Michael en souriant. On le saura bientôt.

Le sénateur eut un petit rire appréciateur.

— Excellente réaction. Il nous faudrait davantage de jeunes gens comme vous à l'Union des Mutants. Vous en êtes membre ?

— J'y ai songé, répondit Michael.

En réalité, jusqu'ici, il n'avait jamais beaucoup réfléchi à la question.

— Bon. Si vous venez à Washington, ne manquez pas de prendre contact avec mon service. Voici quelques informations qui pourraient vous intéresser, ajouta-t-il en tendant à Michael une carte à puces, avec un sourire qui lui réchauffa le cœur.

C'est alors que Halden surgit près d'eux.

— Ah, sénateur, vous êtes là. A propos de la campagne...

— Michael, voulez-vous m'excuser ?

Et sans attendre la réponse, Jeffers tourna le dos au jeune homme.

Michael parcourut la salle du regard. Dans l'angle opposé, tenant deux assiettes en équilibre, Jena était en grande conversation avec une des cousines à la peau verdâtre ; celle-ci, vêtue d'une robe turquoise, arrivait de Petaluma. Elle était affligée de deux yeux dorés protubérants.

Jena ? appela-t-il mentalement.

Pas de réponse.

Peut-être que le lien psychique que Halden avait forgé entre eux ne fonctionnait que lorsqu'ils se trouvaient tout à proximité.

Michael mordit dans un morceau de pain d'épice sans en goûter vraiment la saveur. L'espace d'un instant, il imagina le visage de Kelly encadré d'orchidées pourpres, puis il chassa cette vision de son esprit.

Plus de Kelly, se dit-il. Ma vie est *ici,* maintenant. Je pourrais devenir membre de l'Union des Mutants. Pourquoi pas ?

— Alors, on médite sur le mariage ? fit une voix familière près de lui.

Le visage barbu de Skerry apparut, flottant dans les airs, comme désincarné, près de la table du banquet.

Michael attrapa tant bien que mal l'assiette que son cousin avait fait léviter jusqu'à lui et, le temps de la stabiliser, il faillit la laisser tomber.

Skerry se matérialisa en totalité dans une gerbe de mini-éclairs. Il se tenait près de la table, le sourire aux lèvres.

— Je te croyais au Canada, dit Michael. Parti pour de bon. Pourquoi ne m'as-tu pas dit que tu venais ?

— J'aime bien faire des entrées-surprises. Mais en l'occurrence, c'est toi le roi des surprises, petit. Marié ? Avec elle ? J'avais cru comprendre que tu t'étais entiché d'une normale ?

Michael se retint de tiquer.

— Oui. Disons qu'il s'est passé quelque chose à quoi je ne m'attendais pas.

Skerry secoua la tête.

— Elle t'a possédé, hein ? C'est bien ce que je pensais. (Il approcha son visage et d'un ton de conspirateur :) Tu peux encore te tirer avec moi après la fête. Au diable, tout ça. Pars. Commence une nouvelle vie.

Michael sourit tristement.

— Tu arrives un peu tard.

— Je reste un moment dans le coin, si tu changes d'avis. (Skerry haussa les épaules et regarda en direction de Jeffers.) Mais qu'est-ce que Son Éminence le sénateur fiche ici ?

— Impressionnant, hein ? dit Michael. Il était à New York pour une allocution et Halden en a profité pour le harponner, d'après ce que je sais. J'avais d'ailleurs invité Andie.

— Ça lui plaît de travailler pour Jeffers ?

— Oui. Quel mal y a-t-il à cela ?

Pour la première fois depuis qu'il connaissait Skerry, Michael eut l'impression que son cousin était à court de réponses. Et puis, finalement, celui-ci hocha la tête et se contenta de répondre :

— Aucun.

— Ne me dis pas que tu en pinces pour elle, insista Michael.

Skerry lui décocha un regard acéré.

— Je ne serais pas le premier à apprécier les petites normales.

Michael lui retourna un regard tout aussi incisif.

— Et merde, Skerry, laisse tomber, tu veux !

— Désolé, Michael. Passons. Je suis désolé d'avoir parlé de cela. (Skerry prit une feuille de salade dans l'assiette de Michael.) Mmm, pas mauvais. Zenora n'a pas perdu la main. Bon, je voulais te faire mes condoléances. A plus tard.

Le jeune homme s'éloigna d'un pas nonchalant.

James Ryton adressa à son fils un regard perplexe.

— Tu parlais tout seul ?

— Peut-être.

Michael sourit. Etait-il le seul à avoir vu Skerry ?

— Ces foutues crises, dit son père en se frottant les tempes. Je vais voir le guérisseur la semaine prochaine. Michael, tu sais qu'on a préparé la maison pour toi et Jena. Tu es sûr que tu ne veux pas partir une huitaine de jours ? Une lune de miel, c'est une absence justifiée, tu sais.

— Et toi, tu sais très bien qu'on est en retard sur le programme du transmetteur de micro-ondes, répliqua Michael. Ces damnés calibreurs, la moitié de la seconde livraison était bousillée. Je veux aller voir un nouveau fournisseur qui vient de s'installer en Virginie. Tu n'es pas en état de faire le voyage.

— Mais ça fait des années qu'on fait affaire avec Kortronics.

— Oui, mais ça cafouille. Tu as besoin de moi pour le travail. Je partirai en voyage de noces plus tard.

Son père lui tapota le bras.

— Tu fais ce que tu veux, Michael. Tu es adulte à présent. La lune de miel attendra bien que tu sois décidé.

Comme son père faisait mine de s'éloigner, Michael l'arrêta.

— Papa ?

— Oui ?

— Tu penses que le sénateur Jeffers a vraiment des chances d'être élu ?

— Mais certainement, repartit Ryton d'un ton péremptoire. L'homme a de réelles ambitions. Et ce ne serait pas la première fois que nous aurions un mutant au Sénat.

Il hocha la tête et s'éloigna.

Michael envoya son assiette rejoindre en douceur les autres couverts sur la nappe blanche. Etait-ce un effet de son imagination, ou son père se déplaçait-il déjà avec l'allure précautionneuse d'un vieillard ?

Andie cherchait en vain Jeffers.

Pour elle, la fête avait assez duré, d'autant que Skerry l'avait quelque peu secouée.

Elle entra dans une pièce où régnait le silence, vide à l'exception d'une silhouette solitaire qui se découpait contre la fenêtre. Le marié. Il lui tournait le dos, la tête appuyée contre la vitre en plexiglas.

Andie hésita un instant. S'agissait-il d'un autre rite mutant ? Le mari en recueillement ? Oh, et puis zut !

— Michael ? Pourquoi n'êtes-vous pas en bas avec la noce ? demanda-t-elle d'une voix douce.

Il se retourna et lui sourit gentiment.

— Andie. Vous vous amusez bien ?

— Bien sûr. Vous n'avez pas répondu à ma question.

— Peut-être que j'ai besoin de passer un peu de temps seul, répondit-il en regardant à nouveau par la fenêtre. J'adore regarder tomber la neige. Ces tempêtes de février sont terribles parfois.

— Je suis ravie que vous aimiez ça. Moi, parlez-moi plutôt d'une plage ensoleillée quelque part et d'un boy attentionné.

— Bien sûr, bien sûr, approuva Michael, l'air absent.

— Vous êtes heureux ? demanda Andie.

Michael eut un sourire mitigé.

— Ce serait beaucoup dire.

— Qu'est-il arrivé ?

— Que voulez-vous dire ?

— Cette fille, cette non-mutante dont vous étiez amoureux, que s'est-il passé ?

Le regard perdu dans le vague, la mâchoire crispée, Michael se contenta de répondre :

— C'est fini.

Andie éprouva un pincement de pitié.

— Parce que vous vouliez que ça finisse ?

— Non, dit-il en fermant les yeux.

— Michael, je suis désolée.

— Moi aussi.

— Comment a-t-elle pris la chose ?

— Kelly ? Pas bien. J'ai entendu dire qu'elle était partie. A l'école de l'Armée de l'Air. Un jour, elle sera pilote de navette, sans doute.

Il y avait du défi dans sa voix. Andie lui toucha le bras.

— Vous avez envie d'en parler ?

— Pas vraiment.

— Désolée, encore une fois.

— Il n'y a pas de mal. (Puis soudain, la dévisageant :) Vous êtes amoureuse de Jeffers, n'est-ce pas ?

Andie se mit à rougir.

— Michael, je...

— Non, c'est bon. Je ne veux pas entrer dans votre vie privée. Mais promettez-moi, Andie, que vous suivrez ce que vous dicte votre cœur. Que rien ne viendra vous en dissuader. Promettez-le-moi.

— C'est promis. Promis.

Il se tourna une nouvelle fois vers la fenêtre, vers la neige qui tombait au-dehors et les ténèbres qui gagnaient.

— C'est ce qu'il y a de plus important. De plus difficile aussi. Savoir ce qu'il y a dans votre cœur et vous y tenir.

La nuit avançait et les invités s'attardaient. Michael ne pouvait les en blâmer. Ce n'était pas si souvent que les mutants avaient une telle occasion à célébrer.

Il avait rejoint la fête pour découvrir Halden, dans un coin, qui faisait l'animation. Le Gardien du Livre grattait son vieux banjo en beuglant les couplets d'une chanson paillarde. Une douzaine de mutants, assis autour de lui, tapaient dans leurs mains et chantaient à l'unisson.

Avec l'aide de Tela, Zenora fit léviter la table pour la ranger contre le mur et ménager ainsi un espace de danse. Les mutants s'élancèrent avec allégresse dans les airs, montant jusqu'au plafond et planant quelques secondes, avant de redescendre pour reprendre leurs évolutions, effectuer des voltiges et autres figures complexes et finir le visage rouge et le souffle court. Ceux que la nature n'avait point dotés du pouvoir de lévitation se voyaient soulever par les plus doués du groupe.

Sans réfléchir, Michael se lança au milieu de la mêlée, et se mit à bondir et à tournoyer.

— Voilà le marié ! cria quelqu'un. Où est la mariée ?

— Elle est en haut, annonça une autre voix. Allons la chercher !

Conduit par Chavez, le groupe fit léviter Jena dans l'escalier. Elle riait aux éclats lorsqu'ils la déposèrent sur ses pieds, à côté de Michael. Celui-ci fit une profonde révérence.

— Ma chère, voulez-vous m'accorder cette danse ?

— J'en serai flattée, répondit-elle en lui prenant la main.

Ensemble, ils s'élevèrent, décrivant peu à peu un arc dans l'espace. La robe de Jena flottait, légère, autour d'elle. La jeune femme adressa à Michael un regard coquin puis, d'un signe entendu, fit mine d'aguicher Halden au moment où ils passaient au-dessus de lui.

— Pas de ça, dit Michael en feignant de jouer les maris jaloux.

Il l'attira à lui, la regarda un instant dans les yeux, puis l'embrassa tendrement. En dessous, les spectateurs applaudirent.

Tout compte fait, se dit Michael, ce ne sera peut-être pas si difficile que ça. En fait, ce pourrait être agréable.

Entourant sa femme de ses bras, il l'embrassa une deuxième fois. Puis une troisième...

23

Après le mariage, Jeffers passa trois jours à collecter des fonds et faire des discours sur la côte Est, visitant toutes les communautés de mutants entre Baltimore et Bangor. Lorsqu'il ramena Andie de l'aéroport de la navette, ils étaient l'un et l'autre à bout de fatigue.

Andie s'adossa contre le siège du glisseur, goûtant la douceur du luxueux capitonnage bleu foncé.

Jeffers négocia un virage avec précision. Décidément, il faisait tout à la perfection. Bercée par le rythme du moteur, elle glissa dans une somnolence béate où elle revit en pensée leurs vacances à Santorin. La voix de Jeffers la tira de sa rêverie.

— Je me demande comment Ben s'est débrouillé au bureau.

— Bien, j'en suis sûre, dit Andie en ouvrant aussitôt les yeux.

Jeffers lui décocha un regard oblique.

— Je voudrais que tu saches mieux l'apprécier.

Agacée, Andie se redressa.

— Mais je l'apprécie, protesta-t-elle.

— Il m'a été extrêmement utile.

— Depuis combien de temps le connais-tu ?

— Oh, des années.

Arrivé à un carrefour, Jeffers ralentit puis accéléra avant même que le feu soit passé au vert.

— Alors, tu as connu sa petite amie, cette mutante ? demanda Andie.

Jeffers la regarda de façon bizarre.

— Non, répondit-il d'une voix neutre. Non, je ne l'ai jamais rencontrée.

— Eh bien, lui, il m'a parlé d'elle et de ce qu'elle a fait à sa voiture. C'est fou.

Jeffers eut un sourire crispé.

— Ça, c'est tout Ben. (Il arrêta le glisseur devant la maison de la jeune femme.) Livraison à domicile, ma chère.

— Pas mal. Tu veux entrer ?

— Pas ce soir, Andie. J'ai quelque chose à faire.

— Très bien, dit-elle en masquant son désappointement.

Jeffers lui envoya un baiser et redémarra.

Une fois dans son appartement, Andie dit bonjour à Livia, balança ses chaussures et pianota sur le clavier de son répondeur. Elle expédia le bla-bla habituel et garda le message de sa mère pour se le repasser plus tard. Un autre message, prioritaire, n'en finissait pas de clignoter et, sans enthousiasme, elle tapa le code de réception.

Une image verdâtre vacilla sur l'écran et le visage de Ben Canay apparut.

— Andie ? La remplaçante de Jacqui Renstrow,

Rayma Esteron, veut vous voir le plus tôt possible. Elle a dit qu'elle vous attendrait demain matin. Je voulais juste vous prévenir.

Ben fit un clin d'œil et disparut de l'écran.

Oh zut ! songea Andie. Encore quelqu'un qui vient fouiner.

Elle se commanda un bourbon au robobar et commença à défaire sa valise. Livia vint explorer les vêtements éparpillés sur le canapé.

— Le bleu n'est décidément pas ta couleur, dit Andie à la chatte abyssine. Le rouge, peut-être. Quand on a les yeux dorés, il faut s'en tenir au rouge. C'est ce que font les mutants.

Ça, c'était un mariage. Il avait dû coûter l'équivalent d'une année de salaire. Et après ? Pourquoi les Ryton n'auraient-ils pas le droit de célébrer un événement heureux ? Après la disparition de leur fille et tout ça...

Andie se figea sur place. Une vision venait de s'imposer à son esprit : une jeune mutante aux traits mi-caucasiens, mi-orientaux, qui tenait un couteau dans une main et s'en servait pour découper les sièges en cuir d'un glisseur haut de gamme.

Mélanie.

Ben Canay.

Non, se dit-elle. Ce n'est pas possible.

En trois gorgées, elle vida son verre et s'en commanda un deuxième.

Et pourtant... Il fallait en avoir le cœur net.

Elle jeta un œil sur l'horloge. Six heures. Suffisamment tôt pour que Bailey soit encore en service un mardi soir. Elle composa le numéro de la police de Washington, puis tapa le code personnel de Bailey. Elle dut attendre la cinquième sonnerie avant qu'il ne réponde. Les cernes sous ses yeux paraissaient encore plus sombres que d'habitude.

— Belle rousse ? fit-il en la saluant d'un signe de tête. Tu sais, la journée a été plutôt longue.

— Désolée de te déranger, Bailey. J'ai quelque chose qui ne peut pas attendre.

Elle prit un air suppliant et il poussa un soupir résigné.

— O.K. Envoie.

— Benjamin Canay.

— A-Y ?

Bailey se tourna vers une console, entra le nom et attendit. Au bout d'un instant, il releva les yeux.

— Rien.

— Rien ?

— Pas d'enregistrement à ce nom. Ton type n'existe pas.

— Il me tarde de voir sa tête quand je le lui dirai, dit Andie. Tu veux dire qu'il n'apparaît pas du tout ?

— C'est ce que je pense avoir dit, répondit Bailey d'un ton agacé. Tu as autre chose qui pourrait l'identifier ?

Andie fronça les sourcils.

— Non... attends une minute ! Avec un enregistrement de la voix, tu peux trouver quelque chose ?

— Peut-être. Ce sera un peu plus long.

— Essaie.

Elle enfonça la touche REPLAY de son répondeur.

— O.K. J'ai la voix et le duplicata de l'image, annonça Bailey. Ne bouge pas.

Il sortit du champ de l'écran. A sa place, apparut l'image d'un policier monté, une femme, qui souriait. Andie s'assit sur le canapé en sirotant son verre avec une certaine nervosité. Un instant plus tard, la femme policier disparut, aussitôt remplacée par le visage de Bailey.

— Toi alors, tu les choisis, dit celui-ci.

Andie posa son verre qui éclaboussa la table.

— Tu l'as trouvé ?

— Oui. Y en a sur trois kiloctets. Benjamin Carrera, alias Cariddi, alias Ben Canay. Il a un casier à te faire dresser les cheveux sur la tête. Par quoi tu veux que je commence ?

— Commence par le début.

— Age : trente-quatre ans. Nationalité inconnue. Peut-être canadien, ou brésilien. Incarcéré en maison de correction en 1997, jugé irrécupérable. Avait brisé trois familles d'adoption avant qu'on ait pu le fourrer en maison. Relâché en 2003, à dix-huit ans. Deux ans plus tard, accusé de transport illégal de mineurs à travers les frontières. Verdict : non coupable. Soupçonné de trafic de substances réglementées. 2010 : arrêté après que la fouille de son glisseur eut révélé un kilo de breen. Vice de procédure invoqué pour perquisition illégale. 2013 : deux chefs d'accusation pour kidnapping. Aucune condamnation.

« Suspecté d'être un agent d'une puissance étrangère. Plus récemment, soupçonné d'être impliqué dans des trafics de main-d'œuvre entre les Etats-Unis et l'Afrique, l'Extrême-Orient, le Brésil. Cinq accusations pour violation de la loi sur la main-d'œuvre enfantine et transport de mineurs entre les divers Etats à des fins illicites. Aucune condamnation.

Bailey leva les yeux de son écran.

— Ce n'est pas un individu recommandable, belle rousse. D'où le connais-tu ?

— Il travaille dans mon service.

— Pour le sénateur... comment s'appelle-t-il, déjà ?

— Jeffers. Oui.

Bailey regarda Andie.

— Je n'aime pas ça. Est-ce que le sénateur est au courant du personnage ?

— Je n'en sais rien. Je ne pense pas. (La jeune femme se mordilla la lèvre inférieure.) Bailey, quel était le nom du type qui a déclaré que sa voiture avait été bousillée par Mélanie Ryton ?

— Qui ça ?

— Cette mutante que je t'avais demandé de rechercher l'année dernière.

Bailey tapa un code sur une console, lâcha un juron et leva à nouveau les yeux.

— Cariddi. Comment as-tu deviné ?

— Juste une intuition, dit-elle d'un ton désabusé. Bon, cela m'a amusée de faire ton boulot à ta place, Bailey. Préviens-moi si tu veux un jour t'occuper des relations publiques pour le sénateur.

Il prit un air chagrin.

— Charmant. Ce Canay te pose des problèmes ?

— Pas encore.

— Fais en sorte que ça dure, belle rousse. Ce type est fuyant comme une anguille.

— Apparemment, c'est ce que je pensais.

— Autre chose que je puisse faire ?

— Rentre chez toi et repose-toi. Merci, Bailey.

Elle lui envoya un baiser.

— Sois prudente, Andie, dit-il d'une voix qui ne plaisantait plus. Et appelle-moi quand tu veux.

— Je n'y manquerai pas.

L'écran s'éteignit.

Andie finit de défaire sa valise et s'offrit un autre verre.

Il ne reste plus qu'à en parler à Stephen, pensa-t-elle avec une satisfaction morose. Il sera bien étonné.

Elle posa son verre et se mit à arpenter la pièce. Puis s'arrêta. Et porta sa main à sa bouche.

Et s'il n'était pas du tout étonné ?

Et s'il avait toujours su pour Ben ?

Qu'est-ce que je fais maintenant ?

Andie passa la plus grande partie de la nuit assise sur le canapé à ruminer les mêmes questions.

Jusqu'à quel point Stephen connaissait-il Ben ? Jusqu'à quel point ?

Bien avant l'aube, elle renonça à toute idée d'essayer de dormir et s'habilla.

La station de métro, déserte, avait un aspect lugubre sous les éclairages cryo bleus. Andie avait le sentiment d'être la seule personne vivante dans tout Washington. Il n'était pas encore six heures quand elle arriva au bureau.

Une femme à la peau sombre, vêtue d'un tailleur mauve, se tenait devant la porte comme s'il était deux heures de l'après-midi.

— Mme Greenberg ? s'enquit-elle d'une agréable voix d'alto.

— Oui ?

— Je suis Rayma Esteron, du *Washington Post.* (Elle présenta sa carte de presse.) Pourrions-nous nous entretenir quelque part en privé ?

Andie la dévisagea.

— Il n'est pas un peu tôt pour cela, madame Esteron ? Comment êtes-vous entrée ? Vous avez campé ici toute la nuit ?

La journaliste noire lui sourit d'un air de conspiratrice.

— Pas tout à fait. Je connais certaines personnes...

— C'est que je ne peux pas vous recevoir sans rendez-vous, objecta Andie d'un ton froid.

— C'est très important, madame Greenberg. Vous êtes sûre de ne pas pouvoir m'accorder quelques minutes ?

— J'en ai bien peur.

— Cela concerne le sénateur Jeffers. Et M. Canay.

— Ah ? (Le visage d'Esteron resta impassible.) Très bien, dit Andie sans se compromettre. Voulez-vous que nous parlions dans mon bureau ?

Esteron fit non de la tête.

— Je préférerais un autre endroit. Mon glisseur. Il est garé dehors.

Andie la regarda d'un air étonné.

— C'est absolument contraire aux règlements.

— Dites oui, je vous en prie, insista la journaliste avec un sourire.

— Je vous suis, dit Andie, résignée.

Le glisseur violet d'Esteron était garé devant l'entrée de service de l'Aile Nord. Avec un frisson, Andie suivit la femme dans l'air glacé de février.

Cette femme devait connaître un tas de gens. A cette heure, mon glisseur à moi aurait déjà eu cinq contraventions.

La journaliste pressa un bouton à son bracelet et les portières s'ouvrirent d'elles-mêmes. Andie se glissa sur le siège du passager.

— Eh bien ? dit-elle. Nous sommes à l'abri, y compris des oreilles indiscrètes. Qu'avez-vous à me dire ?

— Roulons, répondit simplement Esteron.

Elle programma le pilote automatique et, adossée à son siège, se tourna vers Andie. Le glisseur fila le long de l'avenue en direction du boulevard de ceinture.

— Madame Greenberg, reprit enfin la journaliste, avant qu'on la retrouve morte, Jacqui Renstrow avait amassé tout un dossier sur les transactions financières du sénateur. Auriez-vous remarqué des irrégularités dans sa comptabilité ?

Andie sentit son pouls s'accélérer.

— Pourquoi me demander ça à moi ? Je m'occupe des relations avec les médias.

Esteron lui décocha un regard entendu.

— Vous êtes aussi très proche du sénateur.

— Je pense que vous feriez mieux d'interroger quelqu'un de la comptabilité, répliqua vivement Andie. Je n'ai rien à vous dire.

La femme poussa un soupir.

— J'avais espéré pouvoir compter sur votre collaboration.

Elle fouilla dans son sac, en sortit un mince porte-cartes et l'ouvrit d'une pichenette. Andie vit miroiter une plaque dorée incrustée d'un schéma holographique bleu-vert.

— Madame Greenberg, je travaille avec le F.B.I., précisa Esteron. Nous effectuons une enquête sur les opérations financières du sénateur Jeffers. Il apparaît que de grosses sommes sont régulièrement détournées de ce service.

— Que dites-vous ? Mais où vont-elles ?

— C'est ce que nous aimerions découvrir.

— Pourquoi vous adressez-vous à moi ? Vous ne craignez pas que je lui en parle ?

Esteron hocha la tête.

— Pour être franche, si. Nous sommes au courant de votre relation avec le sénateur. Cependant, vous êtes l'un des deux seuls non-mutants travaillant dans ce bureau. Et nous ne pouvons nous adresser à Canay, comme vous vous en doutez.

— Que voulez-vous dire ?

— Joe Bailey est un ami à moi, dit tranquillement la déléguée du F.B.I. Et le vôtre, également. Il s'inquiète pour vous. Après votre conversation de la nuit dernière, il m'a appelée. Nous avons placé une caméra dans votre appartement. C'est ce qui explique que je vous attendais ce matin.

— Bailey vous a parlé de Canay? fit Andie en secouant la tête, agacée. Celui-là, je vais le tuer.

Elle serra les poings. Puis, son regard rencontra celui d'Esteron et elle esquissa un sourire.

— Je ne veux pas le savoir si vous le faites. (Dans la voix de la journaliste, et bien que son visage restât de marbre, perçait un soupçon d'encouragement amusé.) Madame Greenberg, nous soupçonnons Canay d'être lourdement impliqué dans cette affaire. Le sénateur est peut-être exempt de reproche. Si vous doutez de mes affirmations, je peux vous montrer les relevés financiers. Mais je pense que vous me croyez.

— En effet.

— A la bonne heure. En ce cas, j'aimerais vous demander de travailler avec nous.

— Quoi ? fit Andie qui n'en croyait pas ses oreilles.

— Simplement nous informer de ce qui se passe autour de vous, une fois par jour.

— Je ne pense pas pouvoir faire cela.

Esteron sourit gentiment.

— Vous vous rendez compte que si nous poursuivons le sénateur sous l'inculpation de fraude, ou M. Canay, vous pourriez vous aussi être poursuivie pour complicité ?

— Ne me menacez pas avec vos chimères, rétorqua Andie d'un ton cassant. Comme vos fichiers doivent clairement l'indiquer, je suis également avocate. Je sais comment me défendre dans une cour de justice. Il me semble que je commencerais par invoquer une discrimination et un acharnement délibérés à l'encontre du seul sénateur mutant du Congrès. D'ailleurs, si vous avez fureté comme je pense que vous l'avez fait, vous devez savoir que je ne me retournerai jamais contre Stephen pour vous faire plaisir. Jamais.

— J'avais peur que vous ne disiez cela, déclara l'agent du F.B.I. en portant son regard au-delà de la jeune femme, à travers la vitre. Allez-vous lui parler de tout ça ?

— Je ne sais pas, répondit Andie avec un geste d'impuissance. Pourquoi faut-il que vous m'embarquiez dans cette histoire ? Pourquoi ne faites-vous pas votre boulot vous-même ?

— Nous avons besoin de votre aide.

— Eh bien, trouvez quelqu'un d'autre pour vous aider.

— Vous êtes la seule à pouvoir le faire.

— Alors, je dirai que vous n'avez pas de chance, répliqua Andie d'une voix sèche. Est-ce que Jacqui Renstrow travaillait pour vous ?

— C'était un de nos informateurs, oui. On craint que sa mort puisse avoir un lien avec tout ceci.

Les deux femmes se regardèrent un moment droit dans les yeux.

— Je n'arrive pas à y croire, dit finalement Andie. Je ne veux pas le croire. Stephen ne peut pas être mêlé en quoi que ce soit à cette affaire.

— Nous espérons que non.

Andie s'efforçait de rester calme.

— Je ne tiens pas à poursuivre cette discussion plus longtemps. J'aimerais retourner à mon bureau, à présent.

Elle croisa les bras et se tourna vers la fenêtre pour contempler les premiers rayons d'un soleil hésitant.

— Comme vous voulez.

Il y avait de la douceur, un certain regret aussi dans cette dernière réplique. Esteron poussa un bouton, le glisseur roula jusqu'au croisement et prit la direction du Capitole. Durant le reste du trajet, Andie pas plus qu'Esteron n'ouvrit la bouche.

Le glisseur se rangea près de l'entrée de service de l'Aile Nord. Au moment où Andie en sortait, Esteron lui tendit une holocarte.

— Au cas où vous changeriez d'avis, dit-elle.

Elle prit congé brièvement et repartit.

Andie se rua dans l'escalier. Il était sept heures passées. L'entrevue avec Esteron avait-elle duré si longtemps ? Le crâne en ébullition, Andie se prépara un café. Qu'allait-elle dire à Jeffers ? Il fallait que ce soit Canay, le coupable. Stephen ne ferait jamais rien d'illégal. Jamais.

C'est alors que Ben Canay entra dans le bureau d'un pas décidé. Voyant la jeune femme, il lui adressa son sourire le plus radieux.

— Bonjour ! Vous êtes là bien tôt.

Elle se fendit d'un sourire en retour.

— Le bureau devait me manquer.

La sonnerie de l'ordinateur retentit bruyamment. C'était Jeffers qui appelait de son glisseur.

— Andie, Dieu merci, je t'ai retrouvée. J'ai d'abord essayé chez toi.

— Qu'est-ce qui ne va pas, Stephen ?

— J'ai laissé un de mes écrans à la maison et j'ai un petit déjeuner d'information à huit heures. Peux-tu envoyer quelqu'un le chercher ?

En moins de temps qu'il n'en faut pour opérer un transfert de données, la jeune femme eut une subite inspiration.

— Je n'ai aucune confiance en ces garçons de courses, dit-elle. Si je passais moi-même le prendre tout de suite ? J'ai une matinée peu chargée.

Jeffers la gratifia d'un sourire rasséréné.

— Ça ne t'ennuie pas ?

— Au contraire.

— Il est dans le couloir près de la porte. J'informe le système de verrouillage de te laisser entrer.

— Parfait.

— Andie, je te revaudrai ça.

Avec un clin d'œil, il disparut de l'écran.

Le trajet en taxi jusqu'au quartier chic où vivait Jeffers prit un quart d'heure. En un rien de temps, le décor était passé du marbre imposant des édifices administratifs aux villas résidentielles entourées d'arbres magnifiques et de pelouses bien entretenues. C'était beau, même en hiver.

Lorsque Andie mit pied à terre devant la villa de Jeffers, le soleil perçait à travers les nuages du matin. Elle appliqua sa paume sur le losange qui commandait l'ouverture de la porte d'entrée. Le loquet cliqueta et la jeune femme entra.

Le vestibule était éclairé par des panneaux d'ivoire solidifié. La mallette-écran de Jeffers se trouvait là où il l'avait dit, sur une tablette en chêne verni, près de la porte.

Andie n'était jamais venue chez Jeffers. Empoignant la mallette, elle monta lentement l'escalier recouvert d'une moquette vert foncé et arriva dans une vaste pièce tout ensoleillée, lambrissée de boiseries de teck. Un long couloir bifurquait vers la gauche. Le premier local dans lequel elle entra contenait un ordinateur de bureau, un meuble à classeurs et un aquadivan gris.

Elle posa la mallette et jeta un regard sur l'écran de bureau.

Il faut que je sache, se dit-elle.

Elle essaya un code sur le clavier.

L'écran resta noir.

Elle n'eut pas plus de résultat avec le code qu'utilisait Jeffers pour son ordinateur personnel au bureau.

Elle demeura un moment les yeux fixés sur l'écran. Jeffers avait programmé pour elle le système d'ouverture de la porte d'entrée. Comment convaincre la machine de faire de même ? Son regard tomba sur le déclencheur à empreinte manuelle situé sur le côté du clavier.

Et si tous les appareils électroniques de la maison étaient branchés sur le même circuit ? Se pourrait-il que Stephen ait par inadvertance programmé son propre ordinateur de manière qu'elle y ait accès ? Elle pressa sa paume contre le déclencheur et aussitôt l'écran s'alluma.

Andie défila le menu. Des fichiers par dizaines. Par où commencer ?

Elle vit passer un fichier dénommé « Jacobsen ». Elle s'empressa de l'ouvrir et une double page apparut, mentionnant des fonds réservés à A.T.

— Explicitez A.T., demanda Andie.

— Arnold Tamlin, répondit l'écran. Voir le fichier de mars.

Tamlin ?

Les mains d'Andie se mirent à trembler.

Elle appela le fichier. Il consistait en une série d'instructions données à Tamlin par Ben Canay, revues et corrigées par Jeffers.

Mon Dieu, pensa tout à coup Andie, c'est Jeffers qui a organisé l'assassinat de Jacobsen !

Ses jambes flanchèrent et elle s'effondra dans le fauteuil.

Non ! Je ne peux pas y croire !

Elle se couvrit le visage de ses mains.

Que dois-je faire à présent ?

Partir. Prétendre ne rien savoir.

Non.

Andie revint face à l'écran.

Je ne peux pas abandonner. Il faut que je sache jusqu'où mène cette histoire. Elle respira profondément et fouilla à nouveau dans le menu.

Une heure plus tard, elle avait localisé les documents comptables qui révélaient la destination des sommes détournées.

Le Brésil. Les cliniques de et autour de Rio de Janeiro.

Les recherches sur le supermutant. Il était aussi derrière cette affaire. Andie éprouva une irrésistible envie d'éclater de rire. Mais le seul son qui jaillit de sa gorge fut un sanglot, bref et aigu.

Il me faut une copie, décida-t-elle. Mais où la cacher ? Mon écran au bureau est trop accessible. Même celui de chez moi, on peut s'y introduire trop facilement.

Elle repensa un instant au Brésil. La douceur des palmiers. Les gens, tellement adorables. Karim.

Karim !

Rien ne l'empêchait de transmettre ce qu'elle venait de découvrir sur son écran à lui, chez lui. Elle avait toujours son code personnel. Et même s'il tombait dessus avant qu'elle ait pu l'appeler, il ne l'effacerait pas sans lui en parler d'abord.

Elle poussa un soupir de soulagement et fit une copie de cette pièce à conviction qu'elle transmit directement d'écran à écran, en prenant soin d'effacer ensuite le code de transmission. Puis, elle s'affala à nouveau dans le fauteuil.

— Tu cherches quelque chose ? fit une voix familière.

Andie sursauta.

Jeffers était appuyé nonchalamment contre la porte, le visage grave.

L'angoisse fit battre le cœur de la jeune femme. Mais sa voix ne trahit aucune émotion.

— Stephen ! Je croyais que tu avais une réunion ?

Sans avoir l'air d'y toucher, Andie tendit la main et éteignit l'ordinateur.

— Ma réunion a été annulée, dit Jeffers. Ben s'est inquiété de ne pas te voir revenir tout de suite. Comment as-tu eu accès à la machine ?

Andie haussa les épaules.

— Elle était allumée quand je suis entrée. Tu as dû oublier de l'éteindre.

— C'est possible, dit Jeffers, l'air préoccupé. Mais pourquoi t'en servais-tu ?

— J'avais besoin de reprogrammer ma robomestique et je me suis dit que tu ne verrais pas d'inconvénient à ce que je le fasse de ton écran.

— Tu n'avais pas ton bloc ?

— Je l'ai laissé au bureau, répondit Andie en sachant pertinemment que son bloc-écran traînait quelque part à l'autre bout du canapé.

— Bon, il n'y a pas de mal, décréta Jeffers.

Il attira la jeune femme dans ses bras et la serra contre lui d'une façon suggestive.

— Puisque nous sommes là, ajouta-t-il, autant que je te fasse visiter la maison. Tu as vu la chambre ?

Il enfouit son visage dans le cou de la jeune femme. Elle sentit son estomac se contracter sous l'effet de la terreur, de la répulsion et du désir tout à la fois. Elle se dégagea.

— J'aimerais d'abord voir ta salle de bains, déclara-t-elle avec un sourire crispé.

Elle s'enfuit dans le couloir et entra dans le cabinet de toilette. Ayant refermé la porte derrière elle, elle examina son reflet dans le miroir bleuté et compta trente secondes, puis trente de plus.

Tu ne vas pas rester éternellement enfermée ici, se dit-elle. Tu pourrais peut-être prétexter une migraine et t'en aller.

Reste calme et continue de bouger.

Lorsqu'elle revint dans le bureau, Jeffers était assis sur le canapé, le bloc-écran sur ses genoux. Il la regarda comme un chat épie un oiseau qui se serait imprudemment posé devant lui.

— Je croyais que tu avais laissé ça au bureau ? dit-il d'une voix doucereuse.

Andie se sentit blêmir.

— Oh, euh, oui. Eh bien non.

— Ne te fatigue pas à mentir, Andie. Je viens de vérifier la mémoire de l'ordinateur. Tu as oublié d'effacer les enregistrements des fichiers récemment utilisés. (Il se débarrassa du bloc et se leva.) Tu as dû avoir un choc, non ?

Elle tenta de donner le change.

— De quoi parles-tu ?

— De Tamlin.

— Quoi, Tamlin ?

— Ne joue pas à ce petit jeu avec moi, Andie. (Le ton était froid comme l'acier.) De toute façon, c'était l'idée de Ben.

Andie se détendit un peu.

— Tu veux dire que c'est Ben qui a permis à Tamlin de parvenir jusqu'à Jacobsen ?

— Oui.

— Tu ignorais ce qu'il complotait ?

— C'est lui qui a tout manigancé, répondit Jeffers sans ciller.

— Dieu merci, dit Andie. Je le savais. Tu n'aurais pas pu organiser le meurtre de Jacobsen.

Un sourire triomphant apparut sur le visage de Jeffers. Andie sentit vaciller la confiance un instant retrouvée.

— Non, je n'ai jamais voulu sa mort, dit l'homme. Tamlin était censé la blesser seulement. Mais ce type était trop instable, il avait tendance à en faire trop.

Elle planta son regard dans celui de Jeffers.

— Tu voulais qu'elle soit blessée ? C'est donc toi qui as organisé l'attentat ?

— Oui, admit Jeffers. Il fallait que je l'écarte de ma route. D'abord, j'aurais dû gagner cette élection. J'avais une vision plus claire des problèmes. Des besoins.

— De quels besoins parles-tu ?

Jeffers lui prit la main.

— Andie, tu te rends certainement compte qu'il faut combler le fossé qui existe entre mutants et non-mutants, et qu'il est grand temps de le faire.

— Naturellement.

— Jacobsen était trop lente. Elle n'a pas vu que le poids de l'histoire pesait sur nous.

— Ce n'était quand même pas une raison pour la tuer.

Jeffers hocha la tête d'un air agacé.

— Je te l'ai dit. Je n'ai jamais voulu la tuer. La neutraliser simplement. La mettre en incapacité temporaire. Plus tard, on lui aurait trouvé une place et un rôle à jouer.

— Une place où ça ?

— Dans mon gouvernement. Elle aurait fait un excellent secrétaire d'Etat. A moins qu'elle n'ait préféré un poste de cabinet. Celui qu'elle aurait voulu ; j'aurais été heureux de le lui accorder.

Andie libéra sa main.

— Un poste de cabinet ? Qu'essaies-tu de me dire ?

— Andie, quel meilleur moyen de réaliser l'unité totale que d'élire un mutant comme président ?

— Un... mutant... président ! (Elle eut un rire strident, presque hystérique.) C'est tout juste si on est arrivé à faire élire une femme. Qu'est-ce que tu envisages ? De balancer le président Kelsey par-dessus le parapet de la Maison-Blanche ?

Jeffers poursuivit comme s'il n'avait rien entendu.

— Un mutant président. Marié à une non-mutante, précisa-t-il en tournant vers la jeune femme un regard avide. Epouse-moi, Andie. Il n'est pas trop tard. Tu pourrais travailler à mes côtés. M'aider à réaliser mes projets. Réaliser l'union.

Elle recula jusqu'au bout du canapé. C'en était trop.

— T'épouser ? fit-elle, éberluée. T'aider ? Stephen, et le meurtre ? Et l'argent que tu as dérobé pour ces expériences sur des sujets humains ?

Jeffers la regarda du coin de l'œil.

— Tu es au courant pour le programme du supermutant ? (Comme elle acquiesçait, il dit très vite :) J'ai été obligé de le faire. Mes ressources ne suffisaient pas aux engagements que j'avais pris. C'était le seul moyen. Si j'avais eu un peu plus de temps, j'aurais fait disparaître la preuve et les S.G.C. ne l'auraient jamais trouvée. (Il s'interrompit un instant, puis reprit tout aussi vite :) Tu ne vois donc pas ? Un mutant aux pouvoirs multipliés, c'est le prochain pas logique dans l'évolution de l'humanité. Ce serait criminel d'empêcher la marche du progrès.

— Ce que *tu* as fait est criminel, répliqua Andie. Stephen, tu as commandité des kidnapping, des expériences qui vont à l'encontre de la loi, et un meurtre. Et rien de tout cela ne te pose de problème ?

— La fin justifie les moyens.

Andie le toisa comme s'il venait d'une autre planète.

— Quelle fin ? Tu as tué un leader mutant courageux. Qu'est-ce qui pourrait justifier cela ? Et ton supermutant, où est-il ?

— Nous sommes très près d'aboutir. C'est une question de jours.

— Ce n'est donc pas encore fait, rétorqua la jeune femme.

— Tu es certaine que tu ne veux pas travailler avec moi ?

C'était là l'offre de sa vie. Mais à quel prix ?

— Je ne peux pas.

Jeffers secoua la tête d'un air navré.

— Quel dommage ! Pour une normale, tu étais sacrément douée. (Il poussa un soupir et s'assit à côté d'elle.) Qu'est-ce que je vais faire de toi ?

La panique s'empara d'Andie.

— Laisse-moi partir, Stephen, supplia-t-elle dans tous ses états. Je jure que je ne dirai jamais rien...

— Andie, je ne suis pas naïf. Même si tu le pensais vraiment, tôt ou tard, tu te sentirais tenue de révéler ce que tu sais. Par conséquent, il me semble que la logique recommande de s'assurer que tu n'es plus en état de faire quoi que ce soit.

— Non !

Elle se leva d'un bond et courut vers la porte. Mais il la suivit avec l'agilité d'un chat. Au milieu de l'escalier, il la saisit d'une poigne puissante.

— Assassin ! Tu t'es servi de moi ! cria-t-elle.

— As-tu vraiment cru que tu étais pour moi autre chose qu'une expérience sexuelle ? lança Jeffers d'un ton dédaigneux.

Dans son désespoir, elle lui laboura le visage.

Il chancela sous un coup bien assené, ce qui donna à Andie le temps de s'arracher à sa poigne. Ses forces décuplées par la peur, elle grimpa l'escalier et se précipita le long du couloir jusque dans la chambre. Elle claqua la porte derrière elle, la verrouilla et fouilla la pièce du regard en quête d'un meuble susceptible d'en bloquer l'entrée.

Mais alors qu'elle poussait la lourde commode en chêne, elle entendit le verrou jouer, et la porte s'ouvrit ; Andie avait oublié l'existence des pouvoirs télékinésiques. A présent, des mains invisibles s'étaient saisies d'elle et la poussaient vers la porte où se tenait Jeffers.

Avec un rire rauque, il agrippa la jeune femme et la jeta contre le mur, lui coupant la respiration.

Andie hoqueta, cherchant son souffle. Les yeux dorés la transpercèrent, lui ôtant toute velléité de lutter.

— Alors tu es télépathe ? demanda-t-elle d'une voix faible. Et la télékinésie ?

— J'ai les deux dons, répondit-il. Tu ne t'es pas demandé comment j'avais sauvé le gosse sur la plage ?

— Je croyais que tous les mutants étaient des guérisseurs en puissance.

— Ah, vous, les normaux ! s'esclaffa Jeffers. Décidément, vous ne nous comprendrez jamais.

Vidée de ses forces, Andie s'affaissa dans les bras de l'homme. Celui-ci plaça ses mains à hauteur des tempes de la jeune femme.

— Quelle pitié ! dit-il. L'attachée de presse du sénateur Jeffers a subi une dépression nerveuse grave juste avant l'élection. Elle doit être mise sous surveillance médicale. Un vrai légume. (Subitement, il changea d'expression.) Peut-être vaudrait-il mieux l'hypnose. De cette façon, tu pourrais encore m'être utile.

Il la coucha sur le lit, et l'attira contre lui.

Elle était subjuguée, impuissante sous son regard ensorcelant.

— Tu sais que je suis innocent, dit Jeffers doucement. Tu sais que Canay a œuvré avec mes ennemis pour me discréditer. Il a falsifié tous ces documents. Et tu l'as aidé.

La voix était onctueuse, envoûtante. Il posa sa main

sur la joue de la jeune femme, comme pour une caresse, et la laissa là.

— Oui, toi et ton réseau de saboteurs, vous n'avez cessé de travailler contre moi, probablement en liaison avec Horner. Tu détestes les mutants. Et tu as corrompu de jeunes hommes comme Canay, qui sont à présent animés d'une haine implacable.

— Une haine implacable ? répéta-t-elle dans son brouillard. Qui ça ?

— Ce soir, reprit-il, tu appelleras Cable News et tu feras à l'antenne une confession complète, où tu reconnaîtras ta culpabilité.

— Ma culpabilité.

Les mots commençaient à résonner dans la tête de la jeune femme. Elle aurait voulu discuter, mais sa langue était épaisse, réfractaire. Ses pensées étaient confuses. Sa culpabilité. Oui, sa culpabilité. Elle ferma les yeux.

— QUATRE-VINGT-DIX-NEUF, QUATRE-VINGT-DIX-HUIT, QUATRE-VINGT-DIX-SEPT, QUATRE-VINGT-SEIZE...

Une cacophonie lui emplit le crâne : des voix, des centaines de voix, chantant des nombres. La voix de Jeffers, hurlant après elle, s'acharnant à vouloir dominer les stridences de ce chœur infernal. Sans y parvenir.

— QUATRE-VINGT-SIX, QUATRE-VINGT-CINQ...

Jeffers relâcha sa prise. Andie n'en garda pas moins les yeux clos.

— SOIXANTE-DEUX, SOIXANTE ET UN...

Le chœur devint murmure, puis se tut.

Andie ouvrit les yeux.

Jeffers gisait sur le sol, sans connaissance.

Que le diable m'emporte, pensa Andie. Ça a marché. Sacré Skerry, sa défense mentale a marché !

Avec précaution, elle se mit debout. La pièce tournoyait. Elle passa devant Jeffers en titubant et sortit dans le couloir, attrapant son bloc-écran au passage. A chaque pas qu'elle faisait, elle retrouvait un meilleur équilibre. Lorsqu'elle atteignit le haut de l'escalier, elle courait déjà.

Elle franchit l'entrée comme une flèche, sauta une haie, pataugea dans une mare aux canards à moitié gelée dans l'arrière-cour, et bondit à nouveau par-dessus une rangée de buissons pour déboucher dans une rue étroite.

Aucun signe d'un éventuel poursuivant.

Elle courut encore pendant cinq minutes, hors d'haleine. Finalement, alors que les poumons lui brûlaient dans la nuit glaciale, elle ralentit l'allure.

Il lui fallut un petit moment pour retrouver la carte dans son sac, et un autre petit moment pour ouvrir son bloc-écran. De ses mains tremblantes, elle composa le code.

Une jeune femme souriante aux joues roses apparut à l'écran.

— F.B.I., section des délits spéciaux.

Andie avala une grande gorgée d'air.

— Rayma Esteron, dit-elle. Vite. C'est urgent.

24

Ben Canay fut arrêté l'après-midi même. Stephen Jeffers, toutefois, se révéla plus habile à jouer les fantômes. On ne le revit pas à son bureau et les appels à son domicile restèrent sans réponse. Lorsque le F.B.I. fit irruption dans sa villa, celle-ci était déserte, et l'écran et les fichiers avaient disparu. Le sénateur mutant s'était évanoui dans la nature, sans laisser la moindre trace.

Une semaine plus tard, le F.B.I. posait les scellés sur son bureau et Andie put retourner travailler. Lorsqu'elle ouvrit la porte, elle resta abasourdie devant le désordre qui régnait partout. Les chaises renversées, les tiroirs à moitié arrachés, les papiers, les cartouches, les disques éparpillés, tout était sens dessus dessous. Ben Canay avait eu le temps de mettre à sac les locaux avant l'arrivée du F.B.I. Apparemment, les policiers n'avaient pas jugé bon de faire le ménage.

Andie se tenait plantée là devant ce capharnaüm, lorsqu'un appel retentit d'un écran, quelque part, elle ne savait où. Elle préféra l'ignorer.

Son écran à elle gisait carbonisé, en miettes.

Une chance que je n'aie pas été là quand ils sont venus arrêter Canay, se dit-elle. Ce salaud a eu un peu trop de temps pour détruire toutes les pièces à conviction. Dieu merci, il y a l'ordinateur de Karim.

Des bruits de pas. Elle se tourna vers l'intrus. C'était Skerry, debout dans l'entrée, en contemplation devant le désastre.

— Un beau gâchis, commenta-t-il. M'est avis que le typhon Andie est passé par là.

La jeune femme se planta devant lui, mains sur les hanches.

— J'aurais dû deviner que vous ne vous pointeriez qu'après la fin des hostilités !

Il sourit et l'étreignit avec la force d'un ours polaire. Elle en perdit le souffle.

— Ouaou ! Doucement, haleta-t-elle. Je suis encore convalescente après ma course dans la jungle du Maryland.

— Vous avez réussi, ma belle ! Vous avez confondu Jeffers !

Il exultait et Andie ne put s'empêcher de le serrer à son tour dans ses bras.

— Grâce à « contre-chœur ». Skerry, votre suggestion a marché à merveille ! Sinon, à l'heure qu'il est, je ne serais qu'un zombie sous hypnose, détenue dans quelque prison fédérale, en train de s'accuser d'avoir manigancé le meurtre de Jacobsen. Jeffers a bien failli m'avoir.

Le mutant hocha la tête d'un air sinistre et soulagé à la fois.

— Je *savais* que c'était une mauvaise fréquentation, dit-il. On a une idée de l'endroit où il se terre ?

— Cable News a annoncé qu'il aurait été vu à Panama, à Séoul, aux îles Fidji, sur la station lunaire et à Pigalle. Pour ma part, je crois qu'on devrait regarder du côté de Sao Paulo. Ou du Potomac.

Skerry se pencha par-dessus un bureau renversé.

— Bon, qu'est-ce que vous allez faire, maintenant ?

Andie haussa les épaules.

— Je vais être témoin à charge lors du procès de Canay. Et on m'a demandé d'aider le F.B.I. dans son enquête sur les complicités dont a pu bénéficier Jeffers. Je ne sais pas si vous êtes au courant, mais ils ont investi sa villa. Bien sûr, il avait filé depuis longtemps. En emportant son argent et ses fichiers.

— Ils vont le retrouver, dit Skerry d'un ton lugubre. Ou alors ce sera nous.

— Je l'espère, dit Andie en frissonnant. Je ne sais pas si je me sentirai en sécurité tant que Jeffers ne sera pas arrêté.

— Vous avez encore « contre-chœur » pour vous protéger. Et si vous avez besoin de moi, envoyez un message sur l'écran de Halden.

— Après ce que j'ai fait, est-ce qu'un seul mutant voudra encore me parler ?

Une lueur s'alluma dans les yeux du jeune homme.

— Les mutants qui réfléchissent un peu se rendent bien compte que vous nous avez tous sauvés. Les imbéciles passeront leur temps à lécher leurs blessures et à pleurer la perte de leur roi couronné. Il y en a aussi sans doute quelques-uns qui sont d'accord avec ce que Jeffers tentait d'instaurer. Mais ne vous inquiétez pas pour eux. (Il lui effleura doucement la joue.) Prenez bien soin de vous, ma belle, c'est tout ce qui compte. On reste en contact.

Andie voulut toucher la main de Skerry, mais ses doigts se refermèrent sur le vide. Envolé.

A bientôt, si le hasard le veut, songea-t-elle. A présent, faire appel aux services d'entretien pour que des robomestiques viennent nettoyer tout ce fatras.

Elle écrasa un certain nombre de débris lorsqu'elle s'aventura à pas précautionneux au-delà de son bureau pour retrouver son portable. Quelques instructions pianotées sur le clavier, et toutes dispositions étaient prises pour que les locaux soient entièrement dégagés et réinstallés. Il fallut le restant de l'après-midi pour tout remettre en ordre.

En sortant de la boutique Akuda située dans le quartier Cherryhurst à Denver, Kelly McLeod, très chic dans son tailleur bleu marine, consulta sa montre. Il lui restait vingt minutes avant de regagner la piste où l'attendait son cours de prépilotage. Où était donc l'entrée du métro ? Elle regarda derrière elle mais ne la vit nulle part.

Sans le vouloir, elle heurta une jeune femme qui arrivait en sens inverse, visiblement pressée.

— Pardon, fit-elle.

Et elle s'arrêta net. Le visage de la jeune fille, aux traits mi-orientaux, mi-caucasiens, lui parut vaguement connu.

— Mélanie ?

La fille ôta ses lunettes de soleil pour braquer sur elle ses yeux d'un bleu éclatant.

— Excusez-moi, dit-elle d'un air mal assuré.

— Je suis désolée, dit Kelly. Je vous avais prise pour quelqu'un que je connais. Pouvez-vous m'indiquer où se trouve la station de métro ?

— En suivant le pâté de maisons, sur votre gauche.

— Merci.

Kelly agita la main et s'éloigna à grands pas. La jeune Orientale ne quitta pas des yeux la jeune femme brune en tailleur bleu marine jusqu'à ce qu'elle eût disparu au coin de la rue.

Je ne savais pas que Kelly était dans l'Armée de l'Air, nota-t-elle. J'aurais peut-être dû la saluer. Elle a toujours été gentille avec moi.

Durant quelques secondes, elle fut tentée de la rattraper. Elle fit deux pas en direction de la station, puis s'arrêta.

A quoi bon ? Rouvrir ce vieux chapitre de sa vie au moment où elle en commençait un nouveau ? Tout cela, c'était fini, désormais. Le chapitre était clos. Son passé tout entier n'était rien d'autre qu'un chapitre clos.

Elle sortit un miroir de son sac et se regarda.

Parfait, se dit-elle, ces lentilles sont vraiment efficaces. Après tout, je vais peut-être me les faire poser de façon définitive.

Avec un sourire satisfait, Mélanie remit le miroir dans son sac et se perdit dans la foule.

Quand Andie arriva chez elle, elle était épuisée.

D'un geste las, elle appliqua sa paume sur l'écran du salon, le régla sur recherche automatique et s'affala sur l'aquadivan. Les images défilèrent en éclairs bleus, rouges, violets. Andie s'attarda quelques secondes sur la chaîne principale, où une journaliste blonde retint son attention.

« Selon certaines rumeurs, la disparition du sénateur Stephen Jeffers serait liée à une affaire de complot politique, avec à la clef des malversations financières et un assassinat, au sein même de la capitale. De source non officielle, le F.B.I. se serait engagé dans une gigantesque chasse à l'homme pour retrouver le sénateur mutant. Pour les réactions des leaders mutants, retrouvez-nous au journal du soir présenté par Don Cliffman. »

La sonnerie de l'entrée retentit. Andie coupa la retransmission.

Etrange, pensa-t-elle, je n'attends personne. Qui cela peut-il être ?

Son cœur commença à s'emballer à l'idée que ce pouvait être Jeffers. Etait-ce lui ? L'attendait-il devant sa porte, les yeux brillants ? Prêt à l'enlever ? Les mains tremblantes, Andie alluma le circuit de l'entrée.

Le visage sur l'écran était celui d'un mutant, mais ce n'était pas Jeffers. Andie poussa un soupir de soulagement et se détendit. Sur le pas de la porte, se tenait Michael Ryton. Il sonna une deuxième fois.

— Ohé ? Andie ? Il y a quelqu'un ?

Andie pressa le bouton audio.

— Que faites-vous là ? demanda-t-elle.

— Je suis en ville pour le boulot. Je voulais prendre de vos nouvelles.

Elle déverrouilla la porte.

— Pourquoi n'êtes-vous pas chez vous avec votre jeune femme ?

Michael haussa les épaules.

— Jena m'a accompagné. Elle fait des courses dans Georgetown Mall.

Andie le dévisagea un instant. Il avait les yeux marqués par la fatigue. Le mutant en pleine jeunesse qu'elle avait vu quelques semaines auparavant avait bien changé. Dans son costume gris foncé, il faisait plus adulte. Plus sérieux. Plus vieux.

— Asseyez-vous, proposa-t-elle. Que puis-je vous offrir ?

— Vodka.

Andie tapa la commande, et un bourbon pour elle.

Ils sirotèrent tranquillement leurs verres.

— Comment ça va, dites-moi ? demanda la jeune femme.

Les yeux dorés la regardèrent avec une expression candide.

— Je vais très bien. Un peu surpris de la façon dont les choses ont tourné, mais ça va. En fait, c'est chouette le mariage.

— On dirait que vous n'avez pas mis longtemps à vous y faire.

Michael haussa les épaules.

— Je pense avoir accepté les choses comme elles sont. Je n'avais guère le choix, n'est-ce pas ?

— Et votre père ?

— Les crises mentales ont empiré, répondit-il en détournant le regard. Il ne travaille plus qu'à mi-temps. Il est sous sédatifs la plupart du temps. Ce qui fait que je suis plus occupé que jamais.

Pendant un moment, aucun des deux ne parla. Puis Michael reprit :

— Et vous ? D'après ce que j'ai entendu dire, les complices de Jeffers ont saccagé votre bureau. Il semblerait que vous ayez traversé une mauvaise passe.

— C'est le moins qu'on puisse dire, dit Andie sans pouvoir réprimer un frisson. Michael, je me fais l'effet d'être une fichue imbécile. Une naïve comme on n'en fait plus.

— Pourquoi ?

— J'étais tombée amoureuse d'un fou. Je rêvais. Sainte Andie, patronne du rapprochement entre mutants et non-mutants !

Elle prit une pause altière et laissa échapper un petit rire amer.

— Votre rêve était le bon, dit Michael d'une voix douce. Vous avez simplement choisi le mauvais mutant.

— Je me sens si gênée. Si honteuse.

D'un geste maladroit, il lui tapota l'épaule.

— Vous avez tort. J'aimerais croire que l'amour est la seule réponse aux questions que nous nous posons. Et peut-être que je crois encore que mutants et non-mutants seront capables de vivre ensemble et de s'aimer. La tâche sera longue et peut-être n'y parviendrons-nous jamais. Mais votre intuition était la bonne. Un peu en avance sur le temps, peut-être.

— A votre avis, quand serons-nous prêts ?

— Bientôt, j'espère. On en reparlera avec ma fille dans quelques années quand je l'emmènerai voir sa tante Andie.

— Je bois à ce jour.

Elle leva son verre et le fit tinter contre celui de Michael. Son sourire s'effaça un instant.

— Croyez-vous que votre fille acceptera une tante qui ne soit pas mutante ?

— Si j'ai mon mot à dire, oui, répondit Michael en serrant affectueusement la main de la jeune femme. Et puis, il faut bien commencer quelque part. Je ne vois pas de meilleur début que celui-ci. Et vous ?

Épouvante

Depuis Edgar Poe, il a toujours existé un genre littéraire qui cherche à susciter la peur, sinon la terreur, chez le lecteur. Il a suscité de nombreux films.

ALMQUIST Gregg	L'éveil de la Bête 2574/4* Inédit
ANDREWS Virginia C.	Ma douce Audrina 1578/4*
BARKER Clive	Livre de sang 2452/3*
BLATTY William P.	L'exorciste 630/4*
BRANDNER Gary	La Féline 1353/4*
	Carrion 2705/4* Inédit
BYRNE John L.	Le Livre de la Peur 2633/4* Inédit
CAMPBELL Ramsey	La poupée qui dévora sa mère 1998/3*
	Le Parasite 2058/4* Inédit
	La lune affamée 2390/5*
	Images anciennes 2919/5*
COLLINS Nancy A.	La volupté du sang 3025/4* Inédit
FARRIS John	La forêt sauvage 2407/5* Inédit
GALLAGHER Stephen	La vallée des lumières 2800/3* Inédit
HERBERT James	Le sombre 2056/4*
	Pierre de lune 2470/4*
HOWARD Joseph	Damien la malédiction II 992/3*
JAMES Peter	Possession 2720/5* Inédit
	Dreamer 3020/6*
JETER K.W.	Les âmes dévorées 2136/4* Inédit
	Le ténébreux 2356/4* Inédit
KAYE Marvin & GODWIN Parke	Lumière froide 1964/3*
KING Stephen	Voir page précédente
KOONTZ Dean R.	Spectres 1963/4* Inédit
	Le rideau de ténèbres 2057/3*
	Le visage de la peur 2166/3* Inédit
	Chasse à mort 2877/5*
	Les étrangers 3005/8*
LANSDALE Joe R.	Le drive-in 2951/2*
LAWS Stephen	La nuit des spectres 2670/4* Inédit
	Le Veur 2762/4* Inédit
LEVIN Ira	Un bébé pour Rosemary 342/3*
MAXIM John R.	Les possédés de Riverside 2654/4* Inédit
MICHAELS Philip	Graal 2977/5*
MONTELEONE Thomas	L'horreur du métro 2152/4* Inédit
	Fantasma 2937/4*
MORRELL David	Totem 2737/3*
NICHOLS Leigh	L'antre du tonnerre 1966/3* Inédit
	L'heure des chauves-souris 2263/5* Inédit
	Feux d'ombre 2537/6* Inédit
PIERCE Dale	Le sang du matador 2554/3* Inédit
REEVES-STEVENS Garfield	Dreamland 2906/6*
RHODES Daniel	L'ombre de Lucifer 2485/3* Inédit
	Le banquet de Lucifer 2837/4* Inédit
RUSSO John C.	L'appel du sang 2611/5* Inédit
SAUL John	Corps étranger 2308/4*
SELTZER David	La malédiction 796/2*
SOMTOW S.P.	Vampire Junction 2862/6* Inédit
STRAUB Peter	Le dragon flottant 2373/6* Inédit
	Tu as beaucoup changé, Alison 2816/5* Inédit
STRIEBER Whitley	Wolfen 1315/4*
STRIEBER W. & BARRY J.	Cat Magic 2341/6* Inédit
TESSIER Thomas	La nuit du sang 2693/3*

3021

Impression Brodard et Taupin
à La Flèche (Sarthe) le 15 avril 1991
1090E-5 Dépôt légal avril 1991
ISBN 2-277-23021-9
Imprimé en France
Editions J'ai lu
27, rue Cassette, 75006 Paris
diffusion France et étranger : Flammarion